『抗疫』者说

程文敏 编著

作家出版社

图书在版编目（CIP）数据

抗“疫”者说 / 程文敏编著. -- 北京：作家出版社，2020.9
ISBN 978-7-5212-1152-8

Ⅰ.①抗… Ⅱ.①程… Ⅲ.①纪实文学-作品集-中国-当代 Ⅳ.①I267.1

中国版本图书馆CIP数据核字（2020）第197812号

抗“疫”者说

作　　者：程文敏
责任编辑：向　萍
装帧设计：孙惟静
出版发行：作家出版社有限公司
社　　址：北京农展馆南里10号　　**邮　　编**：100125
电话传真：86-10-65067186（发行中心及邮购部）
86-10-65004079（总编室）
E-mail:zuojia@zuojia.net.cn
http://www.zuojiachubanshe.com
印　　刷：唐山嘉德印刷有限公司
成品尺寸：152×230
字　　数：397千
印　　张：28.5
版　　次：2020年11月第1版
印　　次：2020年11月第1次印刷
ISBN 978-7-5212-1152-8
定　　价：68.00元

在史无前例的严峻疫情下，
人究竟该如何克服恐惧，
如何接受自己，
如何面对现实与死亡，
如何在利弊中权衡，
如何在善恶中抉择，
如何在相互扶助中实现救赎？
35 位抗“疫”者用行动如是说……

献给所有与“新冠”疫情顽强抗争的人！

扫码倾听 35 位抗“疫”者说

写作项目成员名单

负责人: 程文敏

改稿组: 程文敏、熊湘鄂、章国梅、胡芳、曾萍

采写组: 程文敏、付小平、卢圣虎、杨文斌、贺　洲、曾　萍、张　文、张　歌、刘长青、方是学、肖雪艳、刘　威、叶　柳、庞盼盼、余丁丁、余　茹、杨满珍、祝少华、骆晓丽、王淑红、余　乐

受访者: 王维武、刘长青、余为民、杨　奇、王贤柱、钟　平、曾鸿雁、屈　贞、蔡　骏、方是学、胡　芳、张　歌、张　文、曾　萍、庞盼盼、耿　丹、刘　莉、吴燕春、刘传都、徐光明、史晓波、叶　柳、肖雪艳、余　茹、朱晓筠、徐肖成、肖　继、余宗源、彭　洪、梁　冕、张　敏、杨天慧、王　恬、阮子胜、杜　娟、丁　炜、徐　伟、江　汉、任华强、肖志坚、夏　莹、夏　丹、朱　俊、谢湘豫、王　琪、蔡林燕、郑金鼎、李小蝶、王宇明、何　卫、蔡林燕、郑金鼎、金虎雄、何　卫、姜杭德、刘治乾

这世间美好和险阻都与我环环相扣（代序）

程文敏

在全国抗击“新冠”肺炎疫情表彰大会上，在北京人民大会堂，江汉同志戴着口罩端坐在英模群体之中，现场镜头晃过他那英武的眉眼和挺拔的坐姿，就被眼明手快者截屏发到写作团队群中，大伙一片欢腾，因为受勋的英雄就是自己熟悉的“身边人”，自己有幸亲眼见证过他的英雄之举。我就知道这天是个黄道吉日。四个小时后，我收到重磅消息:《抗“疫”者说》拿到了“通行证”。这让小伙伴们又燃且嗨，沉潜几个月的都因此跃出了水面，我们终于可以荡起双桨，书成之时便是祝捷之日。

关于这场庚子战“疫”，我们的言说自是无法穷尽，该说的和能说的都已笔酿杜康，只待诸公开卷品咂。反倒是这部书的养成之路，几乎就是一段草根传奇，有必要回顾梳理作个交代。

在“新冠”疫情发生之初，一切行动的后果都是未知的。什么也不做是世上最难的行为艺术，为打赢这场抗击疫情的阻击战，所有人躺在家里隔离两个星期，这竟是最困难并且最考验智慧的举国措施。面对如此重大现实的暴击，身为这场抗“疫”战争的践行者、见证者，我要为一线抗“疫”战士立传，弘扬志愿者的献身精神，展现咸宁人勇毅笃行的风貌、湖北人“不服周”的英雄血脉，为人民书写出有道德、有温度、有筋骨、有血性的纪实作品。

于我而言，相比投身战“疫”的压力山大，写作抗“疫”将陷入更大的不确定——同样是自发行为，前者有组织保障和战友依靠，后者则与湖北作家赛跑、与全国乃至全世界作家对决。这不仅是自我期许，更是一种价值判断。跟那些一线的医护、公安、义工比起来，某些囿于书斋的精英知识分子发出的嘶鸣，经常显得隔靴搔痒，说实话，他们的所谓"启蒙"甚至有些自以为是的成分。曾文正公早就说过：天下事，在局外呐喊议论，总是无益，必须躬身入局，挺膺负责，乃有成事之可冀。我辈借先人圣贤之名，逞后浪奔腾之勇，既要说人话，还要干实事。一句话，我要发动一场抗"疫"战士记录抗"疫"一线人和事的写作战争。

我开始小马拉大车，不断寻求各方襄助，也一路遇贵人提点。2月17日，我通过微信向著名评论家、作家吴义勤先生报告战"疫"情况和创作设想，次日他就委派资深编辑向萍女士全程跟踪并提供智力支持。而后，咸宁市委、市政协有关领导同志知道我的创作计划后，给予了热情的鼓励和坚定的支持。3月18日，著名作家、湖北省作协主席李修文先生获悉，当即与省作协党组商量立项支持。后来，文学圈很多朋友都知道了，社会各界人士也表示关注和支持。广而告之激励了团队士气，却也让我们只能破釜沉舟。

在此跟大家分享一个秘诀：要想每天元气满满，必须做个学思践悟的少年，早上敬自己一碗鸡汤，晚上再打一针鸡血。结果好坏不重要，努力奔跑风雨兼程，只为遇见更好的自己。我凭着三寸不烂之舌，到处薅人拉笔杆子，动用一切人脉资源，拼尽最后一点人品，搭建起草台写作班子，都是各单位的年轻骨干，都很热血，都有干劲，只需要抛开公文习气，尽快提升文学气质。并非我有什么过人之处，只是我一直在寻求"最大公约数"，找到了人们的"利益共同点"——不管是支持写作项目的，还是加入写作团队的，都有那么一点人文情怀。总之，我全面撒网，把朋友圈吃干榨尽，时至今日仍有人戏称我"一将功成万骨枯"。据不完全统计，被我裹挟进来的直接参与者36人，采访一线抗"疫"战士200人以上，包括但不限于湖北省咸宁市（涵盖武汉、黄冈、黄石、荆州、鄂州、恩施等地）各级干部，医护、疾控、公安、民政、交通、发改、教育、复工、媒体等各条战线、各个系统的人士。

那些组织协调工作之烦琐毋庸赘言，反正我见人就烧香拜佛，逮住一个活口就忽悠，将貌似困难得不可能完成的写作任务，赶在五四青年节完成了初稿。我晨昏颠倒、废寝忘食，摆开拼命三郎的架势，并以此感染团队成员，时常想到什么就在群里噼里啪啦，凌晨两三点甩出一篇修改稿对比参照。

这本书的写作过程，好比九头鸟，天运九转，九死一生。各个环节不堪回首，现在想想都头皮发麻，有种绝不想再来一次的后怕。我既要统筹全局，又要操控每个细节，包括带队采访、素材挖掘、录音整理、分头改写、交叉作业、统一文风、润色校改等。据不完全统计，搜集各类文字材料几百篇、两三百万字，录音整理稿、人物素材近百万字，成品稿件52篇，近50万字，先后六易其稿，最后删改仅存35篇，近40万字。这不是遗珠之憾，而是腰斩之饮恨，幸好看到书稿清样焕发出断臂维纳斯的光芒，大家也就宽宥了我和责编的“狼狈为奸”。经此一役，有人说我是打不死的“小强”，作为一名基层作者，天知道我是怎样乘风破浪的。其实，我只是一直在模仿先贤和身边的领导。为今之计，要做成一桩功业，就必须和光同尘，把自己该做的事做好，能做的事做到极致，其余的交给时间和命运。

本书涉及的层面比较广泛，从上至下一盘棋，采取自述与采访相结合的方式，深挖了许多不为人知的战斗故事。我天真地认为，这是一本平凡人的英雄之书，讲述每个一线抗“疫”战士最想说的话，并通过他们的不同说法、不同故事、不同瞬间，书写大疫之下万众一心抗击疫情的感人故事。从普通人的视角展示出生命至上、举国同心、舍生忘死、尊重科学、命运与共的伟大抗“疫”精神，进而展现各条战线的复杂、艰巨和曲折，使文字的性情能够配得上战疫的磅礴力量。我们希冀这些篇章，尽可能全方位地再现湖北各地的抗“疫”现实，尽量贴近文学品质、记史意义与文献价值三位一体且俱佳的目标，成为一部民众抗“疫”信史。

当然，上述评价指向的是一个理想峰值，带有敝帚自珍的成分。事实上，生活和写作总是充满遗憾的，我个人偏爱拥抱残酷真相。如果你对抗“疫”本身有一丝好奇，这本书绝对不容错过。我的虚荣心是秃子头上的虱子，希望你不分青红皂白地喜欢《抗“疫”者说》，并且不顾天地良心地原谅我的鄙陋。毕竟，一线抗“疫”者们曾经拼过命啊，虽然绝大多数时候，这些人只是白天阳光下极为普通甚至不为人知的微光，是疫情这个“黑洞”让这些光凸显了出来，且显得着实耀眼，不管什么时候回想起来，都让人流泪地耀眼。

“纸船明烛送瘟神，万类四时竟自由。”写作此文的此时，疫情仍然处于进行时，“新冠”病毒依然在不时警醒每一个人：人类是命运共同体。任凭时空流转，我们都向往温暖，只有爱才是永恒的共性需求。最美好的时光就在当下，即便终日蜗居在阴霾里，我们还是要不时仰望下星空，并歌颂这世间一切似乎与你无关却又与你环环相扣的初心和善良。

感谢为本书的诞生提供帮助的所有人！

向为抗击疫情而英勇献身的烈士们，向在疫情中不幸罹难的同胞们，表达深切的思念和沉痛的哀悼！

2020年9月10日于香城泉都

目　录

下沉，体验浴火淬炼

让“藏青蓝”浸满一册河山

“白衣执甲”，与死神相争不舍昼夜

“守”与“战”的同主题变奏

英雄不问出处的一百种可能

让信仰大江奔流

下沉，体验浴火淬炼

福星耀我，与子同袍

〔**口述人**〕程文敏，男，1985 年生，湖北阳新人，咸宁市作协副主席兼秘书长，咸宁市防指接待组成员，疫情期间下沉咸宁市首个全封闭小区福星城，担任临时党支部支委、医疗组组长。

为什么我的眼里满含泪水

1 月 25 日，庚子年正月初一，阴雨

武汉疫情眼见着要崩盘了，前些日子我满腔孤愤，一个字都不想写。大疫当前，哭和喊，空洞地鼓噪，或廉价地赞美，都不是作家该干的事。什么是“该干的事”？在我看来，要么投身一线抗击疫情，要么忠实记录正在发生的人和事。

腊月廿六，也就是 1 月 20 日上午，咸宁市委果断取消当晚的春晚团拜，开始硬核部署疫情防控工作。

1 月 23 日 10 时起，武汉向世界宣告开始“封城”，而后湖北全境“封城”封路，公共交通暂停运营，严格实施进出人员管控制度，严防“新冠肺炎”疫情扩散。

天下大势轮不到我来赘述，我只说自己正在经历什么。我是一名年轻的党员干部，还是个不知名的青年作家，我有责任在第一时间投入抗“疫”工作，也有使命记录这个时间节点，以本人为中心的须弥山正在发生的事情。

咸宁疫情还不太明朗，只晓得形势非常严峻。因为离武汉实在太近了，北三县之中咸安、嘉鱼直接与其接壤，整个经济社会都依赖省城辐射，官方和民间向来都千方百计往上靠。如今武汉城市圈估计都好不到哪儿去，“带头大哥”有难，八个“小弟”要一起扛。

妻子吴柳竹是街道办的，腊月廿九出门，之后就没时间回家。她顾不上吃团圆饭，更不能奢望与一家人守岁。她电话里叮嘱我在家带好孩子，管儿子写寒假作业，陪女儿游戏玩耍。

大年三十，湖北将疫情应急响应由二级调整为一级。上级指令直接下达基层，在机关大楼上班的，还是不用出门，继续窝在家里。网上时兴一句话，“躺着也是为国家做贡献”。

为什么我的眼里满含泪水？因为举目所见尽是惨烈，舌头在唇齿间愤怒，堵住无法诉说的悲伤。然而，没有一个冬天不可逾越，没有一个春天不会到来。我在凄风苦雨中念叨，相信未来！

省委疫情防控督导组来了

2月3日，庚子年正月初十，多云

八九天没动笔，身心俱疲只是借口，态度还是审慎些好。

大年初二，我便没窝在家里了，正式参与全市疫情防控工作。市政协主席曾国平亲自点了将，让市政协秘书长游强进和我，与他一道接待省政协主席徐立全率队的省委督导组，上下一条线，沟通协调熟络。

我又开始忙碌起来，这让我稍微挺直腰杆，不用在妻子那边抬不起头来。

疫情时期，大领导也成了平常人，打起疫情防控阻击战，没有前方和后方，只要出门就有风险。“新冠病毒”不认人，并不会因为谁官爵高，就豁免谁，你胆敢出门，就可能传染。

大年初三，老天爷沉着脸，下着毛毛细雨。

八时许，驾车去昱园小区，与领导会合。八点半，我坐在副驾驶座上，乘公务车到咸宁北。途经河背特大桥，国平同志半开玩笑说：“我们三个坐一台车，同进同出同吃，完全称得上生死之交，这下真是命运共同体了。”

高速出口早已封锁，公安干警、交通工作者都在，还有疾控人员。接待组在这里碰头，我负责上下联络。

九点二十分，徐立全主席一行抵达卡口。一辆奥迪 A6，一辆红旗，从水果湖省政协大院出发，穿过武昌城转京港澳高速而来。待车子在缓冲区停稳，有人冲上去敬个礼，便开始消杀作业。那个小伙子穿着白色隔离服，戴了红色帽子和护目镜，背着蓝色喷雾器，应该是打农药用的喷壶，前后左右一顿猛喷，我仿佛听到病毒被歼灭的吱吱声。然后，另一个护士模样的女子走上前去，请司机打开车窗，挨个用额温枪测体温，又把两个车的后备厢检查一遍，全部没问题才放行。

这应该是检查的标准流程。徐主席下车时表示赞赏，并没有因为他是省领导而简化程序。后来他让李秘书一路上注意路边行人，数了七十八个人，只看到两个漫步的人没戴口罩。出行要戴口罩，已妇孺皆知，说明咸宁“封城”之后宣传工作还可以。

抄录一条咸宁防疫顺口溜，防控宣传工作由此可窥一斑：

金桂路，
银桂路，
乱窜就是黄泉路。

网上晃，
群里晃，
客厅餐厅随你晃！

一号桥，
二号桥，
出门就是奈何桥！

桂花街，
茶花街，
不想得病莫上街！

上饭馆，
下茶馆，
直接送到殡仪馆！

人行道，
车行道，
待在家里是正道！

关院门，
闭房门，
隔壁邻舍莫串门！

官二代，
富二代，
出门碰上毒二代！

躲初一，
躲十五，
还要躲过二十五！

外地车，
本地车，
严管限行不动车！

咸安人，

温泉人，
到处乱串是坏人！

市长岗，
局长岗，
天天都在生死岗！

志愿者，
支援者，
还有一线好记者！

帅印山，
乱坟山，
死都不怕钟南山！

防疫难，
诊治难，
对口支援谢云南！

淦河水，
长江水，
不如医护流汗水！

不信谣，
不传谣，
党员干部要辟谣！

亲戚们，
邻居们，
解封以后看你们！

热干面，
牛肉面，
战胜瘟疫去见面！

莫轻心，
莫灰心，
打赢胜仗才放心！

竞技赢，
比赛赢，
战胜病毒才算赢！

有潜山，
有猴山，
群众力量是靠山！

徐主席要求直奔主题，坚持问题导向，不搞任何形式主义，不要虚头巴脑的东西。先到市指挥部开短会，提出一个重要命令：“‘外防输出，内防扩散’，这是习总书记作出的重要指示。战胜疫情是我们的使命和责任，要不惜一切代价保障人民群众的生命安全。”

一行人午餐后不午休，直接去南昌路社区，再转到中百仓储。实地查看防控措施做得如何，物资调配是否无忧，民众情绪是否稳定，特别是集中治疗、发热门诊与隔离点的相应工作是否到位，如救护车运送发热病人是否每次消毒等。总而言之，要杜绝一切交叉感染的可能性。

社区和村组是防控触角末端，疫情防控十万火急，全靠层级落实。封路封村封小区，不是简单一句话。平头百姓自由散漫惯了，心存侥幸的、不以为然的、我行我素的，让人头痛的个例多了去了。要在极短的时间内，让每一个人都预防“新冠肺炎”，不出门、不串门、不聚集、不聚会、不聚餐，谈何容易。基层一线也是蛮拼的，宣传手段多管齐下，线上线下土洋结合。微信群重要事情说三遍，早晚都要说三遍。网上做不到全覆盖，老年人不一定玩得转手机，年轻仔也有大风灌牛耳的，宣传土法子还得上，让老党员专门敲锣打鼓，编唱抗“疫”三句半，让街坊邻居都听到了才能营造出紧张实在的氛围。让大家意识到“新冠病毒”并非远在武汉，而是近在眼前，入脑入心才会行动，才知道宅在家里才是最安全的。

一个星期以来，省委督导组马不停蹄，辗转于全市各地指挥部，往返于各类城乡督导点。我对咸宁疫情有八九成了解，但还没想清楚自己有何作为。躲在大领导羽翼之下，做些常规性工作也不能不算是参与抗“疫”阻击战；可面对身处一线的妻子，我总觉得自惭形秽，觉得自己庸碌无为。实话说，跟基层组织比起来，县级以上指挥部相对安逸多了。

侧面了解到市里已派出好几支督导组四面出击，数以千计的基层干部日夜疲劳作战，就看谁运气不好撞枪口上。可是，没有达摩克利斯之剑高悬，不严明抗“疫”纪律，不撸掉几个玩忽职守的，恐怕也是不行的。作为抗“疫”主帅，时刻重任在肩，处于两难之境，既要爱兵如子体恤下情，又要赏罚分明提振士气，也着实不易。

小区全封闭了，领导让我注意防护

2 月 4 日，庚子年正月十一，多云

凌晨一点，咸宁市防指对我们福星城小区果断采取措施，实施全封闭硬隔离战时管控。按规定，一个小区出现 3 个确诊病例就要封闭管控。而 2 月 3 日，福星城又冒出 2 个新冠患者，累计出现 4 个确诊病例。另有 3 个密切接触者，被送去太乙温泉酒店集中隔离。这些情况在疫情地图上实时公布，福星城小区的疫情紧急程度甚至超过武汉很多小区。这着实让吃瓜群众惊骇又恐慌，我也不禁隔着口罩倒抽几口凉气。

福星城实行全封闭，我并没有提前收到消息。早上七点五十，我照常戴上口罩，挂上疫情防控工作证，打算去市防指拿文件，同时找相熟的人员了解全市疫情，或者跟前些日子一样，与市政协领导同志碰头，接待省委疫情防控督导组，到各县市区督导疫情防控工作……没想到小区大门都出不去了，当时领头守卡的是市政府副秘书长吴传清，尽管我与他相识，且亮出证件，可没情面可讲。实行全封闭战时管控，不允许出去一个人。

我只好向顶头上司报告，领导指示我先休息几天，按要求回家待命，还让我注意防护。我估摸着，这算是居家隔离吧？领导也是以策万全。之前同车出入，同桌分餐，安然度过也算运气。往后让我从重疫区早晚穿梭，再来回往返于全市各指挥部大本营，一旦我身上携带“新冠病毒”，说不定就会把指挥中枢搞瘫痪，那对全市疫情防控可是灭顶之灾。

福星城实行封闭管理，我认为这是大好事，政府强势接管，有利于防控。在此之前，物业公司不够重视，值守卡口形同虚设，我每天开车进出，保安从不要求我测体温。

回家后，我静心写了一天小楷，临赵孟頫的《金刚经》。去年临过三遍，庚子年第一次开张，就当祈福保平安吧。晚上九点，把女儿兰若哄睡着，微信读书推送《鼠疫》，这本书我有纸质版，重读更觉瑰丽奇伟。加缪告诉世人，物质文明、科学技术发达，人的存在本来就缺乏理性，整个世界都是荒谬的存在，只有富有牺牲精神的人高度合作，才有可能战胜灾难。

请你半小时之内到临时党支部报到

2月5日，庚子年正月十二，晴

上午九时许，我边吃早餐边看疫情新闻，火神山、雷神山创造中国基建奇迹，武汉的方舱医院投入使用。市文旅局杨奇打来电话，说话的却是金山，他是市交通局局长，也是市防指交通组组长，让我马上到福星城临时指挥部。

临时指挥部闹哄哄的，十来号人进进出出。这里本来是小区党支部活动阵地，三年来，每个月都按上级要求开展主题党日活动，办公桌椅有现成的，再搬来电脑、打印机，就有开干的样子。这会儿，各方面人员力量都有，包保单位的，社区、物业的，下沉基层的，大家戴着各式各样的口罩，粉红的、浅绿的、天蓝的、洁白的，不分男女，也没那么多穷讲究啦。还有老同志戴着活性炭口罩，并且有个小阀门，我当即指出这是流氓款，只提供单向保护，赶紧换成一次性口罩。上头刚发文，公职人员一般不得佩戴N95，自己买的也不行，只能捐赠给医护人员。

大家开会研究对策。福星城已成重疫区，小区封闭起来相对容易，只留一个进出通道，严格实行非必须不外出规定。医护人员出去奔赴火线的，暂时不让回来；原来就是疫情防控人员的，也没必要出去了。同时，就地征召为小区防疫志愿者。总之，严格控制人员流动，阻断病毒传播路径。

现在问题来了，接下来小区怎么管理，居民的生活如何保障，相关服务能否跟得上？倘若硬隔离搞不好，不但发生交叉感染，还可能酿成群体性事件，最后只能进行军事管制。

坐下半小时，我大致弄清楚了情况。市指挥部委派余为民牵头救火，市卫健委派曾鸿雁、市供销社派王洪丁配合，外加我和杨奇就地下沉，咸宁职院作为包保单位还派了吴义三、龚斌安，还有物业经理蔡清军，共同组成了小区疫情期间临时党支部。我们这七八杆“枪”，分成综合协调、物资配送、医疗保障、联络排查、安保维稳、保洁消杀6个组，每个组长都是光杆司令。

还有一个乡镇包保干部叫张凯，负责安保组。张凯是1991年的，作为温泉街道办纪委书记，也算足够年轻有为。他的包保区域包括两个大社区，106个小区，福星城只是其中一个最大的小区，战线如此之长，首尾很难兼顾，防疫重任把他压得喘不过气来。之前，他已经背了处分——严重警告，不是他工作不努力，而是疫情来得太凶猛。据说是因为他所包保的怡景小区出了纰漏，其中一条是门口回收口罩的垃圾桶没有及时到位。听社区的人说，到处买防疫物资，连垃圾桶都抢不到。别说基层将士夙夜奋战团团转，就算是县级以上指挥长，大概也有不少很蒙圈。

我们临时党支部火速成立并投入战斗。街道办、社区人手本来就少，现在市直干部下沉接盘，他们退居其次，正好抽身转战别处。而今“新冠病毒”狼烟四起，防控堤坝到处冒泡，稍不注意就成溃口，让群防群控变成一句空话。各小区人员力量配比没有最少，只有更少，摸排、流调等基础性工作，这里看着薄弱，那边可能更薄弱。就十六潭社区而言，总共 5 个支委，9 个网格员，下辖 46 个小区，近 5000 住户，约 1.5 万人，平均每个人管 3 个小区，社区人员大多是弱女子，如果不动员各方力量，只能叫天不应叫地不灵。

曾鸿雁郑重提出安全问题：临时指挥部设在二楼是致命硬伤，在这里开会属于聚集性活动，除了口罩防护，什么消毒措施都没有。这会议室狭窄，空间密闭，四周连窗户都没有，尽管开着两扇玻璃门，但与一楼大厅大门不能形成空气对流，这种通风条件太差了。“这里只有我是医疗专家，有责任指出消杀问题，原来作为支部活动阵地还凑合，现在作为小区疫情防控指挥部，简直是开国际玩笑！我们会被‘新冠病毒’一网打尽。别人会耻笑一群莽夫在这里抗‘疫’。若不想办法改善，我就不进这个会议室了！”曾鸿雁直言快语。

我适时补腔：“前些日子，我参与接待省委督导组，咸宁各大指挥部跑遍了，进门都要测体温，还配有手消液或 75% 酒精，办公室由防疫人员定时消杀，这里条件太简陋，确实太危险。”

大家闻言，心里都直打鼓。那该怎么办？小区内倒是有个幼儿园，还有个售楼部，都是闲置的，但物业都管不着，过年前人员都走光了，找不到人拿钥匙，协调起来太麻烦。人员本来就捉襟见肘，又与物业分兵作战，互相配合也是头疼问题。

曾鸿雁灵机一动：“要不弄一盏紫外线灯来吧。这种设备价钱也不贵，早中晚各消毒一次，插上电打开半小时，别说‘新冠病毒’，什么病菌都会被消灭，能达到手术室的卫生条件。”

大家问："哪有这么好的宝贝？现在到处都在抗'疫'打仗。对了，你们卫健委管医疗啊，你自己去弄。这是为公不为私，你大胆去搞来。"

曾鸿雁心塞，还在嘟哝："我只是一个当兵的，皮球又踢回来了。"

一晃到了中午饭点，我们分散各处，扒拉几口盒饭，接着开会研究。

我问大家："不知道你们去过市指挥部没？市卫健委边上的老地税局大楼。那里有门卫把守，首先有体温枪测额头，然后大壶喷75%酒精，各办公室还有手消液，同时有6个空气净化器开动。各县市区指挥部也差不多，消杀措施怎么弄都不过分。赤膊上阵行不通啊！"

老余徐徐起身，来回踱几步，双手搓了几搓，叹道："消杀问题不解决，实在太危险了。"

曾鸿雁说："老余，不着急上火，那个紫外线灯呀，我去想办法。不然，战斗还没打响，司令部就被病毒端了！"

接下来，明确人员分工。余为民担任支部书记，也就是指挥长，我和杨奇、吴义三、张凯、郭芬芳、蔡清军担任支委。我负责医疗保障，杨奇负责联络排查，吴义三负责综合协调。只因我是"四大家"的，沾大衙门的光，既是市政协委员，又是市领导的联络员，所以在支委中排名靠前。如果在抗"疫"战斗中无所建树，被别人轻视鄙夷事小，丢人民政协形象兹事体大。

防控组织架构有了，职责分工也明确了，可是干活的人远远不够。除了医疗组有支小分队，其他工作组都是空壳子。物资配送、上门排查、保洁消杀、安保维稳、值守楼栋等，无一不需要人手。因为福星城确诊病例多，大家都知道是重疫区，市直机关工委征召那么多志愿者，却很少有人敢进小区来。

没有人手怎么办？就地挖掘潜能。业主名单虽然不够翔实，可还是可以按图索骥地好好翻一翻，找出两名女医生：屈贞和涂娇，都是咸安区中医院的，明日再让院长派两个人，24小时两班倒轮值。

物业蔡总说："原来有43名清洁工，疫情暴发后一下子集体辞职，只剩下5个讲义气的，却不过我的情面。其中两名清洁工，是黄畈二组的人，就住小区马路对面。封闭小区当晚，村里人怕他们把‘新冠病毒’带回去，就不让他们出来了。并且放出话来，‘别说一天涨两百元，给一千块也不准干！保命要紧，你只要出村，就不准你回来。’”老蔡头大如斗，央求我们跟街道办说，让黄畈村干部去协调……扯皮拉筋，纠缠不清。

为什么不把小区里的公职人员调动起来？他们跟我和杨奇一样，都是党员干部。于是找来小区住户信息表，立即电话动员。另外，马上起草、发布《告知书》和《倡议书》。

“杨奇，这种战时状态，不论什么局长、主任了，咱俩一块儿找物业蔡总，把业主名录拿出来，专找有工作单位又是党员的，一个一个打电话，直接征召，限他们半小时之内来指挥部报到。”我也不知道哪儿来的勇气，半是商量半是命令。

杨奇说：“好。现在就干，算上吴义三，咱们仨分头打电话。”

余书记坐镇中军，负责对上联络，继续寻求调拨物资。

物业公司提供了一份名单，有登记的公职人员总共189名，说是之前社区也上门排查过，小区内大概就这么多。杨奇反驳道：“这份名单不全，连我都不在里面，这也叫入户排查？登记个毛线啊！你们瞧瞧，关键数据，涉汉人员才120多人，说出来谁信？”

我们便问老蔡，他是物业负责人，最清楚情况。老蔡说小区出入有登记，武汉车牌的车子约有580台，即便是有人担心将来省城限号，故意上了武汉牌照，也不能排除他们近期没有去武汉，恰恰是这些人更喜欢向大武汉靠拢。

甭管大数据全不全，先把人薅出来再说。然而，事实让我们大跌眼镜，社区和物业之前的基础工作太差火了，却敢大言不惭，“上门排查过三遍”“数据八九不离十”！我们打了189个电话，很多都是空号，只有52个接通，其中不少人说正在外地，只有20个人表示在小区内，且仅有9个人愿意挺身而出，其余的则言辞躲闪。

“请你半小时之内到临时党支部报到，参与小区疫情防控工作，如果你没有正当理由，就是不愿意出来帮忙，临时指挥部将通知你单位。”打电话都统一口径，听着很强势对不对？其实好多人并不尿你这一壶，找各种理由不出来。有的说在外地没回，有的说在乡下过年，有的说孩子没人照看，有的说身体不适。凡是表示要慎重考虑的，我们也没再说狠话，强扭的瓜不甜，还没到秋后算账的时候，尿货来了也不顶用。

打出临时党支部旗号，还能有一拨人积极响应，已经相当不错了。我们这就像拉壮丁呀！这些人临危站出来抗击疫情，不仅自己把脑袋别在裤腰带上，还要压上一家老小被传染的风险。后来十几天，事实证明，最早一批志愿者，都是铁血勇士，全是抗“疫”尖兵。

有一点可以肯定，业主花名册残缺不全。据我所知，小区内咸宁公职人员的比例大约为1∶30。福星城小区交通便捷，又区位优越，居民约有5000人，那么可用之人，起码在160人以上。只需发动一半，抗“疫”便大事可期。福星城物业管理还算成熟，曾被市政协“双月协商”定为视察点，平常工作看似不错，但“新冠”疫情来袭，立马变得稀巴烂，基础登记工作错讹百出，实行全封闭管控后，各项工作乱成一锅粥，好多业主怨气冲天，在各大业主群纷纷吐槽。

今天是2月5日，是不能忘却的日子。我们第一次拉杆子，招揽了9个志愿者，都是爽快答应，这些人都是好样的，有种！

夜深了，我们在业主群发出公告，以文字擎起火把，吹起志愿者集结号。

这些菜不发下去，我们都是历史罪人

2月6日，庚子年正月十三，晴转多云

整个白天都在四处求援。

老余是领头羊，他坚持找市、区领导，请求赶紧派兵增援。咸宁职院进行再动员，十六潭社区进行再分配，组织过来的十几个志愿者，值守楼栋都不够分，解决不了根本问题。何况今天这十几个明天又不来了，每天都在轮换，抗“疫”流水作业，终究不成气候。此外，全市交通管制后，外面的志愿者出行不便，千方百计赶过来，即便按时上下班，也是劳师远征，后勤保障有困难。

倒是咸安区中医院给力，另外派来 1 名医生、1 名护士。于是，男医生睡一楼沙发，3 名女医护睡二楼，3 张行军床一字摆开，分两支小队，轮值无忧。

上午八点半，我们继续招兵买马。在物业门口设登记处，火速扫码报名入志愿者群，有 30 多人闻讯前来。

如此苦等、枯坐，又是一天混过去了。这样下去不是办法。

傍晚五点半，福星城临时党支部召开紧急会议。

“这些菜必须发到户，已经放了两天，再搁下去就烂掉了，我们都将是历史的罪人！”吴义三竭力嘶鸣。

“是啊，这些菜不发下去，我们都是历史罪人。再不发动群众、组织人手，我们只能坐以待毙。”我和杨奇不谋而合，“市指挥部调拨蔬菜物资，也是为了稳住人心。眼见着慢慢烂掉，如果让居民吐槽，外面媒体报道，我们将被钉在耻辱柱上！”

几个支委年轻，都有干劲，脑筋转得快，说话却很冲。老余是老组工干部，身为支部书记，也是临时一把手，脾气好得没话说，任凭我们拍桌子打椅子。

“靠我们这 5 个人？ 500 箱西兰花，ABCD 4 个区，38 栋楼，矮楼 4 层好办，高的还有 17 层、32 层的。1200 多户人家，4 个封闭楼栋，确诊 4 例，另有 3 个‘密接者’，其余的人都在居家隔离。谁敢上去送菜？你们说怎么弄？从早到黑干到吐血，也是枉然啊！”老余直陈工作难如登天，“我们等待增援，外面志愿者进来，发菜就好办了。区长魏朝东当面下命令，要温泉街道办派 36 名志愿者来。”

“我们不能再等了。黄花菜都凉了！不会再有援兵了！今天说是派 30 多个人来，结果呢？上午只有 16 人敢进来，4 个封闭楼栋，打死也不去门口值守，下午干脆没人来。明天情况只会更糟糕！”

我们几个支委和支部书记吵归吵，却很快统一意见：马上送爱心菜，同时采集信息。

天擦黑，借着送西兰花的由头开展摸底排查。当时志愿者只到了 12 人，两人一组，分别排查 6 栋楼。甭提什么防护服，也别说护目镜，连丁腈塑料手套都没有，都是仅戴口罩。晚上也没盒饭吃，只是中午有安排，刚开始都是打乱仗，也没人管粮草这茬。

我先是和吴义三一起，逐家逐户敲门，一边分西兰花，一边恳请填信息表。发了三层楼，老吴被叫走，换了另一个人增援，是马桥镇人社中心的小伙子。我接着往上走，让他坐电梯上顶楼，上下齐头并进，敲门发表格，务求填写仔细。我排查的是 D3 栋 1 单元，32 层，每层 4 户，共 128 户，大概有三成没入住。爬楼梯，敲门，发表格，一番解释劝说，指导填写。每发三层住户，返回收表格，又是下楼梯，爬楼梯……相信我，乘电梯更费事，等待不如迈腿。若是填写不规范、不细致，复又敲开门，恳请重新补充。隔着口罩说话，本就不方便，到了后半程，我的嗓子直接哑火了。

绝大部分人都很配合，只是自我保护意识强，戒备心重了些，这也算好事。我提醒他们戴好口罩，再开门填表，还可以下楼去领菜。有个女子打扮时髦，居家都穿皮草，真心讲究生活品质，因此不敢接我的签字笔，家中也找不到一支笔，又没有酒精喷洒，我说：“你就用眉笔填吧。”中途 18 层，中性笔没水了，向个姑娘借了圆珠笔，说是借，其实是征用，让她送给我，我只想一鼓作气，把事情做完，回头去找笔，太耽误事儿。有个男的不耐烦，不想提供家庭个人信息，说是涉及公民隐私，“凭什么全部告诉你”，照样又是费唇舌，我也没一再坚持，各自妥协一步，不要他填身份证号码，只用填上关键信息，家庭成员名字、户主电话和涉汉人员。我还不怕丑地卖惨，说自己晚饭都没吃，排查四个钟头了，终于博得同情的目光，不忍拒绝地填下基本信息。

我排查到 21 层，与那个小伙子会合。我的表格都收了，他才把表格发到这里，而且哪家哪户发过表，哪户明显没人住，哪户有人居住的痕迹却死不开门之类的信息都没有标记下来。我告诉他，好记性不如烂笔头，要重新捋一遍，表格按楼层房号排好，最后摸底情况才能一目了然。收表发现不规范的，当即再次敲门，请求补填。

因为不停地叫门，不断去解释，走到十几层，口罩内层吸满了水，到了二十几层，那些水顺着脖子往下，便打湿了秋衣。受点苦、挨着饿倒没什么。真正让人惊悚的是，这栋楼二单元有确诊病例。

六个小组排查，只有我这组干完了。其余五支人马，撤到楼下发菜，等待住户自己填表。他们怕交叉传染是对的，大家对防护措施还不甚了了。当时对于疫情信息，估计就我了解多一点。我打冲锋也是对的，勇者无惧确实最重要，但还要知道科学防护。

当我把一摞表格摆到桌上，几个支委惊呆了，拿起来仔细翻看。大伙一连说了几个没想到："没想到你胆子那么肥，没想到填得这么细致，没想到你这么能战斗。"杨奇接着说："但是，入户排查有感染风险，上级也没硬性要求，起码现在没有，我觉得还是等等，如果能装备防护服，再登门排查不迟。"

由此，我在志愿者团队中一战成名。之后，说什么话都有了分量。

接近转钟时，我回到家，先冲热水澡，餐桌上有一大碗剩面，鸡蛋饼肉丝龙须面，微波炉热一热，狼吞虎咽下去。洗漱后在床上"翻烧饼"，用手机刷海量疫情信息，一肚子忧患无法排遣，只迷糊了三个小时。凌晨五点惊醒，披上居家服，我充满写作欲望。

打开笔记本时，或者更早几分钟，我竟然开始咳嗽。昨晚劳累过度，加上上下爬楼梯好热，便敞开外套披着，八成是风寒感冒。我本来就有咽喉炎，前些日子吃了不少药，什么阿莫西林克拉维酸钾，还有慢严舒柠等，但也只是控制一下，这毛病没法根治。这会儿有点儿干咳，尽管没有发热症状，但谁敢担保我没中标呢……

我心下犹豫，不怕一万，只怕万一。立马找来口罩戴好，这也是亡羊补牢，绝不能连累家人。老婆除夕之后就没能回家，在浮山街道办投入抗"疫"，小区封闭后又有家不能回。十岁的儿子自己睡，两岁多的女儿由岳父岳母带着睡，而我独自睡在主卧，强化自我隔离，做到这个样子，已是最大限度了。

我还没有被病毒打垮

2月7日，庚子年正月十四，多云

我忝为医疗组组长，其实对医学一窍不通。

上午跑到指挥部，第一件事就是问诊。曾鸿雁是全科医生，早前坐过十几年门诊。在医疗问诊台，我夹了七八分钟水银温度计，读出体温36.5℃，确定没有发烧，这才稍稍放心。曾鸿雁帮我开了药，急支糖浆止咳，头孢克肟消炎，交代我按说明书吃，头孢只能吃三天，糖浆喝到不咳为止。一周之内，不能喝酒，其实这个不用她交代，因为没有时间、机会和心情。

我不后悔打冲锋，虽然把自己搞病了，但还没有被病毒打垮。假如我不带头入户，后面就没人敢去，谁的命不金贵呀。只有做出榜样，才能杀出血路，真正打开工作局面。

曾鸿雁不愧是老江湖，一天都没耽搁，谋来一盏紫外线灯。这法宝其貌不扬，三根铁棍围成架子，中间一根尺把长的灯管，当场插电试用。紫外线灯开启后，不能直接照射人体，不然会损害视力和皮肤，大家必须退出房间、关闭房门，开启杀菌模式半小时，紫外线灯会自动熄灭。再次进去时，空气中满是臭氧，吸起来“沁人心脾”，这怪味道真是爽歪歪，那可是安全信号呀。

今天是招募志愿者第三天，又有二十余人向临时党支部靠拢，这样人员力量合计七十有六。招来人才必须用好用足，否则人多打不死老虎。

我和杨奇强力推动，只留吴燕春一人负责指挥部内务和文案工作。其余志愿者全部整编，进入楼栋长序列。上面又设片区长，事情一起做，管理分层级。队伍工作要讲个“先来后到”，以至于出现了有趣的现象：科级干部“先入为主”领导后来的副处级干部，或者年轻人指挥年长者。总之完全打破原有等级，重新建立志愿秩序。话又说回来，这些人连性命都拼了，谁还在乎什么名头，谁还那么愚不可及？为了同舟共济抗击疫情，身份地位都可以抛在一边。

短短三天，我们拉起队伍，抗“疫”步入正轨，组织架构一条鞭下来，分工明确落实到人。工作来了，一声令下，立马执行。群众路线是法宝，组织发动须硬核。否则大家都躺在家里，一味在网上骂政府，打死也不出门，那就一起翘辫子，等着小区变成人间炼狱。

排查冲锋号必须吹响。我和吴义三力主此事。下沉之前，我多次听市领导强调过，摸底排查很关键，绝不能坐以待毙。这项基础性工作若不精准，就不能有效隔离、定点清除，等于没找出定时炸弹，随时可能爆出新病例，每个楼栋都有不确定因素，每个人都是不安全的。全面排查人力不够，为安全计，有确诊病例的楼栋单元，先不上去。

我们分头行动，各自熟悉小组工作。偌大小区转一转，天色就不早了，巡查一下安保，交代守卡人员，各自回家安歇。下沉之后，每天回家路上，小心脏都很忐忑，不知是福分，还是祸端。做好防护措施，我自有一套策略，堪称极致流程。

到了家门口，先把外套和裤子挂起来，将外面一身“皮”和鞋子留在走廊，再开门入户，踮起脚尖穿上棉拖鞋后正式踏入隔离缓冲区，接着拎起鞋柜上的消毒喷壶——借“威猛先生”空壳，灌满75%医用酒精——往大门把手和脱下的衣物猛喷，而后进门再喷双手和脚底下，然后摘下口罩从里打卷系上，扔进门口垃圾桶。因为刚才棉拖鞋去过门外，又往地面喷洒酒精，反复用脚板蹭地面，最后到写字台消杀包包、钥匙以及证件、挂牌。空气中满是酒精气雾，那是安全的味道，我徜徉其间，来回走几步，这才拐到厨房洗碗池，双手涂上洗手液，开大水量冲洗，“嘭”的一声天然气打燃，待热水流出，狠狠抹一把脸，这才穿过客厅，去卫生间冲澡。从头到脚，尤其要洗头发，还有裸露在外的肌肤，必须洗得又白又净。

做完这一切之前，我绝不让孩子靠近。两三次警示之后，孩子们都知道要注意防护，在我刚进屋时不准迎过来。既要抗“疫”，又要确保自己和家人的安全，每日这些烦琐的流程就必不可少。

我敢说，在仅有医用酒精的情况下，自我消毒方面没有人比我更专业，或说比我做得更彻底。我已经尽人事，只剩下听天命了。

临时指挥部都在忙什么

2月8日，庚子年正月十五，晴

今天忙得热火朝天，我们终于不再人手短缺，志愿者团队高效运转起来了。

鉴于福星城的现状，为了继续安抚群众情绪，市指挥部再一次调配蔬果物资。来自云南人民的对口援助——彩云之南的蔬果，吃起来别提有多香甜。另外，原先剩下的400箱西兰花，早就应该分发到户了。只是这西兰花，带有青草气，很多人不喜欢吃，一般住户只要两三个，多了都不愿意拿，所以即便又广发一次，仍然剩下200多箱，只好让十六潭社区找车子拉走，投放到别的小区。

配送物资刚做出头绪，志愿者把爱心菜分送到楼栋口，然后在微信群告诉大家错峰领取，新问题随之而来了：四个封闭楼栋的人员也跑出来了。这无疑会带来交叉感染的隐患，如果有群众向上级举报，也是很头疼的事情。要封闭管理十四天，该发病的全都暴露出来，小区才算大致安全，可现在才封闭第四天……

下午三点多，吴义三跑到二楼指挥部，看样子实在急不得了，有点口不择言："临时指挥部都在忙什么？是猪脑袋在指挥吧！确诊楼栋的人都跑出来了。那些人应该硬隔离的，最好是居家隔离，现在却让他们到处乱跑，万一有病毒潜伏者，疫情扩散蔓延，那就祸害大了！"

吴义三是个实干派，没有那么多弯弯绕，把事情干好才是第一位的。不过他这一飙发得有点猛，老余是他的顶头上司，大伙都替他捏把汗。

余为民真是老同志，肚子里能撑船，并没有勃然大怒，而是压住脾气，与大家一起商量："那大家说怎么办？要不然，彻底封住，拿几把锁来，铁将军把门。可这样也不行啊，万一半夜发生火灾，又没人及时开门，那种后果没人承担得起。"

吴义三说："相对来说，那个概率比较低。如果封闭楼栋不上锁，有个别人在家憋不住，就是要出来以身犯险，与值守的志愿者发生口角，甚至扯皮拉筋、推推搡搡的，这个概率却比较高，而且一样很要命。所以把封闭楼栋锁起来，这确实是管理需要。让保安公司安排专人轮值，钥匙交给他们保管。无非是加强安保力量，多花点钱购买服务。"

如此甚好。对于封闭楼栋的人员流动，进行最大限度管控，至于生活物资配送，志愿者尖刀班主动请缨，丁炜和吴燕春率先报名，仅有的防护装备：面罩、隔离服、胶皮手套全用上。

大家议定解决方案，让张凯回街道办汇报，根据属地管理原则，只要落实了经费问题，立马开始执行，不但问题不过夜，而且立行立改。

听说保安公司也没有人手可增派了，只能将现有人员分为三拨倒班，值守封闭楼栋一天下来，安保费涨到原先的三倍，每个人头经费要 2400 元，这活儿毕竟是刀口舔血，保安公司与员工五五分成。

吴义三作为志愿者领军人物，为了激励大家工作积极性，通过日志方式进行精神奖励，充分肯定每个志愿者当天的工作表现。发到志愿者群之前，他请我先看一看，提点修改建议。下面是他今天发送的内容：

各位志愿者朋友：

在大家的共同努力下，今天完成了福星城的物资配送工作。包括西兰花、萝卜、白菜、橘子、生菜及罗汉果的分发，600 余箱物资的转运，25 户特殊需求物品（消毒液、体温计、口罩）的配送等。任务非常艰巨，十分烦琐，每个志愿者都很拼，大家辛苦了！

当丁炜、胡燕、彭旭升、吴燕春等穿着工业防护服，全副武装走进确诊楼栋时，我们都看到了天使，你们真的很美！当熊南林、党严鹏、许松明、余完源、谢锋、肖辉、肖继、毛成贝、江波、冯俊文等大汗淋漓地搬运配送蔬菜时，我想说你们真的很 man，称得上男神！当大家看到邹圣安、徐肖成、徐娟、王九天、陈明等忙前忙后、积极谋划、奋勇向前时，我想说你们真的帅炸天！

很多人的样子都记在我心中，但暂时没能对得上名字，还请见谅！

虽然隔着口罩，看不清大家的脸，但我透过大家的眼睛和行止，看到了人类的真诚、勇敢、利他、团结、牺牲等美好品质，我们摒弃“等靠要”思想、消除怨尤腹诽，实现封闭小区抗击疫情高度自强、互助服务、秩序井然！

让我们保持激情，明天继续嗨起来！抗击疫情，生命不息，战斗不止！

现在医疗款防护服太珍贵了，根本不可能搞到。丁炜等人穿的工业用防护服，是我死乞白赖找一铁哥们儿化缘来的，他执掌大单位后勤保障，这一箱 30 套，是从指缝里给我挤出来的，这回起到了稳定军心的大作用。志愿者们穿上它，多少可以增强些安全感，当他们与住户面对面时彼此觉得少点风险。

下午三点发生了一件事，简直就是平定内乱，不吐不快。

我们下沉干部，真是来打码头的。防控形势一再逼人，跟社区网格员吵了一架，我又把嗓子吼哑了，要是再不强硬一点，她们真以为自己了不得，管天管地管空气，不知道马王爷有几只眼。情况是这样的：

杨奇下午部署摸排工作，遭到几个网格员强力抵制。小区总共 38 栋楼，把目前仅有的 35 个志愿者统一安排为楼栋长，还有 3 栋楼没有对应人选，便让十六潭社区 3 个网格员每人认领一栋楼。没想到她们不愿意，说已经排查过，上级没提要求，我们不应该自作主张。几个女人围着杨奇吵吵嚷嚷，其中一个脾气上来还开始撒泼。老余前去做和事佬，想缓和一下气氛，那个女人反而更来劲了，越发用力地拍桌子，声音尖刻刺耳。

这还了得，临时党支部威信何在？是可忍，孰不可忍。我一个箭步冲出办公室，在二楼居高临下，直接狮子吼："你们还懂不懂政治规矩，有没有组织纪律？你们网格工作不扎实，重新入户也是帮你们做事，你自己比比看，之前的表格信息，填的都是啥？稀巴烂！我们临时党支部由市指挥部直管，余指挥长跟市委副书记单线联系。你们再这样拒不执行，马上把你们交给市纪委，别说你们社区担当不起，就是你们街道办也吃不了兜着走！"

我在乡镇干过，也在开发区干过，基层一线就是这样，揉面团搞不成事儿。现在抗"疫"形势严峻，哪能流于走形式？后来，她们见事态严重，脑子也转过弯来了。晚上七点半，社区书记郭芬芳带着她们，专门来赔礼道歉。我表示都是为了工作，对事不对人。只要她们听从指挥，我不会向上报告，人前揪辫子，背后打闷棍，非君子所为。

给每个志愿者都来个"封号"

2月9日，庚子年正月十六，多云

今天又是忙碌而充实的一天。志愿者队伍累极而泣，痛并快乐着！

我给吴义三取了个绰号，叫"拼命三郎"。大家说起来好玩，索性学梁山好汉座次表，群策群力，互相打趣。我向大家保证，给每个志愿者都来个"封号"，在群里玩起接龙游戏。

定盘星余为民，玉麒麟杨奇，智多星程文敏，拼命三郎吴义三，大管家蔡清军，母大虫曾鸿雁，霹雳娇娃丁炜，共享老公徐伟，多啦A梦吴燕春，活雷锋肖辉，95年老黄牛胡燕，救火队长张凯，鲁提辖谢峰，美少女战士陈明，卷毛狮徐肖成，锡纸烫宝宝党严鹏……

晚上十点，吴义三又在志愿者群发出工作感言：

福星城志愿者队伍经过这几天的壮大与磨合，处理配送物资、医药问诊、互助合作、信息采集等事务越来越娴熟，没有辜负党和人民的重托，也当得起临时党支部“召必应、行必果、攻必克”的期许。

粗略计来，700余户居民的蔬菜分发，确诊楼栋物资的定点配送，救灾帐篷的及时搭建等，无一不是繁重而琐碎的体力活、技术活。可我们都是顽强的战士，完成得非常顺溜、一气呵成，还能互相抓拍瞬间，给日后留下缅怀素材，积累吹牛资本。

尖刀班众人拾柴火焰高。丁炜、胡燕、徐娟、徐肖成、徐宁、王九天、陈明等一块儿合计，建立完善《福星城防疫志愿者章程》，为志愿者团队的后续工作提供强有力保障。

夜静下来，我们临时党支部与大家在微信群里再次确认眼神和表情包，优秀如刘娇、毛敏、冯国瑞、江波、王勇谋、王建、黄素霞、朱晓筠等，不一一点名。正是因为有每个人的英勇无惧、不辞劳苦，我们志愿者团队才越来越强大，福星城小区抗击疫情免费配送服务引得朋友圈艳羡，积累了全封闭小区先行先试的经验。

太多的瞬间让人泪眼蒙眬：丁炜轻描淡写地说，“大家别担心，穿防护服进疫区，我最内行”；年近六旬的蔡正红潜心研究救灾帐篷的安装方法，全然不觉天空下起雨来；长期驻村一线的余宗源为安装帐篷方便，将防护手套脱下丢在一边；晚上九点半了，“00后”小伙子党严鹏还坚守在岗位上，为小区居民分发配送物资、征集明天的物资需求……

借用今天《咸宁日报》上的一句话：没有一个冬天不

会过去，没有一个春天不会到来。大家一起努力，胜利一定属于我们！

不尽如人意的地方肯定也有，但更多线下情景和线上场面令人欣慰，最近两天尤为强烈，志愿者团队开始收获居民口碑，收割一波又一波疯狂点赞。

晚上十点半，我正在复盘一天所做之事，看看有没有什么疏漏。国平同志发来一幅书法图片，“平安中国”四个大字，颜体筋骨打底，带有魏碑意趣，有笔力千钧之感。挥洒胸中块垒，祈愿疫情早消，唯愿山河无恙，人间皆安！

不把工作宣传出去，死在这里都没人知道

2月10日，庚子年正月十七，多云

使用微信七八年，“好友”有两千余人，遍布湖北各市州、五湖四海，工农兵学商、三教九流都有。平均每天都有人加好友，但大部分有事说事，而后便相忘于江湖。我不喜欢朋友圈被“挖坟”，就设置了内容三天可见。

疫情暴发后，我每天都在朋友圈发近况。一来向亲友报平安，二来宣传抗“疫”工作。我坚信每一条朋友圈都能起作用。上午九点，党员志愿者谢峰问我，能否把朋友圈放开？我当即改为半年可见。

在支部会上，我联合杨奇提出，是时候宣传我们团队啦。个人朋友圈发近况，毕竟是小打小闹，必须上《咸宁日报》和市电视台。全封闭个把星期了，外面的人其实也很好奇，或者心存疑虑，福星城小区里面到底如何，居民生活到底有没有人管，那一帮志愿者在搞些什么？

老余向来谨慎，之前也提出了个人意见，认为不便宣传造势。“在防控疫情方面，不可沽名钓誉，明眼人一看就是自弹自唱。其

实搞得‘声势浩大’也容易，冷不丁爆个雷出来一定轰动，可就收不了场啦。不能自个儿打脸，爬得越高，跌得越重。”

然而，若不把工作宣传出去，吃瓜群众对福星城小区，依然充满恐慌式歧视。我们做的这些事堂堂正正，有什么不好意思说的？如果不旗帜鲜明打出去，这地方没有关注度，鲜有人问津，就没有各方支持，还想申要捐赠物资？门都没有！如果我们这些人当中，有人不幸感染“新冠肺炎”，无非是送医救治，沦为每天播报的数字，整个团队作为密切接触者，都要被送去集中隔离。大家一味埋头苦干，不知道抬起头来望望路，死在这里都没人知道。

曾鸿雁也表示赞同扩大宣传，还说了比较专业的意见：“都封闭六七天了，潜伏期长的人并不多见，不要过分担忧连环爆雷。”

经过大家一番游说，老余终于同意发起宣传攻势。

我们可以自个儿写稿子，这原本也不算什么难事，但还是要把大牌记者请来，眼见为实嘛。在本地官方媒体正面发声，也是支持全市抗“疫”大局。

下午，一个叫周萱的女记者赶来采访，我们几个提供了一大把素材，约莫晚上九点，《咸宁日报》公众号发出了图文并茂的电子稿。

《咸宁首个全封闭小区现状如何？记者带你一探究竟》，内容分三个部分，小标题三段式设问：封闭小区谁来管理？党员干部带头干。居民生活怎么保障？志愿服务接力干。如何做好疫情防控？严防死守加油干。配的几张图片，都很有代表性：志愿者签名墙，配送蔬菜等物资的场面，问诊送医开药的画面，业主群刷屏感谢志愿者截图。

记者说是明天还会发《咸宁日报》头版。领导案头有报纸，老百姓习惯于刷手机。我们不管那么多了，先转发到志愿者群里，同时发各大业主群，开启了朋友圈疯狂转发模式。

小区全封闭一周了，当前疫情继续恶化，全市城乡管控更加收紧，很多封闭小区出现混乱状况，乡镇、社区超负荷运行，绝大部分物业公司停摆。通过比较，微信朋友圈好友交口称赞，同僚纷纷致电询问，市委党校匡烨同志留言鼓励：福星城全封闭运行模式堪称榜样。不管怎样，我们把抗“疫”阵地守住了。短短五六天，许多朋友见证了奇迹。

福星城志愿者团队雄起，无论是配送物资、值守楼栋，还是寻药送诊，都秩序井然。医疗组的表现也可圈可点，但凡是发热病人，无论何种病因，实行分级诊疗，概由温泉卫生院救护车接诊，先行排查是否感染“新冠病毒”。截至今日，排查了8例发热病人，所幸都不是“新冠肺炎”。这小区大了，就医需求简直多到让人瞠目结舌，什么孕检、人流、透析、接种疫苗、术后换药、小孩摔骨折、大人吃错药、心理咨询，乃至精神病患者康复诊疗等；各类病症不胜枚举，外伤、过敏、荨麻疹、泌尿系感染、痛风、肝硬化、脱臼、痔疮、腰椎间盘突出、牙周炎、咽炎、扁桃体炎、乳腺炎、淋巴结炎、肩关节炎、膝关节炎、支气管炎、肠胃炎、阑尾炎、妇科病、肾结石、新生儿疾病，等等。另外还有糖尿病、高血压、冠心病等各种慢性病代买药的需求。这些天来，我几乎把人间疾苦都看遍了。每个患者送医用车，我都让医生写明简况，发到微信群审核，每个病例都有出处。这样做既可以提高效率，还可以工作留痕，方便日后备查。经过这几天磨合，基本做到了遥控医疗组。

因为交通管制，私家车不允许上路，去医院看病成了大问题。别的小区都要电话预约，好不容易打通热线，排队等待可能也得两三天。从网上报道情况看，偌大咸宁中心城区，甚至包括武汉城市圈，实行小区封闭之后，只有福星城这里，可以不出小区，享受到优质服务，群众有医可问，有地可治，有药可拿。寻医问药不出门，疑难杂症送出门，物资保障提上门，别的兄弟市州有没有不知道，但在咸宁的确开了先河。

我们有4台应急保障车，3台雪铁龙出租车，1台小皮卡，都是手动挡，刚开始只有徐伟1人会开，完全忙不过来。我心疼急先锋徐伟，他可不能累垮呀，又从志愿者中挑选3人当司机，龚斌安、谢峰和肖辉，都是活雷锋老爷们儿。这活儿劳动强度大，这种时候拉病人跑医院，一天跑三四十趟，还要心理素质过硬，医院“新冠病毒”最多，说不定就会从病房逸出，在空气中飘摇浪荡，寻常人避之唯恐不及。

市委书记真的来重疫区了

2月11日，庚子年正月十八，晴

今天是小区全封闭第八天。

下午两点半，孟祥伟同志真的来了。我知道见报后，肯定会有市领导来，但没想到这么快，来者还竟是咸宁新一哥。

一号首长得多忙啊，来咸履新才一个半月，咸宁有300多万人，6个县市区，小区、村庄不知凡几。在外省人眼里，湖北是重疫区；在湖北人眼里，武汉是旋涡之眼；在咸宁人眼里，福星城才是疫情重灾区。祥伟同志径直奔进来，也没见防护得多严实，就戴一个天蓝色口罩，金丝眼镜是其标配，在秦皇岛就这么戴的，并不是什么护目镜。志愿者们欢欣雀跃，不由自主地簇拥过来，我看到有人眼中含着泪光。大家都在喊“孟书记好”，“大领导来看我们了，知道我们正在干什么”。

祥伟同志说:“早上看到报纸，说福星城全封闭之后干得很不错，于是赶过来，看望大家，给大伙打气。”

祥伟同志问:“大家还有什么困难？”有志愿者壮起胆直说:“就是缺防护服。”

祥伟同志连忙释疑解惑:“物资紧缺问题，这是共性问题。哪条抗‘疫’战线都反映物资匮乏。尤其是大家心心念念的防护服，医疗防护服那是战略物资，每套都要给一线医护人员，工业防护服、隔离服、防尘服等，这些确实有一定作用，但在全封闭隔离小区，那玩意儿实际上用不着，现在就是花钱也搞不到。我们要学会科学防护，主要是口罩防飞沫。”

此前，志愿者队伍中弥漫着悲壮色彩。说起来可笑，某些领导来督导疫情防控工作，连小区大门都不敢进，在外头的精彩生活超市打个转，就算是来督查过了。志愿者队伍也有层次，不管是积极性还是奉献程度，也不是铁板一块。就在2月5日，市直机关工委派出36名志愿者，只有6人敢进来值守楼栋，并且不愿意蹲守确诊楼栋。2月6日，老余电话敦促咸安区委组织部，电话那头，咸安区领导也很抱歉，表示实在无兵可派。

福星城被很多人视为“毒窝”，人们都唯恐避之不及，害怕得要命。若谁要前往，三亲六眷往往劝说：“你是公职人员，当志愿者可以，但不要去福星城。”那股子恐慌气氛，直接从后脑勺贯穿脊椎骨。

有个志愿者曾沮丧地告诉我，他有朋友就住福星城小区，自己不敢出来帮忙，还跟他拼命打破锣，还很负责地劝说：“你不要冒险进来，我把你当朋友才关心你，现在我这个小区真的很危险！”

疫情每天实时播报，前两天在太乙留观点，3个密切接触者相继发病，1例核酸检测阳性，2例临床诊断确诊，福星城确诊病例累计高达7个，疫情地图上高居全市榜首，红点密密麻麻看起来相当吓人。这让人怎么淡定？志愿者不是送命者啊！

受到孟书记鼓励之后，我们整个团队都很振奋，几乎每个人都发了朋友圈，当天新闻就全市覆盖了。

几个钟头下来，我朋友圈里这条孟书记来访的信息收到142条回复，这是有史以来收到最多点赞和评论的推送，成了我抗“疫”以来的高光时刻。各界朋友的溢美之词和问候祝福成队列潮涌而来。我很受鼓舞，统一回复：“‘新冠’疫情胶着，唯有奋力前行，祈愿中国平安，不辱使命，不负韶华。”

其实，大家不知道的是，我的咳嗽早就加重了，不到十分钟就要干咳两声。神奇的是，跟孟书记汇报时，我仿佛有一口仙气吊着，始终没有咳嗽一声。医疗组的几个医生都说：“组长，你光吃好喝好没用，更重要是休息好，持续熬夜的话，你的喉咙没法好。”我也想一觉到天亮，可是情况不允许啊，身为医疗组组长，我的个人电话已经公布，白天求助电话响个不停，深更半夜也是此起彼伏，每一个求助者都不能耽搁，必须马上协调问诊送医。说起来，我其实也是一个患者，不仅身体不适，而且严重失眠，连续十几天了，精神紧绷近乎狂躁，每天睡眠不超过三四个小时。

我不过当面汇报几分钟，就晒朋友圈嘚瑟。有老同志私下提点我："点到为止，勿再宣传，要稳得住！人们知悉即可，无须加大火力，以免炫耀之嫌……"还有朋友私信我："敏哥身先士卒，以身作则，做事要雷厉风行，但也要低调点才是。"这纯粹是为我着想，怕我身边有雷，以后踩坑。

"木秀于林，风必摧之。"这正所谓祸福相依呀。身为领导干部，要学会藏锋，抱朴守拙，我岂会不知？我告诉朋友们，善意提醒已收到，非常感谢。但瘟疫凶猛肆虐的时候，我不愿和稀泥、做明哲保身的"太平狗"，只要有助于鼓舞士气、振奋精神，对抗"疫"降魔有利，哪怕只影响一个人，为大家提供一丁点帮助，我都愿意去做，还会立刻去做。至于以后，我的个人荣辱、进退去留，现在不去考虑那么多。

世间少有人破执，生与死、血与火，会淬炼每一个人。目前来看，这场抗"疫"很可能旷日持久，不知何时才是尽头。除了力所能及地做自己认为应该做、值得做的事情，唯有在心里默默祈愿这突如其来的疫情快快结束，出门俱是看花人，满桌都是饕餮客。

摸底排查必须动真格

2 月 12 日，庚子年正月十九，晴好

听说山西老铁的援助也来了。报上有详细报道，送来 120 吨爱心物资，其中有 100 吨大苹果。别的小区吃到过，也有人晒朋友圈，清一色黄金帅，个头都很大，口感超级棒，既粉又脆且水分足。不久前，咸宁市市委书记丁小强履新山西运城，我香城泉都为关公故里输送了人才 NO.1，现如今，这回报来得也很猛烈呀！

直到昨天，孟书记悄然到访，他明确指出，要精准排查住户信息。当晚，临时党支部方才下定决心：摸底排查必须动真格。明天，全力推进入户排查工作，之前的数据信息推倒重来。杨奇领衔负责，吴义三协助配合，由我进行培训。我的嗓子没好，不能喊话了，还是开个夜班吧，我写好排查教程，发在志愿者群里。

我还特别强调，排查过程中会遇到各种不理解。居民说什么的都可能有，我们要耐心做好解释工作，将心比心。要与“新冠魔君”抗衡，必须全民皆兵、各自贡献，紧密团结人民群众。我们守卫自己的家园，是为了回归福星之地，我们在进行排查时一定要加强防护，不去当悲情英雄，唯其如此才能筑起坚固的钢铁长城。

各楼栋长即刻在业主群中发出告示，入户精准摸排工作再次启动，对我们的考验才刚刚开始，我知道硬骨头还在后面。真是社区和物业不负责任，工作人员能力不强吗？这要客观公允地分析，必须有一说一。

首先，单说摸清家底、精准摸排这一项，必须逐栋逐户，地毯式，全覆盖，不漏一人。且不说时间紧、任务重，就算抗“疫”人员将生死置之度外，也奈何不了部分民众恐慌，自我保护意识过强，怎么叫门都不搭理。“封城”之后，各级指挥部门开始压力传导，层层压实防控责任，据说摸排已经搞了三轮，电话、微信，挨家登门，线上线下相结合，大部分居民原本配合摸排，但搞疲了之后就反感起来。说到底，抗“疫”人员也是高危人群，多接触一次，就多一分风险。“俺家就不开门，装作听不见，不跟你扯犊子。”让人着实奈何不得。

其次，上级根据疫情研判，每天都有新要求、新文件下达。摸排表格内容改来改去，尤其是“涉武汉人员”一栏，后来扩大为几栏，涉武汉、黄冈、孝感等，涉外地就要填报。一句话，社区工作人员不是大罗神仙，饶是每天只睡四五个小时，排查信息还是一笔糊涂账。摸排不到位，这不是个例，大概是共性问题。咸宁中心城区不大，包括高新区在内大约 70 平方公里，30 余万人，大排查尚且如此之难，试想武汉上千万人，大江大湖奔涌，背街小巷纠葛，何等错综复杂，在短期之内如何能查清楚？

妈妈，你什么时候回来

2 月 12 日，庚子年正月十九，晴好

记完抗“疫”工作情况，家里今天发生的一幕，也不能不记下来。

女儿兰若两岁多，疫情暴发之前，每天都要出门撒欢，若大人没时间带她出门，她就会牵扯大人的衣摆说：“求您了，拜托了。”让人忍俊不禁，十分惹人怜爱，碰到这种时候，我就继续逗她：“若若，爸爸没能量了，需要亲亲啦。”她就笑弯了眉，把小脸蛋凑过来，贴我的脸庞，又亲我的额头。我“索贿”成功，要抱她出门，可她却要自己走，挣脱我之后，撒丫子跑得像只小白兔。

但这个春节，她完全被圈养在斗室里。姥姥告诉她，外面有看不见的“大嚎”，从前“大嚎”是怪兽，现在是“新冠病毒”，它会把人抓走，一个一个吃掉。如是反复叮咛、恐吓，她再也不敢闹着出门玩，把小猪佩奇看腻了，就在家翻箱倒柜“搞破坏”，免不了姥姥一顿絮叨，又不厌其烦地收拣。

挨到正月十九，这天正午阳光甚好，她忽地跳下沙发，小步颠颠跑去卫生间，搬她的专属小木凳，放在落地窗边，歪斜着踩上去，隔着钢丝，趴在隐形防盗窗边望向马路牙子，宛如一只雏鸟向往笼子外面的世界。这可属于严重危险的行为，一定是这段日子在家里憋坏了。我连忙大声告诫：“小祖宗，危险！快下来，你这是在干吗？”小兰若说：“我在打招呼，我听到妈妈叫我，在围墙外面！”我顿时双眼湿润，忍不住一把抱起她，隔着口罩亲昵了一下，然后噙着泪别过头去，生怕让十岁的儿子看见。这小子说不定会当场笑话他老子，冒出一句“男儿有泪不轻弹”。

妻子吴柳竹在浮山街道办大小也是副职，分管机关后勤和宣传、统战。疫情凶猛到人们回不过神来，她完全扑在防控一线，全天候24 小时不着家。乡镇班子成员都是一岗多责，她要负责办事处指挥部的后勤保障，同时还包保一个城边村、一个主干道社区。“包保”就意味着，一切事务都归你督导，干出成绩你脸上有光，没干好肯定有你的责任，死活都与你相干。这些日子她一直都在忙碌，无时不处在战斗状态，难得有一点儿空闲，更谈不上固定时间。跟孩子打视频电话时，不是在走村串巷的路上，就是猫在办公室匆匆忙忙吃着饭，尽管大家都分秒必争的架势，可往往没说几句就得挂掉。对此，我跟她只能相视苦笑，我们确认过眼神，已经不需要说什么，那种关切对方的话，“加强防护”之类，都是正确的废话。

吴柳竹包保的社区就在福星城斜对面，离我家直线距离不超过一公里。现在实施战时管制，我是市里下沉干部，在里面死守阵地；她在外面防疫一线，疲于奔命。夫妻分头作战双线奋进，她每天忙得都数过家门而不入。小区全封闭之后，她更是不能回家了，只能偶尔有机会时站在马路牙子上，远远地隔着围墙栅栏，大声跟儿女打个招呼，遥遥望一望父母的佝偻的身影。然后，黯然转身，挥手作别，继续去忙。

一般碰不见我恰好在家，因为我基本上也在外面，之前在市指挥部，而今在福星城物业公司二楼的临时党支部。

今天回到家，医疗组没有在线事务，就尝试跟她视频。碰巧运气好没被拒绝，我得把时间留给孩子们。小宝贝兰若先是笑，接着隔着屏幕亲，然后一个劲儿地问：“妈妈，你什么时候回来？”

“妈妈也不知道，赶走‘大嚎’，妈妈就回来！”

“我帮你赶走，打败病毒，妈妈就能回来了！”说完“哇”的一声哭了，“妈妈，我要妈妈！”

“小兰若真乖，你跟哥哥少淘气，待在家不出门，就是帮妈妈打怪兽！”

儿子报喜不报忧，接话说：“我每天都练颜体字，还有写硬笔字，还要背唐诗三百首，《行路难》那么长，我都背下来了！”姥姥还来不及“控诉”：儿子把剪纸的碎屑都塞到床底下，每天做完作业都没把房间收拾停当……

“妈妈，你二十天没回来了！”儿子这句话还没说完，她的视频断了，应该又是电话催命，直接切断了。

嘉鱼人民的温度与速度

2月13日，庚子年正月二十，晴

因为全市疫情防控需要，市防指决定将物资调拨转向广大农村，城市居民生活物资以网上下单或代购为主，往后不会有捐赠果蔬投放福星城了。

上面不再调拨，那我拉捐赠总可以吧。要是还能拉来捐赠菜，分散一下大家的注意力，再坚守四天，挺过十四天封闭周期，小区就可以解封了。

我多方打探消息，听市发改委的同志说，嘉鱼县有很多蔬菜，在地里等着采收，但没有人力采摘，如果能有货车和志愿者去，直接下地采摘、拖走，一分钱不要，这时节不及时收，菜也会老了，烂在地里。

弄一辆货车是不难，问题在于我们小区全封闭，我们志愿者团队都是小区业主，解封之前不允许出去一个人，所以就别做田园采摘梦了。

立刻联想到嘉鱼县副县长范威，这可是好兄弟啊，立马找他江湖救急。

我语音通话向范县长求援，他当即表示可以协调，愿为兄弟两肋插刀。一个小时后回讯息："蔬菜直接安排农业农村局调度，最迟明天下午，嘉鱼蔬菜直达福星城，相关通行手续不用管，你们只要有人卸货就行。"

下午十四时许，一辆满载的大货车驶进福星城，车上装满了大白菜和甘蓝。这对于小区疫情防控称得上雪中送炭。整整五吨新鲜水灵的蔬菜，没有中间运输、批发环节，上午刚从地里采摘下来，一棵大白菜七八斤，甘蓝比篮球还大。志愿者团队欢天喜地，跑得脚板贴后背，挨家挨户分到位，一家两棵。

看着业主群里不断刷屏的感谢话，我觉得不能拖延，明天还有明天的事，连夜在朋友圈写了封感谢信：

嘉鱼人民的温度与速度

南有嘉鱼菜，义助福星城。

实施战时管控全封闭第九天，我们向外寻求物资捐赠，嘉鱼县委县政府第十天就伸出援助之手，嘉鱼县农业农村局协调金润农业公司，定点捐赠5吨爱心蔬菜，一解我等燃眉之急，有如春风化雨浸润心田。“急难有情，情有余兮”，我们谨代表小区4000居民，感谢嘉鱼人民的深情厚谊！

温馨咸宁，同气连枝。加油灭“新冠”，珍重待春风。等疫后魔除，再来一桌吊锅野藕排骨汤！

福星城临时党支部

2020年2月13日

然后，我在朋友圈@范县长：因陋就简，没有红头，也没有章子，草台班子造孽。

感谢信一经发出，立刻得到各界朋友的赞赏，嘉鱼县政协主席葛婷私信慰问：“辛苦了，珍重身体。”我回答：“还没躺下，尚能战斗。”

缩头乌龟，必须付出政治代价

2月13日，庚子年正月二十，晴

嘉鱼捐赠爱心菜这件事，让我愈发坚定信心，在朋友圈发抗“疫”状态是对的，一定要将实时播报进行下去。

我要不断鼓舞团队士气，横扫连日阴霾和晦气，让所有人知道，大可不必恐慌。然而，依然有不少公职人员，或是党员干部，觍着脸窝在家，打死也不出来抗“疫”，还冠冕堂皇地自我安慰：“不出门也是不添乱，已经有那么多人，哪里还用得上我？”哼，装睡的人是叫不醒的，不出来抗“疫”可以找一百个理由。

杨奇带领吴燕春等五六个尖兵，根据信息表顺藤摸瓜，捋出还有245名公职人员，至今没有向临时党支部报到，连一个电话、一条微信都没有。就这，还是不完全统计。

要做好小区疫情防控，我们别无他途，只能内部挖潜。必须将群众发动起来，不管他是什么政治面貌，原则上只要不是年纪太大，只要愿意向临时党支部靠拢，马上安排到合适位置，同时做好对周围人的解释工作。

在宣传牌上，把我排名第二，这只是行文惯例，沾了“四大家”机关的光。杨奇本身就是老支委，先前是组工干部，现任市文旅局副职，还比我早一天进驻临时党支部。同为咸宁“789工程”的县处级干部，我和杨奇是同一张文件，同一天任前考试，同一天组织谈话，同期参加青干班。但是，我和他外形、性格差别很大，他高大魁梧却比较儒雅，而我五短身材也不失精悍。我和他的共同理想是当个好干部，但我还有当著名作家的春秋大梦，至于他另有什么梦，还没向我透露，不过，倘若将来有机会主政一方，他大概不会拒绝担当大任。

在小区里面，我没有两套房，没法与家人物理隔离，而今又不能出小区，也没有宾馆可以住。福星城实施最严格管控，第一个周期十四天，除了医护人员上火线，小区内一个人都不准出去。除了临时党支部人员，以及领导进来巡察督导，也不允许任何人进来。坚守战“疫”堡垒一周后，我就把人都搞熟了。无论是值守卡点的保安，还是保洁、楼管，都认识我这个“副指挥长”，我又有市指挥部的通行证，可以开车满城“闯关卡”。然而，要想服众就得以身作则，不能流窜到浮山街道办借宿，一旦发生交叉传染，这是耐不住寂寞呢，还是自觉与家人隔离？跳进黄河也洗不清。

岳父岳母都是药罐子，属于高危易感人群。岳父73岁，还有肺气肿，大半个肺都纤维化了，完全不能劳累，沾上一丁点“新冠病毒”，立马吹灯拔蜡死翘翘，这些天又犯了肾结石，只能让他忍着疼痛，每天吃肾石通舒缓，也不敢送去医院打针住院。岳母67岁，患有高血压，每天吃降压药维持，一家老小的吃喝拉撒，洗洗涮涮，亏得她里外操持。否则，我和吴柳竹两人不可能分线抗“疫”。我还算年轻，免疫力还行。两位老人家如果受我连累，我万死难辞其咎，无颜面对爱人吴家一门，后果不堪设想……

临睡之前，我反躬自省，自觉校对定位。我要当好一条鲶鱼，把一池水搅活，调动每一个抗“疫”战士的积极性，不能有守成、麻痹思想，既要解决好战术问题，又要思考战略问题。

遥想己亥仲春，我在全市首届青干班当过“团宠”，一篇《青干班赋》幸得微名，那段时光好像是上辈子的事了。现在，我又要渡劫了。对于未来或然而不必然发生的事情，我绝不能瞻前顾后，要用抗“疫”行动堵住悠悠众口。我们要全力战“疫”，堵住所有能想到的漏洞，可天意究竟如何？谁也不敢保证不出问题，不知道接下来会发生什么。只要一息尚存，唯有战斗不止。曾向往儒将文人的绝代风华，而今天降大任，夫复何言！“宁为百夫长，不做一书生。”我不要四平八稳、明哲保身，唯愿挥斥方遒、历劫飞升。一时洛阳纸贵又如何，不如当几天灵魂人物，更加直接、更加痛快！领着抗“疫”志愿者团队，磕磕绊绊坚守阵地，想方设法抚境安民。天何言哉？勇者无惧，仁者无敌。

前方战事吃紧，后方有人紧吃。这类腌臜事史不绝书，如今活生生就在眼前。志愿者不避斧钺负重前行，让这股正能量通过全媒体轰炸，感染带动越来越多的人。当看到业主微信群现象级刷屏，感谢党和政府救助，感谢志愿者辛勤付出，我着实感到欣慰，觉得所有辛劳都值得。

连续七天征召，三次分送蔬菜、水果，加之挨家挨户摸底排查，志愿者行动早就信息全覆盖了。然而，有些公职人员就是躲命，像黄鼠狼一样窝在家里，就是不肯出来帮忙，对着他脑门号召也是枉然。拿着国家俸禄，凭什么不参与抗“疫”？黄鼠狼除了胆怯，更多是狡猾，骨子里只信奉一句话，“躺着也是为国做贡献”。我捍卫你保护沉重肉身的权利，但我必须扒开你虚假的面具皮囊，你的道德底线在哪里？你的职业操守是什么？疫情不知何时探底，哪个志愿者不是在刀锋上行走？别恐慌得像一只臭虫！

时至今日，已是坚守阵地第十天，湖北省指挥部上午发出动员令，要求每个公职人员、党员干部，就近就地下沉参加抗“疫”战斗。这无异于尚方宝剑呀，临时党支部当即决定祭出撒手锏！下午三点十分，在各楼栋群发出通告，下午六点之前，又有76人迫于形势前来报到。这些应召者还算遵守党纪，有所敬畏。然而，还有不少人心存侥幸，妄图永远潜水下去，以为福星城这么大，人海茫茫谁也不认识谁，就要当沉潜海底的鱼，任你深水炸弹都轰不出来。

于是，我和杨奇建议专门从尖刀连抽两个尖子，从应召者中选几个年轻志愿者，马上开展排查甄别工作。对照之前摸排的精准数据，再仔细捋一遍，如果不接电话，就再次登门核实，必须揪出那些缩头乌龟。

尽管临时党支部没有即刻终结你政治生命的权力，但可以记录在案，通知你所在单位。你自己不在乎人格污点，甘愿被人瞧不起，就等着沦为鄙视链最底层，抬不起头来吧。普通群众不在其位不谋其政，可以自始至终躺赢战“疫”，这无可厚非，也没什么危害和深远影响。但你这种人不会知耻而后勇，将来照样会削尖脑袋投机钻营，说不定还能披着羊皮，混成各种候选人、提名人选……对不起，大家绝不会投你的赞成票。在古代，你这种人是要被斩立决的。现代文明赋予个体人自由和平等的权利，而你们这些贼子、愚氓、窝囊废、无知匹夫，只选择相信有利于自己的道理，指不定在网上还是振振有词的键盘侠。因此，我个人判决：“缩头乌龟，必须付出政治代价！”

我们志愿者就是这么犟，不仅甘于默默付出爱，也有勇气大声指责恶。

医生诊断，我曾有确诊病例接触史

2月14日，庚子年正月廿一，白天阴冷、夜有雨雪

这些天工作强度太大，心理压力更大。临时指挥部十来个人，累病了六个，好几个都在咳嗽，只是没有发热症状。老余的咽喉炎犯了，曾鸿雁伤风感冒，谭秋芬咳嗽带痰，吴燕春鼻子堵了，徐伟忙起来体温时高时低。即便身体出现不适，也没哪个请假。大家互相宽慰，彼此又有疑虑，但愿谁也没中招。这“新冠病毒”太狡猾，可恨，可怕。

数我的咳嗽最严重，喉咙一直发痒，每隔几分钟就要咳两三声。按照曾鸿雁的专家意见，我吃了三天头孢克肟，又喝上第二瓶急支糖浆，也还是没收到疗效。自我诊断，主要是严重缺乏睡眠，每天深更半夜回去，本来想洗洗睡吧，刚眯着一会儿，冷不丁有病患求助电话打来，不是要协调卫生院和应急车，就是要当场做心理辅导。没错，我临时客串心理咨询，安抚群众烦躁情绪，解释分级诊疗程序。愣是没办法睡得好。

一大早，几个支委看我还在咳嗽，而且声音变大，频次加快，说要徐伟送我去检查。曾鸿雁也劝我去做CT，说是她开的药不灵，也许是不对症，没做一系列检查，专家也拿不准。

确实不能再拖了，是该做个检查让大家心安。

我虽是医疗组长，也要做好登记，才能动用应急车。徐伟车技很棒，去咸宁中心医院不远，八分钟的车程，五分钟就能开到。他把我送到门诊，就要转头赶下一趟活儿。

医院大门前支着救灾帐篷，一旁架着红外人体测温仪，工作人员看起来防护得比较好。我走向前，离机器两米远，就能识别没有发热症状，显示体温36.5℃。工作人员问我来医院干吗，答曰：有点干咳，想做个检查，排除“新冠肺炎”。正准备进大厅，竟被工作人员拦住，他扭身一指，让走专门通道，也就是发热门诊。体温正常

也不行，干咳就要走发热门诊。

以前来医院都是人头攒动，眼下真是门可罗雀。大门左手边是发热门诊，专门通道是隔起来的，走过一长溜红色水马，五六十米远处又是救灾帐篷，又是红外测温仪，旁边就是侧门。一个老汉坐在轮椅上等待，不知道是等结果，还是等人来照顾，口罩好像戴得不正，鼻梁处也没按压，定睛一看，还有两大坨眼眵，吓得我跳开一步。我前面还有一个患者，一名护士提醒我，与他人保持一米以上的距离。看她穿着防护服，还戴有护目镜，我直犯嘀咕，莫不是我来中心医院送人头了？网上说武汉人很多是在医院交叉感染的。如此一想，呼吸竟立时变得困难，便向护士借手消液，把公文包和手机好生喷洒一通，还把双手抹了又抹。

上一个人拿着单子走了，终于轮到我问诊。也就等了四五分钟，感觉像是一个世纪。

坐诊的是个男医生，人倒是和善，一边给我问诊，一边被电话骚扰，像是领导在给他加派任务。打完电话，他眼神传达歉意。然后，我讲了两个月以来的主要工作经历，参加省“两会”外围服务工作，接待省委疫情防控督导组，辗转于全市各大指挥部，下沉福星城临时党支部至今……

于是，医生唰唰写道：患者十余天前出现干咳、少痰，无明显发热、胸闷，曾有确诊病例接触史。

什么？乍一看，我好像被划为密切接触者啊。我满腹狐疑，又不敢置喙。是不是接触过从重疫区来的人，都叫“有确诊病例接触史”？有一点可以肯定，只要流调做得到位，密切接触者在全封闭之前，都被送到集中隔离点。

我问医生：“我现在这个样子，即使是感染了‘新冠肺炎’，也属于轻症吧？没那么容易转为危重症对吧？”医生说：“是的。你这个年纪没问题，肯定能恢复。”其实心中有答案，我还是问了确认一下。我又说：“我不至于挂掉，就怕连累老人啊。”医生听了沉默不语，他也不知道如何安慰我，或者，他觉得我很理智，不需要言语抚慰。

门诊大楼看不到几个患者，医务工作者反倒比较多，另有消杀人员操作猛于虎，一路喷着药雾过去，一长排缴费处还特意多喷些，想是人手触摸的地方都如此吧，空气中充满 84 消毒水的味道。虽然医院病人比较多，发热门诊更是“新冠肺炎”集散地，但这里的消毒措施比小区强悍太多。想到这里，我又觉得脚下没那么慌乱了。

我拿着单子去缴费，在机子上扫码交了 800 块，想来应该够了，差一毛钱又得来回跑。然后，去二楼抽血，做咽拭子，下到一楼拍 CT，全身检查。全程没有排队，这一点还真是让人舒心，往常拍个片子要等两三个小时才轮得上。

各项检查不用等，可检查结果需要等。血象和咽拭子的检测结果需半小时，CT 片子要两个钟头。做完 CT 检查才九点一刻，等待宣判的时刻极其煎熬，有生以来最复杂的情绪莫过于此。除了选择相信现代医学，相信精密仪器，此刻什么都做不了。我不敢告诉老家父母，让他们徒增烦扰。我也不用告诉单位领导，因为诊疗“新冠”病例都有成熟流程，咸宁一直都是床位等人，还有备用医院没有启用。吴柳竹还在包保的长安社区和白鹤村来回跑，现在结果没出来，说体己话没必要。一旦临床诊断我被感染，她因为这么久不在家，反而不属于密切接触者，可是老人和小孩要送去隔离观察……

心头一阵纷乱，血液分析报告单先出来。各项指标还算比较正常，只有两项指标偏高一丢丢，红细胞 5.88，红细胞压积 50.9。医生说血象没啥问题，不像病毒性感染。因为我在干咳，时间又拖得长，接下来要看胸片情况。

两天前，也就是 2 月 12 日，湖北放宽疑似标准，增加临床诊断分类，通过影像学检查，即使核酸检测呈阴性，也可以纳入确诊病例。有些“新冠”病例没多大症状，即使核酸检测呈阳性，也没有临床表现，根本用不着变成“白肺”，有“磨玻璃”影就可证明感染了。

在去二楼大堂等片子的路上，我接到同学和朋友的电话，关切地问我检查情况如何，他和她也都是抗“疫”战士。我故作镇定，说“血象没问题，应该就没问题了吧”，他们也都附和“那是，那是，吉人自有天相”。实际上，我们都知道有些无症状感染者，自己没什么异样感觉，但肺部已经有问题了。

等了半小时，实在干等不下去，刷抖音也分散不了注意力，坐立不安啊，十分钟就去刷一下就诊卡。这真是暗黑时刻呀！一旦我感染“新冠”，我住进病房算是轻松了。两个易感老人、两个烂漫小孩怎么办？这还不算问题的全部，福星城前期防疫工作全盘完蛋，陷落为一个“杯具”和笑话，临时党支部会遭受灭顶之灾，志愿者团队将被全员送去集中隔离。小区抗“疫”工作从云端跌入深渊，估计更难找到合适的人接盘管理了，对全市胶着对垒的疫情而言，无异于雪上加霜。

十一点十分，我取到两张胸片，黑乎乎的胶片，印着肺叶的影子。好家伙，完全看不懂。赶紧拿去找医生看片子。他举起来对着灯光看了看，然后打开诊疗系统查了查，告诉我：“恭喜你，你没事儿。”我欣喜若狂：“真的吗？这么确定、一定以及肯定吗？”医生笑了：“系统有记录，你两年前拍过胸片，我比照了一下，肺叶几乎没有变化。你这叫变应性咳嗽，没有肺炎征象，更别说‘新冠肺炎’。回去注意休息好，只要补足睡眠，三四天就好了。”

医生开了三味药：两盒连花清瘟胶囊，一盒苏黄止咳胶囊，一盒枸地氯雷他定片。他要我别忧虑过度，对着说明书服药，不用再过来问诊，毕竟是发热门诊，少来为好。

我的喉咙顿时没那么痒了，除了有点干咳，没有任何问题。我的肺叶沛然纯净，与两年前一般无二，深吸口气能闭住五十秒。喜报！我没有感染“新冠”。发微信、打电话，周知。上一阶段个人抗“疫”险胜，接下来继续投入战斗！

晚上八点零四分，吴柳竹发来一张图片，一小束娇艳的红玫瑰，摆在她的办公桌上。我这才记起来，今天是西洋情人节。这是在嗔怪我，忘了关心她，甚至在特殊日子，连问候都忘记了。我连小区都不能出去，街上的店面都关张了，到哪去弄玫瑰花送？我承认，除了抗击疫情，别的什么都没干，其他什么都给忘了。

吴柳竹问：“有人送花不开心吗？”我觉得这带有挑衅意味，还有试探性质，就是一个陷阱，一个大坑，如果答不好，里外不是人。

我说："宝宝不开心。"情况不明，不好发脾气，只能表明态度。

吴柳竹反问："现在你又不能送花，别人有点暖意不好吗？"

我追问："谁送的花？"

吴柳竹说是一个男同事，今天买了一堆花回来，分给办事处每一个女战友。

我松了一口气，又调侃起来，这时节，送花顶啥用，送蔬菜才是土豪。家里要断炊了，明儿赶紧送点吃的，老规矩，到围墙边上交接，小区卡点也行。

"小区全封闭要到什么时候啊？好想回家看看孩子，一直不放心老爸老妈，毕竟他们年纪大了，还都病着……"吴柳竹问。

"应该快了吧。目前为止，没有新增一例确诊，也没有一例疑似。一个封闭周期十四天，到2月18日就满了。如果保持战绩，不再爆出新病例。还有四天，你就可以回家了。你要强迫自己休息，多打个盹也是好的。"我一边回答，一边叮嘱。

爸爸，我给你画了一张安神符

2月18日，庚子年正月廿五，晴好

半个月来，第一次睡了个安稳觉。昨晚十二点睡下，早晨七点一刻闹钟叫醒。黑甜一梦让我缓过劲来，有如游戏人物一样满血复活。

起先十多天，太多抗"疫"事务缠身，白天必须身先士卒，晚上没有突击任务，也要写宣传材料。与看不见的敌人浴血奋战，困倦至极却又脑海翻滚，好不容易眯着，一个患者求助电话打来，又要抖擞精神协调送诊。瞌睡虫被赶跑了，你怎么求它也不回来。

我在家时间不规律，回家也是寝食难安，被在线事务锁着心神，要么审核医疗组送诊与用车，要么回复业主群中随时出现的疑问和诉求。所以，跟儿子当当打照面，也没工夫督促他在线上课，说是学习靠自觉，基本就是放鸭子，随他在书房怎么大闹天宫。

两位老人家照顾孩子饮食起居，玩手机还没当当内行，辅导上网课是不可能的。当当自己告诉班主任廖莎老师，爸爸妈妈在外分头抗“疫”，妈妈快一个月没回家了，爸爸也在小区指挥部战斗。于是廖老师另外开小灶，经常视频电话辅导当当线上学习，我再三表示感谢，只待疫情过后，同赏潜山花开。

我没空检查老师在线布置给他的作业，因为很多都是家长陪伴才能写好的。网上说很多家长都被逼疯了，恨不能早点开学收走家里的神兽。当当倒是自信满满，说语文数学都没问题，就是在线英语课不适应，往常学校老师都是中英文交替，网上视频是纯英文讲课，他完全没法听懂。我也只能自欺欺人，幸好他不是毕业班，课程落下了，将来再补救吧。

当当自律性不强，一个人可以嗨翻天，也能把妹妹带上天，捉迷藏疯得在墙上打洞。我们为人父母，对孩子多有亏欠。我只能尽量做到一点，每天跟当当聊几句，“今天有什么新想法”“有什么新鲜东西跟我说说”。他脑子转得快，有时要小聪明，嘴巴也很会说，大道理似懂非懂，小细节不太注意，但他善于独立思考，想象力天马行空。

就在前天，我发现他对疫情防控很有想法，他说知道怎么消灭瘟疫。可能是透过窗户看到楼下，物业保洁人员背着喷雾器到处消杀，由此受到启发。他说国家应该让科学家研制一种巨型激光伸缩仪，比变形金刚擎天柱还要大，把人们集中在人民广场，启动激光缩小模式扫描过去，每个人就变成火柴那么大，然后排列成方阵进入房车一样的消杀器里，这样就可以大批量杀灭病毒，那就不存在医院床位不够的情况了，人们消完毒再启用激光还原模式，所有人恢复成原来的身材比例，就可以高高兴兴回家了。这几乎就是科幻小说梗概，我对这个想法极为赞赏，他在线学习不怎么样，好像也不怎么要紧啦。夸赞之余，我又告诉他，这个杀灭“新冠病毒”的故事就像一枚硬币，它应该还有另一面，他说的理想国度并不存在，即便科学家无所不能，也要把权力关进笼子里，等他长大成年，看看哈耶克的书，再看看奥威尔和赫胥黎。

昨晚我十点半才回家，女儿已经跟姥姥睡觉去了，儿子还躺在沙发上看动画片，又是哪吒和敖丙在斗法，我教过他用U盘在电视上放映，这下不得了，起码不下十遍了。这么晚还不休息，明天怎么起得来？我正要对他发脾气。

儿子说："爸爸，我给你画了一张安神符。你不是一直睡不好觉吗？我就是要等你回来，跟你说怎么用才行。"

我的心一下子软了，又感到十分惊讶，这小子莫非看多了神话故事，竟变得神神道道啦？前两天还缠着我讲孟婆汤，问我六道轮回咋回事。我问他画了啥，把东西拿来看看。

他一溜烟地跑去书房，拿出一张亲手绘制的灵符，纸张是一截半生熟宣纸，是我往日得闲临帖剩下的。

除了底下那几个"静"字，奇怪他才开始学楷书，那行书笔法我也没教过，其他的符号、线条有如神授，看得我完全不知所云。

看着我一脸蒙圈的样子，当当有点小得意。他叽里呱啦解释，从远古时代说起，又是五行之气，又是道法神奇，又是未来科技，我被这洋泾浜式符箓整得云里雾里，两眼飙出欣喜的泪花。

"儿子你懂的东西真多，爸爸都听不懂了。这样吧，你把想表达的意思写出来吧！"我想"骗"他写一篇作文。

"你不用听懂啦。你只要照我说的办，保证治好失眠症，今晚就能睡个好觉。"

"你要我怎么做？"

"这张安神符呢，我花了好久才制作出来。我把它放到你枕头下面，就会发挥安神作用。你只能看正面，绝不能偷看反面，一看就不灵了。"

"行吧，臭小子。还真有点意思。"

不管别人信不信，我反正是信了他的邪。好奇害死猫，我没翻看安神符的反面，居然真的睡了个好觉。

早上起来，当当四仰八叉还在睡。书桌上摆着他对安神符的释文：

正所谓自古有三不可取：一曰烦躁，二曰心不静，三曰狂乱。以“冠气”引入吸尘器一样的大赤瓶，过滤之后引入“中化”丹炉，用乾坤八卦的净化之力，此所谓“天蓬”之功，把神字“静”注入脑海之中，最后人就美美地睡着了。

必须感谢儿子当当，是他召唤神力，赐我一个好觉。或者、也许、大概、其实是亲子灵犀相通的爱与力量，抚慰了我困倦的皮囊和焦躁的灵魂。

感觉人生已经到达了巅峰

2 月 19 日，庚子年正月廿六，晴好

眼下，小区的防疫局面来之不易。除了志愿者团队拼命干，我觉得跟宣传得好也有关系。酒香也怕巷子深，抗“疫”最怕无人问，孤军奋战乃兵家大忌。

2 月 11 日，《咸宁日报》首次报道之后，福星城志愿者行动一炮打响。2 月 15 日，“学习强国”湖北学习平台全文照发，与其说周萱是在写深度报道，不如说是在介绍全封闭小区疫情防控工作典型经验。外头很多人想学习取经，纷纷向我们志愿者打听。而最便捷明了的办法，就是截图我的朋友圈转发研习。前来取经的人络绎不绝，我们也乐得倾囊相授，介绍一揽子做法，打包核心文件资料。

2 月 14 日晚上十时许，我得到风声：2 月 15 日上午，省委督导组要来福星城小区。前些日子，我在市指挥部接待组，就是他们的“凤尾”啊。各类小区、村庄、医院、隔离点等疫情防控风险点，6 个县市区都跑遍了。

2 月 15 日是坚守阵地第十二天，省委督导组徐立全主席一行亲临福星城小区。上午十一时许，下着蒙蒙细雨，大伙终于把大人物盼来了。据说，督导组一行，之前在市指挥部开会，听完云南援鄂医疗队的工作汇报，直接来福星城查看社区疫情防控工作，同时也是慰问基层一线志愿者。从志愿者团队来看，徐立全主席是湖北包咸宁片区的大员，市指挥部敢把他往这里引，这既是对临时党支部的极大信任，也是对小区抗“疫”工作的再度肯定，还是对志愿者团队的莫大鼓舞。

咸宁战“疫”打响以来，徐立全主席是来咸宁的最高首长，连他都赶来给我们摇旗助威，还有什么困难不能克服，还有什么坎迈不过去！陈明、刘娇、王僳僳、王晨等几个90后、00后小姑娘小伙子，在嬉闹中翘首以盼，不知不觉哼起小曲：“好嗨哟，感觉人生已经到达了高潮，感觉人生已经到达了巅峰……”

几个支委都知道，徐主席一行太忙，临近饭点过来，也是见缝插针。这凄风苦雨有点儿恼人，不方便去巡视楼栋，只好在物业大厅听取汇报。天山、祥伟、国平和文波等省市区领导同志陪同而来，还有街道、社区各有关单位的人员，以及记者朋友，加之部分志愿者簇拥着，保守估计有六七十号人。这可是疫情暴发以来，我见过的最大型人群扎堆现场，脑海一长串表情包掠过。就这样里三层外三层被包围，我不知道领导们有没有犯怵，反正我是不会往里挤的，就在外围晃晃算了，跟随行人员打招呼，大部分是熟面孔，在市指挥部打过照面。

老余提前把功课做得很好，临场汇报都不用笔记本。他讲了四点：一是强化思想引领，勇当抗“疫”先锋。二是凝聚党建力量，打造战“疫”堡垒。三是构筑严密防线，做到群防群控。四是提供优质服务，关爱特殊群体。徐主席频频颔首，高度肯定这些做法，就是要把防控力量下沉社区，强化属地责任和群防群控，做到深入细致排查全覆盖。后来，老余终于抬手引路，按照支委们事先议定的路线，把徐主席一行往二楼办公室引，让领导知道这办公条件有多简陋，同时看看志愿者签名墙，看看那些抗“疫”现场照片，这些直观的信息胜过舌灿莲花。要不怎么说工作留痕很重要呢。

当徐主席看到宣传牌时突然停下来：“咦，这里还有我们政协的干部下沉？”祥伟同志答道：“对，就是后面那个小伙子，小程你过来，跟徐主席报告一下。”国平同志眼神望过来，透着一丝笑意，招手让我上前去。几乎就在同时，徐主席拊掌大笑：“原来是他，这小伙子我认识，有一阵子没见着了。”

幸福来得太突然。之前以为轮不到我说话，但也不是完全没有期待。遇有临场发挥的机会，我从来都不怯场。人们自动让出空隙，我大步走向前：“报告徐主席，我原来是接待组的……”许是小心脏快蹦出来，我尽量压制住激动，语速还是有些快，因为我想多汇报一些情况，叽里呱啦说了一大堆，徐主席也在适时追问，后来自己都记不清楚说了多少艰难、举了几个病例，还有心理咨询环节来不及说……但有一句话我没漏掉：截至目前，没有再出现确诊病例，也没有疑似病例。

具体汇报了多久，我没掐秒表，应该有五六分钟吧。听我说完，领导们就走了。送行时，湖北省政协秘书长翟天山投来鼓励的目光。我说：“翟秘书长，不好意思，没汇报好。”他又拍了拍我肩膀说：“你做得很好，汇报得也好。”

送走领导们，我长舒了一口气，忍了许久的咳嗽，终于得以咳两下。

沾了省领导的光，这一波操作登上了湖北新闻。关注福星城小区抗“疫”的人越来越多。很多外地朋友都给我发信息，浙江诗人徐静夸赞我文武双全，更多让闻者脸红看者感动的话，我就不转述了。要不是为“新冠”疫情所迫，谁愿意投笔从戎横刀立马。心怀赤诚，血脉贲张，一支穿云箭，千军万马来相见。万人同射天狼，势必荡涤宇内，让病毒无处遁形。

自从孟祥伟书记亲临指导后，徐立全主席又现场督导，福星城不再是一座孤岛，而是一跃成为战“疫”堡垒，成了一面战斗红旗，升格为全市抗“疫”打卡圣地。老话说：“老大难，老大难，老大重视就不难。”为帅者不避矢石率先垂范，为将者冲锋陷阵奋勇向前。一个比一个讲政治，一个比一个有担当。各路神仙走马灯似的纷纷前来一探究竟，视察指导之余，大手一挥，我们这里终于鸟枪换炮，人员也得以整编建制。人靠衣装马靠鞍。志愿者统一着装，穿上红马甲，戴上鸭舌帽，别上红袖章，清一色中国红。原来像支丛林游击队，现在一下子成了有番号的王牌军，也就有了仪式感。原来想都不敢想、想都想不到的物资装备，可劲儿给我们这里来一套那里来一套。原先登记点只有一顶救灾帐篷，现在直接上来一长溜儿，钢构帐篷之下摆上了简易桌椅。分功能区搭好台子，配好送货手推车，设立生活物资发放点、志愿者服务点、民意诉求点。

福星城战“疫”堡垒名声大噪，志愿者队伍拉到现在，里里外外大变样，就这么竖起了抗“疫”标杆。老余这时也改变了策略，他在接受市电视台采访时，就小区抗“疫”各方面工作侃侃而谈，归结起来就一句话——临时支部，也应是战斗在疫区的一面旗帜。我们在咸宁红透半边天，以至于在各类宣传报道之中，还有市、区、街道疫情汇报会上，有关单位都会专门提及，本系统有干部职工参与福星城小区疫情防控工作。

其实，临时党支部有时也会有摩擦，有碰撞，甚至会怄气，但都只为抗击疫情。运行机制理顺之后，确实存在上下领导关系，但整体上没有组织隶属关系，大家发表观点反而直来直去，干起事来你追我赶。只要有利于击退疫情，没有什么意见不能提。谁有好主意提出来，支部立马开会研究，觉得可行就立即实施。比如，来自市银保局的志愿者徐肖成有路子，某保险公司愿意给福星城志愿者免费投保，凡因抗“疫”身亡者，其家属可获赔30万元。说实话，在疫情最凶险的时候，哪个志愿者出来不是做好了牺牲的准备？十几天没有出现新病例，并不代表小区危险解除。一方面，我们给保险公司行个方便；另一方面，志愿者也算由此多了一份保障。

欧耶，福星城临时党支部，这是要上天的节奏啊。支部麾下有68条“好汉”，男女大致对半，女神也是好汉。俗话说，男女搭配，干活不累。甭管有无公职、什么政治面貌，战“疫”无分男女，党员没有预备，人在阵地在。志愿者都是战士，都是金刚，都是菩萨，心无挂碍，无有恐怖，度尽众生，方可自度。

反正啊，当志愿者就这么豪横，敢于在危难时刻挺身而出，选择当一个高尚的人。抗“疫”也是缘分哪，一起要过体温枪，一起查过居民房，甚至曾被人误会分过赃。总之，面对“新冠”疫情，我们一起扛过，这可真是患难与共的革命情谊啊。

千呼万唤始出来

2 月 22 日，庚子年正月廿九，阴雨

一大早，我跟吴柳竹语音通话，告诉她今天小区正式解封。她说正在社区盘报表数据，误差要控制在千分之一以内，争取抽空回来吃午饭。

上午九点，杨奇把《解封告知书》发到业主群广而告之。对人员进出管理、物资订购与配送、临时就医等问题详细解说。

短短一天，开路条的人累计 160 名，相当一部分人从来没露过面。丁炜负责登记，中午吃盒饭时，她说："没想到有这么多人吃皇粮啊，差点没把我的手写断。"谢峰和肖辉最敢放炮，作为左右护法，远远地就喊我过去："快来看看，这么多老脚鱼、老泥鳅，今天都冒泡啦。"

最是人间藏不住，千呼万唤始出来。

之前排查，很多人不填单位信息，我们是没法掌握的。上周排查组一个个打电话，有的人就是不接也不回复。现在基本都接电话，但又有各种托词。有个尿货还豪横地说："我是部队的，没有上级命令，不能出来执行任务。"还有个撮鸟在楼栋群里说："把国家要求我个人配合的法律条文拿来，否则我家不会参加体温接龙。"要是我没记错的话，2 月 6 日电话征召志愿者，有些人不好意思说不敢出来，要么说在外执勤，要么是不住在小区内，当时我就在花名册上备注了。其中竟有三个人，现在冒出来开路条，说单位要求回去参加抗"疫"……凡此种种全部记录在案，有几十人之多。

丁炜说，登记环节故事多。好多人跟我解释苦衷，当初为什么不能出来，要求参加后期抗"疫"工作。不过，还有少数人竟然硬撑，"我就是不出来！"这些人真是厚脸皮。

下午，杨奇那个组开始全面甄别工作。他感叹："触目惊心啊！我们绝不冤枉一个好人，也绝不放过一个鸟人。"根据摸排的各家各户信息，以及大家相互之间的印象，还有开路条的登记情况，核实每一个公职人员、党员是否参加防控和志愿者活动，甚至是否来临时党支部报过到，发现一个通报一个，发现一双晒出一双。

2月16日上午，市委组织部部长徐小兵来到福星城，听完几个组长汇报之后，当面交代杨奇一个任务。对于至今还没向临时党支部报到、没有参与抗“疫”工作的公职人员，要尽快进行甄别，没有正当理由的，统一报到市委组织部。现在不知道疫情何时探底，绝不允许党员干部躺在家里，要别人冒着枪林弹雨。

晚上，“云上咸宁”发布消息，经过18天守望相助，福星城小区官宣解封，正式解除全封闭管理，与咸宁市其他小区同等“待遇”，统一实行小区封闭管理模式。一个坚守周期原本是十四天，为何延迟四天呢？因为2月8日在B8栋排查出一名密切接触者，按照要求送去集中隔离，十四天后没有新病例暴露，该楼栋才能解除全封闭，小区这才正式解除隔离。往后，小区进入坚守第二阶段，六个专班工作人员不解散，参与疫情防控的公务员、志愿者等相关人员凭证件出入，换一句话说，解封之后也别想出小区去浪，除非参与疫情防控工作。武汉文友“云之波心”说：“你们小区解封后管控级别也比我们小区封锁期都高。”

夜里十点半，吴义三又在群里发声，就工作任务进行今日总结和明天安排。

按上级要求，入户排查和健康监测要重新开展，这是社区网格工作，没有志愿者参与不可能做完。而楼栋群报体温的事情，应该在地毯式排查后，以体温接龙的方式进行。

绝大部分人对志愿者态度非常友好，谁都知道戴上口罩用体温枪不会发生飞沫传染。但今天下午我碰了钉子，有一户极端利己主义者，小夫妻好说歹说就是不开门，坚决不配合测体温，还居然“口吐芬芳”。我当然十倍奉还，且不带一个脏字，有种，我们送的菜，你也别在门口领啊。佛家劝人向善，施主你既然投胎做人，总该为世界变得更好而努力做点什么吧。回来之后，物业前台小姐姐说，收到高某的投诉电话，说志愿者工作言语粗暴，体温排查带来交叉感染风险。

为全省抗“疫”大局贡献福星城智慧

2 月 24 日，庚子年二月初二，阴雨

昨天，一班捉刀高手为草拟一个不到千把字的材料字斟句酌，一直忙活到半夜才敲定。这不是一个普通材料，而是答记者问代拟稿。先是我和杨奇没午休，自我设问自己回答，拉了一个粗坯出来，下午拿到区委组织部商讨，晚上又拿到市指挥部审核。

为此，杨奇还连夜去了一趟市指挥部，这是他第一次踏进全市最高指挥中枢。领导很热情，又是给砂糖橘、香梨、德芙巧克力，又是煮普洱茶，东西吃不完还装一袋子让带走：“熬夜加班辛苦了。”这边厢有些受宠若惊，那边厢就是莫大刺激。今早碰头会，杨奇说：“文敏哪，上面指挥部好吃好喝，消毒检测一应俱全，我们这临时指挥部，缺少防护装备，要吃的没吃的，物资保障也没人管。”

我说：“全世界都在各自为战，我们只能自己管自己啊。按照规矩和惯例，物资供应实行属地管理，福星城小区应该由街道办负责，而街道办忙得焦头烂额到处堵窟窿。福星城有咸宁职院包保，还有那么多县级干部，还会没物资保障？说出来鬼信，还是怪自己没用！”

上个星期，我们连一次性口罩都快没了，幸好市政协机关给力，从企业家委员的捐赠中划拨 5000 个口罩、8000 元物资吃食。2 月 16 日上午求援，下午东西就送到小区卡口。这两天，干粮、水果吃得差不多了。几十个志愿者累死累活，我有责任做好后勤保障，不能又让马儿跑，又要马儿不吃草啊。

听市防指秘书组的李子鹏说，碧桂园凤凰酒店提供免费盒饭，定向捐赠给大小指挥部。钟芳女士可是政协常委啊，又是咸宁碧桂园的话事人，于是我马上联系她请求援助福星城小区志愿者。她二话没说，只问中餐、晚餐各 30 份够不够吃，到了饭点就去后厨领餐盒。不过，碧桂园公司做慈善，也是有章法的，免费盒饭只供应十天，全城每天 1000 份，如果觉得营养餐不错，十天后接受订购。

说到物资保障我就窝火。我理直气壮、不管不顾地到处蹭脸皮求人，简直要把人脉资源榨干用尽。还准备找领导跟咸安区打招呼，让温泉街道办给我们配送些物资，比如口罩、干粮、牛奶、水果什么的。云南人民捐来那么多东西，分一点儿给我们有何不可！结果被老余拦住，直接电话打过去，说只要口罩，那些吃的喝的就不用了。我表示不解，当场有点儿冒火，差点儿拍桌子。老余说我还年轻，很多事情不懂，找别人要这要那，恐怕会被人戳屁股，说我们一帮人图享受。我们现在干得红火，有的人明着是不敢告黑状，可难免背后跟领导说自己给福星城一帮人送了多少好吃好喝的。这明着算是邀功汇报，暗着就构成事实伤害了。

尽管老余说的有道理，但我还是不敢苟同，平时明哲保身，谨小慎微可以，如今是抗击疫情，还这么爱惜羽毛，那就不用搞事情了。昨天今天都有人说，没吃的了，没饼干，没水果，马上方便面都没了。我抬高声音安抚："余书记说了的，等职院领导批准，过两天就送物资来。"老余听了也不恼，兀自鼓捣手机。

咸宁职院是包保福星城的网格单位，原本包保领头的那个人不敢上，职院一把手不得已，只派得动老余这个受气包。如今，临时党支部力挽狂澜，老余则是好人有好报。党支部开会，他不止一次说："能受气就是福气。我就是福将，你们也是福将，大家气场相契，运气都很好，福星就回归了。"

一路干下来，确实太不容易了。2 月 22 日，刚宣布小区解封，各单位就要求人员回去，参与本单位防疫工作，其中很多人是尖刀兵。这无异于釜底抽薪，坚守战"疫"堡垒，人才是关键因素。于是老余带头，我和杨奇一块儿给相关单位挨个打电话，统一口径：根据咸宁市领导意见，解封后把志愿者尖刀连留下，将福星城这一面红旗扛到底，你单位的某某同志是我们的抗"疫"尖兵，希望你忍痛割爱拱手相让。大部分单位领导听了，觉得脸上有光，一高兴就同意了。但是，有些小单位的领导不乐意，因为到处都缺可用之人，他们手上兵少将寡，若疫情防控保卫战打不好，板子就打在自己屁股上。

之前，我们为了提振士气，请求上级发文《咸宁市首个全封闭小区福星城疫情防控志愿服务光荣榜》，几经协调终于如愿，2 月 19 日，以十六潭社区名义批复。社区只能认定抗“疫”事实，对各单位并不具备约束力。靠打电话求人情总不是个事儿。管得了一时，管不了一世。这个领导卖面子，另一个领导很为难。还是要市级层面出台文件，挑选尖兵留守小区才名正言顺。于是，我力主向上级寻求支持，即刻写代拟稿，请老余去找咸宁市防指中心，呈请蒋星华同志审批。只要打破行政壁垒，许多问题迎刃而解。就在 2 月 23 日，咸宁市防指发出第 31 号文《关于征调吴力等同志继续参加疫情防控工作的通知》，38 名同志的征调期至疫情结束，此后各单位实在缺人，只好倒过来找我们临时党支部商量放人。

党员干部就地下沉一线，基本上归各单位动员和监管，唯有福星城小区是特例。咸宁市防指中心直接为一个小区临时党支部发文，等于跳过了咸安区防指、温泉街道办和十六潭社区，好比“直隶总署”。征调文件就是正式名分，疫后也好有个说法，不然志愿者队伍解散，光靠嘴巴说是没用的。有些尖兵不是公职人员，比如肖辉、陈明、毛成贝等人，公家又不发一分钱，纯粹为社会做奉献。对于福星城临时党支部，可能会有集体嘉奖，有的还有个人嘉奖。对于公职人员，抗“疫”胜利后，可能有现实利益，但是对于社会志愿者，几乎就是精神鼓励。

回到开头说的草拟文件的事上，经过大家多日的艰苦奋战，福星城战“疫”堡垒干成了标杆，为全省抗“疫”大局贡献了智慧和力量。2 月 24 日下午四点，湖北省“新冠肺炎”疫情防控工作指挥部召开第 31 场新闻发布会，介绍咸宁市“新冠肺炎”防控工作和云南对口支援工作情况，其中有一个重要环节，就是十六潭社区书记郭芬芳介绍福星城小区疫情防控经验做法。这可是面向全球直播啊，福星城抗“疫”智慧就此名扬天下。临时党支部集中收看直播，每个志愿者与有荣焉，一双双眸子都在放光，像极了那些著名表情包，我们小区的抗“疫”工作登顶了。后来，福星城的镜头在新闻联播晃了十几秒，这又让志愿者们沸腾了。

就在2月22日，一位武汉嫂子在购物群里怒挬社区不作为，这段“灵魂汉骂”走红网络，将社区防疫工作推上了风口浪尖。社区治理的能力和水平饱受质疑，导致舆情汹汹。从摸排人员往来，到上门体温监测；从做好公共场所清洁消毒，到挨家挨户宣传防疫，都需要社区人员夙夜奋战、恪尽职守。随便哪个社区，都有几千户、万余人，不管是分类转运病人，还是居民生活保障，乃至个性需求满足，千头万绪系于社区一端，而每个社区也就十几个人，谁也没有经历过这等大事，难免会在慌乱中不尽如人意甚至出现失误。在这种形势之下，无论是官方还是民间，都需要化解积怨、疏导情绪，呼唤一个社区疫情防控工作典型出来现身说法，交流先进经验，让大家对社区工作多点理解和体恤，多一些支持及配合。

所谓时势造英雄，郭芬芳作为社区干部代表，把福星城小区这个重疫区干成了一面战“疫”红旗。自2月12日起，咸宁市开始推广福星城模式，在封闭小区中成立临时党支部，提炼为“647311”防疫工作法，并上报湖北省供兄弟市州借鉴，而后，武汉数万党员干部职工下沉社区。咸宁市指挥部要求防疫人员熟记“工作法”，在实际工作中灵活运用，并让督查组随机抽查。一时间人手一张，当作内功心法念诵。

各方工作力量服从社区（村）党组织统一指挥调度，落实最严格的小区封闭管理，做到“647311”。

全面统筹六个方面力量，动员机关事业单位党员干部、社区工作者、志愿者、民警、物业人员、居民等力量参与社区防控工作；严防死守四道防线，切实筑牢街道、社区、小区、楼栋防线，看好自己的门、管好自己的人、做好自己的事；扎实完成七项任务，以网格（小区）为管理单元分配工作力量和任务，结合人员个人专长、群众需求，重点做好居民出入管理、体温测量、宣传劝导、防疫消杀、入户筛查、代购配送药品和必需生活用品、不稳定因素排查等工作；重点加强社区三人小组排查力量，组建“党员＋警员＋医护人员”小组，采取问（登记、调查）、测（测量体温）、管（小区封闭）、运（转运）等方式，强化巡逻封控；实行一张表管理，明确各类工作人员职责，并在网格（小区）醒目位置或通过微信、QQ群公开工作人员联系方式；落实发热人员情况一天一报告，推动封闭管理实现全覆盖、全天候、全过程。

疫情防控期间，社区负责各项相关工作，有如千手千眼观音，真可谓“上管天，下管地，中间管空气”。

大家又送我一个外号：撑穿肠

2月28日，庚子年二月初六，阴雨

2月27日，几个支委八点一刻碰头，在临时指挥部门口闲聊。一个五十来岁的人，说是要办代购，小区只有四名代购员，这会儿还没到岗。我请他稍微等一下，大概九点开始办理。他撑我：“现在都八点四十了，你们的人员还没上班，这什么效率！”我有点儿不爽，解释道：“我们的人连续抗‘疫’快一个月了，要不请你也来当一天志愿者？”他说：“我家还有老人小孩呢！”我问：“谁家没有老小？请你来尝试一天，帮忙做点儿登记这样的小事。”他又撑我：“你们湖北人真差火，这么晚不来上班。”我彻底烦了，直接开炮：“你没有奉献精神也就算了，你还苛求别人为你付出，所有人替你挡枪子都是应该的吗？我们这里有六十岁的志愿者，年纪比你还大。这么多人只有一张车辆通行证，很多人是步行五六公里来的。你还好意思教导我？你说我年轻不该训诫你？你这么为老不尊，湖北人怎么对不起你了！你还拿手机拍我，你接着拍，我从头开始再来一遍。

你等到十点半都是应该的，像你这样的人，我见一个骂一个。”

然后，他就被我拧走了。最烦这类杠精，以为自己不是湖北人，就可以置身事外，每天拧得我嗓子都哑了。我照原话发朋友圈，人们纷纷说拧得解气。

早在2月18日，上级新指令下达，福星城保持原来战“疫”状态——家里蹲，不出门。这下好了，全城都一样，谁也出不去，自家风景独好。这等于之前我们坚守十四天——解封之后出门的念想破灭了。虽是全城大一统行动，但人们想出门的理由有千万条：要上班，要执勤，店铺要开张，要赴外地复工，要去黄畈二组河滩掐菜薹，要看另一套房子漏水没……也有必须出门的理由，比如救死扶伤，我们都会派应急车。

2月21日，我碰到难题了。朋友卢娟求助于我，因为她的小区没有应急车，社区忙不过来，电话都难得打通，她连小区门都不能出。她外婆心功能不全，每天都要吃一种续命药——沙库巴曲缬沙坦钠片，这种药在嘉鱼断货了，一周之内未必有，她只好求救万能的朋友圈。而我这个医疗组组长，能不能擅权安排人帮忙，为不是本小区的居民去咸宁中心医院买药呢？于公于私，我都不能见死不救。知我罪我，其惟春秋。我请肖辉帮忙去办，他是我们团队中的款爷，在武汉有三十几个铺面，这回受疫情影响，起码损失租金四十万元。但肖总第一时间报名，成为了应急车司机，每天跟个衙役一样干活。我开玩笑问他：“你是不是在修来世呀？”他说下辈子想当一名军人。代买业务，都是他先行垫付，送到之后，业主再微信转账给他。可药买到还要送到嘉鱼呀，我们应急车只能在城区跑，于是我请市防指农村组的刘长青接力，第二天市防指有人去嘉鱼出差，就这样把药送到了八旬老人手中。

这里补充一下后话，3月13日下午，又是卢娟在微信群求助，这次是她听说的苦难。嘉鱼陆溪有个老干部孙廷华，还有三年就要退休了，3月2日完成路口大桥值守工作，在回镇里的路上意外摔入沟渠，受伤十分严重，嘉鱼医院治不了，转入咸宁市中心医院ICU救治。镇里派了一名男干部，叫谢永刚，四十多岁吧，陪同孙廷华家属在医院做好沟通协调工作，家属可以在医院有陪护病床，但谢永刚没地方吃住。咸宁城区全面防控，除了集中隔离点，没有任何一家酒店开张，也没有餐馆可以吃饭，谢永刚只能睡在面包车上，每顿只能吃泡面，如是情况一个多星期了，听说还要坚持半个月以上。大伙都觉得造孽，大写加粗的惨。镇上年轻干部想法子给老谢找吃食，但落脚地儿确实没有办法。大疫之下，基层干部苦难深重，能帮一个是一个吧。市中心医院院长是省政协委员，我看还不用麻烦他，直接问他的助手张文同志，由他协调一下，医院对面国匠酒店，是医护人员定点轮休的地方。入住之后，食宿消费回镇里报销。半小时不到就把问题解决了，老谢再也不用蜗居在车上，也能吃上热饭菜了。

咸宁防控步步升级，自2月23日起，城区实行“代购员制度”，由相关党员干部替居民跑腿，没有代购证不能进超市，防疫执勤须走固定路线，志愿者也没有购物、买药特权。有外省朋友提出，为什么不采取社会购买服务？我说此路不通，因为战“疫”管控，本来就是管制、计划，旨在以最严厉的措施彻底切断病毒传播链。

总之，我们把握一条，非必须不外出，赴外地复工要等湖北省大政策，就算送医就诊，也是两点一线，应急车点对点接送。

2月26日，坚守阵地第二十三天。老余问有没有金点子，市领导让我们想工作亮点，既要别出心裁，又要安全可靠。给居民理发这档子事毕竟要人员聚集，还得观望几天。

我说有倒是有，做起来也不难，但报纸未必会宣传。龙先勇医生提了个建议，我觉得很有道理，有必要在物业大门口设置一个安全套自取点。小区封闭以来，医疗组处理了四个人工流产案例。有道是，防病于未发，治病于初萌。让社区把那些计生用品拿出来，免得放在仓库睡大觉。控疫情，防意外！贴心关爱，服务到位。尊重生命权利，爱惜女性身体。这项工作惠而不费，四两拨千斤，效果必定奇佳。

说干就干，社区包保干部谭秋芬也很支持，当天就搬来避孕药具免费发放机，还有七八十盒安全套。再让物业经理蔡清军找来水电工，在大门左侧墙体打上膨胀螺丝，不到半小时就挂好药具发放机。这铁玩意儿十分醒目，有着计生用品特有的粉红标识，当即拍照发到业主群，同时发朋友圈——“福星城内春意闹，关爱生命要周到；疫情期间无所有，聊赠一盒安全套”，很多人一边点赞一边笑岔气。挂出去白天确实没什么动静，过了两个晚上，发放机空空如也。听物业小姐姐说，趁着夜幕掩护，大门口人影幢幢。想来安全套都被人领走了。

2 月 28 日，咸安中医院院长郑国强来探班，还有两大束红色康乃馨，送来几十包“肺毒清”汤剂，并答应供应到疫情结束。我高度评价了四个轮值医生护士。之前老郑想换人，我坚决不让换，说市防指下了征调令，当初不主动报名，形势好转中途换人，将来论功行赏怎么算？我要对每个组员负责。老郑又说给医疗组加一个人。我本来想婉拒，他那里正在筹办发热门诊，不也需要人手吗？不过，他说想让手下人来一线抗“疫”，多历练一下，积累些经验。“那好吧，欢迎加入，多一个人多一份力。”

新来的女医生叫余宾红，一个人没法轮值，打乱原来的节奏，我让她只上白班，朝九晚五就好，是否加班看当天情况。正好下午开始安排理发，请她负责消毒措施。理发师 3 名，还是小区内征召的。等社区那边统一安排，不知道哪天轮得到。为了配合理发服务，我们定制了一批“理发卡”，每天限定 80 人参与，理一次发，每个人 15 元。先从志愿者队伍开始，这些人健康情况信得过。

理发这项便民服务比较受欢迎。场地在物业门口的开阔地，在几株桂花树上，拉了一圈警戒线，三个塑料凳成品字形摆放，各自相距两三米。理发师有三个，两男一女，大家都戴着口罩，没有用长杆子举理发器，那个太夸张，也不好掌控，抖音上搞笑的。余医生盯着，在外头伺候，给理发器材用酒精消毒，剪完一个消毒一次。理发收费，15 元一个人，这是良心价。各人先在家洗好头，剪完再回家洗头发楂。这种时候，有胆子出来理发、够胆量捯饬自个儿的，还在乎那点钱嘛。正常价钱都是 30 元左右，腊月二十三我理发一次 50 元。免费午餐也不好老是吃，适当控制贪小便宜的，收点钱让理发师可持续，他们站几个小时腿都快麻木了。只是要防聚集、场地通风，另外，理发器材挨个用酒精消毒，应该安全系数比较高了。

看热闹的比理发的还多。吴义三带人守在旁边，采取叫号方式入场，不断提醒场外的人保持两米间距。

之前大家不敢出门，不是楼栋守得好，而是怕有交叉感染风险；小区解封之后，才允许居民分时段下楼活动。可疫情毕竟没有结束，防控何时是个头啊，先是吃饺子，坚持到吃汤圆，又熬到吃巧克力，眼见着吃青团了，说不定还要吃粽子……总不至于要到吃月饼吧。

这疫情拐点迟迟不来，硬生生把文弱书生逼成山大王。一碰到奇葩、见着脑残，我就容易炸毛。一般都是我唱黑脸，老余唱红脸，他性情温吞，说话和善，谨小慎微，无论群众提出什么个性要求，无论听起来多么不合理，找他决断就会裹筋。他有脾气耐心劝说，却常常十几分钟无果，来者依然纠缠不休，各种闹幺蛾子的，就为出门。我还真没他那份耐性，经常拍案而起，所以大家送我一个外号：捋穿肠。

“你还以为是疫情暴发之前，想着还能过个好年啊？不是给你家送了三次菜吗？你还想着要外出买肉啊？是吃肉重要，还是保命重要？多吃素的，排毒养颜，积德行善。实在你想吃，网上下单啊。你去什么超市？你就是憋不住了，想出门溜达！没有代购证，你进不了超市，联防队会把你抓走，拉到金叶体育馆集中学习四个小时。我们指挥部的人是工作需要，不出门不行，没办法；你呢，出门也不怕传染？赶紧的，口罩戴好，往上拉，遮住鼻孔，回家去！”

“小孩子在线上课，你老人家不会操作？儿子在外省忙事业，媳妇飞国外旅游，这下都回不来了。你把孩子带好，不要再出门。你这手机配置太低，打不开教学视频。你说啥？想把孩子送金泉湾小区，孩子小姑可以教。你也不打听打听，外面小区敢让福星城的人进去吗？先回去吧，外面太危险。非常时期，你就让孩子在家玩，能学多少是多少。你这操不完的心哦，真要是出门传染了，你怎么给儿子媳妇交代？你瞧瞧，我和杨局长的孩子，都在家里放鸭子呢。婆婆，保命要紧呗！”

“这位大姐，你哪一栋的？搞邪了吧，把两个小孩带出来干吗？你家口罩有多的是吧，一下子用掉三个。都什么时候了，还要出去理发？现在哪儿还有店铺开门！非常时期，头发遮一点耳朵没什么关系。什么？洗澡不容易干，感冒发热要我负责？小孩子不懂事，大人也不懂事？这两个小平头再过三个月，头发也扎不起来呀。尽是扯野棉花，你就想出门乱串。事不过三啊，再让我见到你扯椰子，派人把你家口罩通通没收。看你还敢不敢下楼！”

……

我其实是跟老余打配合，他正常劝阻不起作用，我只好来当恶人，把不“思悟”的人撵回家去。

坚守进入第二阶段，里面的人想出去，外面的人想进来。疫情防控丝毫不能松懈，主要矛盾和工作内容发生转移，“新冠病毒”再怎么可怕，生活还要继续过下去，不可能所有人永远困守。为了最大限度降低疫情风险，我们只好尽可能管控人员流动。

物业消杀要坚持到疫情结束，外面回来人员必须审核，集中加入一个微信群，居家隔离十四天，每天单独监测健康情况。保洁、巡逻、客服有条不紊，物业人员都要到位，工作力量只能加强。

志愿者也是“人民一分子”，凭啥总当“受气包”？

3 月 4 日，庚子年二月十一，阴雨

福星城封闭管理一个月，没有再出现新增病例，在疫情风险管理图中被咸安区防指划为绿区，在红黄绿三档中是属于最安全的。咸宁市新增病例连续十一天零增长，各县市区在湖北省最新公布的疫情风险等级评估报告中陆续退出高风险区。“第一战场”武汉疫情在数据层面也不断向好，这是否意味着乾坤已定？然而，东洋人、西洋人、中东人都失守了，病毒触角已伸及南极洲外地球上所有大洲，世界各国并没有珍惜中国“封城”所争取的时间。“新冠肺炎”席卷全球啊，如果境外“倒灌”严防不力，疫情会不会“触底反弹”？

我心甚忧！

2 月 29 日晚上八点半，吴义三在志愿者群开玩笑，据确切消息：2 月 30 日，咸宁防疫正式解封！有人问，真的吗？徐宁跟着说，星期八解封！大家定了定神，发现是个冷笑话。一连串笑中带泪的表情包成队列飘过。

一个半月不能出门，谁不想疫情早点结束呢。大家心情都很急迫。各种出行、接收证明办得头秃，还是申请健康码方便，微信和支付宝都可以，日后应该一码通行。

压力山大啊！ 2 月底，所有业主都可以下楼，但不允许出小区。D 区原来有两个小卖部，这两天活跃起来了，3 月 3 日早上，居然成了小菜市场，劳动人民真是排除万难啊。但由于人员聚集风险陡增，我们只好请市场监督局来贴了封条，因为现在是战时管控，买菜、买药实行代购员制度。

又有人在业主群里说，在物业领包裹时，看到又来很多物资，一面墙码着南瓜和方便面，什么时候发放？我回复：物资看起来不少，但只够三四百户，没办法做到普惠，优先给老弱病残、贫困户等弱势群体，或者分片区轮流发放。好事不能占尽，好处不能拿尽。积极领取捐赠物资，这个也没错，但要随缘。主要还是网上下单，自己解决问题。不出门，不聚集，不添乱，继续宅在家里做贡献！确实有个别困难自己没法解决，再找志愿者帮忙。

我们要对得起“志愿者”称号，对人民群众怀有最大的敬意和服务热忱。但是坚守到后期，真有些牛鬼蛇神冒头了，每天要面对各种刺头的阴阳怪气、煽风点火。我们不是受气包和出气筒，身正不怕影子斜，面对一小撮人的滋扰，不能任其兴风作浪，必须无情回撑和精准打击。

D 区有个奇葩女薛某，看到郭芬芳上了湖北新闻发布会，觉得自己智商受到侮辱，公民权益没有得到保障，气得要死，到处告黑状，纪委、指挥部、市长热线，统统告个遍。她是这么反应情况的：“跟十六潭社区的人打电话，想问代购物资找谁，一天到晚都不接，也不回电，社区就这样的工作态度，凭什么当先进上电视？总共只领两次物资，一个西兰花，一个大白菜。别的小区发南瓜、鸡蛋、米、面、食用油，我这里怎么不发。”然后，她又在业主群搅浑水，公开叫嚷：“我反正躺在家里，闲着也是闲着，就是找你们这些人眼子。报上说云南支援物资2850万元，咸宁受灾人口250万，平均摊到每个人头上，至少有11块多。福星城是重灾区，上面应该会多分一点，好多东西都被截留了。你们把菜乱分乱发，有权有势的家里吃不完，宁可烂仓库里，也不发给我们。”

薛某女纯粹自私自利。咸宁城区共有代购员1890名，福星城小区4名，联系方式全部公布。同时公布相关操作流程，指导如何加入生活物资采购群、如何上报需求清单等。这些措施一个星期之前就全城推行了，而我们小区的代购业务从封闭时就有，主要针对不会网购的老年群体。临时党支部就在物业公司，她说不清楚找谁办，其实是典型怕死不敢下楼，连来咨询的胆量都没有。市防指总共给福星城调度过两次菜，分区分片送的，加上嘉鱼人民捐赠一次菜。志愿者送菜上门两次，轮到她本来也就是两次。她以为自己该享有自由，别人就该为她奉献。“政府当然应该兜底，就该为我做任何事。天下乌鸦一般黑，总有贪官污吏，都是你们不好。”

据物业老蔡分析，这女的是本地人，肯定家里有点背景能量，躺在家里不出来，却知道全城各小区都发了物资，巴不得所有物资每天都给她送家里。把网上看到捐赠菜烂了的事都安在我们头上。杨奇气不过，说对付这样的人，只有一个办法，拖出来让她当一天志愿者，分一个单元楼让她入户排查，或者给确诊楼栋送一下菜，就知道滋味了。她以为全天下都应该围绕她一人服务。

楼栋长出面解释，她完全不理会。吴义三出马做思想工作，她越发阴阳怪气。

别以为志愿者好欺负，我们硬核起来，定会斩妖除魔将你的画皮撕开。打蛇就要打七寸。你不是姓薛吗？机关单位的人这个姓不多，再剔除外地人，终于查问到，她是某单位薛科长的亲妹妹。

好家伙！找到事主了。我立马拨通薛科长的电话，请他做好妹妹的思想疏导工作。当天下午，薛某女在业主群发了最后一通牢骚：

“你们有什么仇怨冲我来，干吗找我哥哥来压我？”原来她被哥哥一顿臭骂之后，她嫂子找婆婆哭诉，说老人家再不管管宝贝女儿，儿子的前途要被妹妹毁了。哪有那么严重？大伙听说后都笑了，空气中充满快活因子。

对于刺头，我向来线上回复撑到位，当面论战陪到底。但针对真正提出合理意见和疑惑的业主，我们都一一予以耐心的回复。因为很多楼栋群我不在其中，就在志愿者群里说：“以后谁在群里看到提意见的，烦请截图发给我看，我可以提供回复。”

小区大了，憋家里久了，什么人都有。按下葫芦浮起瓢。

2 月 27 日下午，又是 D 区冒泡，有个家伙叫杨某昉。他找碴时很冷静，揪着吴义三不放，跟着走了几百米，质问为什么不发给他南瓜。“领南瓜为什么还要登记？程序那么烦琐，你们就不能改进吗？”他全程拿手机顶着志愿者脑门拍，足足闹了两个多小时。他就是想激怒我们，想让人愤怒说错话，然后拍下来“取证”。

后来一查，他瞒报从武汉回来的信息，领南瓜也登记虚假信息。此人肯定不是精神病患者，我问他叫什么名字，他也不敢说，跑去登记的地方，从丁炜手上抢过表格，把写的假名字涂抹掉了。幸好物业老蔡认识这个人，他找麻烦不是一两次了，小区封闭之后，要物业前台买指甲剪等七七八八的东西，总之在沟通上一根筋。年纪四十出头，据说独居多年，从武汉回来过年，也不跟父母一起。

我们志愿者没有执法权，却有肖像权和隐私权，只好报警处理。本来只是训诫一下，让他删掉拍的视频。吴义三跟着两个民警上门后，这只撮鸟故伎重施，竟又对着两个警察脑门拍，质问民警凭什么上门，还打开远程视频跟外地朋友说，自己只是向社区提合理意见，却要被叫去警局喝茶。民警见状，一把夺过手机，呵斥道：“你在疫情期间，填报虚假防疫信息，妨碍防疫工作秩序。传讯期间，不允许使用手机，我们有执法记录仪，事后可以把视频给你的律师。”结果他被铐起来了。带下来的时候，见着人就喊：“警察抓人啦，大家来看看啊！”我敬他是条汉子，民警上门还那么嚣张。他被带走的场景，有人从窗户拍到，发到业主群里。总该有人为自己的嚣张跋扈买一次单。正好抓一儆百，再有人蠢蠢欲动，想跳出来闹眼子，也得掂量掂量。

我们是豁出去了。要流氓的人渣，见一个撑一个。志愿者每天精疲力尽，二货却在家憋不住，跑出来闹幺蛾子。我们已仁至义尽，不能惯着这些人兴风作浪！

杨某昉相当于牛二那等货色，就是闲得无聊来碰瓷的。我本来在二楼写稿子，吴燕春打电话要我增援，我就跑出来看咋回事。加入论战之前，我打开手机录音，启动自我保护机制，免得牛二又恶心人，恶人先告状，断章取义截一段，在网上曝光什么的。如果将来组织上调查，我也有证据在手，自己不能有理说不清，白白跟着陪葬啊。

没想到"牛二"不把民警当回事，不认㞞，杠到底。于是，被带到派出所问话。果然，进去就老实了。做笔录时，态度一百八十度转变。当晚九点多，民警便驾车把他送到小区楼下，让他自己回家了。

本来以为事情到此了结，不料"牛二"还不善罢甘休，估计他一宿没睡，炮制了一纸诉状，多次通过楼栋微信群发布负面、不实言论，同时投诉到市防指。他写道："问询到晚上九点左右才结束，我无任何被证明的法律过错，被干警亲自开车送回家中（对干警表示感谢）。我又冷又饿，而且被带出了家，也平白无故增加了感染的机会。"最后，他还不忘声明："等有关责任人得到严肃处理，我会主动报名担当志愿者。"

我找网警处理这件事，说是类似情况不少，杨某昉只在业主微信群闹，网上还查不到他的帖子，尚未造成恶劣影响，不宜激怒他继续滋扰。于是，临时党支部只好冷处理，就杨某昉投诉的严重失实情况进行回复，并由十六潭社区向上级报告。

2 月 29 日晚上十点，吴义三在志愿者群里发了"罪己诏"：

今天要跟大家说声抱歉，我给大家做了一个不好的示范。不论什么原因，不论居民有多么刁钻，作为服务对象，我们向他们发脾气都是不对的，因为我们的初心是无私奉献，我们有一个共同的名字叫“志愿者”。志愿服务不应只会接受支持理解我们的“好人”的赞扬，更要学会宽容那些抱怨我们的“坏人”的苛责，这应该是每一个志愿者应有的情怀和品格。

下午下班时分，当民警将那个“刁民”按倒在地并戴上手铐带走的那一刻，我内心是酸楚的，虽然他在半小时前曾让我几近崩溃，但那时我却没有任何一丝快感。我不禁反思：如果我们工作做得再细致一些，我们的态度再耐心一点，矛盾可能就不会发生。或者再换位思考一下，想想那个封闭在家里一个多月的单身孤独者的心境，或许他的行为就会由“不可理喻”变为“可以理解”了。此外，我们也要叩问一下，我们内心深处是否还存有志愿者的天然优越感，是否将志愿者袍服下隐藏的“高尚”扩大化，将居民们本是无心的言行，解读为他们本性的“渺小”，从而使我们紧绷的敏感神经感到被严重触犯？

今年是福星城封闭的第二十四天，很多志愿者已经连续奋战二十余天了，在历经艰难险阻即将功德圆满之际，每一个志愿者的身心正承受着一个极限考验。烦躁、厌倦思想正在滋生蔓延，但这绝不能成为我们志愿者可以凌驾于服务对象之上的理由。因为我们是志愿者，我们要时刻牢记当初报名的初心，继而明白为什么出发，该怎么干，要走向哪里。

明天即将向历经磨难的2月说再见，新的任务与挑战正在前方等待，让我们一起加油打气，重整行装再出发，把福星城居民服务做得更好。

谨以此文省吾今日之过，与诸君共勉！

坚守到3月初，又进入另一个焦虑期，大家都知道除武汉之外，湖北各地都在复工复产。信息登记工作有必要加强力量，起码要多安排几个年轻人维持秩序。

3月1日中午，杨奇又碰到一个怪老头，很遗憾他又是D区的，这个区域户数、人口占了三分之二强，志愿者却只有几个，幺蛾子基本上都出在这里。怪老头说，有个男孩理发没戴口罩，志愿者没有尽到监督责任。那男孩读高三，他自己辩解，因为妈妈催得急，洗完头下楼理发给忘了，志愿者则及时递上了口罩。怪老头却不依不饶，打了7次110报警电话，举报有人没戴口罩。他用浓重的武汉腔说："社区也不管，真是稀烂的班子。我每天在楼上阳台看着，看你们有么斯做得不好的，总是看不太清楚，今天下楼终于抓到把柄。"这怪老头说累了，在边上抽烟也取下了口罩。

3月2日上午，怪老头又跑到二楼办公室，说要去党中央，告我们渎职罪。要层层上报，让大领导来解决。他说自己是正当反映问题，问题一天不解决，他就天天来。正好碰到市委督导组，领导问清楚缘由，直接发话，这种人要严厉打击。当天下午，派出所又来了4个民警，两男两女分时段巡逻。有了警力部署，就有威慑力。他又不敢冒头了。

人上一百，各种各色。小区住着4000人呢，不时冒出几根芒刺、搅屎棍，或者奇葩、脑残，要"维护自己的合法权利"实属正常。好吧，一切权利属于人民，我们志愿者也是人民的一分子，就让我们捍卫"同胞"这一权利吧！

"摸排""流调""密接"步步惊心

3月6日，庚子年二月十三，多云

咸宁因疫情被问责的干部，听说已有500多名，他们依然奋战在抗"疫"一线，我家那口子就是其中一员。

2月17日那天是吴柳竹生日。小区还在封闭，我在里头出不去，她在外头进不来。没有等来生日礼物，倒是等来一纸通报。长安社区因对返乡人员摸排不到位导致严重后果，咸安区纪委对她给予"党内警告"处分。起先稀里糊涂，她心里很委屈，很难接受这种结果。

然而，抗“疫”熬到现在，无论什么处理结果，她都能够坦然接受了。只是这个发文日子，就在她生日这天，赶得也太巧了。这老天挑时候，横竖是一刀，痛快了，结痂了，也就不那么难受了。

文件只认结果，没有详细过程，也不讲客观原因。

下沉一线以来，我除了抗“疫”工作，还有一个创作设想，通过采访基层一线的“抗‘疫’者”，写出一部“人民抗‘疫’史诗”。从各个阶层、各个年龄段、各种职业、各条战线选出先锋人物，分享自己亲身见闻和经历的抗“疫”故事，讲述基层干部群众不可承受之轻，展现各条抗“疫”战线的复杂、艰巨和曲折，描绘众声喧哗、可歌可泣、光怪陆离、人性闪光、波澜壮阔的抗“疫”现实。求其上者得其中，起码写就一部时代信史。前前后后，我采访了几十个志愿者，最后也该采访一下身边最亲近的人了。

我：事情翻篇了，今天就采访一下你吧。摸排不力咋回事？说说你受处分的事儿吧。

吴：那从头说起吧。元月 31 号，社区书记余文娟和副书记胡文文两个人到关苑小区去摸排，在卡口碰到高某杰。高某杰的情况社区大概知道，他平时不住在这里，好像在武汉做生意，还是个党员。那天到他妈这边来，说是拿了东西马上就走。余、胡二人给他测了体温，显示正常，又询问了他的健康状况，就没有过多盘问。高某杰是武汉返乡人员，而他的妈妈经常到武汉去带孩子，两人就这样两地经常往来，但当时这些相关信息没有及时上报，造成了疏漏。2 月 1 号，咸安区防指询问这个人，我就问余文娟，她说是有这么个人。原来，1 号那天这一家出大事了，高某杰的妈妈确诊“新冠”，高某杰和他老婆也感染了，他老婆后来算作疑似病例，因为没什么明显症状。几乎在同时段，高某杰的姐姐一家人先后出现感染症状。而高某杰妈妈年纪大，扛不住病毒，2 月 7 号死在了医院，她是咸安因“新冠肺炎”死亡的第一例。

我：信息遗漏这个事情，其实挺严重的对吧？

吴：其实元月 31 号已经摸排过了，但是当时社区因为事情太多，信息量太大，工作人员一时没来得及把信息录入上报，结果就疏漏了。

我：按上级要求，排查情况不过夜，当天就应该上报。是不是长安社区工作能力弱了？你看福星城的志愿者，只有五六个人帮十六潭社区录入信息，一晚上就把所有东西搞定了，像徐肖成、吴燕春，一个顶几个。

吴：没有及时上报，就是这么回事。不要把事情想那么简单。就说你负责这块吧，一个福星城小区，不到4000人就有个医疗组，还有六个工作专班，就要处理那么多事情。你想想长安社区有多少人？1.5万多人啊。工作量不是同一个等级的。

我：志愿者的工作素质有时候比网格员要高很多，一个人可以抵三个人。

吴：之前有跟你说过，我到社区后，跟办事处党委书记宋任东报告，我的处境太难了，要人没人，要物没物。过年之前，社区书记刚刚生完孩子，才四十来天。老宋让我通知她回来上班。她说小孩心脏疑似有问题，自己不敢有任何感冒之类的，那对孩子将是致命的，换作谁都不能不担忧这个病毒。另外，社区副书记老家是荆州的，春节前刚一走就赶上封路，一时回不来，后来好不容易回来又被隔离了。社区领导班子两个主要负责人过年前都不在，挨到12月31号还是30号，才从碧桂园调了一个人来，跟这边一个干部对换，这个人对整个工作情况也不是很熟，所以，“两委”五个人就只剩两个人了。

再来说网格员队伍。一个高血压犯了，一个说工作太累，那段时间压力山大，还有一个直接说不做了。还有一个人，做着做着就跟“两委”吵起来，也不来了。我跟她们打电话也不接。那个局势多难，疫情那么严峻，却无人可用。网格员平日不起眼，可只有他们对网格情况最熟，陡然一“断崖”，谁来接手工作？到处找不到人。办事处千方百计薅人，把底下人社的、司法的、便民服务大厅的所有人员全部调动起来，分配到社区去充实力量。但是，前期工作没参与，他们也不是很清楚。对社区情况不熟，一下子也没办法衔接起来，造成防疫局面很被动。

我：只有一个办法，党员干部全部就地下沉，应该早点实施，一周前才开始，有点晚了。

吴：再说上面来的志愿者，他们也是不熟悉情况，就算几天后，情况搞熟了，他们也是下派干部，也没几个愿意当网格员。

我：实事求是地说，这么大疫情突然来了，很多领导、指挥者也是蒙的，都是边看边干，一步步地上措施、上手段。

吴：是啊，大家都是慢慢认识到的。有个女副市长敢讲真话，说自己开始就是惊慌失措到手足无措，到后面才稍微捋出一点头绪，大家都经历了这个过程。

我：这个我清楚，腊月二十六，市领导检查春节期间基层各项工作的开展情况，我还见过她跟领导闲聊，当时心理预期才十天半个月，对疫情的认识都不深。

吴：从来没有打过这种战役，大家都是忙乱的，防疫物资又紧缺，一开始就让我负责后勤。老宋要求，我们指挥部要 24 小时蹲守。我和副书记唐波两个人轮流值守，他下村去了，我就要守着。

我：处分文件下来，其中一条就是说你没有下沉？

吴：是的，说我下沉工作不到位，导致出现疏漏，要负领导责任。当时办事处紧缺物资，我使出浑身解数，通过多渠道联系购买物资。口罩、额温枪那时候尤其紧缺，困难死了。

我：当时没口罩，为什么不跟我说啊？

吴：你还不是后来才有办法，你以为你一开始就有的？

我：一开始我就知道渠道，高新区有一家企业金仕达生产口罩，找领导审批就可以买到。你没跟我说，我以为你买得到。

吴：我们到处联系，到处找人都买不到。

我：口罩成了战略物资，必须是市指挥部批，一般人哪里买得到。不扯远了，你继续说说高某杰吧，他一家后来怎么样了？

吴：高某杰一家的流调还延伸到她姐姐高某娜一家。她一家子不是也出现状况嘛，摸底排查时，报的小孩名叫蔡某妙，他姐夫叫什么来着？呃，蔡某欣。他们名字对不上，我们排查的名字，和他们住院登记的名字不一样，所以导致信息不对称。

我：为什么搞个不一样的名字？他们故意隐瞒个人疫情信息？

吴：唐波差点因为这个事受处理。只要属于密接者，就要送去集中隔离。

我：他们就不想去是吧？

吴：当时那种情况，大家都是恐慌的。他们应该是害怕，不想全家去隔离点。

我：他们自己填的假信息？

吴：反正他们住院时，跟我们上门排查的姓名不一样，导致个人信息对不上。包括高某杰本人，后来社区打电话联系，也找他一家当面询问，高某杰的妈妈就说自己有肺结核。她的意思是，希望社区能给她隐瞒这个情况。

我：隐瞒什么情况？

吴：隐瞒肺部有疾病。后来，两个社区干部回忆，当时高某杰已经知道他妈不对劲了，可给自己量体温又是正常的。他有点担忧，又不敢确定。据他透露，他自己也有肺结核，不想让更多人知道。

我：其实他不是有肺结核？他的“新冠”什么时候确诊的？

吴：肺结核应该是真的，“新冠肺炎”也逃不掉，高某杰出院了，还有点咯血。他出院有些日子了。2 月 1 号确诊，9 号就出来了。其实，核酸检测查不出来，三次检测也不能完全搞准。他就第一次核酸检测呈阳性，之后都是阴性，拍片子肺部有空洞，但没有其他不适症状，也没给什么药物治疗。医生判断，肺部空洞跟肺结核有关。高某杰出院以后居家观察，社区每天要监测他的健康状况。没几天他说在咯血，要到肺结核医院去治病。社区就联系应急车辆，把他送到咸宁中心医院去了。当时按要求把高某娜作为密接者送去隔离。前面说过了，高某娜一家三口，住院登记和实际排查时的姓名不一致，导致信息不对称。

我：高某娜没有流调出来是吧？还是她没去隔离？她没发病吗？

吴：高某娜当时没有及时过去，她小孩儿发病了，就在医院照顾。她作为密接者，迟迟没有去集中隔离点。后来唐波跟她联系，多次做工作，反复思想沟通，她都说要在医院照顾小孩，去不了。这个情况，我们也写了说明。后来有一天，上面的意思是，非要集中隔离。

我：那这个小孩谁照顾呢？她是感染者啊。

吴：后来，高某娜自己也发病了，就同一批住院啦，唐波也去医院看望过。当时已经很严重了，只有八个多月大的婴儿，确诊“新冠肺炎”。

我：小孩没事吧，活下来没有？

吴：活下来了，都上了大新闻，是咸安区第一个出院的最小的婴儿。唐波又自掏腰包，买了很多物资，奶粉、水果什么的前去看望。不久前高某娜说，她很感激唐波，等疫情过后，要请我们几个吃饭。

我：前因后果是这样。“摸排”“流调”“密接”环环相扣，步步都是坑啊！

吴：也不能完全责怪高某娜，当时流调工作确实有疏漏，反正我也不太清楚。听说区卫健委领导，好像也是因为这个原因受了处分。

我：流调工作没做好，一把手免职了。

吴：流调工作有很多故事，也可以说是事故。后来老宋想了个办法，当时要求“五个一”“三包一”啦，“五个一到位”啦。“五个一”主要是工作装备嘛，一个口罩、一个笔记本、一支体温计、一本“新冠肺炎”防控宣传手册，还有一张提醒卡。“三包一”就是工作措施啦，1月下旬到2月初，还没有建起足够的集中隔离点，对于密切接触者多是采取居家观察，由一名乡镇干部、一个网格员和一位医生联合包保一名密切接触者。办事处把区流调组掌握的名单作一个统计，然后层层落实到人包保。我们另外掌握的流调情况，另外做一张表落实。所以，每天数据很庞杂，每天都要筛选，而且信息渠道单一，开始是通过“三密网”传，后来要找流调组反复要数据。那时候上下都很混乱，没有形成有效的工作机制。

我：说到混乱，我有所了解。因为不想医疗组中途换人，我跟一个区委领导通电话，交流中他说有点挺不住了，现在到处都是指挥长，到处都是命令，他是谁都不敢得罪，谁的话都要听，哪个事都要照办。市领导认为，排查工作不力，主要还是指挥系统不畅，领导干部没有一个个沉下去。

吴：反正我们基层很被动。冇得信息，到处找人要信息，就到处打乱仗。老宋一把手出马，专门找人要信息，搞来给信息分析员，分到各个社区去包保。其实，一开始我们就针对确诊、疑似、密切接触者进行封门、封楼栋、封小区、封村庄。上门做工作，进隔离点，天天在外面送人，那段时间真的很艰难。好不容易熬过来了，又是各种各样的数据摸排，每天要填十几张表，十几个样，很庞杂，脑壳疼。

我：各部门行动迅速，组织部有表，发改、民政、水利、农业、教育啊，每个局都发表格，连妇联都有表。母表格附着子表格，十几个相关职能单位，就十几份表。

吴：不单单是他们这些局。主要是指挥部发下来的表，发了一个 8 号文、一个 10 号文，光这里面就有 11 张表。

我：填这些表格能把人整疯了。

吴：现在要追根溯源，倒查我们报的那些信息。可最初只要求摸排武汉返咸人员，当时并没有要求全面排查。第二轮才要求全面入户摸排，当时只给了两天时间，我们那时人手非常紧张。光我们街道办就有 10 多万人口，仅靠这百十号人两天之内全部摸排到位，怎么可能！所以说，那个排查整个都是很混乱的。

我：的确，没有足够人手，那些基础性工作做不了。在社区招募志愿者，武汉都是换将之后，2 月 20 号才开始的。

吴：即使第一时间征召到志愿者，也是不熟悉情况的，不清楚我们的工作要求、统一标准。而摸排的内容与要求，前后也都是有变化的。比如说，上面 2 月 20 号才明确了摸排内容：以房找人、以房定人。可前期标准并不是这样，这就决定了又要推翻重来。何况每个志愿者的责任心也有差别。我们后来反复去查看，发现有些楼栋信息不对，原来志愿者根本就没有去摸排。

我：这种情况多得很，志愿者临时充当网格员，逼急了搞不过来。

吴：志愿者责任心不强的话，那就误事了。你们几个得力，把福星城团队带出来了。

我：其实也难。在我们那儿登记的有130多号人，后来成为尖兵的也就38人。

吴：所以啊，最苦的还是基层干部。身体累点没什么，我们都可以扛一下，但精神压力真是让人难以承受。有时候，上级下达的命令，以我们当时的实际情况，根本没办法完成，却也只能硬着头皮赴汤蹈火。摸排到后来，很多居民已经非常不耐烦了，甚至说我们这样三番五次，把病毒都带去了……言语非常难听。尤其是有些小区，退休老干部比较多，他们口才好，中气又足，说起来一套一套。更有甚者，自认为是老革命，直接就呵斥啊，非常不配合。还有些在职的，电话沟通时他们直接就斥责……社区哪有权力决定干哪些工作，还不是上面发话什么时候要我们干什么！命令来了，就是刀山火海，我们也要往前冲啊。同样是抗"疫"，但是受气最多的，一定是我们基层干部。

吴柳竹说着说着，哽咽起来。我半晌无语，叹了口气，让她不要纠结了。

一切事情的发生都有原因。善有善的洗礼，恶有恶的报应。所有苦痛都不会消失，需要基层干部群众来扛。某种程度上说，基层抗"疫"将士是在替庸蠹赎罪啊。这就是我要记录一线抗"疫"故事的原因。我们的战"疫"荣光如果不记录下来，就会消逝在时间的长河之中。我所记录不仅有荣光，更多的是艰难和危险，甚至委屈。希望通过"董狐直笔"，达成温暖、信念、力量的传达，促成一种理性的认识、理解和共识。

我见过那么多志愿者，没有谁会刻意追求荣誉，也不是谁都有机会自我言说，但并不代表他们没有自我表达、被了解、被理解、被记住和被感谢的愿望。"天下兴亡，匹夫有责"，说到责任，不应只针对志愿者，或者基层党员干部，甚至国家和政府，其实每个人都有自己对应的责任，不是说"弱者""被保护者"就可以肆无忌惮、不需要担负任何责任。自私自利、唯利是图，对拒不履行责任的老百姓，一样应该被声讨，我一个都不宽恕。

但愿特效药早点被研发出来，“新冠”疫苗早些时候上市。又或者“群体免疫”不再是天方夜谭，人类免遭瘟疫之苦。

在你眉眼之间看到的尽是繁华

〔**口述人**〕吴燕春，女，1986年生，湖北通山人，咸宁市核电办副主任科员，福星城临时党支部志愿者。

我是全能选手

2月7日，我报名参加了社区志愿者，并主动承担文职工作，负责对福星城小区所有住户进行分类，对外来人口、特殊群体、公职人员、党员和积极志愿者进行统计，对居民体温测量进行登记。临时党支部成立之初，我几乎每天泡在表格和数据里，誓死捍卫自己的“表姐”地位。

支部里志愿者和来往人员不少，每天需要保障防护物资的安全与到位，我就又变成了指挥部内务总管。除此之外，我还是仓库保管员、办公室消杀能手。身兼数职，舍我其谁！几个支委都是糙老爷们儿，里里外外都忙得不可开交，那些琐碎的小事，就由我来吧。支委程文敏老是发精神鼓励，说我巾帼不让须眉，是抗“疫”一线的全能选手。另一位支委吴义三给我起外号——哆啦A梦，说我相当于指挥部的“机器猫”，大到防护服，小到订书机，想找什么直接问我，立马变出来。

每天除了整理各种数据，我也会关注国内疫情。看到不断攀升的数字，表面风平浪静，内心其实也很恐慌。晚上回家，进门之前，总是先将外套喷酒精消毒；进门后，则是洗头洗澡洗衣拖地消毒。近乎神经质，反正一个人过，也没人看见。

每日的盒饭，吃得人快发疯了。有时回家后便自己做一点。一个人也简单。有时，蒸一碟香肠，炒点青菜。或者，煎几块腊鱼，炒一小盘土豆丝。做饭、洗碗，都慢慢悠悠。这也是一种释放压力的方式。

每晚都头疼得难以入睡。不知道是不是连日录表，导致颈椎病复发了。而每次醒来，总是先哭上一场，再擦掉眼泪，整装出发，又以坚强示人。

勇气和善良是最好的防护服

小区封闭之初，社区、物业工作机制尚未理顺。在物资配送上，有本地线上 APP 平台进驻小区，为大家提供线上下单服务。我住的楼栋一位老伯不会线上下单，我替他弄好设置并选购物资。老伯特地跑到指挥部来，非让我摘下口罩，想看看我的样子。我婉言谢绝了，却也感动得很。一位阿姨血压高，不能出去买降压药。我父亲血压也不好，年前才帮他买了药，便将药分了些给她救急。阿姨特地上门给我道谢，边说话边作揖，让人好生惶恐。

作为全市第一个全封闭小区，对于有确诊病例的楼栋，临时党支部禁止居民下楼，生活物资需要逐户送到家门口。最开始，志愿者有些恐慌情绪。我一咬牙，和一个同伴报名，率先给封闭楼栋送菜。临去前，邹圣安大哥帮我穿上隔离服，并再三叮嘱我，一定要小心防护，不要离居民太近。

我知道，勇气和善良是最好的防护服。每栋 32 层楼，每层 4 户，一共 4 栋，实际居民近 400 户。我们要把每一份菜都送到居民家门口，然后敲门告知他们。然而，即便冒着风险去送菜，也不能得到所有人的理解和配合。比如，有的居民很不友好，甚至有人怕感染拒绝开门。但最终，我们圆满完成了任务。下午时，业主纷纷在群里为我们点赞。顿时觉得，所有的劳累也好，风险也罢，都是值得的。

2月19日是小区封闭后我第一次出门。有名业主要做人流手术，她一个人在家，没有家属陪伴。医疗组几次三番做思想工作，她与丈夫电话商量过，还是坚决要去，说第二个孩子养不起，也没有人帮忙带。程文敏是医疗组组长，征求我的意见，说女性这个时刻很无助，又是非常时期，要有个女志愿者陪同。我毫不犹豫地应承下来，在市妇幼医院待了一上午，主要是跑腿、看护，那过程不提也罢，直至手术完成把她送回家。医院相比社区，似乎是更危险的地方。家人朋友都怪我不该去，他们每一个人都那么担心我。认识我的人都知道，我身体不太好，体质虚寒。可是，总得有一个人去啊。

你若盛开，清风自来

小区封闭第十天，支委杨奇给我带过来一本书。他说，很适合我们女生看。我知道他是在为我打气。文敏同志是市政协委员，到处拉物资援助，问我想吃什么，他负责找各界人士化缘。小伙伴史晓波拿着熬好的中药给我，一小包一小包的汤剂，说我体质差，容易感冒，这药叫“肺毒清”，喝了还可以预防。徐伟同志总在忙完后，抽点时间来和我聊聊天。物业前台有个叫秀秀的小姐姐，只要来上班，总会为我准备好早餐。同事毛毛跨过很多关卡，为我送来手套和点心。小区处在紧急状态，防护物资又严重匮乏，总不免让人心里发怵，但身边的这些人，无时无刻不感动着我。

无论活计轻重，马上就办，努力做好，不遗余力。我们在感动别人的同时，也被别人感动着。

读书人当中也有白眼狼

有确诊病例的楼栋直到2月22号才宣告解封。

2月23日那天，确诊楼栋里的王某中翻墙出去，在外面操场上打了一上午篮球。按规矩，他可以下楼，但不能出小区。这可把我们给急坏了，赶紧劝说他回家。他却振振有词，说一个人打篮球有什么错？又不存在传染风险。这是他个人的权利与自由。

3 月 7 日，小区入户查体温工作需要人手，我们再次征集志愿者。那个王某中，居然也报了名，竟是个大学老师，怪不得那天说话很转，好像只有他才是读书人。他入户排查完毕，把信息表给我核对。我建议他，对于有电话但是不在家的几户，最好是打电话问一下。他问："打电话的费用谁出？"我说："志愿者有时一天要打 100 多个电话，没有谁给我们报销。"他又反问："做这个有什么意义呢？"为了岔开话题，我问他为什么出来当志愿者。他说自己在家待久了，人快憋坏了，不如出来透口气。我也就没说什么。最终他也没打电话，临走前却特意要求给他开志愿者证明，并拍下他签字的那一张。

"三八"节中午，汇总整理好每日楼栋居民体温信息和健康证明，盒饭还没来，我坐在平常接待来访者的亭子里假寐。王某中拿着一个证明过来，说性别搞错了。我说："不好意思，麻烦你等社区的人过来后重新盖章吧，章子不在我手里。"于是，被各种狂撸。我告诉他，这个证明不归我管。他劈头盖脸地一通训斥，还张牙舞爪的，恨不得要揍我一顿似的。我既愤怒又委屈，望着他一米九的大高个儿，真想跳起来抓花他的脸。最终，吴义三把我劝到别处。

吃饭时，几个志愿者打趣地问我，会不会找这样的人做男朋友。我差点被一口饭呛死！我宁愿单身一辈子，也不会找这种人。唉，活该我单身。

小伙伴们，一切安好

小区实行封闭管理后，临时党支部走对了路子，摸索出志愿者管理经验，市领导称之为抗"疫"堡垒的一面红旗。好久不见的"麦子"（泛指"麦田计划"志愿者），在"学习强国"上看到报道后，专门给我发信息问候。我也是一粒“麦子”，在守卫自己的家园。武汉很多服务点经常能看到“麦子”们的身影。那一片橙黄的标记，是我们麦田独有的。他们说，麦服是最好的防疫服。

自 2012 年参加“麦田计划”，我与小伙伴陈镜一起走访了多个山区学校，为留守儿童送去物资和助学款。看上去好像是我们帮助这些孩子，实际是孩子们给了我们一个表达爱的机会。大约我生活能力差的形象已深入人心，陈镜担心我吃不好，替我准备了恨不得一年的粮油米面。我说不要担心，指挥部有盒饭、有泡面，线上也可以下单买东西。全封闭期间，他不能走进小区，我也不能走出去。但他总是把各种吃食买好，再送到小区岗亭，我们便在那里匆匆完成交接。

同事问我：“你平时胆那么小，那么瘦，加之身体又不太好，抗击疫情会不会害怕？”怎么可能不害怕呢。与平常“麦田计划”的捐资送物完全不同，抗“疫”工作经常会忙碌到深夜，幸好有战友和楼下几位医生相陪，指挥部从来不会一片死寂，所以不会害怕。可是结束一天的工作后，独自走在回家的路上，路灯微茫，暗夜魆魆，紧张得心脏都要跳出来了。如果，当天病例数据增加，会更害怕。但是一想到父母每日的电话关心，想到“麦子”的鼓励，想到同事送来的防护物资，心中的暖意就会战胜恐惧。

回到家中，一个人，冷冷清清，凄凄惨惨戚戚，不免有些伤感。与闺蜜相距仅十几分钟路程，却不能相见，亦无法互相帮助。微信里或语音，或文字留言简短地互道安好，便是最大的宽慰。

父亲说，我今天没有摔跤

疫情防控开始后，电话向父母报平安成了每日例行事项。

“下班没有？”“回家没？”“吃饭没有？”“疫情好些没有？”父母每天不变的问候，成了我继续出门的勇气。

父亲今年七十五岁，年龄大了，身体不好。心脏做过一次搭桥，另外还有脑梗、糖尿病、高血压各种疾病，现处于偏瘫状态。哥哥要我督促父亲走路锻炼。我是老幺，平时父亲最疼我，所以我说什么，父亲都会听。我向父母“施压”，说如果父亲不每天走路练习，我会被哥哥骂。那样我会没法安心上班，可能不小心会被感染，便没有机会照顾他们了。还没说完，就痛哭了一场……

现在，父亲很棒了。每天打电话，他会说“我今天在门口走了两圈”“我今天没有摔跤”，或者“我今天没有把裤子尿湿”……像小孩子一样，渴望被夸奖。每当这时，我一边庆幸着父母的配合，一边害怕父母的唠叨会越来越少，泪水就会不由自主地流下来。

病倒才发现自己是最幸福的

小区封闭后第二十八天，没有一例新增，也没有一例疑似，“新冠病毒”被打跑了，这真让人愉悦。

父亲在我的监督和哄骗下，从每天不肯走路，到慢慢走 200 步。这天，父亲说他走了 700 多步。他很开心，更像是炫耀。

我化了个淡妆，眉眼美美的，戴上口罩继续出门。小区里，慢慢热闹起来。上门理发的忙得不亦乐乎，奇葩找事的纠缠喋喋不休，孩子的嬉闹笑骂四处洋溢。放眼望去，生机盎然。再坚持一下，春天不远了……

可小区封闭后的第四十天，我终因劳累过度住进了医院。

3 月 14 日，收到社区通知，每户可以一人出入，通知业主办理相应手续。原定下午两点半开始办理，可十二点多时，物业门口就排起了长队。见到这种状况，我们便提前开工，核对信息逐户接待办理。

和徐肖成的配合很好，他电子查找，我纸质登记放行。五点左右，已登记办理了 300 户出行证，等候的人却依然排着长长的队伍。吴义三说，什么时候办完什么时候下班，顺便告诉居民，第二天仍然可以办理。许是关得太久的缘故，这天福星城无比热闹。

我们没空喝水，无法收工。最后，我的身体出现不适，估计是急性泌尿系统感染。请史晓波替一下我，上了趟洗手间……终于，不得不联系杨奇和徐伟送我去了医院。

幸好这天急诊病人不是很多，前面只有三个人排队。否则，总担心忍不住要去厕所，我痛苦得无法迈开腿走路。接诊的内科医生是个女的，她说自己也经常这样。当然，此刻让我疼痛难忍的事，放在“新冠”疫情大背景下真的不算什么。我和护士交谈，说幸好现在咸宁连续 15 天“零”新增了，不然到医院总有点害怕。护士说，治愈的病例里也有复阳的，而确诊的病例就在隔壁楼栋，现在在医院仍然比较危险。

这天，陪我看病和接送我的人，都是福星城的战友。杨奇把我送来，文敏把我接回，两位男神真好。七年来，第一次有这么多人关心我。虽然身体痛苦，却也感觉到幸福。

摘掉口罩的日子不远了

小区的花都开了。

白玉兰，一大朵一大朵地绽放在阳光下。满树满枝的樱花也都盛开了。小区里，春色满园关不住，处处呈现着生命勃发的迹象，它们是疫情中人们久违的芬芳气息，也是我所眷恋的人间烟火。

春天真的来了。离摘口罩的时节，大约也不太远了吧。

幸得秦凤姐姐宠爱，收到她特意为我填写的一首词《鹧鸪天·四寄吴燕春》：

弱柳扶风娇小身，为人行事秉天真。
疫情来袭楼区锁，披甲无辞日夜奔。
称表姐，唤红巾，下单入户倍殷勤。
深宵撺面明晨举，燕婉风仪信有春。

大概也是我人品爆发吧，惹着这么多人怜惜。

转战在乡村和社区之间

〔**口述人**〕余宗源，男，1988年生，湖北咸宁人，咸宁高新投资集团驻横沟桥镇杨畈村第一书记，福星城临时党支部志愿者。

这个春节算是完蛋了，赶上了“新冠肺炎”。等过了一段时间，大家才明白，完蛋了的不仅仅是春节假期，当然这是后话。但最开始，人们没有意识到“新冠病毒”的凶残，一如既往地筹划着怎样过个好年。

新年伊始，大敌当前

大年三十上午，集团董事长张建群打来电话，让我把手上的事抓紧安排一下，下午去一趟杨畈村。又补充说：“有紧急任务，一点钟必须赶到。”领导说得严肃，肯定有大事。我马上应允，不敢怠慢。

母亲听说我要下乡，赶紧提前做饭，她想我在家吃了团年饭再走。满满一桌子好菜，很快就上桌了。我简单扒了几口，母亲表情很担忧，妻子坐在火盆旁，始终低头不语。年前，家里迎来新生命，我初为人父，全家围着宝宝转。本来一周左右可以出院，但因小孩脑部疖肿，延长了出院时间，至今还住在保温箱里，所以妻子一直闷闷不乐。我没多停留，一头钻进车里，朝着杨畈村方向一路奔去。

我驻村有一年了，一般工作日在村里，节假日回城。我们集团说是国企，其实也算市直行政单位，一把手董事长是正县职，扶贫包保等中心工作一样不落。杨畈是横沟桥镇比较大的村子：地域面积 15 平方公里，下面有 33 个组，56 个自然湾，共有 4987 人。这里区域面积虽广，但基础设施落后，特色产业不鲜明，制约了经济发展。当地最值得称道的特产当属杨畈烧酒，入口醇烈，后劲绵柔，酒香扑鼻。当地还流传着一首词：

横桥美酒苦荞烧，绿树作帘招。溪边古柳，朝朝闻味，丝动醉弯腰。

撷来一派春光巧，邀客饮三瓢。翰墨调情，银笺动兴，田老赋风骚。

不过很可惜，这酒没有形成品牌，没有充分挖掘市场潜力，外面知道的人很少。

村委会就在 107 国道旁边，是一栋七八十年代标准的预制盖板小三层。虽然门面不大，但五脏俱全，该有的标识都有。一年来，我对这里已经相当熟悉，闭着眼都能知道：楼顶正上方，高高飘扬着一面鲜艳的五星红旗，二楼栏杆外侧正中间悬挂着中国共产党党徽，党徽下面红色的匾牌上写着“杨畈村党员群众服务中心”，楼两侧墙面上还印贴着“不忘初心，牢记使命”几个大字，鲜红醒目。红旗猎猎，党徽庄严，我心中油然生出神圣感，一头扎进办公楼。村委的几名干部早就到了，在村支书杨卫国办公室惊叹着，说新型冠状病毒的传播速度也太快了，地道的咸安话，声音又高又重。正在我默默思索对策时，张董事长也来了，他一进门就招呼杨卫国，说开个会，把村里疫情防控的事做个安排。

涉及疫情防控，这项工作亘古未有，大家都没经历过，也不知道该从何开始。张董事长先打开了话匣子：“按当前情况来看，这次疫情事态严重，我们必须抓紧研究方案，尽快制定防控措施，与时间赛跑，做到严防死守。”

涉及具体怎么搞疫情防控，张董事长让我这个第一书记谈谈想法。领导这是给我出题目啊，我是集团派下来的，名义上领导着村“两委”，业务上算是指导关系，但我一个毛头小伙，参与农村工作实践，凡事都仰仗杨卫国挑担子，毕竟他才是村长。考虑到当地人员对片区更熟悉，有利于相关人员的调动和工作的铺开，我建议将杨畈村分为杨湖桥、杨畈上、杨畈下、官山四个片区进行防控，分别由方志清、彭联海、郑昌连和陈绍盛几个村干部分管负责。我还提了一个想法，根据当时的实际情况，仅靠几个村干部是行不通的，所以要动员一切可以动员的力量，包括组长、党员、外地返乡青年等。

我把这个观点抛出来后，马上得到了杨卫国的赞同，他又将每个责任人的任务进一步作了细化。

办公室原本紧张的氛围，在大家的积极讨论中变得缓和了许多。经过几轮深入商讨，最终明确由村支书杨卫国负总责，四个片区由四个村委班子分管，各组由各组长和党员负责，采取严格的人员流动管控机制。同时按要求成立检查督导、流动宣传、巡视劝导、设卡管控、消杀消毒、体温测量、发热处置、数据统计、后勤服务九个工作小组，全面开展疫情防控工作。

等会议结束，外面已是漆黑一片。新的一天、新的一年、新的战“疫”，就这样迎面而来。

有人在沉默，有人当儿戏

群众对病毒的认识普遍不够，他们总认为病毒离自己还很遥远，自己身体倍儿棒，吃嘛嘛香，百毒不侵。起初开展防控工作时，村民们一如往常，串串门聊聊天，相互拜个年、打场牌，都是常事。对于我们的宣讲，他们很不理解；对道路设卡值守、劝阻聚集活动，不少人甚至还很反感。

说实话，在没有充分认识病毒的巨大危害之前，我本人也存在理解偏差。毕竟身边还未发现确诊病例，总还存在侥幸心理，不过这种心态随着感染确诊病例的不断增多、管控力度的不断加大、对病毒认识的不断提高而逐渐发生着转变。

大年初三，得知镇党委书记王波被免职了，大家这才意识到，上面动真格了，不然不会因为人员管控没到位而免了一个镇党委书记的职。杨卫国当即把村干部召集起来开会，强调村里到现在还有人在外走动，如果被纪委发现，肯定会追责。大家简短地讨论了一下目前管控的局面，就跑到各片区巡查去了。

事态变得更加严重了，每天几千确诊病例的增长速度，光是看新闻都能让人喘不过气来，大家慢慢变得沉默不语。尽管内心惶恐、波涛汹涌，但人们仍然坚守着杨畈村的阵地，很有点“风萧萧兮易水寒”的味道。

虽然我们张开防控网，严查严控，但不怕死、不怕事的人哪里都不少。十九组有一家三口，前几天刚从武汉返回杨畈，属于重点防控对象，年初二竟然步行到高桥镇老丈人家拜年，神不知鬼不觉，也不知道他们怎么办到的。对他们一家，我尤其愤怒，全国人民都在枕戈待旦，随时准备浴血奋战，他一家却优哉游哉，把疫情当儿戏，把村干部的嘱咐和劝导当耳旁风，我行我素、不顾后果。镇里说，既然选择去老丈人家里，那这段时间哪也别去了，就在老丈人家好好团聚。本以为到这份儿上他们总该消停了，没想到几天后，我们接到群众举报，说他们一家竟趁着夜色又偷偷跑了回来。这一次我们没有再手软，马上把他们一家送到指定隔离点，关键时期不下点猛药不行。

既是“排雷”人，又是“填表”哥

高新区防控工作紧锣密鼓开展了个把星期，各项工作逐渐步入正轨。我一直将村里的防控工作比喻成排雷，每当排查出发热病人，我们就格外紧张，总担心疫情会在某个时间点突然暴发。

1 月 31 日晚上八点了，唐婷还在电脑前忙着整理数据资料，她一整天没正经吃过一顿饭了。今天上面催着报信息表，我们午饭将就着还是吃泡面。唐婷是和我一起被单位派下来开展扶贫工作的队员，人很踏实，话也不多，非常勤奋，从大年初一就忙着抗“疫”，一直没抽时间回去和家人见上一面，虽然还未入党，但工作的认真劲儿比一些党员强得多。

近期防控工作压力大，共克时艰是我们的本分，只是各种信息表格、材料多得让人有些厌烦。白天入户核查摸排信息已经很累了，经常还要通宵整理各种台账资料，大家的身体和心理都苦不堪言。近些年，中央三令五申要为基层减负，但是真正来到村里却发现，基层工作事无巨细、繁杂如麻，材料表格也是各式各样，应接不暇，弄得基层干部一个个焦头烂额，消耗了大量时间和精力，极大影响了其他工作的效率和质量，干起事情也特别被动。大家都觉得，长期如此势必会产生一些问题，但是想法归想法，我们又能作如何改变呢?

回家送奶粉被隔离在小区

2 月 4 日晚，我拿着村民的买药需求单，回到福星城住了一晚。第二天一早去市中心医院买药，还顺便买了一罐奶粉准备带回家。宝宝已于 1 月 31 日康复出院，那天我破天荒向领导求了半天假，和家人一起高高兴兴地从医院接回那小小的一只。一直不大理我的妻子心情也好多了，这大大减轻了我的歉疚感，只要没有麻烦，我绝不自找麻烦。

真正麻烦的是为新生命购买婴幼儿用品，我在工作之余，还要抽时间在网购平台上选购一些奶粉、尿不湿、米、菜等生活物资。我真切感受到了疫情期间生活的不易，平时特别容易办理的事情现在做起来难于登天。新鲜的蔬菜供不应求，有的人买起菜来恨不得把整个超市都搬走，供应链因此大受影响，往往送货到位已经是两三天之后的事情了。买来的东西不仅没得挑，价格还比平时贵不少，想想确实让人有些糟心，但大家都顾不了那么多了，买到手，往往顶多打个嘴仗，最后还是会勉强接受。

孰料，第二天我就不能出门了，因为福星城全封闭。任凭我苦口婆心说明理由、费劲找人卖力协调都无济于事，规则就是规则，必须遵照行之。干着急也不是个办法，我将“被禁闭”的情况分别向单位领导、市扶贫办、村里作了汇报，大家都宽慰我，并嘱咐我保护自身安全。福星城真好像按下了暂停键，周围一下子突然安静下来，我却静不下来，毛毛躁躁的，带娃也带不好，总牵挂着杨畈村的情况，每天协助村里整理数据，心里才好受点，不然我总隐隐觉得被“逃兵”这个帽子扣着。

2 月 7 日，福星城小区临时党支部发出志愿者征集令，我立即报名参加，开始了另一段“疫”样的经历。

报到后，看到了两张熟悉的面孔：余为民书记和吴义三主任。去年开展“不忘初心、牢记使命”主题教育时，他们去杨畈小学调研操场改造一事，我们有过一面之缘。他们还是和从前一样，看不出来一点官架子。当天下午，我就上岗了。云南人民捐献的一大卡车西兰花刚刚运过来，我们是接续云南人民爱心的最后一站，任务是卸货下车，分发至各家各户。没有太多的讲究和防护，我们六七个人，说干就干。平时都没怎么做过体力活，花了一个半小时才卸完，此时大家都满头大汗，喘着粗气，可没有一个人顾得上休息，都默默走向指挥部，等待新的任务。面对一片西兰花的海洋，余书记很着急，说：“今天必须发完，不然我们就是罪人。”由于福星城业主多，志愿者明显人手不足，吴主任就说：“先能发多少算多少吧，毕竟我们尽力了，关键是再讨论下去，天太晚，住户都休息了，我们也不便打扰。”

大家一致同意，自觉组队开始分菜。等我们把一筐筐西兰花搬到楼栋下面时，天色已黑，看看时间，晚上七点整。大家都没顾得上吃饭，可能也都忘了吃饭这茬事，简单地进行任务分工后，就埋头忙活起来。我和一个姓梁的女同志是一组，负责 B2、B6 栋的蔬菜发放和信息填写。我们就像很有默契的搭档，熟练地重复着上楼发菜发表——下楼收表的流程，整整持续了三个小时。这是个十分累人且机械的工作，但似乎并不无聊：有将信将疑的，有闭门传话的，有指尖接表消毒的，还有明明亮着灯但不动声色的，这人间百态让人五味杂陈。不过大部分业主还是感激和配合的，这也是让我们坚持把菜送完的唯一动力，觉得很辛苦但很值得。

极度劳累的一天过去了，第二天起床后我浑身酸疼。考虑到昨天大汗淋漓忙了一天，我特意穿得薄了些，披上春装外套就去指挥部报到，导致在门口小站一会儿就感觉凉飕飕的。说是有一车云南来的大白菜要运过来，这些爱心捐赠穿越了 1500 公里，见证了同胞们最真挚的情感和爱心，这样想想我似乎也没那么冷了。

说话间，对面开来一拖车物资，云南大白菜到了。大家排成两列，分成两组，接力传菜。7 吨大白菜整整卸了一个下午，大部分志愿者从头到尾坚持下来了。有欢声笑语相互鼓劲的，有默默埋头苦干的，有积极主动打前站的，有细心调整安排的……大家渐渐熟悉起来，氛围也逐渐轻松融洽了，干起事情来效率提高不少。随后的萝卜、莲藕、茄子、黄瓜等新鲜蔬菜，都是按照这种模式装卸分发的。每天来来回回卸菜分菜就十几个人，力量薄弱，大家也没法休息，都累得够呛，好几个志愿者腿脚扭伤了，走路都有点一瘸一拐。

2 月 15 日，天空飘起鹅毛大雪，指挥部暂时没有任务安排，我抽空在平台上订购了一罐奶粉和一提尿不湿，家里的储备已经不够用了。本以为天气不好，送物资的平台会歇业停摆，没想到那边一听说我孩子还小，急需食用，他们便冒雪为我去超市购买并免费送来。疫情之下，我见到的人类互相扶持的景象，好像更多了。晚上单位群里发了一张照片，张董事长身上落满雪花，前往杨畈看望孤寡老人，他花白的头发在雪中异常醒目。我暗自算了一下，这是他连续二十一天去杨畈村指导疫情防控工作了。

经过各方努力，福星城的疫情终于得到控制。2 月 13 日，湖北省委主要领导刚调整，省委当天便下发通知，要求所有党政机关、事业单位的党员干部下沉基层一线参与疫情防控工作，拒不执行者则通报至其本人所在单位。一时间，一部分窝藏在小区家里的党员干部纷纷到指挥部签字报到，登记完后便拍拍屁股一走了之，悄悄地来，轻轻地走，数量竟达两三百人之多，这让我们每天报到服务的 38 个志愿者集体惊愕。

一场乌龙闹剧

2 月 22 日，福星城解封后，我仍旧回到杨畈村参与防疫工作。封闭管控时间太久，带来了许多心理问题，这不是城里人的专属，在杨畈村也不例外，不少群众情绪紧张、家庭矛盾激增。

一天，杨卫国突然接到一个电话，说一组但家湾有村民跳水自杀了。我浑身一震，心里一凉，人命关天，特殊时期，如果是事实，后果不堪设想。前几年同口水塘已发生过一起类似事故。事情紧急，我们几个人由杨卫国领路，在弯曲的乡村小道一路狂飙，狭窄的小道长满了枯藤野刺，其间杨卫国报了警。事发点距离村湾一公里，位置比较偏僻，外人很难找到。远远听见一声接一声悲戚的哭号，我们几个人心里一阵发紧，三步并作两步跑近。只见一个大娘坐在池塘岸边灰红地面上捶胸痛哭。塘面上漂浮着一溜儿水泡，堤坝下泄洪闸“哗啦啦”的水声吵闹得厉害，一下下砸在我们心上，有些期盼，又有些担心。

我们前脚到，警察后脚就赶到了。初步询问案情，起因是夫妻矛盾，妻子一时想不开就不见了踪影，一家人慌乱中找到这里，看到塘面上漂浮着气泡，以为人跳了水，吓得半死，就赶紧打电话给村支书求助。警察一边询问情况，一边拨打当事人电话，几声“嘟”响后电话被挂断，显然是当事人有意挂断，过一会儿还关了机。这一通一停，半悬着的心才落下来，人活着便有无数可能。大家分头上山找人，最后在村湾对面的山上找到了，一家人难掩激动，相拥而泣。看到这一幕，我们内心无比欣慰，好在是虚惊一场。大家正准备离开时，消防队载着潜水员和汽艇赶了过来，得知真相后，他们也是哭笑不得，无奈离去，只字不提。

没有董事长唠叨反倒不习惯了

像往常一样，早上来到村委会烧上开水，泡一桶方便面就是早餐，中午去横沟镇政府吃个盒饭，晚上加班继续来一桶，这样一日三餐周而复始。大家都知道，“封城”之后外面吃不到早餐和米饭，所以在镇上那顿午饭是维持一天战斗力的关键，是对我们脆弱肠胃的一次“恶补”。就这样，我们一坚持就是三十多天。大家吃了之前三十年都没吃过的泡面，以至于我经常开玩笑说打个嗝嘴里都满满地回荡着泡面的佐料味。

与我们吃泡面一样有规律的，是张董事长每天在吃饭时的唠叨，说实话，这多少会“影响”我们的食欲。2 月 21 日，中午开饭时，张董事长没有来。平时他每天在吃饭时唠唠叨叨，来来去去都是些“要把工作做实做细”“要保护好自己”“别让家人担心”之类的老生常谈，大家大多是应付应付，打个哈哈，耐着性子听听。这天没见着他，大家倒有点不适应了，都在疑惑地猜测，有的说是不是咽喉炎发作需要留家静养一天，有的说是不是身体受不了，需要休息缓冲一下。

第二天，他又像往常一样准点来到村里，一脸关切地问：“昨天村里情况怎么样？有没有发热的？有没有人员走动？”问完了又交代，越是关键时刻，越是要咬紧牙关，这样之前的努力才不会白费。我见他平日纹丝不乱的头发稍显杂乱，胡子也没刮，虽然眼神坚定却难掩身形的疲惫，不免想起他亲手为群众戴口罩，顶大风、冒雨雪看望慰问弱势群体，连为村民发菜这样的小事也亲力亲为。

好久之后，我才从同事那里知道，张董事长那天没来杨畈，是因为他八旬的老父亲去世了。他当时没告诉别人，简单处理了父亲的后事，第二天便又来到了杨畈村。村看村，户看户，群众看干部。身边榜样的力量是无穷的，我们小年轻更没有理由不拼命向前。

谁给我封了个“共享老公”称号

〔**口述人**〕徐伟，男，生于1986年，中共党员，咸宁市交通物流发展局老干部支部书记。福星城临时党支部联络排查组副组长、应急车队队长。

今年的春节来得比往年早，大家都早早打好年货，只等一场冬雪降临啦。福星城B区有一块草地，中间长着一棵魁梧的梧桐，孩子们说那是块宝地，夏天乘凉绝佳，秋天满地“弹珠”，一旦铺上厚厚的白雪，便又成了打雪仗堆雪人的乐园。儿子兴奋地问我：“爸爸，过年是不是就可以去玩雪啦？”我把儿子扛上肩，在他兴奋的嬉闹中同样期待着一份简单的快乐。但还没等到2020年的瑞雪，一个新的名词——新型冠状病毒抢先扎破了生活平静的湖水。

主动请缨，就地转为志愿者

1月23日咸宁“封城”，陆陆续续听说小区有了确诊病人，各种图片和传言出现在朋友圈和业主群里，我的心悬到了嗓子眼，会不会是因为房子建得太密集，一栋楼又住了太多的人？2月4日，因为出现4例确诊病例，福星城成了全市第一个全封闭小区，市防指交通组负责管理。我主动请缨，领导给我提了三点要求：务必遵守工作纪律，务必做好自身防护，务必出色完成任务。

于是，我就地转为志愿者，当起了福星城临时党支部联络排查组的副组长，重点配合医疗组工作。交通组当天就调来两台车给我们应急用。刚开始几天一片混乱，为数不多的工作人员来自各个领域，互不相识，加上没有任何可以借鉴的管理模式，大家没什么默契。一边是领导们不断商议、完善方案，一边是四方捐赠的物资送来了，紧急情况要外出的需求来了，上门排查任务、搬运送菜任务、志愿者的通行证要办理等工作，各种对接处理都在同步进行，一刻也等不了。我没有明确的任务，哪里需要就跑哪里，对接、运送物资、接送人、统计名单、办证、上门送菜、入户排查……停不下来，也不敢停；什么都没想，也来不及想，我只知道自己是交通组批准过来的，在这里就我一个事业编科员，充其量是个股级干部，其他都是公务员身份的领导，我必须为自己正名，不能给单位丢脸！

谁叫自己的耳根子软呢

三四天后，工作慢慢理顺，我的任务相对明确了，主要负责约1300户、近4000人的应急保障任务。从早到晚，我的手机24小时待命，只要有就医和其他应急外出需求的电话打来，我就要即刻提供包接包送服务，因此总觉得时间不够用。

2月10日，有一确诊病例楼栋的男子要去医院拔钢钉，我载着他把几个医院跑遍了，后来联系到横沟桥一家卫生院才搞定。

2月21日，受业主委托，买药买菜上门，几经辗转代其看望在余家林巷的九十多岁的双亲。

2月27日上午，一名刚出生三十天的婴儿一直哭闹不止、呼吸不畅，情况十万火急，我将其送往市妇幼医院。当晚十一点，一个小孩儿因急性中耳炎突发高烧，父母哭着给我打电话求助，迅速飞驰医院。

2月29日晚上，某业主母亲过世，“死者为大”，但疫情期间只能从简，为让家属节哀，从入棺、入土、头七，不分早晚准时反复接送。自己累瘫了，却也受到家属的千恩万谢。

一个孩子在家玩耍把腿摔骨折要送往医院就诊，四十天大婴儿急发疝气需复位，一老人尿结石发作无法小便急需求医，一居民突发牙疾疼痛难忍要看医生……我一分钟都不敢耽误，只想着早到一分钟，就能早一点减轻病患及家人的急痛。还有需要定期检查、买药、诊疗等的，如肺癌患者、肺结核患者、孕产妇等要定期复查，俩孤寡老人每两天需要透析一次，乳腺癌手术患者需每天换药，独居的老大娘要每三天前往医院开一次中药，住院家属要轮流更换陪护……固定的出行，不能混淆、不能遗漏，脑子记不住的我就用小本本记好。高血压、糖尿病的各种药物，小孩的尿不湿、奶粉，只要有需要，我马上去买；天然气要充了、门面漏雨要倒水、老房子的宠物没有吃的喝的了……只要有需求，我立刻出发。只有我多跑腿，小区居民才能少出门、少跑路、少风险。谁叫我的耳根子软心更软呢，见不得别人不好。何况我听到了这辈子最多的感谢话，业主们、领导们每天要跟我说一百遍“谢谢你”“辛苦了”！给我这么多“糖”吃，我的心真是被这些“糖衣炮弹”融化了，便忍不住自动自觉地加速跑。

就这样，我被公认为最累最危险的工作人员。指挥部防护服到了，领导指定我一个人用，心里头打鼓，听说工作人员不准穿防护服、不准戴 N95，我可不能违反规定……领导却说我是密切接触业主的人，必须确保安全。好吧，连眼睛都可以传播，还是很可怕的。穿了没两天，这防护服每天憋得我衣服汗湿几次，还是脱了，能舒服点儿，也能跑得快一点儿。我知道病毒怕酒精，便每单前后都给自己和全车喷洒一通，慢慢习惯了浓烈的酒精味，饭菜到嘴里都不香，甚至怀疑自己的味觉是否受到了影响。

在身体每天经受高负荷工作的同时，大脑也时刻高速运转：还有几个业主在排队等待？哪家医院的业主差不多到点该去接了？先送咸宁市中心医院还是市妇幼医院？有没有去同一地方的，能一起送而节约一趟？……精神处于亢奋状态，身体却不会骗人，每天整个后脑勺都是胀痛的，颈部都是僵硬的，像插了两根棍子一样。

这期间还有过两次体温异常的经历：一次是在市防指交通组所在大楼的门卫处，一次是在加油站。反复测量三四次都“超标”，原来是自己过于奔忙，运动强度太大导致体温偏高，平心静气稍事休息后便转为正常，真是有惊无险。由此，我更加依赖酒精消毒，每次像洗澡一样从头发到鞋底板都喷洒一遍，有时甚至把自己关在封闭的车里消毒，强烈的酒精味让人几乎干呕，眼睛也感到刺痛难受，可特殊时期里，这酒精的味道真能让人感到莫名地踏实。

被授予“共享老公”的光荣称号

接送的业主之中不乏女同志，其中还有几位情况特殊需要全程陪护的，尽管自己一视同仁并无“邪念”，可身为人夫，却经常“陪”别的女人，总让我感到一丝不安，生怕老婆大人吃醋。

一天晚上接到电话，是一个人住的女大学生，突发阑尾炎疼得受不了，家人也都不在咸宁，简单跟老婆交代后，就送女大学生去了医院，陪着打针一直到凌晨一点，把她安全送到家才放下心。

还遇到一位年轻的女业主，已是两个孩子的妈妈，又怀上一个，急着做人流。可是家里没有别人帮衬，丈夫不得不留在家里照看孩子。女业主万般无奈之下向我提出请求，“心太软”的我怎好意思拒绝，便满口答应全程陪护。女业主手术时，我就站在走廊外等待，仿佛重现当年在产房外等待我老婆生孩子时的情境，哈，她真是享受了我老婆的待遇呀！

没几天，医疗组的同志一见到我就挤眼睛：“‘共享老公’你来啦！”“啥？谁给我取了个这名？”“还能有谁，当然是程主任啦，他说你这‘共享老公’是金刚菩萨转世。你这好人好事好老公，都被传开啦，哈哈。”我当然知道大家都是玩笑话，这玩笑话里饱含着大家对我辛勤付出的认可与赞赏，便也欣然接受了这“共享老公”的外号。

一切经历都不是枉然

任何经历都有可能转换为人生的经验和财富，在做志愿者的过程中，接触了形形色色的人和事，当时只觉得是工作、任务，忙于应对，而事后想想，这些经历竟让自己多有感悟和收益。

3 月 5 日中午接到任务，要送陈女士去中心医院做人流复查，下午 3 点半接到她电话，我第一反应是该去接回来了，准备马上动身，不料她却让我先帮个小忙，先是说买两瓶水，我说自己没有采购证没办法买，她又说其实水不重要，空瓶子、空纸杯都行……我百思不得其解，不知道她到底想干什么。电话里她支吾了半天才不好意思地说，要做尿检，医院不提供杯子了……于是我飞快地到物业前台拿了几个纸杯赶过去，陈女士连声说“谢谢”。此后我便记住，要主动给去医院做孕产检或是人流复检的业主备几个杯子。事后同事们又来调侃我：“徐伟啊徐伟，还有什么是你这个大老爷们儿做不到的？绝对五星级服务！”都说品质体现在细节，这句话不仅体现在可见的产品上，也体现在服务中，体现在为人处世之中，多一分细心就多一分便捷和温暖。

钱老，七十九岁，有肺癌史，性子又急又犟，是人们眼中不好应付的老头儿。一日他因胸闷肚痛、不思饮食，要求去温泉卫生院看病，本来医疗组魏医生初步检查后建议他居家调养，他却说约好了大夫，执意要去，说话间就要发脾气的架势。于是，在送他去温泉卫生院的路上，我百般小心，除了礼貌周到的服务，还主动跟他闲聊。当听说我当过兵后，他态度马上温和许多，告诉我他曾在云南当兵四年，还兴致勃勃地跟我聊起他当年的故事，我便“崇拜”地称他“老班长”，老爷子听了很是受用。在医院几经辗转，终于如愿看了病、取了药。返回的路上，“老班长”因卸下了心头的包袱，一路心平气和，继续与我忘情地聊他的“青葱岁月”。真是老人如小，着实可爱。或许，“坏脾气老人”的背后往往有一颗孤单的心，一份渴望理解与倾诉的需求，对于他们的关爱，应不仅限于物质上的满足、身体健康上的呵护，来自心灵的抚慰与交流同样重要。

也有难言的“委屈”

有位业主的爱人要做人流手术，下午三点，经医疗组批准后，我们约定十五分钟内在物业门口上车出发去医院，可二十分钟后都没有人影和电话，还不接我的电话。其他业主还在等着用车，我有点恼火直接走了，等我接送的两个业主都回来，他还没有到物业门口！在部队的时候，时间对我们来说就是生命，我早就把按时、准点变成了一种生活习惯和做人原则。如今，在这每天二十四小时当四十八小时用的特殊战时状态下，时间更是一份信任、一份责任，自己的不守时，就是对他人时间的占用和剥夺。事实证明，这位时间观念很差的业主其他方面也不靠谱，为了服务他，我竟先后跑了十多趟，在我的印象中，这位“拖延癌患者”总是心安理得地等待我的“服务”、不慌不忙地玩游戏，对爱人一副漫不经心的样子，甚至从未见过他帮扶爱人开关门上下车……

总有一些不靠谱的人，没有时间观念，只考虑自己，不尊重应急车属于公共资源；有些人理所当然地把我当司机使唤，还质疑我驾驶水平有限、开车不够安全；更有素质低下者，对我人身攻击，说我就是“行走的病毒器皿”……福星城之大，无奇不有。但总的来说，这类情况还是少数，于我而言也就是一缕青烟，言过即散。大多人都在温暖着我，给我坚持跑下去的力量。

参加疫情值守前夕，我预感这个春节不好过，就把五岁大的儿子送回到荆州农村老家去了。在家里时，我总是宠他，总想把最好的给他，舍不得他受什么苦。儿子从小身体差，又有久治不好的鼻炎，去年刚做腺样体切除手术，每月都要吃药，送去前我把药批发式地买回，以防分开时间太久而不能按时吃药。第一个坚守阶段是历时十八天的封闭期，唯一一次和儿子视频是在 2 月 4 日，短短两分钟，我告诉儿子自己要去打仗了，要与“新冠病毒”决斗，让他在老家乖乖听爷爷奶奶的话。不敢打电话，更别提视频聊天，我怕他哭，也怕自己哭，便把牵挂放在心底。

为了保障应急服务，我每天早上七点出门，最早也是晚上九点回家，有时候半夜三更还要起来接送人。为了最大限度保证家人的安全，我哪怕一天三顿餐餐泡面，吃到吐也绝不在家里吃，晚上回家也避开老婆躲进客房，不让她动我在外用过的物品。最近我也确实没顾家，应该接受善意的批评。年前家中热水器坏了，一直无暇顾及，每天靠蒸锅烧水洗澡，直到 3 月 17 日才修好。我成了老婆眼中的“怪人”，委屈得直吵嚷。

其实老婆不知道，我最爱的就是她和儿子，最怕的就是连累他们。体温出现异常时我甚至想过，如果被感染上“新冠肺炎”或其他什么传染病，我只希望能早点病发、早点确诊，那样我还是工伤，家人应该会有国家抚恤……我希望我做的事是为他们积德积福。做好事的人会得到老天爷的格外眷顾吧，肯定不会让我被感染的！

3 月 15 日，福星城小区管理转入常态化，咸宁全城逐渐进入疫情常态化管理。我们渡过困难时期，终于挺过来了。走在小区路上，很多人对我点头微笑。单位也给予我很多意想不到的荣誉。我转业后曾经被人遗忘，卑微到没几个人知道，现在居然被推为“鄂南楷模”候选人，我都不知道说什么才好。

人如蝼蚁，撼动不了山川四季。我只希望这样的疫情不要再来！

半为苍生半为民

〔**口述人**〕刘长青，男，1983年生，湖南衡阳人，咸宁某市直机关副县级干部，咸宁市防疫指挥部农村工作组成员。

还是要记录下来，不然若干年后，待子女问起来，我恐怕忘光了，说只言片语也不成样子，毫无教育意义。我想要以史教子，告诉他们父辈的智慧与艰辛，作为老子的我，也不曾辱没刘姓祖宗，经受住了上天的考验。

汉口人民正欢欢喜喜打年货呢

一转眼，我从湖北省委党校毕业一个月了。元旦这天，同学们正在微信群聊着美食之类的话题。一位在国企任职的同学突然说："大家最近不要去人群密集的地方，有不明原因肺炎。"马上有几个在武汉的同学附和说，听说二医院和同济都有感染病例。还有同学玩笑，要是单位派到武汉出差，结果感染了，在人社部门工作的同学可要帮助争取一下工伤待遇。过了一会儿，又有同学贴出省政府总值班室的消息，查明该病毒属于病毒性肺炎，感染了27例，7例病重，其余可控，还有2例可以出院。一个同学说，最新消息表明：这个病毒不会人传人，大家不必恐慌。最后在省委宣传部工作的同学说，凡是未经其部证实的消息均为假消息。这句话为该话题作了总结，病毒就这样进入了我们的生活。

元月 19 号下午两点，市政府在武汉有一个签约活动。我和领导十二点准时出发，预计九十分钟到达目的地，不耽误签约活动。一路通畅，武汉没有往日的堵车盛况，车外人来人往，人们都在准备购买年货，偶尔有人戴口罩。签约很顺利，各方致辞，签约合影。

元月 21 日，下午两点突然接到通知，马上四点钟在省政府召开抗击疫情物资保供会议。因为领导在外出差，只有我代领导参会。会议前，我将“非典”相关信息学习了一遍。SARS 传播路径、香港淘大花园的传播事件、广东毒王，当年“非典”在湖北也有 6 例，全球才 8000 多例，想想总数也不算多，估计这次控制住一个群体或重点个体也不至于太可怕。

我的初中同学在群里问我，武汉情况怎么样？我说还好。他们接着说，北京、上海、深圳都已经在抢口罩了，很多单位和公司已经在收集去过武汉的员工的相关信息。有的同学还在群里贴出当地确诊病例的人数和定点医院。言谈间都有点疑虑。

去省政府开会的路上仍然很通畅，只在洪山广场西侧的民主路稍微有点堵。车窗外，依然人来人往，这一个地段戴口罩的人比之前见到的多一些。总体上，武汉人民还是很乐天的，一个抖机灵的段子传遍了大江南北：“全世界都认为中国是疫区，全中国都认为湖北是疫区，全湖北认为武汉是疫区，武汉人认为汉口才是疫区，汉口人民正欢欢喜喜地打年货呢。”

下午的会议由副省长主持，副省长介绍了感染人数有快速增加的趋势，病毒传染性强，致死率要高于“非典”。我们要多条战线作战，一方面腾出隔离病房集中治疗，免费检测，医院不得拒绝治疗等；另一方面全省各企业要加快生产口罩、防护服、药品等。相关需求由省卫健委提。省卫健委的参会领导准备了一份书面汇报材料，但是他没有按照书面汇报材料发言，直接提出了口罩、防护服、药品、医疗器械等需求。接着各个相关企业汇报了各自的生产和储备情况，我奋笔疾书，都详细记下来。印象最深的是，轮到高德红外公司介绍红外测温仪的情况时，该企业负责人一开始就道歉说：“首先请原谅我戴了口罩，我观察今天有四十多位同志到会，只有两个人戴。有可能大家觉得在领导面前戴口罩开会不礼貌，但是情况确实很严重，请大家保护好自己，一定要戴。”

那个村民非常不耐烦，说“关你屁事”

1 月 23 日上午，单位召开“不忘初心、牢记使命”主题教育总结大会。会后，我和妻子驱车去赤壁，准备回去陪岳父过年。还没到赤壁，半路上就接到单位电话，要求我即刻返回，下午两点半要开会。在咸安和赤壁交界处，赤壁市安排了测体温的卡点。

下午的会上，氛围有些紧张，领导要求在咸宁的干部全部取消休假。我接到的任务是收集疫情防控指挥部的疫情信息，向省政府总值班室报告。武汉终于“封城”了，市民都在各大超市抢购生活物资，咸宁的超市也是一样热闹。办公室有同事在外面药店抢购口罩，听他们说买的 N95 口罩 35 元一个，贵得离谱。同学群里发了一个链接，百度地图数据显示，1 月 22 日武汉市有超过 25% 的迁移人口前往孝感、黄冈。咸宁离武汉这么近，回来的人肯定也很多，这种担忧大家心照不宣。

1 月 24 日，咸宁也“封城”了，所有高速公路和国道全部封闭。每天早上六点，我会收到前一天的疫情信息，向省政府总值班室报送。但是现在指挥部还没有对外公布任何疫情信息，不断有关心疫情的市民打电话来问咸宁是否有病例，因为没有对外发布相关消息的授权，我都告知其等候官方消息。因此，我向指挥部领导建议，如果还不及时对外发布，将来一次性冒出不少病例，无法向大众交代。领导说已经考虑了这个问题，即将公布。下班后我特意到街上转了一圈，发现街上人还是蛮多的，大都戴了口罩，交通也没有阻断，大多商铺仍在营业。

1 月 25 日，大年初一，我在办公室吃泡面。国道、高速已实现了硬隔离。在县市区当领导的朋友告诉我，县城交通都已经阻断了。

咸宁市区还好，城区交通尚未封锁。我报送完信息，开车去外面转了一下，想看有没有口罩和酒精卖，结果各个商铺都已经断货了，这速度真快！

由于交通封锁，在值班时，我经常接到要求离咸、返咸的求助电话。有一家四口人到温泉亲戚家过年，现在“封城”不能回家，一家人在亲戚家里待久了不好意思，孩子又没有足够的奶粉，问我什么时候可以回去。我只能跟她说，这种情况请安心在亲戚家待下去，等疫情缓解了才能走。她满怀担心，却也无可奈何，最后也只能表示理解，在无奈中挂了电话，连我都不知道这样的“封城”还要持续多久，我怎能明确地告诉她呢？还有一个市民，来电说年前妻子和女儿去泰国旅游过年，即将坐飞机返回武汉，可是武汉“封城”，回到武汉也没有办法回咸宁。问我们是不是可以通过一些途径，让他开车去武汉接妻女回来。我说这估计不行，他肯定进不了武汉，也回不了咸宁，建议他联系武汉的亲戚朋友，或者让他妻女在武汉住酒店。他说不想麻烦亲戚朋友，最后无可奈何地挂了电话。

1 月 28 日，市长召开市政府常务会，学习习总书记相关讲话，布置疫情防控工作。市长提出：短期目标是在 2 月 8 日（正月十五）之前基本控制疫情，因为通过武汉“封城”和咸宁本地的排查，23 日开始回到咸宁的病例和十七天内武汉返乡人员都已在这个时期暴发，通过合理有效收治，是可以控制所有病例的。中期目标是在 3 月 5 日前，发现其余病例，集中收治，解除城市封锁，保证全国两会如期召开。最终目标则是在 4 月底，所有病人全部出院，社会上不再有流动传染源。

针对疫情有向农村蔓延的趋势，市指挥部决定成立农村组。我在指挥部收集信息，每天向指挥部反馈农村疫情防控情况。前期工作主要是督查农村的武汉返乡人员排查是否到位，密切接触者居家隔离是否到位等内容。

1 月 30 日，听说一件事情。市委主要领导刚到咸宁一个月就遇上疫情防控这等大事，他不敢马虎，自己微服私访，在咸安区某乡镇调研疫情防控工作时遇到一群人在打麻将，旁边拢着一群人饶有兴致地围观，大部分人都没有戴口罩。主要领导见状提醒说：“你们不能聚集，不能打麻将，在外要戴口罩。”结果有个村民非常不耐烦，蹦出一句“关你屁事”。从这个事情可以看出，农村疫情的防控存在很大问题，群众还未真正重视起来，可能觉得疫情离自己还很远。一年到头在外忙碌，好不容易回到家里，他们总忍不住像往常一样，开心地聚餐，聚集一堂打麻将娱乐一番。至于国家的防疫，他们觉得那可能只是武汉那样严重的地方才需要戴上口罩，才需要待在家里。

两个镇党委书记说撤职就撤职了

为了确保指挥部研究的事项迅速传达落实，我们从法院调来两个速记员，由他们将领导的每一句话都记下来，然后分段发给综合组的同事，整理会议记录，形成问题清单。等会议结束时，我经常跑到综合组去看会议记录。书记说，他对我们这里干部的作风不是很满意。就拿针对武汉返乡人员摸底数来说，从最开始的两万人，到后来的五万人，现在又是七万人。这个数字肯定还不对。他说，当年“非典”期间，他在河北一个山区县当县长，那个县县域面积很大，邻近北京，经济不发达，干部一年只能发三个月工资，工作作风却很扎实，短时间内就摸清了所有北京来的人员，那个数字从开始到“非典”结束都没有变过。不像我们这里，数字一直在变……

指挥部农村组的工作机制建立起来了，领导让我们拿一个指导农村防疫工作的方案。手下小伙子拿了一个实施方案，穿靴戴帽，一大堆，主要内容淹没在方案里面。我想了想，把前后都拿掉，就保留了中间内容，让干部清楚，让群众明白，再由领导一加工，搞了一个“九个严格”，从各方面规范要求村民、基层干部、基层组织的行为，方案受到市领导肯定，迅速印发到各地。

2 月 1 日，我与一个在武汉的大学同学联系，他说自己一切都好，但另一个梅姓同学的现状不妙。梅同学家在武汉，年前发现父亲有咳嗽症状，拍片显示肺部感染，但是医院一直以没有核酸检测为由，拒绝收治，她和父亲到处找医院排队，都没办法入院。在“封城”前一刻，她老公带着两个子女和她妈妈去老公老家——四川，她和她爸爸则留在武汉，继续寻找治疗机会。后来她妈妈在四川检查显示被感染了，但是得到了很好的治疗，万幸的是她老公和子女没有被感染。想想他们夫妻在“封城”前作出的分别决定，那是怎样的生离死别和伤心欲绝啊。走，是把生的希望留给子女；留，是和父亲共同寻找最后的希望。

2 月 2 日下午，下沉咸安区的督查组报告了一个情况：某村村医的三个孩子在武汉读大学，村医妻子也是从武汉回来的。但是镇、村两级都没有掌握其家有四个武汉返乡人员的情况，村医的妻子和子女也并未居家隔离，每天都在帮助村医照顾病人，接触了不少村民。镇上的一些商铺照常营业，人员往来密集，道路卡点如同虚设。通山县的督查组也报告了一个情况，某村医的妻子属于武汉返乡人员，但未居家隔离。村医因咳嗽前往医院检查，他的妻子也顺道进行了检查，结果村医未确诊，村医妻子确诊。但这名村医未被安排集中隔离，而是回去继续给村民看病。这两件事情经农村组报告后，指挥长震怒，二话不说就将这两个镇的党委书记都撤职了。赤壁市医保局一个工作人员在防疫期间擅离职守，回家打牌，也被开除公职和党籍。为什么会发生这样的事情呢？肯定是作为地方负责人和公职人员都没有重视疫情防控。

晚上党校班级群里搞了一个活动，即在 2020 年 02 月 02 日 20：20，大家相约上传即时照片，相互交流。到了那一刻，大家纷纷晒出照片，国企的同学在火神山、雷神山建设现场，省直机关的同学们在社区做志愿者，市县里的同学都在指挥部一线，大家都在抗击疫情的一线奋斗。我也应应景，上传一张“2020 年 02 月 02 日 20：20，我在咸宁市指挥部，抗击疫情”的照片。

隐瞒疫情办寿宴，致百人被隔离

2 月 4 日下午，我代替领导参加省里的电视调度会。会上宣布了中央指导组的要求，省委书记蒋超良负责武汉市的疫情防控，省长王晓东负责其余各市州的疫情防控。这样分工也好，免得一团乱麻，调度失据。王省长在调度我市的情况时，问存在什么困难，市长说防护服和 N95 口罩都不够，只有一天的供应量。省长说：“你们有一天的量就不错了，现在的底线是保红区不断供。”看来我们在保供这方面还是领先于其他地方，这与我们合理调度有关：指挥部每天都会列出各防护物资的日需求量和可供应量。

2 月 5 日，通城县发布一则消息：湖北通城实验小学副校长张新甫隐瞒疫情办寿宴，致百人被隔离。张新甫隐瞒自己从武汉返回的信息，违规操办父亲寿宴，导致赴宴人员被感染。自己发热后去医院治疗，仍然隐瞒去过武汉的信息，导致为他看病的医护人员都被隔离，即使在被纪委审查期间，他还态度恶劣，拒不认错。在这段时间，我看到不少人隐瞒自己去过武汉的事例，不知道他们出于什么心态，非要隐瞒旅行信息。

2 月 6 日，咸宁市首例“新冠肺炎”患者出院。可喜可贺啊，我虽然不在现场，但是这种高兴的心情是难以言喻的。是不是钟南山院士所说的拐点就要在咸宁率先实现了呢？我与孝感的同学交流，他们那边确诊病例已经 2000 多例了，情况不容乐观。我跟他讨论，我们预计能在十天左右实现拐点。他很羡慕。孝感在这段时间确实很困难，书记因贪腐被免，仅有市长支撑危局，工作较为被动。他羡慕我们咸宁有一个好统帅，主政领导刚刚从秦皇岛调任过来，昨天秦皇岛一家企业捐助了价值 1500 万元医疗设施，孟书记在会上说，这家企业本来准备捐钱，但是这个时候钱不如设备管用，请他们最好是捐助一批医疗物资。

孟书记对各地武汉返乡人员的数据仍然不满意，我们单位所驻社区的网格摸排情况就不理想，反映出数据摸排是一个非常大的问题。分配给我们的是青龙社区第一网格，里面有三个小区，一个有物业管理，其余两个属于无物业管理小区，还有部分开放式的楼房住户，仅有一个网格员管理。网格员前期报送只有 3 个武汉返乡人员。办公室 3 名志愿者，用一整天时间逐户上门登记，结果发现了 130 多名武汉返乡人员。很多居民反映并没有人上门摸排过。可见起先网格员跟着感觉走，足见前期工作多么不扎实。对武汉和外来返乡人员进行摸排，并对这些人员采取针对性的措施，就可以完全掌握疫情发展方向。如果有人在清单之外，又恰好是感染者，那么就只有等着其发病或接触者发病后再来采取措施，那样应对工作就太被动了。

连口号都想好了

2 月 10 日，市住建局正式接管了全市所有物业的 202 个小区。在 2 月 6 日，市住建局党组向市防控指挥部写了请战书，分析了当前城区封闭管理的情况，请求对其中有物业的 202 个小区进行接管，一来可以统一全市有物业小区的管理，由住建局的干部管理更为规范；二来可以解放 1000 多名志愿者，使其能投入到其他领域。

我每天从小区出来上班，原先的小区保安虽然勤恳，但敬业不足，人员进出也比较随意，并未完全履行登记、测温等手续。在防控刚开始的时候，小区物业经理和保安都找到我，问我能不能帮忙在指挥部协调几把测温枪给他们。由于指挥部对物资管控较为严格，所以我给他们指了另外一条路，让他们找包保小区的市直单位解决。当天晚上他们就拿到了测温枪。在住建局的干部职工接管小区之后，设备齐全多了，对进出管控也负责多了。今天他们实行了进出人员编号管理，登记所有进出人员的信息，大家凭证出入。

还是 2 月 10 日，国家卫健委公布了省际对口援助湖北省除武汉外其他地市新型冠状病毒肺炎防治工作的方案，对口援助的对应关系与之前网络公布的信息完全不一样，由云南省帮扶咸宁市。之前网络传言，江西帮扶咸宁，连口号都想好了：“精明强赣，江山咸宁”。之前的方案可能是按照地缘远近来就近帮扶。现在的帮扶关系是因为之前云南医疗队已有 135 人战斗在咸宁了。我赶紧跟团市委书记刘珈报告，之前她在群里都开始布置与江西对接的工作了。电话中，她颇为惊讶，再三跟我确认这个消息是不是准确的。因为江西团省委书记都已经在与她对接了，询问有什么困难，需要什么。我们的需求信息也都传给他们了。这样一来，好些工作只能推倒重来，这个乌龙闹的……

2 月 13 日晚上，省政府下通知，前期国务院批准湖北延长假期到今天，但是疫情仍然没有得到有效控制，故 2 月 20 日前不得开工。开工条件应该是所有的感染者都已经被收治到医院，社会上已经没有传染源。湖北省前一日新增“新冠肺炎”病例 14840 例，其中武汉市 13436 例，咸宁市 9 例。希望疫情早日得到控制。

2 月 14 日，谁也顾不上过情人节。我听说团委的彭洪还是确诊了。小伙子一直勤勤恳恳地工作，前段时间在小区值守的时候，小区里有确诊病例，但是确诊病例的家人作为密切接触者，不愿意去集中隔离点隔离，志愿者只好一起上门做工作。彭洪没有完全做好防护，在确诊病例家中时，其家人并不配合，与彭洪发生拉扯，喷了他一额头唾沫星子，估计他就是在这次接触过程中被感染的。两天后彭洪就发烧了，报告社区后就被送到医院检测，虽然核酸检测阴性，但是 CT 显示肺部有感染迹象。彭洪父母双亡，三十多了尚未婚配，一心扑在工作上，每逢有重大任务都是吃住在办公室。他把团市委的宣传工作做得风生水起：策划剧本、拍小视频、运营公众号，样样在行，“青春咸宁”公众号在他的运营下一直稳居湖北前列，还闯进了全国前五十强。他被确诊，某种程度上意味着团市委在战“疫”中被“团灭”，一半以上的人都被隔离了。万幸隔离期满时，其余人都没事儿。

乡镇书记说，不敢放开手脚工作

定点医院只有那几家，相互之间也有一些特殊事情不好协调。之前一名孕妇感染者预产期快到了，她本来是在市第一人民医院住院，可是第一人民医院说没有条件生产，家人辗转到市妇幼医院，妇幼更不行，他们连防护的条件都没有。又辗转到市第一人民医院，那里虽有条件但也不愿意收。孕妇一路颠沛，苦不堪言，咸安区领导协调不了，只能给副市长谭海华打电话。谭市长当即给第一人民医院下达命令，要求做好该名孕妇的生产服务。如今，孩子顺利出生，谭市长听说后非常高兴。

2月16日，我们召开农村组第二轮督查会商会，各下沉督查组反馈各县工作中存在的问题。大家集中反映，随着农村疫情防控工作的深入，从数据上来看，连续四天都只新增十几例。农村确诊病例比例进一步降低，农村确诊病例在院数也逐步降低，“双无”乡镇和村社区稳步增加，应该说，农村疫情基本得到了控制。而此时，农村的春耕备耕工作、农产品积压问题等纷纷被提到议事日程上来，在开展相关工作之前，要确保排查清楚所有的传染源和风险点，把病人都收治住院。按照如此规划，预计会在2月20日迎来拐点。

为了给春耕备耕做准备，我和顾秘书长用两天时间到咸安区和通山县、嘉鱼县调研农村疫情防控和农业生产的可能性。我们主要采取了三种方式：一是通过乡镇现场填报农村疫情统计信息表，集中了解各村确诊临床病例、疑似病例、密切接触者、发热病人等的分布情况，以此研判各乡镇疫情形势以及小范围开展农业生产的可能性；二是逐个分析确诊病例的发病情况、密切接触者集中隔离情况，以此判断排查是否存在漏洞；三是通过与乡镇书记、镇长交流谈话，了解疫情防控和农业生产工作中的重点、难点及存在的问题。

调研中，发现了几起特殊感染病例：一是官埠桥镇L是运送密切接触者的司机，因多次运送他们去医院做检查，一来二去与检测医生熟络了，主动要求也做一个 CT，CT 结果显示肺部感染，被收治住院。二是向阳湖镇 L、Y、Y 三位病例有一致性，三位病例均为年龄偏大，从未去过武汉，有肺气肿等基础疾病，被家人送至医院检查，因肺部感染而被认定为临床诊断病例。其密切接触者均无发热症状，未发病。乡镇书记认为，病人或其家属想趁此机会免费治好肺病。医疗机构为了规避风险，未严格按照《新型冠状病毒感染的肺炎诊疗方案（试行第五版）》的标准，对病人进行准确定性。病人被诊断为临床诊断病例，既浪费本已紧张的医疗资源，乡镇组织密切接触者隔离也浪费精力，其密切接触者送去集中隔离过程中也增加了感染风险。乡镇书记对此颇为气恼，无缘无故增加了三个病例，不但数据不好看，还影响政绩。领导安慰他，只要老百姓得到了好处，也不要太过于计较，毕竟这样也排除了风险，避免遗漏。三是洪港镇病例 L，从武汉打工回家，为补贴家用，用一辆旧面的跑出租。从 1 月 16 日到 29 日，足迹遍布全市各县，甚至延伸到黄石，给流调工作带来巨大的压力。所幸的是，该病例配合工作，将每一个约车的电话都如实报告。

2 月 20 日，省里下发通知，复工日期再次延迟至 3 月 10 日。报上说医学博士王维武滞留家乡咸宁，我将报道和咸安区指挥部以文件方式印发的药方发到家族群里，告诉家人，这个因为“封城”而留下的医者为咸宁做出了很大贡献，他草拟的药方正在全市推广。家人们纷纷表示要试一下。爸爸妈妈到处转发，下午就告诉我，家乡乡镇的医生迅速行动，按方抓药，已经在出售汤药了，价格从十四元到二十元的都有。看来神医的履历，再加上官方文件的背书，已经征服了小镇居民。

到嘉鱼县调研时，有农户反映，现在湖北的产品在山东、河南等地受到歧视，甚至当地的农贸市场对商户说，如果再进湖北农产品，就要取消他们在农贸市场的经营资格。有的农户为了解决这个问题，只好将菜接驳到湖南岳阳，再以湖南产品的名义发到当地农贸市场。虽然成本高了点，但好歹能卖出去。而饲料等必需农资，别的地方又不愿意发货到湖北，即使发货，成本也居高不下，一车货送到湖北10万元，送到岳阳3万元，即使这么高的运费，很多司机还不愿意送货到湖北。发货到湖北贵也是有理由的，只要货车进入湖北，回去要被隔离十四天，必须这一次把十四天的钱都算进来。也有不少司机愿意赚这个钱，往返两地，全程不下车，不与人接触。

春耕生产已经迫在眉睫，人误地一时，地误人一年。如果还不抓紧这段时间生产，我们一年的生产就赶不上了。领导到乡镇调研春耕生产，街上仍然冷冷清清，问乡镇书记为啥还不开展农业生产。书记说，不敢搞，被纪委督查到是会掉帽子的。领导想去农资店看一下，到了农资店门口，大门紧闭。乡镇书记叫老板来把门打开。一通电话后，大门从里面打开了，不少农民正在里面买种子。领导非常生气："买卖种子是好事，你们搞得跟地下交易一样，农民春耕生产还得秘密开展吗？"书记一脸尴尬："这不是怕纪委吗？春耕生产也要搞，更重要的是要搞好疫情防控啊。虽然现在没有确诊病例了，但是纪委不肯放松，老百姓也不肯放松啊。"

为英雄的武汉加"鱼"

3月11日，咸宁召开市委常委会落实习近平总书记指示，给武汉市民免费送400万斤鱼。晚上我在省委党校班群里说："武汉人这次牺牲很大，承受太多压力，我们咸宁要给你们送鱼。"有同学私信我，送给社区还是送到哪里，能不能让单位食堂来拖一车走。我婉拒了，不能这样做。

3月16日，晚上九点多，被拉去开会。原来是为武汉捐鱼遇到了麻烦。省直机关有领导给市政府领导打电话，说咸宁这么大规模，宣传这么热闹，还在高速口搞隆重的捐鱼仪式，怎么到现在还没有看到咸宁的鱼呢？市领导希望我们加快送鱼的进度，如有可能，可以有针对性地覆盖省直机关集中的片区。为此，分管副市长和秘书长很为难，加快进度较为容易，但覆盖省直机关却有难度，容易引发舆情风暴，且武汉市也不会答应。这个会议最后也没有研究出一个稳妥方案。倒是研究出一个结论：派我去负责捐鱼专班工作。

第二天一早，我去专班了解基本情况：前期因疫情影响，存塘的鱼较多，这次捐鱼既支援大武汉，又解决了滞销鱼的问题，可谓利己利他。第一批捐鱼计划 764 吨，任务已经分配下去，进度已经达到 80%，收效还不错。不过也存在几个问题。其一，需要尽快完成第一轮捐鱼，同时启动第二轮捐鱼。由于国内疫情逐渐缓解，各地对鱼的需求得到了有效释放，鱼市的价格在慢慢恢复，如果还不明确第二轮捐鱼的任务量，则无法保证按照原来约定的价格完成任务。其二，武汉部分区域的地方干部对于咸宁捐鱼心情复杂。既感激，又郁闷。这个鱼可以让他们争取民心，增进理解；可如何确保这些鱼分配到位、及时送达，绝对是个极大考验，需要政治智慧和执行力。《湖北日报》第一时间报道了捐鱼的消息，也让武汉市比较被动。鱼肯定没办法每户一条，但是民众都眼巴巴望着，很多人家可能已备好了葱姜蒜辣子等佐料，可咸宁捐的鱼怎么还没到家？

如果仅分配给贫困户、孤寡户，捐鱼数量超量了；若分配给其他群体，分给谁、怎么均分都是问题，还怕会舆论沸腾，引发事故。东湖风景区本来要 25 吨鱼，但是后来又说只要 3.8 吨。武汉市商务局将其余的 21 吨协调到江岸区去了。东湖风景区大概只要这一点点，分到贫困户家中，其余的确实没办法分匀，只好不要了。捐鱼不容易，分鱼也何其难，既然第一批鱼还没分清楚，第二批捐鱼计划就只好暂时搁浅了。

我们跟进第二轮计划，希望武汉市一次性把需求汇总报过来。3 月 18 日，约定时间已经过了一天，可上午时武汉的第二批需求都还没有报过来，如果今天中午还不报过来，我们就没办法完成任务了。焦急地等待，终于一个区一个区地报过来了。可青山区上午报了 100 吨，下午又说不要了。我赶紧打电话过去问，陈明利害，鱼不是水缸里的鱼，是湖里的鱼，需要提前一天用渔网赶到湖区一角，第二天凌晨四五点趁着天气不热的时候装车，而赶到一角的鱼不能重新放了。青山区负责人说：“我们不要这 100 吨鱼了，已经跟武汉市商务局协商，转到江岸区去算了。我们在嘉鱼买了 200 吨鱼，都是咸宁的鱼。”为啥青山区宁愿自己花钱买也不肯要免费的？估计是免费的鱼实在无法分匀，只好买200吨鱼投入市场，让想吃鱼的群众自己买，也算有个交代。

接着，武昌区、洪山区也回信不要了，说是100吨太少，要送就送1000吨，让他们实现全覆盖。到最后，只有江岸区、江汉区、硚口区各自要了100吨。第二轮只能送这么多去了。又有党校同学在群里问我："我怎么还没有收到咸宁的鱼？"我只能半开玩笑地回答："没有收到的，证明你们都住在高档小区、富人区。"

不管怎么样，我们为英雄的城市加个菜，还是赢得了鲜花和掌声。正如送鱼车上拉的横幅——"武汉必胜，天下咸宁"，我们期待4月8日大武汉更好地重启。

愿在“硝烟”散尽的岁月重逢

〔**口述人**〕杨天慧，女，1996年生，湖北咸安人，2018届选调生，咸安区大幕乡干部，驻村抗“疫”包保人。

从岁末寒冬，到灿烂早春，40多天里，每日在包保村里摸爬滚打，守护最后一道安全屏障。每一个奔走疾呼的身影，每一次声嘶力竭的劝阻，每一个寒风雪夜的坚守，每一次通宵达旦的坚持，都成为我们的集体潜意识，化作我们躯壳之中的抗体。

今年是庚子年，正好是我二十四岁本命年，人生合该渡这一劫。作为突发疫情的亲历者，我目睹世间人情冷暖，更多是收获温暖，得到磨炼。我以党员身份为荣，以战士身份为傲，其间点滴必定照亮余生。

摸排到第一个发热病人

1月22日

乡里正式铺开疫情防控工作。一散会就赶到村里，和村医在湾子里摸排。对疫情的具体情况尚不清楚，男朋友思哲用微信再三叮嘱，一定要做好防护。

1月23日

上午小雨，继续摸排。

组长带着我们找返乡的人，来到一户人家门前敲门。老人下楼说："我女婿从武汉回来的，有点发烧，你们快来看一下。"气氛瞬间紧张起来。我和妇女主任赶紧上楼，偷偷叮嘱她和组长把口罩戴好。楼上没开灯，光线有些昏暗。病人躺在床上，替他查了体温——37.8℃，一家人惊慌失措，全围了上来。

我立刻给李院长打电话，到医院排查。详细记录下病人的行程信息等情况，并第一时间报告。结束后回去洗了热水澡。冲洗超过半个小时，心里仍忐忑。

伴随疫情的年味

1 月 24 日

今天是大年三十，接触到发热病人以后，有点不想回家。说不害怕是假的，但还是犹豫着赶回去吃了团年饭。

昨天淋了一上午雨，回到家有点低热、流鼻涕，越发害怕。在家小心翼翼，戴好口罩，又到药店买感冒药。电视上放着春节联欢晚会，但我心情很不好。没心情抢红包、发祝福，也没心情看春晚。领导打电话来，问这几天的数据。前两天尽全力走遍了全村，顾不上统计数据，忙抓着弟弟帮忙统计，结果数据还是晚报，挨了批评，有点不开心。也许是挨了批评，又或许是受武汉疫情的影响。

1 月 25 日

今天是大年初一，凌晨五点就赶回单位开紧急会议，形势比我想象中严峻。散会后，书记姜勇带我去村里。上车前，特意给了我一个 N95 口罩，叮嘱我要注意安全，大约与我们村出现全乡第一例疑似病人有关吧。农村人忌讳多，大年初一拿体温枪对着别人不吉利。于是和姜书记一起，上午只摸排、登记，没有测体温。

下午接到通知，回办公室领了两把体温枪，又赶回去继续摸排。村民看到我们手上拿着体温枪，倒也不介意"不吉利"，反而主动要求测体温。一天下来，走了六七公里，每到一家，先是敲门、说新年好，然后登记、测温、叮嘱注意安全，走了一家又一家、登记了上百个返乡人员。忙到天黑回到宿舍，才感觉到全身酸痛、口干舌燥，白天神经高度紧绷着，顾不上那么多。

防控压力重如泰山

1 月 26 日

今天领了第一套防护服，薄薄一层，像蚊帐一样挂在身上，应该不是医用的。聊胜于无吧，眼下防护物资极度匮乏，听说有的乡镇干部用雨衣代替。乡里努力为我们做好后勤保障工作，想尽办法为我们补充营养，找农户买了土鸡蛋和水果。

上午，去了北山几个组。听村里人说，这里是“赌窝”。果不其然。走了没几家，便见到四个人打牌、七八个人围着看牌的场面，其中只有几个人极不规范地戴了口罩。我倒吸一口气，当场制止他们打牌，并发了口罩。再一问情况，惊出一身冷汗，好几个都是武汉返乡人员，其中有一家人还是从百步亭社区回的。一个人很不高兴地说：“这是我的个人隐私，凭什么和你说。”忍不住撺了他几句。带我们登记的组长连忙劝阻，旁边的人赶紧打圆场。走了以后，听说他们又开始上桌打牌了。唉，防护意识真的太差了。

下午，支书通知各组禁止打牌串门，否则派出所出动管理。还好，大部分返乡村民都知道了严重性。

晚上回到宿舍，全身骨头照例散了架似的。给思哲发了消息，他安慰我，不要恐慌，保护好自己。

如果有人染病了，谁都跑不掉

2 月 1 日

春节期间马不停蹄地摸排登记返乡人员、测体温。看还有没有遗漏或者隐瞒发热的，并对发热病人和家属进行上门监测，忙了整整七天。

今天是初八，上午九点准时出发。穿着防护衣经过一户人家门口时，里面有个人往门口泼水，还骂骂咧咧的。我们到他隔壁替发热人员测体温，却无辜被骂，怒火瞬间被点燃。妇女主任也很生气地说："你说话太难听了，我们从腊月二十八到现在就没休息过，还不是为了大家的安全！"我忍了忍，控制住情绪，让他们做好防护。

不良的情绪，积攒得越来越多。上午在12组看到两桌打牌的。不管三七二十一，上去就把扑克扔掉。有一家是武汉返乡人员，旁边看牌的有十几人。我脾气上来了，一顿暴吼。有几个人不服气，质问我。被众人围着的我，大声说："你们中间如果有一个人染病了，在场的谁都跑不掉！"又对武汉回来的主家说："你们从武汉回来，潜伏期还没过，一旦有事，你们是要负法律责任的！"给每人发口罩时，我语气开始软下来。大家也都渐渐冷静，然后散了。

整个上午，自己都像一只刺猬。下午时，告诫自己要冷静一点。但见到人打牌聚集，依然不高兴。驱散人员、发口罩，把几副牌没收了，扔进了公文包。

晚上，回到办公室，动也不想动。发了一天的脾气，血槽都空了。师兄到办公室，见我累趴着，让我回去睡觉。我鼻子一酸，把一袋子扑克交给他。夜色中，独自上楼，在黑暗里流着眼泪。

快结束吧，这害人的疫情！

每天都是日行两万步以上

2月2日

昨晚哭着入睡，醒来看到思哲的消息。好长一段，全是鼓励的话，看得我眼眶又一热。早上开例会，乡长黄猛特意表扬了我，说："一个女同志敢较真碰硬，缴了一大把扑克。"我鼻子又一酸，还好戴了口罩没人发现。又听到领导开玩笑说："扑克牌还是不要带回来了，万一把病毒带回来怎么办。”哈哈，快出来的眼泪又被我笑回去了。

又是日行两万步的一天，微信运动大家都有记录，我的排名还比较靠后，乡干部全都变成“神行太保”了。

领导说这段时间下村入户的强度，抵得上驻村两年。对驻村干部来说，这是十分难得的锻炼机会。最近，把村里的每一个犄角旮旯都走遍了。无论晴天或者雨天，都是天亮走到天黑。被群众拒之门外的时候也有，劝阻人员扎堆聚集时群众激动的情况也有，来村里说家里因没菜了吵着要出村的状况也有。吵闹与忙碌，都已成为日复一日的功课，乡村干部都已经习惯了。

妈妈和奶奶，每天都会等到十一点和我视频，她们担心得要命。只有在她们面前，才会觉得自己是个小女孩，她们不知道我已经是战士了。现在最想回家大口吃肉，大荤腥大油泼辣子，懒觉睡到自然醒。

我的担子更重了

2月5日

真是屋漏偏逢连夜雨，支书那个组因为出现确诊病例，昨天已经封闭管理，设了卡点，全组必须居家隔离。支书不能来村里主持工作，包村领导听说也因为生了病也无法返岗。我是驻村干部，担子更重了。

傍晚，我和胡医生摸排完，在返回的路上，刚说完希望我们村不要再有病例，就接到电话，说1组有人确诊。“不会吧！”我在夕阳下的马路上大声地喊出来。

2月6日

必须对出现新增病例村组下狠手。

上午，登记全组住户信息，贴好体温检测表，挨个找有关人员询问病例的行动踪迹。市里来督查的领导仔细询问病人亲戚时，她开始支支吾吾。先说前两天还见过他一次，和我们掌握的情况有差异。

一行人就这样站在桥口，市里的干部看到我们裸着手拿体温枪，转身从车里拿出仅有的几个医用手套。“你们才是一线，一定要做好防护。”感动之余也略有无奈，真的买不到手套，有塑料手套替代已算不错了。

病例行踪不明确，得重新调查。于是整个下午，和病人的侄子反复确认是否有过接触，侄子一家人咬死否认。凭直觉感觉到有所隐瞒，于是和病人的儿子电话联系，他倒是很配合，详细告知了行踪，果不其然，侄子一家和病例有短暂接触。

完整的行踪摸排清楚了，向领导汇报后，又开始调查确诊病人侄子一家与组内其他人员接触的情况，得知春节期间几乎和全组人都接触了。无奈，又和 2 个民警一起，逐户上门了解实际情况。19 户人家 91 人，挨家挨户敲门核实。

暮色渐沉，雨也越来越大，摸黑淋雨在本子上记录，字迹都浸开了，回到办公室写报告又到凌晨。

一整天，满脑子都是这个人什么时间去了哪里，和谁在一起，旁边还有哪些人。一点点地追踪，像记忆拼图，很刺激，觉得自己像个侦探。据说这个工作叫“流调”，乡里有专门的流调组。体验了这份辛苦，也感受到保护别人的成就感。在微博偷偷发“我们守护的村庄，一定要平安啊”。发自肺腑地这样希望着。

越是风雪夜，越要守护好

2 月 16 日

昨晚风大得吓人，今天有大风 4 级蓝色预警。

清早到村口值守点，看到露天帐篷被拦腰折断并摔进了隔壁菜园里。“全村封闭”的指示牌铁支架被拦腰吹断，路障横七竖八地倒在马路上，一片狼藉。听帐篷里的值班人员说，昨晚帐篷里四面漏风，被子也湿漉漉的，脚冻得没知觉了。

上午在村里安排好当天的工作，就去值守点检查出入登记情况。不一会儿，下起了雪。一辆鄂A大货车，要从村卡口经过。凡从武汉过来的车，志愿者都非常警觉。司机是本村人，出示了通山县指挥部出具的通行证，但我们发现，这个通行证有问题。司机的名字和车牌号都是手写的，上一次从这里走时也是这个通行证。因为不放行，司机已经和志愿者吵得不可开交。他说："我从武汉一路过来，都没有人拦我。怎么到了自己村里，反而被拦住？"志愿者也激动起来了。吵到最后，司机甚至准备把车拦在卡口，谁都不让过。雪越下越大，老这样下去也不能解决问题，于是我便给领导打电话请示。不一会儿，还是决定放行。

下午，雪下得更大了。村里两位老干部找了张新床和几床被褥，拖到值守点。大家一起收拾整理，不一会儿就将床铺好了。抖了帐篷上的积雪，摸了摸床褥湿漉漉的。我的眼眶有些发热，这大约就是牺牲吧，舍了小家为大家，守护一方平安。越是风雪夜，越要守护好。大幕山下，万家灯火，静谧安详，夜色温柔。

忙完，回乡政府时天快黑了。雪花簌簌而下，请同事带我去全乡8个值守点，拍乡村干部在风雪里值守的视频。我想留点影像，写个稿子、拍个抖音什么的，记下这峥嵘岁月。

无人机巡飞"猫鼠游戏"

2月17日

雪下了一整夜。清早，世界都变得晶莹剔透。

雪停了，有太阳出来。好天气里，很多村民按捺不住要出门。借来了无人机，打算今天试试。听说同事小韩学乡长黄猛，在村里用无人机巡飞喊话，效果还挺好，也有很多趣事。他拍的那个视频里，无人机喊话砍柴大哥。"这位大哥，您背着锄刀是准备上山斫柴哈，口罩也不戴。回屋去，回屋去。”画面里那位大哥在路上飞逃。还有围观大妈、打牌年轻人以及打闹的小朋友。大家起初看着飞机十分好奇，听到无人机喊话后就一溜烟都散了。高科技东西真管用。

今天打算换个阵地，去北山转转。夜里政府接到投诉，有人偷偷打牌。据说“赌徒们”还安排人在路口守着，巡逻车喇叭一响，望风的人马上通知给里面打牌的人，他们收到消息后就立即撤退。好气又好笑，这团结劲头为啥就不用在抗击疫情上呢，居然还和我们玩起了“猫和老鼠”的游戏。

无人机起飞，飞到房屋上空。一圈巡逻下来，在门口晒太阳的、溜达的、打纸牌的一览无遗。我也不客气，对着画面里的村民喊话：“打牌的那一桌人，你们赶紧回家。穿黄色衣服的那个年轻人，说的就是你，不戴口罩就别出门，你口罩呢？”

巡逻了半个多小时，效果还比较明显，看起来无人机这个新鲜事物，还是对村民起到了震慑作用。

现在是窗口期，不能心软，更不能放松。只能用土办法、野办法，好在也起到一些效果。现在村里只要有人看到我们，第一反应都是把挂在下巴的口罩揪上去，或者是从口袋里拿出口罩戴上，怕了我们“唐僧式”的教育批评。

连狗见了我也摇尾巴往身上蹭

2 月 18 日

开始全村各家各户摸排。重点工作转移，要逐一清理存量，排查所有潜在隐患。前段时间，建立了全村健康档案，全面入户排查统计了人数，但详细信息还没完善。

今天去的两个组有很多返乡人员，一段时间以来已经和群众建立起了感情，看到人能把名字喊出来，有些爷爷奶奶见了我也会热情地打声招呼。比如说 7 组，几大家人都是从武汉回来的，坚持测体温快一个月了。每次我去，他们都会主动戴好口罩，高高兴兴过来测体温。见到我也总是笑脸盈盈："今天又来测体温了啊，不知道什么时候能走哦，憋煞人啦。""小杨我家口罩快用完了，你给我发一点啦。""这段时间真是亏得你们哦，把你们磨煞了。""小杨作孽仔，累煞在我们南山了。"

去另一个组时，已经快六点了，正是吃晚饭的时候。有位奶奶见我们还在忙，热情地留我们吃饭。忙完经过她家，奶奶又塞过来两个刚做好的包子，非要我们尝尝，特意强调洗过手，很干净的。

5组有一家人，女儿在武汉当老师，今年过年带着一只边牧犬回来了。刚去时，总冲着我恶狠狠地叫。日子久了，看到我也远远地摇着尾巴蹭过来亲热。有一次老人家说，再不让出去，家里的菜都要吃完了。他女儿马上说："没事没事，我们找邻居拿一点，能自己解决的事情尽量自己想办法。"这是不想麻烦我们。

村组之间，民风也各自不同。有的组群众爱挑事，常和我们乡干部唱反调，很不配合；有的组群众看到我们则会热情打招呼，主动配合我们。

群众和干部都快疯了

元月底到2月中旬，各个乡镇办都在搞全面摸排，时间紧任务重，搞了好几轮，从任务下达到汇总上报，每次都只有两三天时间。听说有个办事处连夜摸排，凌晨十二点都还在敲住户家门，群众和干部都快被整疯了。全面摸排工作，不能有千分之一的误差，否则予以纪律处分。非常时期采用雷霆手段，必须要有可靠的数据作为决策参考。但几天之内保证数据几乎零误差，意味着我们要不眠不休挨家挨户反复确认。一轮又一轮反复地上门摸排，一张又一张的表格要填。先是户主签字确认，再是所有家庭成员共同签字确认，最后是照全家福。

频繁入户存在交叉感染风险，有群众渐渐抵触我们上门。有的居民干脆在家门口贴张纸，把全家人信息贴在门上，下面写着："你们要的信息都在门上，不要再敲门了，任何人来都不开门。”老百姓自我保护意识增强，让干部哭笑不得又很欣慰。

白天上门入户采集核对信息，晚上还要忙着录入信息，常要工作到半夜。经常会看到同事们的黑眼圈、杂乱的头发以及疲惫的眼神，坐下来就能打瞌睡。这段时间，大家也从同事变成惺惺相惜的“战友”，不时彼此发发牢骚，吐吐苦水，相互以眼神、语言和行动加油打气。

彻底崩溃的“表哥表姐”们

2 月底，从全面摸排，到中途频繁换表，有时一天之内换三次表样；一边走村入户，一边被群里的新通知搞得晕头转向，大家被整得几近崩溃。每一次都有新的统计口径，于是来来回回、反反复复上门登记。先是新增户主关系和每个人的电话号码，接着要补充身份证号码；1 月 9 日之前返乡的算“在家人员”，但要备注什么时间从哪里回来，途经武汉且下车逗留的，即为“有武汉旅居史人员”；以楼栋为单位，一家人不同吃、不同住的不算一户人；单位要详细地址，等等。村民常会说：“不是来过了吗？不是问过了吗？之前不是登记过吗？”问得我们满是无奈，一脸大写的尴尬，心里郁闷至极，嘴上却要耐心解释，哄着填好信息数据。

连续几天下来，摸排工作基本结束。大家身心俱疲，以为告一段落，怎么也没想到最后会崩溃在信息录入和数据统计上。频繁地更换表格，竟不记得哪一张才是最新的，信息到底有没有重复或者错漏。想要找原始纸质档，却不知道以哪个为准，只得又一次打电话确认。

汇总表有 9 张分表，一条信息变更后，后面的相应表格数据全要逐一更改。小组分工录信息，稍不注意就会出错。录错其中的一条，就又要将 2000 多人的信息全部查询一次。只要一录错信息或者又加新的任务，工作群里便哀声一片。大家都处于崩溃边缘，恨不得此刻冲个冷水澡好感冒发烧，然后就此隔离休息。录信息、分类、汇总，一次次地忙到天亮。有一个夜晚，在紧张的倒计时上交期限里，我心急如焚地汇总着数据，一个错误的信息就像最后一根稻草压在身上，我终于崩溃大哭。

大家戏称彼此是“表哥表姐、表弟表妹”“老表一家亲”，每个人都经历过这样“被整到位”的极致体验，但最终都扛住了压力，咬着牙度过了一个个苦中带泪的昼与夜。

40 多天里，可以回忆的太多，无法全数记下，只能记下让人温暖感动或者伤心崩溃的个别片段。其实，40 多个日日夜夜都让人此生难忘。基辛格在《论中国》中感慨：“中国人总是被他们之中最勇敢的人保护得很好。”在这场疫情中，党员干部、医护人员、基层工作者、青年志愿者、支持配合的群众，每一位勇敢的人都在奋力战斗，守卫自己的家园，保护着人民的生命安全。

3 月，春天如约而至，终于等到繁花似锦，草长莺飞。东源花谷的油菜花已开，西山茶园的新茶也开始吐露芬芳。期待疫情过后，所有人和一切美好的事物欣喜重逢。

让“藏青蓝”浸满一册河山

没有一个冬天不会过去

〔口述人〕王淑红，女，1975 年生，咸宁市公安局警令部政委，市公安局抗“疫”指挥部指挥组副组长。

口罩突然成了这个冬天的主角

我不太喜欢过年，或者说我不太喜欢热闹。四年前一场突如其来的疾病，意外地带走陪我走过半生的爱人，一切都是如此猝不及防，甚至没来得及跟我说声“再见”。从那以后，我尤其恐惧节日，热烈的氛围总能触动内心的痛点。有时庆幸自己在公安机关工作，越是过年过节事越多，每天忙得脚不沾地，就没时间顾影自怜了。

但今年这个春节我还是挺期待的，母亲八十大寿，父亲去世早，母亲抚养我们兄弟姐妹五个不容易，定居瑞典多年的小弟也将赶回来。进入年底，我开始张罗这次团聚，兄弟姐妹约定腊月二十九回老家崇阳团聚。没想到，局里突然召开紧急会议，打乱了我的计划。

1 月 20 日晚 10：30 左右，一把手从市里开会回来，神色凝重：“赶紧通知，马上开会。”不到半小时，会议就开始了，传达市委精神，“新冠肺炎”已在武汉出现，人数还不少，而咸宁紧挨着武汉，形势不容乐观。只记得他一连说了区位风险、感染风险、舆情风险、社会风险“四个风险”，让我深感“山雨欲来风满楼”。末了，一句“一律取消休假、全员返岗，做好打持久战的准备。”让我雀跃了几天的心，一下就掉进了冰窖。

1月21日，入咸高速通道全部封控。机关80人迅速集结，到岗到位，24小时把守，排查车辆，配合检测发热人员。

1月22日，各县市区道路局部封控。中午，二姐夫的电话，让我的心又躁动起来："小弟下午就到家了。明天到我家吃饭，就差你们了啊！" 放下电话，我在心里盘算，明天上午请1个小时假，11点从温泉出发，赶回通山，接上小宝，再赶到崇阳吃个团圆饭，下午3点前赶回单位上班，应该问题不大。中午抓紧把手头的一堆文件和急事处理好，争取明天赶回去。

晚上8点，接紧急通知，机关警力全部下沉，明日一早"封城"！

1月23日7：30，咸宁全城封控！回家团聚的念想泡汤。小宝在通山爷爷奶奶家也没法接回来过年。到了我这把年纪，当然不会抱怨生活，简单收拾一下心情，给两边老人分别打了电话，好在老人们都很通情达理。中午又匆忙赶到食堂打了一点年货，回不去作回不去的打算，年还是要过的。又抽空去了一趟楚天大药房。听说口罩紧俏，还得买点备着。果然，药店没货了。一连跑了六家，都没有货。再看看大街上，来来往往的人们，行色匆匆，五颜六色的口罩，一夜之间就成了这个冬天的主角。

见我一脸沮丧地回来，儿子指着门口的包裹，那是闺蜜瑛子从马来西亚寄来的年货。"我的亲娘啊，看看这里。"打开一看，竟然是100双一次性手套，还有口罩，整整100个。高大的儿子抱着我转了两圈。

凌晨两点的年夜饭

1月24日，大年三十，我当班。作为警令部负责人，这是惯例。我早已习惯这样的安排，元旦、春节、清明、端午、五一、十一，几乎所有法定节假日，我都"法定"在市局的指挥大厅，透过偌大的屏幕，享受着这座香城泉都散发出的祥和、温馨与喜庆，就像穿越到盛唐的望楼，一眼看尽长安的喧闹与繁华。

指挥大厅是全市公安机关“雪亮工程”的终端。在这里，我们不仅可以一览全城的山山水水，还可以看到各重点路段、重要场所、大小商圈、小区园地、医院学校等，凡是有视频监控的地方，都可以尽收眼底，没有摄像头的地方，也可以通过车载执法记录仪实现视频全时空、全覆盖。每次在这里，看到一个个犯罪分子被绳之以法，就为大数据时代的智慧公安感到格外自豪。

今天大屏上的画面无法让我浪漫起来，虽然熟悉的路灯上依然悬挂着熟悉的中国结，熟悉的街道依然是熟悉的布局，却没有了忙碌，没有了喧嚣，没有了熙熙攘攘、川流不息。我从没见过如此安静的城市，寂静得有点透不过气来。一整天，我都觉得莫名地抑郁。领导们都在指挥大厅值守，大家没有了节日的热情，一个个默不作声。

“警保部的，中药熬得不错，大家都喝了没有？”领导适时调和沉闷的氛围。

“报告，机关民警包括院子里的家属都在喝，每天几大桶，大家感觉还不错。”警保部主任陈必芳往日响亮的声音有点沙哑。这段时间防护物资太紧张，他每天抱着手机全国各地协调，忙得焦头烂额。

“中药一定要坚持喝，还有多少口罩和防护服？不管是企业捐赠的，还是我们想办法买的，凡达到医用标准的，一律留给一线的医护人员。万一防护服不够，我们就穿警用雨衣上。”话语一出，在场的人一个个面面相觑。把好的装备留给医护人员，那我们用什么？

“医护人员比我们更危险，更需要，如果医护人员倒下了，谁来救治病人？大家说是不是？”可是，我们，尤其是在医院执勤的民警，装备若太差，还要看护确诊患者，万一感染了怎么办？我不由得胡思乱想起来。

“政委，刚接到通知，公安部领导晚上将通过视频向全国公安民警慰问。省里估计要接着开会。”指挥机要室主任李光琪的汇报把我拽了回来。我一看时间，下午 5 点了，赶紧忙着安排会务，督促通知到各县市，作好大屏和音响系统的调试。一切妥当，匆匆来到楼道侧面的阳台，给儿子打了个电话：“娃，年夜饭可能要晚一点，妈妈这边临时有会，你要是饿了就先吃，莫管我……”

“没事没事，等你回来一起吃！”

晚上 7 点，公安部、省厅领导先后通过视频向全警致以新春问候。然后，我们用一个分屏播放春晚，但好像没有人在用心看。

零点的钟声敲响了。“我先出去转转！”局长套上单警装备就下了楼。其他部门的同志陆续撤了。我们警令部是守大本营的，领导没说撤就不能撤，这是规矩。我一边回复着一条条亲人朋友的祝福，一边盼着领导早点回来。

0：50，局长回了，声音高了八度：“通知分管领导、支队长、政委、城区大队长马上过来。”

我吓得大气也不敢出，悄悄问随行的办公室副主任黄争光：“出啥事了？”

“刚在路上检查，发现民警有的没戴口罩，有的口罩佩戴不规范，单警装备及执法记录仪也没带全。”

整改会开始了。局长声色俱厉：“民警不保护好自己，怎么去打仗，怎么去保护人民？传达全警，如有第二个，战时纪律论处。”

我在心里默默地说：“领导啊，今天大年夜，也就是口罩没戴的事，需要这样较真吗？”之后的事实证明，太有必要了！全省先后有 437 名民辅警在这场大仗中感染病毒，8 名民辅警因公牺牲，5 名民辅警因感染身故，而咸宁一线参战民辅警无一人感染；全国多地监狱暴出疫情，咸宁监所却无一人感染。

凌晨 2 点，终于回到家。儿子煮了几个包坨，还在等我，我们一人三个包坨，一杯红酒，吃了一顿年夜饭。

家成了想回却不敢回的地方

疫情数据还在攀升。这些日子，我几乎每天都要守到零点，第一时间掌握实时动态、获知各类信息。不近不远的身边又有人确诊了，新闻中刚出生的婴儿也感染了，以前以发热为标志的病毒，现在没发热仅咳嗽和拉肚子就被确诊了……看着看着，就感觉背部飕飕发凉。

死亡对我来说，并不是个遥远的话题。四年前那个冬天，我几乎流干了所有眼泪。起初，我和爱人都以为他只是患了一个简单的小感冒，没太当回事，谁也没料到会诱发暴发性心肌炎，短短几个小时就带走了他鲜活的生命，一辈子相守的承诺瞬间就阴阳两隔。我也成了俩娃唯一的依靠，我每天想得最多的是，万一我感染上了，娃们怎么办？我每天都小心翼翼地活着，不敢有任何差池。口罩手套，全副武装，酒精喷壶，随带随洒。每天至少 4 次测温。我把晾衣竿搬到了楼道，把衣服鞋子都挂在门外。邻家姐姐在社区上班，每天走街串巷，入户调查，也如临大敌，每天都要对衣服和楼道消毒好几次，生怕把病毒带回家。我相信每一个父母都是这样，活成一堵墙，把危险挡在身前，让子女藏在身后。

市局政治部又发出了动员令。这一次是“流调”，即流行病学调查。目的只有一个，像侦查破案一样，在最短时间内找出密接者，还原病毒“传播链”，切断病毒感染源。局长又任市防指流调组的组长，如果没记错，这已经是第 6 个小组的组长了。

在外挂职锻炼的严宏星主任打来电话：“我要去流调！”

“算了，你父亲不是肺癌晚期吗？你就安心在家陪他。再说，你是在外挂职的人，不参战没人会说你。”

“少废话，给我报名。”

“这次任务是去县市，万一你爸有个三长两短，你是回不来的，你懂的。”

电话那头沉默了足有一分钟：“报名！”

严宏星和警令部仅剩的几个笔杆子陈辉武、李茂貌、吴凡都去了流调组。临行前，我备了一大包“肺毒清”中药，再三叮嘱他们一定要勤快点煮，一定要坚持喝，一定要保护好自己。谁都不知道面临的是什么风险，但他们却义无反顾地去了赤壁一线。

过了几天，市里召开流调工作会议，地点是指挥大厅。我们一下如临大敌。流调组与密接者频繁接触，感染风险大，万一有人感染上了，带回来了，咋办？分管警令部的督察专员王玉梅迅速拿出防护方案。我们先仔仔细细地对会议室进行两次消毒，又搬来两台红外线杀毒仪，所有座位隔一米以上，所有人员进门前全部消毒，所有人员全部喝“肺毒清”中药，做完这些，心里踏实多了。

晚上开完会，已经10点多。发现回来参会的李茂貌还没走，就叫他赶紧回家，他的娃儿才一岁多，前段时间感冒了，肯定非常牵挂。没想到小李说：“政委，我还是在办公室凑合一下算了，我不知道自己安不安全。”我一时不知该说什么。听说其他几个回来开会的同志也没回家，心里很不是滋味。

忙着找政治部主任余江汇报工作，发现他的办公室里赫然放着一张绿色的行军床。

“晚上睡这里吗？”我指着那张床。

“是啊，每天东奔西跑，不敢回家。”

又在几个楼层转一圈，我发现，不知从什么时候起，大家好像不约而同地都把被子搬到了办公室，搭起了行军床。一时间，办公室成了战地所，也是避难所。那个温馨的家，成了一个想回却不敢回的地方。

我们每个人都活在对病毒的恐惧中，时时会有自己在发热的错觉，办公楼保安手上的测温枪，好像成了我们是否感染病毒的判官。那日，办公室副主任黄争光跑来跟我说：“政委，小吴好像感冒了，有点发热。”

我一听，急了。“紧急隔离，迅速喝‘肺毒清’！”

如果小吴感染了，就意味着我们这一层楼都得隔离，我们每天都在领导身边工作，岂不是领导们也都得隔离？大本营都失守了，仗还怎么打?！

我越想越怕。赶紧给督察专员王玉梅报告。

王专员果断说：“马上去医院检测。”

“万一检测是阳性，我们都要隔离，工作运转咋办？”

“启动应急预案，必须检测，既是对他负责，也是对大家负责。”

小吴去做了检测，还得两天出结果。我一天问无数次体温。第三天上午，黄主任小跑着到我办公室："政委，小吴检测结果……"因跑得太急，半句最重要的话竟呛着说不出来，我一颗心提到嗓子眼。

好半天，他才咳出声来："是阴性。"

我敢断定，这是疫情以来我听到的最美丽的语言。

不在一线也打仗

市局机关三大部：政治部、警保部、警令部。政治部，管人的，人是最根本的，人员调配、战时思想、宣传表彰，不仅家里要守营，还得风里雨里随警去作战。警保部，管保障的，吃喝拉撒，安全防护，小到电梯里的一抽纸，大到一晚上搬运几吨物资，几十天里连轴转。警令部是干啥的？就是全市公安机关指挥作战的大本营，负责各类指令上传下达，会议高效保障，文件快速流转，文字材料纷沓上报，信息数据收集汇总，敏感案件、事件的紧急处置等，一天接收处理 30 多份文件、几百个电话、几十项数据、两三个会议、四五篇材料……每一项都牵一发而动全身。

机关 500 多警力差不多抽空了，大楼里，只剩下几十个同志脚底生风、星夜不眠地保运转，还有网安、技侦、合成作战的同志，24 小时为一线提供技术支撑。每天深夜，总会碰到余江、丁永涛、王超、陈必芳、石亚平、余锐等同志。有一次，管宣传的丁永涛黑我说："老王啊，头发好像又白了不少。"我瞪了他一眼："找打，是不？""头发白得差不多了就给你发专版！"他还是老样子，嘻嘻哈哈的性子变不了。

回家第一件事，忙着照镜子，一照不打紧，照了吓一跳，扒开乌黑的头发，里面齐刷刷的一抹白。再仔细一照，黑眼圈、眼袋、眼纹、抬头纹不知啥时候都爬上了这张脸。突然间内心无比难受。想想自己也是一个追求品质生活的女人，不知从什么时候开始，生活竟如此粗糙了，好长时间没认真照过镜子了，没敷面膜、眼膜了，一个冬天好像就只穿了一件制服。那天夜里，我一边敷着面膜，一边对镜拔着白发，越拔越感到光阴驰骋的恐慌。

那些日子，摸信息、记数据也是心头的一道坎。因数据不实、信息上报不及时，相关工作人员被撤职、被追责的报道一个接一个。公安部门点多线长面广，数据信息收集审核工作也是让人头大，尤其是重要敏感信息，生怕哪个地方冒个泡，而我们又没及时掌握。我感觉自己随时都做好了卷铺盖回家的准备。

局防指办一天两次碰头会，常务副局长黎正刚要求非常严格，每天刨根问底，细之又细，我起初经常答不上来，每天被削成胡萝卜。后来学会了当“店小二”，把千头万绪的菜谱，归了一类又一类，记了一遍又一遍。最后，柴米油盐酱醋茶，才如数家珍。

有一天夜里，我梦见李光琪给我打电话：“政委，出事了，几百人正在某某小区闹事，我们却没发现！”我悚然惊醒，打开手机一看，凌晨 3：23。再一看，还真有小李的信息，只是报告了一个普通警情。电话打过去，我给他讲了我的梦境，小伙子精神抖擞、中气十足：“政委，请放心，人在营在。”我又扎扎实实睡了一个回笼觉，这一觉，睡得很安稳。

有我在，您别怕

负能量蔓延起来有时候就像病毒一样可怕。

连续数日的闭关禁足，既憋出了无数“网络围观”人员，也让很多人患上了“疫期综合征”，警情便随之多了起来。我们每天都要处理 300 多起警情，接 700 多通电话。有举报的、求助的、声称要自杀的，当然也有许多无聊的电话。我们在处理紧急警情、解决群众求助的同时，还得学会舒缓群众情绪。

说实话，长时间疲劳作战，我感觉大家跟我一样，都有点绷不住了。一把手是个很严厉的人，眼里容不得半点沙子，却很少拿战时纪律、追责问责这些戒尺来吓人，而是在朋友圈、工作群里发了很多温暖人心、互相打气的故事和笑话。大家都一样，满屏都是正能量，每个人都在为这个疫情肆虐的冬日添薪加火。

2月20日晚10：50左右，我正在整理各项数据资料，手机蹦出一条微信："谢谢你曾经的帮助，我死了，永别了。"

我在脑海中迅速搜索这个声称我曾经帮助过的人，但微信这玩意儿，走到哪里刷到哪里，未曾谋面的、有过一面之缘的、打过一两次交道的人太多了，用的还都是网名，还真一下记不起来了。赶紧用语音电话拨过去，久久没人接。再翻他的朋友圈，什么信息也没有。人命关天，我的心一下提起来，迅速转相关部门落地查人。电话号码很快找到了，我拨了过去。一次、两次、三次。电话通了，那头传来低沉无力的声音。

"是你给我发信息吗？为什么想死？"我单刀直入。

"因为我觉得没意思。"

"为什么没意思？"

"因为我又被人骗了，上一次，你帮了我。这一次，我一无所有了，还连累了所有亲人。"

我脑海里一下就闪现出两年前帮助过的一个外地企业老板。当时也是被骗，通过朋友找我咨询如何报案。

"上一次，我帮了你；这一次，我们还是会帮你。"

没想到，一个大男人，竟失声痛哭起来。男儿有泪不轻弹，只是未到伤心处，可能是真遇到大事了。他哭了好久好久，我就默默听着。

电话那头抽泣的声音慢慢消失了，他宣泄掉压力，似乎恢复了一分气力："不好意思，我没事了。谢谢你。"

我赶紧问清楚他所处小区的名称及被骗的经过，又耐心告诉他如何报案，并讲了一大堆"一场病毒，死了那么多人""活着才是硬道理"之类的话，同时联系了辖区派出所，直到确定他情绪完全正常。

第二天一大早，我收到一条微信："王警官，谢谢您，我已报了案。您说得对，我自己的责任应该自己来承担，不能让我的亲人来买单。”

这一刻，我特别开心。也许每个人都有脆弱的时候，仅仅就想找个人倾诉而已。作为警察，我们就是要把一颗柔弱的心，蜷缩在重重的盔甲里，大声告诉群众：“有我在，您别怕！”

口罩里的歌声

加缪说：“如果说世上还有什么东西值得永远向往而且有时还能得到，那就是人间的真情了。”

今年的冬天好像特别漫长，寒气蚀骨的日子总没完没了。2月14日，狂风夹杂着暴雨。2月15日，下起了新春第一场雪。其实我一直特别爱雪，喜欢一个人迎着雪花，奔向空旷的山野，听听脚下宁静的细碎，嗅嗅雪花轻抚万物的柔和，那是一年中最美的期待。今年出不去，只好到指挥大厅赏雪了。打开视频，雪花，漫天飞舞，一颗颗，一片片，在山野，在路上。不一会儿，天茫茫，树白了，路白了。风雪中，一个个战友的身影映入眼帘：车来了，敬礼，检查，放行；车走了，搓搓手，跺跺脚……冷，彻骨地冷！

这场雪，就这么肆意地下着，一下就是几个小时。战地午餐到了，热腾腾的饭菜，还有一个香喷喷的煎鸡蛋。我给警保部的陈必芳主任打电话表示感谢，没想到，他却到路上给兄弟们送热汤去了。拉近视频，我一眼就看到了送热汤的车子，车的尾部放着一个碗，服务人员正兜着一大勺汤往碗里倒，白茫茫的热气很快消散。车走了，民警们端着汤喝起来，每喝一口，心里肯定很暖和吧。我们警令部、党办、老干科等的战友24小时轮流守了几个卡点，三班倒，一班8小时。我打电话问蓝师亮主任，需不需要换几个年轻人去多顶几个小时。没想到他却说：“我没事，党办的老王、老干科的老李都快六十了，他们都没下岗！还有群众给我们送木炭了，很暖心的。”

那几天，我和材料专班的陈辉武、徐持璇一直在为抗“疫”阶段性工作总结抓耳挠腮，总感觉兄弟们这么辛苦，不写出来，觉得太对不住大家。一筹莫展之际，一把手巡查回来了。“这段时间大家的确辛苦了，这是我们的本分，我们做了什么，做得怎么样，不用过多写。但群众对我们的好，对我们的支持，对我们的鼓励，应该收集一下，一一记下来。”

几天后，群众的爱心清单送到了案头，满满的几十页，共计1339笔赠送物资：廖先生1900个独立包装医用口罩；谢先生1000斤医用酒精；伍先生2000个一次性口罩、1000双检查手套；人福医药1000个口罩、200套防护服；云南曲靖市汇潮农业科技有限公司、玉溪缘多民族物流有限公司80袋约3吨蔬菜；御湾酒店持续一个月晚上为城区执勤人员免费送上的面条、水果等夜宵；“胖嫂烧烤店”老板把店里的12个烧烤架、12箱有机炭送到城区12个执勤卡口……还有许多没留名的群众送奶茶、送水果、送牛奶、送鲜花。

民警刘威说：“有一天晚上，我们正在帐篷里冻得打哆嗦，一位女子进来了，现场为我们唱了一曲《为了谁》，我们都情不自禁地跟着唱起来，唱着唱着，大家都哭了。尽管都戴着口罩，声音都有些颤抖，但我却听到了最美的歌声……唱完，她就像个小狐仙一样，消失在夜色之中。”

我们一笔一笔，认真记录下来，把源源涌入的爱心，纳入咸宁公安抗“疫”大事记。

人真的需要精神抗体，警察也一样。

三千青丝不足惜

“三八”节快来了，不到过节，不会记起自己还是一个女人。在警营这片阳刚的天地里，清一色的藏蓝、魔鬼式的训练、不眠不休地摸爬滚打，有时任务撞上生理期也得咬着牙上，经常会忘了自己是个女人。

可这个节怎么过？没法像往年一样去看望留守儿童，也没法开展女警运动会，搞点啥？正在冥思苦想，一条新闻映入眼帘，“剪短乌黑的秀发，奔赴没有硝烟的战场”。我脑袋一激灵，对，陪云南援咸医疗队的姐妹们一起过节。

妇委会的九个女人有六个战斗在一线岗位上，只剩下我、张雅、张晓燕。3 月 1 日，三委员一碰头，差不多讨论一宿：看望女英雄空着手去不合适吧？她们物资不缺，食品不缺，女性用品也不缺，女人爱的鲜花却没卖的。围绕女人喜欢的东西想了个遍，最后决定，送丝巾。

“唧唧复唧唧，木兰当户织”，描绘了古代女子勤劳耕织的美好景象；“郁郁陌上桑，袅袅机头丝”，一面踩着机器，一面思念着心中的人，丝丝柔情，缕缕皆爱。愿一条丝巾能传递爱的牵念，连接两地情谊。听我这一阐述，大家突然觉得这是一个无比有意义的礼物。然而商家都停业了，到哪里去买呢？打听了上十家门店，要么没有，要么老板阻隔在外，要么存货太少。后来七弯八绕联系上了美尔雅总部，他们大力支持，加班赶制了 120 条丝巾，还给了我们 5 折优惠。

接下来就是捐款了，3 月 4 日，市局妇委会倡议书一发，许多男民警表示：“你们过节，献爱心怎么能少了我们呢？”仅一上午时间，捐资就达 18000 余元，我也把《爱的力量》的稿费凑齐 5000 元，一并捐了进去。

3 月 6 日，带着 195 名女民警、辅警的满满爱心，我们来到了瑶池酒店，云南援咸医疗队的邓副院长和几位姐妹已在门口等候。姐妹之间果然更容易走进对方心里，过去的 40 多天，她们将一些不方便讲给外人听的难处都藏在心底里，如今遇到同样战斗在一线的姐妹，便竹筒倒豆子了。

“这段时间，每天能洗个脸就不错了，护肤品抹了也没用，口罩和护目镜一戴就是一天，脸上一圈一圈起疹子，抹啥都白搭。”

“最难的就是那几天，痛都是小事，总是要换‘面包’，穿脱防护服实在太麻烦，只有忍了再忍，有一次，里外全湿透了，你懂的。”

“剃光头的时候哭了没？”王玉梅专员问。

美女护士长脱下帽子，摸着板寸头，不好意思地说：“哭了，我们院有个男娃还哭了呢！”

头发，女人的第二生命。只有三千青丝的温柔，才有回眸一笑的百媚。这份勇毅和豁达，可能是有点臭美的我这辈子都无法企及的高度吧。

3 月 22 日，云南援咸宁医护人员胜利而归。我不喜欢别离，就没有去现场，还是坐在指挥大厅，看着满载爱心的大巴车驶上咸宁北，离开这一座温馨的城市，荣归彩云之南。局长带着 1 台装甲车、20 名特警队员一直把他们护送到天河机场，致以最崇高的敬礼后才离开。

天气渐渐转暖，一切坚持都有了意义，寂静了许久的城市，正在恢复熟悉的模样。街上行人车辆多起来了，超市门前，人们排着队，扫码，登记，测量，井然有序，生机勃发。这个口罩里的冬天就要过去了……

值守过隔离点的，都是生死之交

〔**口述人**〕江汉，男，1982年生，湖南汨罗人，咸宁市公安局特警支队中队长，疫情期间下派温泉分局特巡警大队工作，戍守太乙温泉医学集中留观点。

因为值守医学留观点“走红”，还火上了《新闻联播》，这是我万万没想到的事情。这次疫情期间，英雄的湖北人民有太多的牺牲值得铭记。我只是抗“疫”公安战线光束中的一粒微光，如果我发出一丝光亮和温度，那也只是因为，我在这个集体中成长。

连团年饭都没来得及吃

为了娃读书方便，2019年下半年，我家换了一套学区房。老家湖南有个传统，搬家后亲人要在新房子里过年。1月22日，也就是腊月二十八晚上，我哥哥、嫂子乘火车从河南郑州过来了。姐姐、姐夫也从湖南汨罗老家来了，打算在我家过了大年三十，初一一起回湖南陪老爸老妈。大队负责人柴伟念及我兄姐大老远来一趟不容易，腊月二十九专门放我半天假，让我尽地主之谊，好好陪陪他们。

当天下午队里开紧急会，武汉疫情暴发，春节期间不放假，要做足打好疫情防控硬仗的准备。形势严峻起来，看来我不能回去看老爸老妈了。哥哥姐姐也不能继续待在咸宁，得赶紧让他们回湖南。不是老弟不留客，讲不了那么多客气了。我连夜订好火车票，大年三十早上七点，送他们上了去往湖南的火车。短暂团聚一天，连团年饭都没吃上，哥哥姐姐一行四人匆匆返乡。也幸亏走得及时，第二天咸宁就“封城”了。

送走兄姐，我立即返回鄂高警务综合服务站，参加值班备勤。1月初，公安机关在城区启动“禁鞭”专项整治行动，特巡警大队是主力军，大队130多号人，近一个月没有休息，都指望着春节放假轮休，能得到短暂的放松和喘息。哪晓得人算不如天算，希望化为泡影了。

1月25日，大年初一，我回家吃了午饭就开始收拾衣物和生活必需品。根据经验判断，我觉得这次疫情防控搞不好是个持久战。在一线执勤接触人多而杂，感染风险很大，为了避免带毒回家，我打算这段时间就住在队里。当我把计划告诉老婆时，她脸上满是担忧，让我注意安全。老话说，跟了当官的做娘子，跟了杀猪的翻肠子，跟了打铁的抡锤子。老婆跟了我这个小警察，没享过什么福，既劳累又整日担惊受怕。我基本上顾不上家里和孩子，两边老人都在异地，这么多年里里外外的事情，基本上都是她一人在操持。我内疚地抱了抱老婆，终究什么也没说。多年老夫老妻了，早已心意相通。

可七岁的江宸锦同学没那么好哄，他早就盼着我过年放假，可以天天陪他玩。道理讲了一箩筐，他还是噘着嘴，眼泪蓄了一包。我既欣慰这小子跟我感情好，又有点恼火他眼窝子浅，好哭鼻子，缺少男子汉气概。

要把大家平平安安地带回去

要跑赢病毒，就得阻断传染源。1月26日，咸宁市在太乙温泉度假村酒店设立了首个集中医学观察隔离点。温泉分局特巡警大队承担留观点24小时值守任务，我向大队长柴伟请求带中队队员第一批顶上去。

我是个老兵，经历过“非典”疫情，参加过汶川地震救援。2008 年援川抢险过程中碰上余震，我命大没挂掉，只是腿被乱石砸中，膝盖肿得像橄榄球一样大。2003 年在空军服役期间，有次跳伞训练，遇到高度表故障，我的降落伞没有及时打开。我大脑空白几秒后，紧急打开了备用伞。如果再晚四五秒，我将错失唯一的自救机会，铁定摔成肉饼……我这身硬骨头，不说千锤百炼，也算经历过一些风雨。如今到了“新冠”疫情防控一线，我个人仍能头脑冷静，要说害怕什么，只怕我的队员有什么闪失。

这太乙温泉，原本是有名的度假村，这里绿植掩映，曲径通幽，从前不止来过一次。如今这里草木不曾变色，我带着 11 名队员前来戍守，一切好像都没改变。但是，在门口把守的工作人员、穿着防护服往来进出的医务人员，无一不在提醒着我，这里已经是让人闻之色变、退避三舍的医学集中留观点。

留观点又叫隔离点，已经拉起班子，成立了指挥部。第一天，隔离点就接收了 90 余名密切接触者。但指挥部各路人马可能还没磨合好，有点手忙脚乱。从安全防护、隔离检测、防疫消杀、医疗救助、餐饮卫生到心理疏导，还都不怎么规范。我们也都是毫无经验，方方面面都要从零开始。

先期启用的 2 号楼和 3 号楼是公寓楼，值守民警和隔离人员混居在同一栋楼，值守民警轮班休息的房间在一楼，楼上住的都是密切接触者。我们的队员 24 小时值守在大楼单元出入口，每天都有陆续送来的隔离人员，队员难免与他们擦肩而过，这算不算近距离接触呢？职责所在，避无可避，只好强化消毒工作，倍加小心。

除了 3M 口罩和一次性手套，我们也发了防护服。但是防护服太珍贵了，不进隔离人员房间和医院，日常执勤是舍不得用的。而真正处置特别紧急的情况、要进隔离人员房间的时候，我们往往又来不及穿防护服。

我把队员分成两路，一路负责把守楼栋，一路负责场地巡查。3 号楼旁边搭了个防疫帐篷，里面放了几把椅子，巡逻间隙队员可以在这里坐一下。度假村拥山抱湖，温度也比城区低 3 度左右。2 月上旬天气不给力，十天有八天，不是在下雨，就是在飘雪。风从三面灌进楼梯口，裹着一坨坨雪花，落在执勤队员的身上，让你躲也无处躲，藏也无处藏。岗位就在这里，能躲到哪里去呢。晚上最难熬，牵根线弄个烤火炉抱着烤，朝着火炉那一面，腿上的肉都快烤熟了，后背还是拔凉拔凉的。

头几天，我整夜整夜睡不着。晚上，每间隔一个小时查一次岗。除了医院，医学观察点就是最危险的地方。是我把队员带到留观点的，一定要把他们平平安安地带回去。

不断出现问题

有的工作人员不好说，安全意识淡薄到令人害怕。

进驻的第二天，在 3 号楼门口，我看到工作人员给密切接触者送盒饭。进隔离房间送完盒饭后，他们在楼下脱掉防护服，卷成一堆往垃圾桶一丢，竟然不洗手也不全身消毒，端着盒饭就准备吃。我的天！那一套动作行云流水，丝毫不担心手上或身上可能沾染病毒。我赶紧喝止，督促他们洗手，周身消毒。

问题不断涌现。隔离人员要求家里送衣物的，让不让进？工作人员进出集中隔离点大门，也没个证件，值守民警依据什么放行呢？万一把不该进来的人放进来，或者不该出去的人放出去了，可怎么办？这都是隐患。

我坐不住了，立即找到指挥部负责人孙先文，把我的担忧全说了。老孙当天就召集各部门负责人，开了两个小时的会，从值守人员的配备到工作人员的安全防护，从物资保障到消毒通风，从人员怎么进出到隔离人员家里如何送东西，等等。一项项设定标准，建立完善机制，及时把短板补齐，把漏洞堵上。

即便如此，我也不敢有丝毫马虎。隔离人员在持续增加，留观区最多的时候启用了 7 栋公寓楼，设立了 14 个勤务点。最高峰时隔离了 400 多名密切接触者，大队派了 29 名警员保持全天候值守。不能出任何纰漏啊，防控压力很大。相对应的，是危险系数也在上升。队员上岗前，我每次都对他们反复叮嘱，一定要做好自身防护，又仔细检查他们的口罩、手套、护目镜、备用防护服，一样都不能少，强调一定要打起十二分精气神……我也不怕他们嫌唠叨，这时候多叮嘱几句，可能就多一份安全性。

队员在房间休息时，我交代大家，不要在院子里随意走动，一律待在房间，就是待在房间也不能摘口罩。房间有个门，通往开放式阳台，我总担心楼上有人丢杂物、泼脏水、吐口水。楼上那都是什么人？密切接触者！都还没检测确认，搞不好里面就有感染者。不怕一万就怕万一，我让队员不到阳台上去，不开门不开窗，相当于我们的队员也一同隔离在房间里。饭前严格洗手、喷酒精消毒。

我老婆细心，弄了一个小化妆瓶，装满酒精给我随身携带，特警执勤服口袋又多又大，我天天揣在执勤服口袋里，可以随时随地掏出来，给自己和队员消毒。后来，防疫物资不紧张了，酒精消毒液成为队员人手一瓶的必备法宝。

不能让他在街上流浪

2 月 8 日是元宵节，我已连续执勤十天没回家。

每次从隔离点出来，都不敢回家休息。柴大队为我们积极协调，大家都在大队备勤室集中住宿。

隔离点启用初期，留观人员不多。执勤人员以中队为单位，一天一换班。大队还负责城区治安巡逻管控、执勤点交通管控等任务。随着疫情防控升级，隔离人员日益增加，我们由一天一换班，调整为三天一换班、一周一换班。元宵节这天，换二中队驻守太乙留观点，我带一中队队员回队里休整半天。下午四点多，又带方桥、丁玮辉、朱中影、李智伟四个队员到街面巡逻。

巡逻到温泉中心花坛附近，一名志愿者慌慌张张地跑过来，说前面有流浪汉在游荡。我们立即上前巡查，发现中百超市附近有名男子，五十多岁，破衣烂衫的，还没戴口罩，神情恍惚，冻得面色铁青，还在不住地自言自语。我和巡逻队员上前询问，让他戴上口罩，又用酒精给他全身消毒，再用额温枪测量体温。好在体温正常，我们才稍微放宽心。

问他住哪里。他一会儿说住马桥镇，一会儿说住桂花镇，一会儿又说住甘棠乡，问不出个所以然来。我通过警务通“咸宁巡查”进行人脸识别，发现此人和咸安区董某某相似度很高。问他是不是叫董某某，他却不理我。这样四处流浪，又没有防护措施，还常在垃圾桶里翻东西，比正常人感染病毒的概率更大，就是个流动的安全隐患。我立即向大队和分局领导汇报，决定把这名流浪汉送到咸安区救助站。

上车前，我拿出巡逻备用的防护服给他穿，但他有抵触情绪。在方桥等队员帮助下，费了老大劲才给他穿上。到了咸安救助站，把人交给工作人员后，我们开车准备离开。可巡逻车刚行驶出几米远，那流浪汉也噔噔噔地跑出来了。我不放心，又掉头下车。救助站的人说：“救助必须是自愿原则，这流浪汉不愿在这里，我们不能强制性救助。如果他的确是本地户籍，也不符合救助范围，救助站不能接收他。”

队员们脸上写满问号。真恨不得把他扔在救助站，开车一走了之。谁规定没人接收，就该我们管了？但想了想，外面这个形势，总不能再让他到街上游荡吧！我一咬牙说，既然管了，就管到底。这时，救助站有人认出这个流浪汉，就是我在平台查到的董某某，还知道他老家在桂花镇。这一趟没有把他安顿好，但也不是完全没有收获，至少确认了他的身份。我又与桂花镇派出所联系，请他们协助查董某某的住址信息。一个多小时后，桂花镇派出所反馈没有查到。

我决定，到他的户籍地址附近试试。到了一问，原户主早已去世。但幸运的是，现户主李爹爹认识董某某，说他的户口一直挂在这户地址上，但他常住甘棠某村的姐姐家。李爹爹说跟他姐姐熟识，路也清楚怎么走，自愿带我们去。我们又驱车送人，打算将人交给他姐姐。到了村口，发现路封了，人和车都进不去。没办法，我又想方设法联系当地村组干部，打了一圈电话，还是没人来接手。无奈之下，只好通过110指挥调度系统，联系甘棠派出所来接人。

几经周折，总算把这个流浪汉安顿好。这时候，已经晚上9点了。

爸爸，你要照顾好自己

回到队里，我们都筋疲力尽了。彻底消毒、冲洗完，我躺在二楼宿舍单人床上，长出了一口气。身体得到些许放松，绷了一天的弦松弛下来，肚子也咕咕叫着提醒我："兄弟，你还没吃晚饭呢！"

这个点去哪里弄吃的？食堂早就打烊了。我在房间四下搜寻，找到一桶泡面。明明很饿，吃到一半，却怎么也咽不下去，连日来已吃得作呕。刚刚又得知，留观点的密切接触者中确诊了2例，值守防控工作越发艰巨危险。想到这里，就像有什么东西堵在胸口。

一连十天没回家了，只能抽空和老婆孩子视频。一开始，儿子江宸锦兴高采烈地说："我听妈妈的话。爸爸，你要注意身体，要戴口罩！爸爸，加油！"可最近几次视频，他拖着哭腔问："爸爸，你什么时候回来？"

我翻着和老婆的聊天记录，又翻看存在手机里儿子的照片。我还在特警队时，一帮小年轻喜欢互相取外号，几乎人人都有。什么教授、雕兄、大牛、半仙……我因为面孔有几分像维吾尔族人，因此荣获一个"买买提"的外号，叫得多了，比我的本名还要出名。我儿子长得像我，五官也很立体，一看就是我亲生的，就是感情细腻、眼窝子浅这点随他妈。

我忍不住打通老婆电话，问他们睡没睡。老婆猜到我的心思，说："想家了吧？我和儿子都没睡，你能回就回来一趟吧，我们等你。"

经电话报告柴大队，获得批准后，我驱车往家的方向飞奔。温泉城区没多大，十几分钟就到了家门口，掏出钥匙打开家门。我戴着口罩站在门外，不敢进去。儿子听到我的声音，急匆匆地跑到门口，兴奋地大喊："爸爸回来啦！"我慌忙对儿子喊："你别过来，你就站在那里。"老婆说，听说爸爸要回，他觉都不睡了，一直坐在门口等着我。尽管我很想进去抱抱这小子，但想到自己身上可能有病毒，便忍着，始终没有踏进家门。站在门口，跟老婆和儿子聊几句，儿子好像懂事了，不停地交代我："爸爸，你要照顾好自己，保护好自己！爸爸加油！"还装了很多他的零食，放在门口要我带走，这些零食，是他能拿出来的最宝贵的东西。

回到队里，老婆把隔门相见的视频发过来。她说："你走后，你崽就哭了。问我爸爸什么时候能再回来。"老婆的话让我也一阵难受，老婆和孩子永远是我内心最柔软的地方。

第二天，政治部宣传科张恒问我，最近有什么好的宣传素材，我就把救助流浪汉的事给他讲了，又把老婆拍的视频发给他说："你看有没有用吧。"

后面的事就神奇了。宣传科把视频编辑后，通过咸宁公安抖音账号和咸宁公安快手账号发布，没想到视频一下子火了，短短几天时间点击量过亿，点赞破千万，刷新了咸宁公安短视频历史最高纪录，我也因此被同事们封为"咸警网红"。随后接受中央电视台采访，并在《新闻联播》播出，那天是2月15日，我永远也忘不了。

后来几天，我脑瓜子都是蒙的，不知道怎么突然就火了。我心里清楚，战"疫"打响以来，咸宁公安5000多名民警、辅警奋战在一线，还有武汉等各地市州公安兄弟，哪个没有顶风冒雪，哪个没有淋雨受冻？谁不是坚守岗位，谁又不是连续作战，不是有家不能回？并不是我比他们优秀，是儿子对我的想念触动了网友，在这个特殊的历史时刻引发巨大共鸣、产生了共情，便选择我作为其中一个代表，这份被关注和殊荣应属于整个公安集体。

说句没出息的话，我真不想出名啊！人怕出名猪怕壮，被关注得越多，压力越大。这份殊荣就像一剂鸡血，让我斗志满满，又让我如履薄冰，战战兢兢。

时常有状况发生

值守隔离点有没有危险？当然有！而且险象环生。

疫情暴发初期，太乙酒店隔离点刚刚启用，大队进驻值守不久，队员都是年轻人，大部分是95后，还有两个“蛋蛋后”（即“00后”）。都是伢崽，哪里经历过这阵势？所以，大家对疫情的认识不够，防范意识不强。再就是认为大队的内部安全防范做得挺到位，便也有些放松警惕。

比方说，有的人戴口罩不规范。嫌戴口罩憋得慌，动不动把口罩扯到下巴处。还有的，用完口罩就随手扔到车上。有的人吃饭时与别人说话交谈。没进隔离点的队员在队里以中队为单位统一轮流吃饭。大队食堂就像高考考场一样，单人单桌，实行分餐制。但吃饭的时候，还是有人转身和他人交谈。执勤换班进大队时，要排队消毒，也有间隔距离太短、扎堆凑热闹的情况。种种问题，就像肥皂泡一样不断冒出来。

大队130多号人，吃喝拉撒睡都在队里，只要一个中招，就可能全军覆没。柴大队着急得很，逮着一件就解决一件。几乎天天发脾气，天天吼人，没几天嗓子就哑了。又不能集中开大会，我们几个中队长只得学唐僧，天天给队员念紧箍咒。

在太乙酒店隔离点风险就更大了。隔离点有十几个医务人员，他们绝大部分是年轻的女医生、女护士，一个多月来一直驻扎隔离点。特巡警队员都是年轻崽，大部分未婚，不当班的时候，就喜欢到一楼护士台找女医生、女护士聊天。都是年轻人嘛，一个个荷尔蒙乱飞，差点以为自己百毒不侵。直到后来，有2个护士出现发热、咳嗽症状，作为疑似病例隔离了，队员们才开始后怕起来。他们突然发现，原来风险就在身边。

大队的勤务机制是七天一换，队员已经换几轮了，几乎所有的队员都去过隔离点。如果那2个护士确诊，那么我们整个大队都将面临被隔离。这件事给我们狠狠地敲了一次警钟。

还有一件事，真是有惊无险。3 月 5 日，执勤民警休息房间的厕所堵了，污水漫过洗手间地面，都溢到房间里了。带队民警李小龙向指挥部报告过，但当时找不到维修工来疏通管道。队员没办法，只好用拖把拖了地，再用酒精喷洒地面消毒。

当天我不在隔离点，回队里参加街面巡逻去了。晚上 11 点左右，队员陈作打电话告诉我这个情况，急得我直上火。厕所污水倒灌，多大的风险！

我迅速向柴大队报告，马上查哪些人进过这房间。哪些人在这间房住过。医学上没有排除粪口传播，楼上住的密切接触者中曾有 3 人确诊！还有气溶胶，这些都不了解吗？柴大队连夜找指挥部相关负责人理论："换了是你的亲人住在这样的房间，你还能睡得着吗？真要有什么事，你们有不可推卸的责任！马上换房间！"

很快摸清有 4 人在房间休息过，17 个人进出过，都是我中队的队员，唉！真是上火，要是有个三长两短，我们就被病毒团灭了！我说："你们也真是憨憨，怎么不晓得找指挥部换房间？"他们说发现时就反映了，但是没有及时处理。值完夜班又困又累，挨着床就睡了，顾不上挑剔啦……

我整晚没睡。第二天一大早，老柴就向卢局长汇报了。到了晚上，指挥部给我们调换了房间。局领导指示，原来执勤的一班人继续原地执勤，不换班，相当于半隔离。我明白领导的意思，如果 17 人回去，大队可能要乱套。直到 3 月 10 日，17 名队员全部做完 CT 检查，确认没事了，大家的心才算放下。

这样的状况时有发生，几乎天天处于风险中，大队内部的安全弦也是紧了再紧。抗"疫"初期，大队就指定许岩、董泽华二人专职负责大队部消毒，他们俩很快掌握了消毒方法，对大队食堂、一楼大厅、二楼办公区、50 多间寝室及楼道、10 多台警车每天一遍细致消杀。尤其对食堂、垃圾桶、卫生间等角角落落，实行重点消杀。这件事之后，大队部的消杀做得更严密了。

真怕出问题呀！大家一荣俱荣，一损俱损。一个被感染，全队都跑不了。

再没人管，我们娘儿俩就死在这里!

2月9日上午十点左右，我正在太乙隔离点巡查。接到后勤保障组某街道办李某打来的电话，她惊慌地说:“快来！有个女的要跳楼！”原来，8号楼有个女的姓张，要给孩子买奶瓶，而且非要买指定的那个型号的奶瓶。现在门店都没开门，到处买不到，她就抱着孩子扬言要跳楼……

情况紧急，我来不及和她细说。挂完电话就往8号楼跑，防护服也顾不上穿。还在楼梯口，就听一个女的喊:“你们再不把奶瓶给我买回来，我就跳楼！”我走到房间门口，叫她别激动，什么事都可以解决。我慢慢挪进房间，迅速观察了一下。房间格局跟执勤室的一样，通往外阳台的门开着。外阳台没有封闭，只有一米高的护栏。张某怀里抱着婴儿，才几个月大，面对着房门，身子靠在护栏上。她又激动地喊:“指挥部说给我买奶瓶，过了两个小时还没买回来。我孩子没有奶瓶吃奶就要饿死了，再没人管，我们娘儿俩就死在这里！”

我放慢语速对她说:“你先别激动，稍等一下，我帮你核实，也许已经买到了，正在回来路上呢。”我分析给她听:“你这个情况我知道。你看啊，现在特殊时期，门店都没开门，买东西不像以前那么方便。你非要指定品牌型号的奶瓶，这又增加了难度吧？而且指挥部也有规定，一天只能出去采购一趟，你们要买的东西当天报，第二天去采购，指挥部一定会尽最大努力满足你们的需求。你这刚过去两个小时，特殊时期你也要理解，谁都不容易啊！”

她表情有所缓和。我就像拉家常一样继续说:“你把孩子抱过来，阳台多冷啊，别把孩子冻着了。我马上给领导打电话，特事特办，派专人专车，给你找那款奶瓶。你也给工作人员说一个备选品牌，万一找不到，你就将就用一下行不行？”

听完我的话，张某抱着孩子进了房间。我明白她也不是真的寻死，无非想用这种极端的方式来达到目的。奶瓶买来了，干吗真的要抱娃跳楼啊？活着不好吗？

我曾经看过报道，“新冠肺炎”大面积暴发流行，作为“突发公共卫生事件”，给每个人的心理造成了不同程度的影响，有的人会出现心理应激反应。我没有学过心理学，不清楚像张某这样的行为是否属于一种心理应激反应。危急关头，只能按照突发事件应急处置经验，先稳定她的情绪，再想办法解决她的诉求。还好，避免了一起重大安全事件，总算有惊无险。

总有些幺蛾子冒出来

隔三岔五的，总有些幺蛾子冒出来，经常被气得冒鬼火。

2月5日早上，医生查房，发现一位留观者余某不在房间里。他是武汉华南海鲜市场一家餐馆的厨师，可能是一代密切接触者，刚回来过年就被送到隔离点进行医学观察。单元楼栋和大门都有值守人员，他是怎么溜走的呢？总不能插上翅膀飞走吧？

此事非同小可。根据余某登记的住址，柴大队迅速带我、苏勇、彭伟等几名队员赶过去，赶到余某位于咸安的住处。只见他家门上贴着一张纸条，写着“居家隔离，谢绝来访”。他先是不露面，派老婆出来应付我们，后来本尊出来了，又说自己有胃病，不适合集中隔离，只能居家隔离。我看他年纪不大，八成是想老婆了。磨了一阵嘴皮子，劝他回隔离点，免不了软硬兼施，把法律规定搬出来，如果他拒不配合，就只好采取强制措施执行，而他可能面临行政拘留，甚至刑事处罚。余某一听就㞞了，乖乖穿上我们带来的防护服，再次被带回隔离点。当时不搞扩大化，只是交代他老婆居家隔离，让社区干部盯着，其实那个小区都被封了。此后，他都老实得很。

经调查了解，2月4日晚十点多，正是换岗的空当。余某趁保安不备溜下楼。在大门口堂而皇之地登记为“防疫工作人员”，大模大样走出隔离点。这伙计也是个狠人，连夜步行近二十公里，跑回咸安家中。幸好当时“封城”封路，没有公共交通工具，避免了他接触到其他人。

这件事暴露出一个问题：隔离点工作人员不挂证件，容易被浑水摸鱼。进驻隔离点第二天，我就发现这个问题，向指挥部反映过。余某溜号后，我们找广告公司，给所有工作人员统一制作了工牌。每个人挂牌上岗，工牌都有编号，出入门岗详细登记号码、姓名、时间、体温、车号等信息，再不给幺蛾子可乘之机。

人是逮回来了，但这个漏洞不补，就可能还有人继续溜号。进隔离点初期，我们的职责是二十四小时守楼栋，并负责治安管控。后来，指挥部优化勤务模式，公安执勤人员撤出楼栋，换到两道门口，负责大门和侧门人员、车辆及物资检查管理和隔离点治安管理。同时，在整个隔离区域安装了无死角的视频监控系统。

在集中隔离点，还真是各种奇葩的人和事情层出不穷。不愿被集中隔离的还可以理解，奇怪的是也有人隔离期满了不愿走。

8 号楼一个女的，隔离期满了，检查一切正常，按规定应该解除医学观察。村里接人的车都来了，她还不愿意回去。她对医务人员有一套说辞：“我家里吃的喝的啥都没有，现在到处又买不到，回去怎么办？我不走，我就在这里。”

我到现场后，给她做思想工作。她要缓兵之计，过三个小时再走。这么多人都陪你耗三个小时啊？！我说：“你现在该走不走，就和某些人该来不来一样，也是拒不执行紧急状态下政府发布的决定和命令，要负法律责任的。”搬出法律武器就是管用，她很快就乖乖收拾行李走人了。

全家被隔离的情况也不少，有兄弟俩，两家都被隔离了。哥哥一家三口，弟弟一家四口。为避免交叉感染，隔离点严格执行“一人一间房”。虽然是家人，也得单人单间，分开隔离。弟媳和孩子隔离在 4 号楼，哥哥一家和弟弟在 8 号楼。2 月 17 日，哥哥不知道怎么从 8 号楼溜下来，跑到 4 号楼下，被保安拦下了。我带着段亮、胡文哲，正在隔离区域四周巡逻，听到争执声，就赶过去查看。

一问情况，原来两家人同时做的核酸检测，弟媳妇的结果先出来了，按照规定要先离开隔离点。他担心弟媳妇一个人，带着许多行李物品，还有两个伢，怎么下楼，到了村里怎么搬回家去……

我有点纳闷，这些问题，不是应该你老弟更着急吗？可你弟都稳如泰山，你操哪门子心呢？心里这么想，但还得耐着性子做工作：“你不用担心，我们都会安排好。医护人员帮你弟媳妇把行李物品送到车上，再交代村里来接的人负责。请你马上回到自己房间。”

可这位哥听不进去，开始找借口扯横皮，说：“我的核酸做了这么久，别人的都出来了，怎么我的结果没出来？你们怎么安排的？”

我只好再次警告他：“不遵守防疫期间有关规定，按‘拒不执行人民政府发布的决定、命令’论处，可依法行政拘留，你是选择继续闹，还是回你房间？”

旁边的保安也打圆场，他顺坡下驴，心有不甘地往回走了。我一直看着他进了房间，又严肃地大声说：“这次是口头警告，再有下次，就不客气了。”他还有老婆、弟弟没走，必须补上这一刀，不然以他这行事作风，指不定又出什么幺蛾子。

最难搞定的是毕某，他有吸毒前科，因为女朋友确诊而成为密切接触者，3 月 3 日进集中隔离点，指挥部把他安排在 4 号楼隔离，他女友治愈后也被送来集中隔离，安排在 8 号楼。

女朋友来了，毕某按捺不住，总想找机会见女友。医务人员发现苗头后，我们对他进行警告，并加强楼栋值守和周边巡查。3 月 6 日，毕某翻越一楼房间阳台，潜入 8 号楼，蹑手蹑脚地四处找女友。被医务人员先把他找到了。毕某被处以拘留 10 日的行政处罚。但因他是密接者，需隔离满 14 天后执行。

此后，他天天换着花样提要求。要给女朋友写信，要给家里打电话，要出去买烟。只要不违反规定，我们都尽量给予满足。

攻人者攻心为上，不能让毕某再作下去。老柴专门跟他谈心，问他有什么困难和顾虑。他说，出来日子长了，需要拿换洗衣服。老柴问，他家里还有什么人，可以帮他拿衣服，他说只有父亲。老柴几经协调，说动街道办负责人派车，把毕某父亲接到公租房。物业说没有合法手续，还是不让毕某父亲进小区。铩羽而归。据说公租房物业也烦他，根据他一系列刺头行为，也不难理解。

第二天，老柴听说衣服还没送过来，又跟横沟派出所刘青山所长联系，请他无论如何把高新区公租房物管工作做通。毕某父亲总算进去拿到衣物送了过来。这一波三折，毕某当然心知肚明，他主动跟柴大队说：“你们在做实事，你们不忽悠人。”这以后，毕某安稳多了。

千万不能晚节不保

疫情从暴发到基本控制，隔离点就像个铁打的营盘，隔离对象就像韭菜，割了一茬，又换一拨。最初的密切接触者隔离期满，送走了，逐渐置换为确诊治愈病人，又是隔离 14 天期满，也陆续离开了，最后来了一拨监所刑满释放人员。

“黄某英事件”后，按照省司法厅要求，所有罪犯在刑满释放前，都要进行 14 天隔离观察。对于距刑满不足 14 天的，在依法办理刑满释放手续后，将其安排在特定场所继续隔离观察，直至满 14 天为止。太乙酒店集中隔离点成为咸宁最合适的“特定场所”。

刑释人员进来隔离时，隔离点指挥部也鸟枪换炮，原来的责任单位换成疾控中心、公安、司法、咸宁监狱、市场监督局、应急管理局等 8 个部门，因此指挥部还有个名字叫“八部天龙”。

值勤人员更加临渊履冰，一边在这里冲锋陷阵拼命干，一边又怕稍有不慎万劫不复。别说我们有压力，领导们的压力更大。卢卫军局长一天来开两次会，3 月 12 日，新指挥部刚成立，政委李军刚就天天在这里蹲点了，用他的话说：“必须严防死守，辛苦这么多天了，千万不能‘晚节不保’。”

这是新一轮硬核操作，别说人跑出去，一只苍蝇都飞不走。在分配房间上，哪些人适合做邻居？哪些人适合离群索居？都做足了功课。隔离区的硬隔离也换成了两米多高的铁皮高墙，没有燕子李三那样好的轻功，休想翻墙出去。

除了隔离点的值守安保，刑释人员从进到出，都由我们特巡警接管。从他们出监所开始，由我们的人和监所无缝对接，押送到隔离点。隔离满 7 天和 14 天两个节点，要去医院做两次 CT 检查，核酸检测可以到隔离点取样，但 CT 只有医院才能做，基本上每天都有到期去做 CT 检查的。每个刑释人员每次安排 5 人护送，1 名队员穿防护服，跟医务人员、刑释人员一起同乘救护车，另 4 名队员开警车护送。到了医院，还要一对一陪同进 CT 室，全程不离视线。

个别人有情绪波动，需要进房间做思想工作。天天倒计时迎来刑满释放的日子，以为失去自由的痛苦即将结束，马上又换个场所继续隔离 14 天。这像是最后一根稻草，足以压垮人的意志。给隔离人员做心理疏导，之前是医务人员的活，现在对象不同了，公安执勤人员又多了一项任务。

陈某患有严重哮喘病，3 月 16 日办取保候审后，进了集中隔离点。成泉、李建军二人负责对他进行同居室看守。18 日晚上，陈某突然哮喘发作，连夜送去咸宁中心医院救治。刑释人员不再是罪犯，不能给戴手铐等任何约束警械，但又不能让他们脱离视线，只能二十四小时近身照看着。成泉、李建军说笑，就是父母住院，自己都没做到这样形影不离、无微不至。

三个战场连轴转

特巡警大队的本职是城区治安巡逻管控。战“疫”打响后，又接了隔离点值守管控这个艰巨任务，还抽了部分队员参加道路卡点管控。这样一来，大队的人马就要辗转三个战场。

从“禁鞭”专项行动到疫情防控工作，大队绝大部分人连续三个月没休息了。大年三十，队里上午开完会，下午放了一半人回家，留一半人值班备勤。大年初二接到通知，咸宁市启动疫情防控一级响应，所有民警、辅警立即返岗，任何人不得请假。到下午五点半，

130 号人全员归队，一个都不少。

全城小区实行封闭管理，总有人想方设法出来遛一遛，路面巡控就是最后一道防线，每天都能查到二十来人偷偷溜出来“放风”。要问怎么跑出来的？那花样多了去，有的是趁门岗保安不注意偷溜出来的，有的是冒用别人的采购证出来的，甚至有钻院墙洞出来的。问他们冒偌大的风险，费老劲出来做什么？最多的理由就是出来透透气。一天天“客厅→厨房→卧室→卫生间”循环“一日游”，终于五内俱焚，按捺不住那颗躁动的心。世界那么大，马路那么宽，下楼走走怎么了？

查到无工作证明偷跑出来的人怎么办？对不起，没“门票”就是不能出来浪。我们会第一时间通知社区来接人，同时对违反者进行现场教育，要求诵读《咸宁市 17 号令》一遍，当社区工作人员的面写保证书，最后由社区人员将他们带回去，我们和社区全程无缝对接。

卡口执勤点的负责人都喜欢特巡警队员。市局警保部主任陈必芳尤其喜欢请我们队员帮忙。有几次我听他跟柴大队打电话：“老柴，刚到了一批防护物资，派几个兄弟来帮忙拖东西吧。”他尤其喜欢点名要我中队的殷雄去，说：“这小伙子灵光，眼里有活，不但开车，还帮着卸货。”

温泉特巡警大队绝大部分队员是“95 后”，队伍自 2018 年 6 月组建至今，经过一年多的磨炼，队员们都成了精兵强将，早已不是新兵蛋子了。

什么时候可以跟老头子再喝一餐酒

3 月 4 日晚，抽空给家里送了牛奶等东西，太久没有踏入家门了，多希望疫情早点结束，能回家好好陪陪家人。

就在这天，老妈又打来电话，第一句话照例还是：“三伢子，忙不忙咯？”确定我不忙，她才跟我细说几句，碰上我正好有事，她就匆忙挂断电话。自从知道我在隔离点值守，老妈就一直心神不定，对我放心不下，隔三岔五就给我打电话，嘱咐这、嘱咐那，“要小心”“过点细”“注意安全”，几句话翻来覆去。

警察这个职业既危险又没规律，尤其是在防疫工作中，忙起来连电话都顾不上打。等我忙完想回电或者发视频，家人差不多已进入了梦乡。所以总是老妈给我打电话过来。可以想见，老妈多少次拿起手机又放下，想要拨通又怕打扰到我工作的样子……

老头子好像不大关心我，至少我是这么觉得。这天，老妈跟我通话时，居然说了一句：“你爸叫我给你打个电话，让你注意安全。”我有点窃喜：“真的？我爸叫您打的？”老妈说：“他亲口叫我跟你说哩。他嘴硬，心里担心着你呢！”

我长这么大，老爸这是第二次主动给我打电话。上一次是叫我在网上帮他买猪饲料，点名要买湖北的。这次虽然是让老妈代为问候，不是他自己打过来的，但我也能感受到老爸是真担心。老爸是中国式父亲，不善于表达，但又深爱自己的孩子。比起母亲总是对我们忧心忡忡，他更像是个若无其事的旁观者。多年来，他站在老妈身后，默默关心着我们三个子女，又羞于表达和承认。

不知疫情什么时候结束，让我回一趟汨罗老家，和老头子好好喝一餐酒。这个世上，除了生死，都是小事。唯有爱人和亲情不可辜负。咸宁虽已解封多日，但隔离点还在持续运转，我们的任务仍在继续，这个心愿要实现恐怕还要再等些时日。

如今，武汉已重启，在草长莺飞的春天醒来。咸宁疫情防控早已常态化，生病的城市正在逐渐恢复往日生机。我们的城市和乡村，我们的国家和民族，定能经受住“疫情大考”，一切阴霾都会过去。人间四月天，杂花生树，我盼的“春天”不是季节，而是希望。

君子论迹不论心

〔**口述人**〕刘威，男，1986 年生，湖北咸安人，咸宁市公安局援疆民警，交通执勤组二组组员。

八千里归来遇危机

1 月 15 日天还没亮，老曹就敲我宿舍门，要过年回家探亲了。他说："莫紧的困了，上了飞机有的是时间困醒。"我赶紧起身，叫醒另外仨兄弟，叮嘱大家再仔细检查一遍行李，别到了湖北家中，才发现给伢的礼物忘了拿。

收拾妥当，我们弟兄就像学生伢放寒假，说着笑着骂着闹着冲出宿舍楼，班车早已在路边等待，那是温泉县公安局派的。温泉县隶属新疆博州，县城不到九千人，就是个边陲小镇。这里的气候丝毫不给湖北人面子。我们里面穿保暖衣，外面套羽绒服，照样冻得透透的。

飞机经停乌鲁木齐，离咸宁又近了 600 公里。在等飞机重新起飞时，领队桥哥问我，回家后要做的第一件事是什么。我笑着说，先把大女儿揍一顿，每次跟她视频都躲躲闪闪，不好好叫一声爸爸。桥哥敲了我一下，说咱得先回局里报到。最近，武汉出现一种不明原因肺炎，当年"非典"暴发，也是这么个情况，威力很大。估计现在单位人手不够，很多事等着我们去做。

起飞之后，听到后排乘客也在讨论这个肺炎。但他们都还很乐观，盘算着这个春节待在家里，少去外面吃几顿饭，少打几圈牌而已。我相信桥哥的判断，心情不再轻松，隐隐觉得完美假期要泡汤了。

飞机降落在天河机场，还有最后130公里。在机场大厅，我四处查看了一下，并没有提升防控等级的迹象。又心存念想：我们可能多虑了，事情没有想象中那么严重。

1月16日凌晨三点，辗转近4000公里，终于回家了。进家门前，我调整一下呼吸。怕动静太大，吵醒了老二。五个月的宝宝容易惊醒，他要是一哭，全家都得起来了。放下行李，我轻手轻脚摸进主卧，看到床上老婆和老大睡得正香，心里涌起一股莫名的暖意。我蹑手蹑脚地退出来，简单洗漱后，去书房的小床上倒头就睡。

真舒服，回家的感觉真好！

差点当了“逃兵”

那个不明肺炎很快被明确为“新冠肺炎”。疫情发展远远超乎所有人预期。疫情信息铺天盖地袭来，感染者数量呈几何级数增长。我有个表弟在中部战区总医院，他们早已进入了战时状态。咸宁街上商超全部关门歇业，我与家里长辈商议后取消了团年饭。看贺岁片也泡汤了，亲朋好友都宅在家里，谁也不敢聚会。我生性爱热闹，这下被关进笼子，那个憋屈，别提多难受了。

当武汉宣布“封城”，全家人都坐不住了。

“要不咱家去广东过年吧？”老婆突然对我说。

“啥？”我诧异地看着她。

“目前这个形势，咸宁马上也会‘封城’，要不咱带上爸妈、伢们，去广州投奔舅舅，现在走还来得及。”

我当然也想去广东，那里远离疫区，家人感染病毒的风险会小很多，生活也不会像湖北这么紧张。但我还是犹豫不决。

果然，第二天咸宁也“封城”了。局里的兄弟们纷纷请战，奔赴一线投入战“疫”，一起回来的桥哥、老曹他们也主动请缨了。我当然也不甘落后，大年三十，我向组织递上请战书。

盼望去一线战斗

考虑到我们几个援疆民警刚返咸，还途经武汉天河机场，局里要求自我隔离满 14 天，确保平安后再加入战斗。

隔离初期分分钟妙不可言。阔别妻儿老小数月，我就像刚从塔克拉玛干沙漠走出来的人，找到了一片淡水湖，一个猛子扎进去，贪婪地享受着家的滋润。清晨，在老二的哭闹声中醒来。上午，带着老大背诵《弟子规》。老大时常讨价还价，背会几页后允许看动画片。午饭后，帮着丈母娘收拾碗筷。听她数落老婆如何懒散，想着法帮老婆找补两句。晚上，把孩子都哄睡着，和老婆一人拿个手机，歪在客厅沙发上，有一搭没一搭地聊聊天。自己像是刚从高原上下来的人，有点醉氧了。

再好吃的东西，吃多了也腻歪。没过几天，家里的鸡毛蒜皮开始让我难受。清晨睡不了回笼觉，老二醒来狂哭不止。午后的慵懒惬意，会被丈母娘和老婆母女俩的拌嘴打破。晚上想静心看会儿书，老大不断制造动静吸引大人注意。本想冲出房门，又有个声音在提醒自己：“你在自我隔离！哪儿也不能去。”一刷朋友圈，同事纷纷晒出在一线执勤的照片，我顿时没了存在感，像一只百爪挠心的猫。

我盼着隔离期结束，期待组织派我去一线战斗。让我执勤吧，哪怕是夜班也行！让我站岗吧，哪怕在医院也行！

政委王淑红打来电话下达命令：“刘威，很荣幸地通知你，你入选市局机关党员突击队，将参加此次城区交通管制任务，随后将有组长与你对接。小伙子，要注意保护好自己！”

“是！保证完成任务！”

感觉自己还能站个通宵

很快，我接到王涛的电话，他是交通执勤组二组组长，负责滨河东路卡点。他向我介绍工作任务和勤务模式：十二个人分三班，每班四人值守八小时，日夜查验车辆通行证件，劝返证件不符、不全者，保障抗“疫”车辆快速通行。有三种值班“套餐”：早班早八点到下午四点；中班下午四点到晚上十二点；夜班晚上十二点到第二天早上八点。我跟着涛哥值中班。

卡点位于新老城区交会处，紧邻咸宁市委市政府，周边有多家机关单位。日通行量很大，打这儿过的领导特别多。别的卡点一个班三个人，而这个卡点每个班有四个人。我们将主路封闭，用水马将四个方向的匝道也封了，各个方向只留一个口子，大概两个车身宽，所有车子必须减速到极慢，接受检查之后才能通行。我们在路口一角扎了帐篷，里头配有行军床两张、被窝两卷、吊灯一盏、小太阳一个，可以暂时栖身歇脚。

这次市局尽锐出战。涛哥这个组长，本是网安支队的专业技术人员，互联网才是他的主战场。还有两个战友，就是肖姐和九哥。肖姐，名云霞，五十出头，原本负责信访工作。九哥，戴九丁，还有两年退休，平日在公安驾校上班。从人员结构不难看出，市局这回是拼了老本。

第一天上岗，丝毫不敢懈怠。上岗前，仔细检查单警装备、执法记录仪、肩灯、反光背心等是否齐全，口罩、手套等佩戴是否规范，再与上一班同志完成交接。四个人分头把守一方，这一守就是八小时。

上岗后才发现之前过于乐观。看着过往车辆上，有的人全身防护，不知对方有没有携带病毒。我们得挨个拦停，检查通行证件。有的还得让车主摇下车窗，接过证件仔细查验。虽说戴了口罩和手套，但也会心生紧张。接证件时战战兢兢，扫上两眼便立即放行。

这种煎熬感无数次重复，让时间变得尤为漫长。我时不时看手表，希望饭点早些到来，能让我摘下口罩透透气。涛哥察觉到我的反常举动，趁着没车的间隙过来询问情况。我便一五一十说了，涛哥拍了拍我肩膀说："在战场上，子弹会因为你害怕而不击中你吗？活下来的往往是冲锋者。"不愧是组长，我且豪迈一次吧，紧了紧口罩，扶了扶护目镜，重新投入战斗。

必须说说九哥。他今年五十有八，只比我爸小一岁。我本该喊戴叔叔，但他执意要我喊九哥，说是在一个单位上班，莫把辈分拉太远，彼此之间应该亲如兄弟，相互拉扯帮衬。但他对我却像照顾儿子一样。吃饭之前，反复叮嘱我先摘口罩、帽子，卸单警装备；再用酒精将全身，特别是手部消毒。喷酒精时，将我拉到帐篷外，避免飞溅到饭菜和电器上。这套流程大大降低了风险，可也消磨了我的食欲。九哥看我的筷子在饭盒里挑来挑去，便起身取了个一次性杯子，将自带的茶水分了我一杯，让我开开胃再吃。

执勤还碰到暖心的事儿。有一次，一台三轮车在帐篷附近短暂停留后离去。我上前查看，发现帐篷门口多了一箱农夫山泉，上面贴着一张红色爱心，还写着"加油"的字样。还有一次，一辆小车也停了下来。一位阿姨端出一壶自制养生茶，为我们每人倒上一杯，喝下果然暖身子，润喉咙。还有一回，半夜快交班时，来了两位小姐姐，送来热腾腾的小米粥。这一碗小米粥下肚，感觉自己还能站个通宵。

拦还是不拦，这是一个问题

一线交通执法，非常考验执勤水平，既要坚守原则，还要灵活变通。

在"封城"初期，志愿者证可以作为通行有效证件。随着疫情发展，管控措施也随之升级，我们只对具有通行证的车辆放行。很多志愿者不明白，为什么昨天还能正常通行，今天却不行。这要做大量解释工作。遇到不能理解的，便会有冲突。我们确实管住了城区交通，但也造成部分志愿者步行迟到，甚至根本无法到岗，而他们的工作又不能不完成。那么，我们执法是否拖了他们的后腿呢？我反复问自己，遇到这种情况，我究竟该拦还是不拦？

2月20日早上六点半，天还没有全亮，远远走来一个小姑娘。我上前询问，原来她家住龙潭村，是市妇幼保健院的护士，前期凭着护士证，她哥哥还能开车接送上下班。而今没有车辆通行证，只能早上五点钟起床，徒步10公里到医院上班。小姑娘一趟得走两个多小时，到医院后还要忙上那么长时间，中途可能连水都喝不上一口。我们严格执法给她带来极大困扰。如果她哥哥此刻开车送她，我拦还是不拦呢？

这个卡点过往领导很多。我拦下过市公安局领导的车、市纪委领导的车、市防指领导的车，甚至督导咸宁片区省领导的座驾。有的对我严格执法表示肯定；有的显然是有急事想尽快通行；有的直接现场开课，指导我该如何执法。弄得我看到迈腾、雅阁、奥迪A6这一类车就犯怵。领导的公务车，我拦还是不拦呢？

相比前几种情况，还有更加难以启齿的。通过几日观察，我发现有几位“熟客”经常光顾，都是金杯、五菱或长安等面包车，主驾和副驾坐着两位全副防护的人，驾驶舱与后排座位之间做了隔离防护。后来知道，这种车辆多是乡镇、社区用于运送密切接触者去隔离点的。我对此产生深深的恐惧感，检查时不敢靠太近。驾驶员摇下车窗时，我会下意识地退后一步。我希望，车窗前摆放有通行证件。如果没有，我拦还是不拦呢？

谁执勤没遇上一点状况呢

早中夜三个班各有“三难三好”。早班车最多，难在站，好在下班早，不影响生物钟。中班跨昼夜，温差大，好在可午休，精力较充沛。夜班后半夜，难在熬，好在车流少，不用一直站着。到了

3月，涛哥提议将轮班制改为固定班制。根据身体情况和个人意愿，自由选择班次。我好不容易倒好时差，把新疆时间掰回咸宁时间，实在不想再让生物钟错乱了，于是选择早班。

3月8日，天气很好。上午气温逐渐升高，值守有些闷热，我出了很多汗。正想着，午饭时把警服的毛领、内胆都拆下来，再塞点卫生纸在背上，吸一吸汗。

一辆黑色小轿车驶来，前车窗堆满各种证件，眼睛都看花了。我伸手示意司机停车配合检查，不想司机几乎把车开到我脚尖前才刹住。

我有些恼了，没好气地问："看不到我叫你停车吗？"

"又不是没证，你拦我干吗？"

"你这跟摆摊一样，能看得清楚吗？"

"那才巧，别个都看得清，就你看不清，你眼珠子出气用的？"

我的肺都快要气炸了。经验告诉我，一定要忍住。我压低声音说："请出示有效证件，我需要核对。"

司机把一堆证件递到我手上，嘴里嘟囔着："搞那么多证，一天一个变，我晓得你要哪个？"

他说的也是实话。执勤这些天，先后被视为有效证件的有上十种。一些证件之前有效，之后又无效，别说一般人，就连我们有时也犯蒙。想到这里，心情平复许多。在核验完他的证件后，说了句"注意安全"，便放行了。

谁执勤没遇上一点状况呢？

好不容易挨到中午，涛哥叫我吃饭。快速跑进帐篷，卸下身上"盔甲"，烦躁才得以缓解。

午饭后，想在行军床上打个盹，却因太过闷热无法入睡。重新穿戴整齐返岗，不一会儿却变天了。狂风大作，黑云压境，老天爷也要释放怒火。我们匆忙跑回帐篷去换雨衣，还没等穿好雨衣、雨鞋，大雨就迫不及待地落下来。雨水从帐篷底部灌了进来。我们几个手忙脚乱，把电器捡起来放在行军床上，把电线和插线板缠在帐篷支架上，再把脱下来的衣服、鞋子用塑料袋包好，挂在帐篷顶上。

忙完这些，赶紧跑回路口执勤。

没想到春雨会有这么大，还没有停歇的意思。衣服全湿透了，雨靴像接水的桶。这酸爽，一边执勤，一边泡脚。

扛到下班点，回家第一件事就是洗个热水澡还魂。刚从浴室出来，结结实实打了个大喷嚏。家人全围上来，问我有没有发烧，是不是接触过什么人？我嘴上说他们瞎想，自己就是有点着凉了，心里却一点底气都没有。这个节骨眼，谁也感冒不起。吃完晚饭，老婆熬了碗姜汤，我喝完便睡下。

还是没躲过感冒。第二天一起床，发现鼻子堵了，头也有点痛。赶紧找出温度计测了测。还好，36.8℃。给在中部战区总医院上班的表弟去了电话，他说就是感冒而已。我还是决定与家人隔离。

傍晚时，大孩子有些低烧，37.6℃，并且流鼻涕，全家乱了阵脚。再次向表弟电话远程问诊，说应该是普通的上呼吸道感染。老婆翻出感冒药，岳父岳母商量着是否立即上报社区。我反复考虑，隔着门出主意。先吃备用药物，如果没有好转，再上报社区。这一宿，我几乎没合眼。好不容易挨到早上七点半，给老婆发视频通话，得知孩子体温恢复正常，看上去精神也不错，应该是好了。真是万幸！

大雨过后，春意更浓了。河岸的桃花早已爬上枝头，在雨后显得更加艳丽。我是一名人民警察，受国家教育培养多年，但我并非圣人，很多时候就是一个小老百姓，面对疫情和现实生活，我也间或有矛盾心理和畏难情绪。但是这次与众多志愿者“同行”出生入死，我庆幸自己在危急时刻经受住重大考验，客观上为抗“疫”尽了一份力，努力值得，参与无憾。我坚信，在不久的未来，这座生我养我的城市，将重现往日的生机与活力。

人间有疾苦，人间也值得

〔**口述人**〕曾萍，女，1979年生，湖北孝感人，咸宁市公安局网安支队警务技术二级主管，市公安局疫情防控指挥部办公室成员。

买口罩全靠拼手速

腊月廿八，市局通知：春节期间不得离咸外出，做好春节不休息、打硬仗的准备。第二天就有骇人听闻的消息传来。有位同事的母亲常住武汉，已检查确认为高度疑似病例，就差做核酸检测，那位同事也出现了感冒症状。消息在大楼引起不小的震动，领导给那位同事放了长假，他所在那个房间，里里外外打扫，消杀三遍。早有同事自觉戴上口罩。

我私下拼命回忆，最近一次和他接触是哪天？距离有多近？心里隐隐不安。后知后觉的我，家中一片口罩都没有，这个时候还能买到吗？

中午跑了小区附近三家药店，店内人倒不多，货架却成片地空着，显然已被几轮扫货。人们闻风而动，医用口罩、抗病毒药一夜脱销。看还有些连花清瘟胶囊、板蓝根冲剂和84消毒液，心想管他有用没用，先买些备着，再晚点恐怕这些都买不到了。又找到两盒止咳药，这两天有点咳嗽，本来是没在意的，对照“新冠肺炎”咳嗽、发热的典型症状，联想到1月6日去省厅开过会，心中多少有点不安，还是早吃药早止咳，不再担惊受怕。

连日“新冠病毒”霸屏，打开手机、电视，还有车载广播，什么时段都是，什么说法都有。在朋友圈，我看到王维武博士的中药方，说是能增强免疫力。我决定抢购中药，这次不能再慢一拍了。没想到中药材也被哄抢，揣着12味药的方子，跑了两家药店也凑不齐一剂。

依然买不到一次性医用口罩，有家药店摆出棉纱防尘口罩，但还是有人排队抢购。“非典”时期，也是这么抢食盐、白醋和板蓝根，当年我也是啥都没抢到，还是邻居分了我两包盐。

单位没提发口罩的事儿，估计还没弄到防护物资。难道接下来执行任务要光嘴露鼻裸奔吗？拿着票子也买不到货，一只小口罩，愁死英雄汉。幸好王玮有朋友送来20个口罩，他慷慨地分给我3个，还发了几个给其他人。另外，闺蜜程琳找医药行业的亲戚买到一些，也给我送来20个口罩。大年初一，市区还没封路，她又给我送来一盒口罩，整整50只，她托亲戚只买到两盒，却分了一半给我。

这是过命之交，没错了。

小妹是武汉社区医院护士

1月22日，市局启动一级应急机制，安排1300余名警力，把守所有入咸通道，对车辆和人员进行严格筛查。

“封城”令，史无前例，疫情面前没有局外人。一座座城市变得灰暗，一条条街道变得冷清。每天刷屏关注疫情数据，不断攀升的数字令人揪心。鲁迅说：“无穷的远方，无数的人们，都和我相关。”每个数据背后都是活生生的人，每个人背后又是一个个鲜活的家庭。

咸宁已有几例确诊病例，不管我们相不相信，愿不愿意，疫情已经蔓延过来。

微信拜年变成互报平安，除了姑父、姑母在南京，大弟弟一家在上海，亲人大多在湖北，小弟和小妹两家人都在疫情中心武汉市，最令人忧心。

小妹是江岸区社区卫生服务站护士。疫情暴发之前，她们社区医院每天人满为患，周边小区感冒发热的病人骤增，都去看病、拿药、打针。后来新闻中说，湖北医护人员超过3000名感染“新冠肺炎”，60%是在社区感染的，小妹所在的社区医院是最前沿的战场之一。

小弟有着十多年的脑外科、急诊外科临床医学经验，家里有人得病都习惯性先问问他，是我们家名副其实的“家庭医生”。他列出几种抗病毒的药，让大家去备着，可大部分药已买不到了。

1月24日，那天大年初一，一早上，小妹在群里问小弟：“哥，你说的那个药是金莲花颗粒吗？”我觉察到小妹有点不对劲，忙问她：“静，你怎么样？还好吧？”没等到她回信息。

我不放心，立即拨通电话，才问了一句“你在哪儿？你们都好吧？”就传来小妹的哭声。我的心一下子提到嗓子眼儿。小妹抽噎着说，她前天背痛了一天，昨晚体温37.6℃，怕我们担心就没说，一大早就去空军医院查血和CT。她那个社区医院有人疑似感染了，两个医生、一个护士还有一位看门的爹爹，在等待做核酸检测确诊。

后来随访病程才得知，有20多例确诊患者以为是小感冒，春节前都在小妹那里打过点滴。大家毫无防备，妹妹及其同事与“新冠肺炎”之间，仅隔了一层医用口罩！

万幸小妹检查情况还好，医生告知是细菌感染，让她回家服药，自行隔离观察。特殊时期，只能隔空传递关切和担忧，能做的真的很有限。

为此，全家人都捏着把汗，可小妹自己却很“心大”。

小妹有个护士同事感染比较严重，医院也住不进去，其家人在武汉“封城”前就回了广水老家，只好一个人在家隔离。她在同事群里说自己有点呼吸困难，然后半天没了消息，电话也联系不上。不会在家晕倒了吧？虽然担心，但没人敢去查看。小妹自己发着烧，却还冒雨跑同事家，隔着门把几乎昏厥的同事喊醒。当时，社区卫生服务站已放假，小妹和站长商量，让那同事先到服务站去打针自救。幸好她自己会打针，为后来的住院救治争取了时间。这同事出院又在家隔离时，小妹还送了几次菜和生活用品。

也许是憨人憨福吧，过了两天，小妹就退烧了，背痛症状也消失了，并且没有出现其他症状。当时核酸试剂供应不足，她自觉症状不严重，没有去排队查核酸。因此，自始至终也不知道她究竟是没有感染，还是感染自愈了。

他们社区医院里，医护人员、工作人员总共 17 人，就有 4 人感染。

小妹是我们家人中离“新冠病毒”最近的一个人，曾与之几番交手，终毫发未伤，真是万幸。她说，居家隔离的日子里，不能出房门可以忍受，老公做饭难吃可以忍受，但是四岁多的女儿小橙子不时敲门，哭着找妈妈的声音真让她心碎难过。

2 月 15 日，小妹在群里发了照片，穿着防护服，戴了护目镜，裹得像个太空人。她说：“姐，我隔离 14 天结束，又上班了，我们现在都有防护服穿，别担心！”

当逆行者也没那么难

1 月 27 日，正月初三，市局通知全体人员进入战时状态。支队长李剑锋清点人数，除一人在武汉隔离，其他民、辅警全员到岗。分管副局长聂胜专门部署防疫期间网络安全保卫工作，要求大家注意防护，只有自身安全了，才能更好地投入防疫工作。

打这天起，市局防疫指挥部实行实体化运作，指挥部办公室设在治安支队。治安、交警、网安、特警、合成作战等部门抽调人员，统一到治安支队集中办公。我也从网安支队抽调到指挥部，负责网络舆情研判、统计，督办统计各县市区公安局防疫工作情况。

当天市局相继召开局党委会、疫情防控工作专题会。充分研判疫情、警情、舆情、社情“四情”交织叠加的“社会风险”，部署疫情防控工作。从通道管控、卡点设置、警力安排、行业场所管控、流动人口摸排、内部安全防护、信息报送，一项项、一件件明晰责任，落实到人头。

党委会开到一半，咸宁市副市长、公安局长肖天树从另一会场赶过来，他拍板决定，把市局紧急购置的物资捐给医护人员，共有1200 个 N95 口罩、2000 个医用口罩、120 套医用防护服、500 双医用手套等。

好消息和坏消息同时传来，我支队感冒的那位同事排除了“新冠肺炎”，而另一部门有位民警因回武汉过小年时与家人团聚而感染了，和他密切接触的几位民警也被隔离了。“新冠病毒”不请自来，就在身边环伺。后来，小区也有 2 例确诊病例，紧急封了 2 栋楼。

办公大楼紧张起来。大楼后门封闭了，所有人员一律从正门进出，人人检测体温，并用酒精喷雾消杀。公共区域每天有专人消毒，电梯里还备了抽纸，避免按钮造成接触传播。所有人都变得敏感，甚至有些神经质。大厅右边桌子上，每天坐着两个敦实的大圆铁桶，盛满食堂熬制的中药汤剂“肺毒清”，大家每天都来打中药喝，就像考勤打卡一样。

大疫初期，各种防护物资奇缺，单位还没有统一发口罩。晚上回家，看到交警周剑穿着荧光服往外走，应该是去夜班执勤。我问他，一线执勤发口罩吗？他指着自己戴的口罩说，发了这种。那是一种很薄的无纺布口罩，目测应该没三层，指挥部同事戴这种，都是拿 2 个重叠一起戴。路面执勤接触面更广，我把自己剩下的 2 个口罩给了周剑。

指挥部张罗开张，清理办公室，人员分工，设计统计表，确定专报格式，通知各地公安局分头成立指挥部，指定联络人，督促每日按时上报情况。万事开头难，理顺了就不难，当夜接近凌晨才理出头绪。

我与“95 后”小姑娘车思琪结伴回家。头顶还有月光，就着昏黄的灯光，我发了条朋友圈：“初三返岗，加班至深夜，今天起，我亦是逆行者。加油！”

心里的大石头总算放下了

1 月 29 日下午，统计完当日各项数据，我感觉有些头晕，估计是加班没休息好，就用双肘撑着桌子，用大拇指按摩太阳穴。

政委王淑红看我精神不佳，就摸摸我的手，神色都变了，“好像在发烧？快去量个体温。”

我不由得紧张起来，不会吧？我天天量体温，昨晚还好呀。心里觉得不会有事，但还是催促王政委，赶紧去洗手消毒。

到一楼找安保人员，用额温枪测了体温：37.8℃。一定是不准，我又“嘀”了一次，37.9℃，我的心猛然慌了。每天上下班在这儿测体温都是 36℃以下，说明这个额温枪测出来的数值偏低。今天这个 37.8℃，加上咳嗽一直没止住，这些症状都足以往“新冠肺炎”上靠了。

我心中兵荒马乱的，同事跟我说什么都没听见。只知道第一时间报告，领导让我立即回家观察，算是开始居家隔离。

冷静下来，迅速咨询小弟，把家里存药给他报了一遍。他交代我，服连花清瘟胶囊、阿奇霉素片、雪梨止咳糖浆，同时多喝水，注意休息，监测体温，要是感到胸闷和呼吸困难，一刻也不要耽误，立马去医院。

那个时段处于武汉建方舱医院之前，当时网上也在科普“轻症居家隔离”，尚未启动社区排查防控措施。有咳嗽、发热症状的，全凭自觉自愿去医院排查治疗。然而，医院在公众眼中，已成为最危险的地方。小小不然的病就跑医院，一则挤占医疗资源，二则有很大风险。在症状还不明朗的情况下，我只好在家静观其变。

回家后，我径直走进卧室，远离儿子和他爸。孩子他爸安抚我不要过度紧张：“你肯定是感冒。再说了，你要是感染了，我和儿子早就被传染了，还能幸免吗？”

我天天吃药、一天数次测体温，连续 3 天体温在 37.3℃徘徊。

居家隔离也不停歇，继续通过微信催报各地公安疫情防控数据。

忍不住刷屏关注疫情，通过朋友圈、公众号、短视频等渠道关注咸宁公安抗“疫”情况。战“疫”胶着对垒，全市公安吹响集结号。5000多民、辅警顶风冒雪驻守通道卡口，有退休老同志重新穿上警服投入战斗，有年轻民警跋山涉水返岗参战，有援疆回来探亲的民警主动请缨，有回内蒙古老家的民警迂回辗转数个城市艰难返岗，有女民警身怀六甲坚守岗位……无分男女、不分城乡，尽锐出战，全员上阵，昼夜坚守。不知不觉，总是泪眼模糊，为生命的渺小卑微，也为逆行的勇毅坚定。

外面战“疫”激烈，感觉自己在家就像个“逃兵”，心中百般不是滋味。

第五天，咳嗽虽然没好，体温总算37℃以下了。报告李支队后，得到答复，可以回单位。为了自己和同事彻底放心，我决定还是去咸宁市中心医院做CT检查。

市中心医院是定点医院之一。2月2日下午，挂号窗口平时排着长队，这时却只有零零星星几个人，还都步履匆匆，生怕多停留一会儿。这时候到医院来，怕都是万不得已。

呼吸内科医生询问了我的症状，给我开了血液化验和CT检查项目。当时我已经不发热，但仍在咳嗽，被分离到“发热、咳嗽”病人专用的检查室做CT。我很疑惑，也不免担心，如果我不是感染者，用这边的机器检查，岂不是增加感染的风险？门口穿着严密防护服的护士小姐姐说：“每检查一个人都会消毒的，放心吧！”

等待检查结果的一小时可真漫长啊，医院椅子我不敢坐，站久了腿酸就走几步，又怕走远了，看不到自动取片机上的提示。好不容易等到查血和CT结果出来。医生说，从检查结果看，只是一般的上呼吸道感染，可以排除“新冠病毒”感染。这真是有生以来，我听到的最悦耳的话了。至此，心里的大石头总算放下了。

不一会儿，排在我后面做CT的大爷也来了，医生说他的检查结果有问题，直接被留观了。而我在挂号处、CT室和就诊室还与他数次擦肩，距离不足一米。天啊，我又落下心病了……

战“疫”不分前线后方

2 月 3 日，咸宁中心城区实行 24 小时交通管制，警力下沉到一线，局指挥部办公室集中办公的只剩三四个人。

每天上午，大家把头一天的数据、案例催收起来，反复核对确保无误。常务副局长黎正刚每天召集开两次碰头会，有几个部门因数据没摸准挨了狠批。公安战线点多、线长、面广，数据、信息收集统计着实让人头大，可以说公安的“表哥”“表姐”也不好当。

《疫情防控工作情况专报》一天出一期，主要由李伟负责编辑。下午三点左右，局领导要去市防指开会，《专报》要赶在三点前编辑好，报给局领导掌握，要确保严谨、准确，又要准时交作业，时间仓促，怎么办？只好中午抓紧干。

2 月 2 日晚八点，市防指下达紧急任务，核实 545 名到过或者接近“华南海鲜市场”的来咸人员：有没有去过华南海鲜市场？现在身体状况如何？目前详细住在哪里？调查核实情况必须当日上报。

治安支队负责人石亚平紧急调动指挥部办公室、治安支队、警令部等部门 20 余人，连夜打电话调查核实。电话接通，我们自报家门，大多数人对电话调查表示理解。也有的不耐烦不愿多说，还有的当成诈骗电话直接挂断，有的甚至干脆不接电话。对不愿配合的，我们语言恳切，耐心解释。对挂断和不接电话的，只好编辑短信发过去，绝大部分机主收到短信后，都会回电话过来。夜里十二点多，终于核实完最后一个，在规定时间内交了差。

2 月 4 日晚八点半，局指挥部又接一个“急单”，市防指通知：嘉鱼一名网约车司机尹某疑似感染，立即排查其密接者。经核实，1 月 20 日，尹某某出现咳嗽等症状后，仍继续私自搭载他人往来于嘉鱼、武汉，赚取“摆渡车费”，并且没有采取消毒及其他有效预防措施。

100 多个号码，小伙伴们迅速分头拨打。我拨通一个号码，传来很清脆的女声，年纪应该不大。表明身份后，我问她最近有没有乘坐尹某的网约车。

她很警惕，没有直接回答，而是反问："他怎么了？他是有什么事吗？"

"你别紧张，他是疑似感染，我们在排查密切接触者。"

她说最近没有乘坐他的车，也没有不适症状，但是传闻尹某某感染了，不知道真假。末了，她又再次追问："他确诊了吗？如果没有确诊，你们不能乱说呢！"

她明显很紧张。我分析，她近期接触过尹某某，我的调查问话，使她坐实了听到的传言，这令她很不安。

问清她的详细地址和身体状况，我做好登记并郑重告知，如果近期接触过尹某某，一定要做好居家隔离，与家人保持距离，有咳嗽、发热等症状立即报告社区，或者联系嘉鱼防疫指挥部。

根据排查情况，最终集中隔离 20 人，包括尹某某的家人和乘客等。

2 月 5 日，又来了第三批 596 人，还有第四批 1000 人、第五批 2000 人……

参照流行病学调查框架，公安战线承担大量基础性调查工作，基于大数据摸排比照，调查范围较之流行病学调查，覆盖面更广，拉的时间线更长。

指挥部办公室的日常，除了表格、文件、材料、会议，就是上传下达，协助左右，内外沟通，尽是些鸡零狗碎，却几乎天天朝八晚十，夜里十二点下班也是家常便饭。

我们天天给自己打鸡血：前方战"疫"紧张，后方指挥部也重要，战"疫"是一盘棋，不分前线后方。

有人光芒万丈，有人一身铁锈

疫情这面照妖镜，照到哪里哪里亮。众生世相，无所遁形。有人光芒万丈，有人一身铁锈。

2月7日，在工作群里，我看到治安支队余锐发了条新闻:《当庭宣判！咸宁2男子涉疫犯罪分别获刑4年！》他说，这应该是全国涉疫案件第一判，给力！

打开链接，第一起案件就是通城“陈某妨害公务”案，我记得通城报过这起案例，没想到如此快立快审快结。

大年三十，咸宁“封城”第一天，通城县北港镇政府工作人员和派出所执勤人员在国道通城北港至湖南临湘路段封路排查。当时还来不及设置路障，他们因陋就简把执勤车辆停放在道路中央，并放置一块警示牌，人员分散站在几个路口。中午一点多，陈某乘坐女友驾驶的车辆经过。看到道路被封，陈某下车后不容分说朝执勤车踢了几脚，保险杠都被踢变形了。不远处执勤的李辉冲上来制止，陈某转而喷着酒气辱骂李辉，又踢了他一脚。李辉出手控制陈某，执勤人员卢作清和王强见状，迅速赶来驰援，陈某的女友也冲过来拉扯。陈某在挣扎中夺过卢作清的执法记录仪摔在地上，又朝卢作清的腹部猛踹几脚，还抓住李辉的右胳膊就咬。过程持续20多分钟，直到北港派出所增援民警赶到才将陈某制伏。

通城公安局联络员上报时，我有些诧异，三个人制伏他都这么困难？回复:陈某人高马大，酒后一身蛮劲，其女友又在中间掺和，确实不好对付。

再豪横，也有法律来收拾。2月7日，通城县人民法院公开审理陈某涉嫌妨害公务罪一案，判处陈某一年六个月有期徒刑，其女友也受到行政处罚，罚款200元。

2月10日，嘉鱼一村民鲁某候长期不戴口罩，经工作人员提醒仍不执行。工作人员要送鲁某候去派出所训诫，他儿子鲁某爵手持菜刀相挟，对着工作人员就要劈砍，幸好被村干部及时制止。鲁某爵因涉嫌妨害公务罪被依法立案侦查并刑事拘留。

疫情期间，绝大多数人能配合疫情防控工作，也总有些人不守规矩还添乱，甚至触碰法律底线。

病毒不仅考验免疫力，更考验人性善恶。如果苍天有眼，每个人品行高低，尽显其中，一览无余。

吃了 23 颗止痛药

2 月 15 日，我右上颌的前磨牙开始隐隐作痛，我当是上火了，喝了几天菊花茶，又用蒲公英煮水喝了两天。仍不见好转，隐隐的痛变成一阵阵发射状剧痛，后来半边脑袋都痛，尤其晚上痛得厉害，根本没法入睡。

长这么大，除了拔智齿，我从来没看过牙科，根本不知道突发牙疼的原因。对着症状在网上搜索一通，“阵发性疼痛、夜间痛、刺激疼”，貌似是急性牙髓炎的症状，最好尽快根管治疗。总听人说“牙痛不是病，痛起来真要命”，这回算是领教了。

小弟说可以吃芬必得止痛，但是家里药箱没有。当下小区封闭，药店关门，不仅求医无门，求药也不得。问了医院的朋友，说上级有通知，五官、口腔等侵入性治疗的科室都停止接诊，只能开点药，要治疗得等到疫情好转，上级有通知才行。

病急乱投医，向万能的朋友圈求助，引来热心圈友各种支招：漱口水、喝绿豆汤、淡盐水漱口、患牙处贴生姜、含一口花椒泡白酒……各种土法偏方试尽，还是遏制不住阵阵袭来的疼痛。

屋漏偏逢连阴雨，被牙痛折磨得最惨的几天，大姨妈也提前造访。我有个毛病，生理期小腹不痛，腰却会酸痛难忍。本来牙痛就像在受刑，又添上一刑。老天爷呀，还让不让人活了。下班回到家，我就往沙发上一瘫，人如枯槁之木，面色肯定不好看。孩子他爸问：“你怎么啦？牙痛还没好点？”我摆摆手说：“灌个热水袋给我。”一个字都不想多说。他秒懂，很快照办，转身送来一碗红糖水。

热水袋熨帖腰部，终于好受点了。不禁联想到那些还在一线执勤的警花，这些日子天气恶劣，可马路上一站就是八九个小时。即使在生理期，也没有热水袋，还要忍受雨雪和低温的侵袭坚守岗位，她们所承受的身体和精神上的压力与痛苦，与一般人相比，甚至与同行男民警相比，都有过之而无不及。

牙痛和腰痛交织叠加，这样下去不是办法，还是冒险去一趟医院吧。这时，已经不能自主就医了。我联系到万年路社区工作人员，按她要求描述了我的症状，发送我的身份证号码。半小时后，她给我发来一张盖有社区印章的证明，指定只能去咸宁市中医院，限当日有效。中医院就中医院吧，只要能开药。

2 月 18 日，下着淅淅沥沥的小雨，走在空荡荡的大街上，数名环卫工人在洗刷公交站台，城市车水马龙的繁华景象消失许久了。

步行到中医院，口腔科医生看了看我的牙齿，说不能治疗，还拿出一纸文件。“我知道不能治疗，给我开点止痛药吧。”他迟迟疑疑说，止痛药也不能开，有退烧效果。我软磨硬泡，不惜恐吓：“你们不是救死扶伤吗？我再不吃止痛药会死人的。”医生大概动了恻隐之心，叫我登记姓名和联系电话，开了两盒芬必得和一盒甲硝唑。出门时医生再三交代，止痛药不能吃多了，会引发胃溃疡的，那更麻烦。

每天下午，牙齿就开始作妖，不吃止痛药的话，痛感会不断递增，晚上痛彻脑髓的时候，恨不得撞墙。我彻底服了，一到下午牙痛开始发作，赶紧吃上一颗芬必得。止痛药真是个好东西，吃完半小时就见效，药效还能持续 8 个小时左右。

一边吃止痛药，一边盼着医院开诊。当吃完 23 颗止痛药时，一直担心的胃痛终于来了，这是止痛药的反噬。该来的终究会来，要么牙痛，要么胃痛，总得承受一痛。两痛相权取其轻，本来就有胃病，还是保我那孱弱的胃吧。不知道是牙髓炎已过了急性期，还是芬必得和甲硝唑起了作用，当我狠下心来不吃止痛药，打算硬抗时，竟然发现牙痛得没有之前厉害了。

没想到剩下的止痛药还派上大用场。3 月 7 日中午，同事孙伯元打电话问我：“你的止痛药和消炎药还有没有？黎局长牙痛也发作了，一时买不到，医院也没开诊，能不能找你借点？”

我把所剩之药一股脑给了孙伯元，交代他用法用量，并特意强调：止痛药对胃黏膜有刺激，千万不能多吃。

小小的牙痛硬是折磨了我一个多月。虽然 3 月下旬开诊了，但是需要查血常规、CT、核酸和“新冠”抗体四项后，才能到牙科治疗，听得我头都大了几圈。

灾难从来都不优雅。大疫之下，每个人都是亲历者，也是受害者。每个人都在默默地承受，努力做好自己的事，期待一切回归宁静。

从冻成冰棍到晒得流油

3 月中旬以来，气温持续上升，天气骤然切换到夏天模式。

3 月 21 日，偶然翻到同事王涛发的朋友圈：“别人是富得流油，我们是晒得流油，差别咋这么大呢？”仔细看配图，是王涛拍的王玮的背影，衬衣背部已被汗水画了一大块地图。只觉又好笑又心酸。

自 3 月 9 日起，市内交通执勤点都撤了，王涛和王玮从第一轮的卡口执勤又转战到高速出口，执行进出城通道管控。天气转暖，站马路执勤再也不会冻成冰棍了，可温度上升得也太快了，从寒冬直接进入夏日，才脱下棉袄，便汗湿了衣衫。

许多人感叹宅家里快闲得长毛了，一线抗“疫”战士却忙到吐血。我们公职人员负重前行，就是为了普通群众岁月静好。

看着朋友圈各种晒厨艺，我也抽空做了几顿包子。酵母是几个月前买的，一次都没用过，面粉是年前囤的，下个小决心就可以开干。对照网上教程，依葫芦画瓢，第一次居然成功了，后来做的包子味道不赖，看相一次比一次暄软白胖。儿子直呼，老妈可以开包子铺。

以前总是食堂混，外面吃，老人家蹭，周末才会做餐饭。如今日夜抗“疫”连轴转，还能抽空做饭，甚至解锁新技能，尝试以前不敢做的包子，连我自己都忍不住想夸自己。经此一疫，也不是了无所得。一家人一起，一日三餐，粗茶淡饭，就是世上最大的温暖。

3 月 21 日，咸宁城区撤卡解封第三天，我和家人去了一趟超市。五十天来，虽然天天能下楼，但也仅限于从家到办公楼几十米的距离，也曾出小区两趟，去的都是令人退避三舍的医院，哪有心思看风景，更不敢大口呼吸。

终于大摇大摆地出来了。外面已是桃红柳绿、鸟语花香，城市又重现生机。街上车辆川流不息，超市商品琳琅满目。鼻子不由得一酸，久违的日常又回来了，一切都那么珍贵，一切都来得那么不易。

人间有疾苦，人间也值得。这个春天依旧美丽，只是看风景的人、心境不一样了。劫后余生，我们要用力地活着，拼命地呼吸，使劲地拥抱，狠狠地铭记。

一位派出所所长的四十天战“疫”

〔口述人〕肖志坚，男，1981 年生，咸宁市公安局温泉分局岔路口派出所所长。

任务接踵而至，完全不让人喘息

2019 年 12 月 28 日，我接到市局党委任命，调至岔路口派出所任所长。我很诧异，组织上为什么把我放到温泉城区第一大所？这么多年，我一直在刑侦部门，早已习惯安静做事，习惯和现场、视频、指纹、物证等东西打交道，突然做管理人的事，我能行吗？前面的路能走成什么样，我心里一点底都没有。

我走马上任，还没使出“三板斧”，就迎面撞上了战“疫”这一大考。作为基层所队，我们的首要任务是执勤。我们所辖区面积 9.3 平方公里，实有人口 10 万余人，共有警力 54 人。此次疫情期间，设在我们辖区的隔离点有 4 个，隔离小区 1 个，医护人员入住酒店 1 家，参与疫情防控的定点医院有附二医院和市妇幼保健院 2 家，每天至少需要 24 个警力来固定值守，才能把病毒传染尽可能控制在最小的范围。参与值守的人员，一方面工作强度大，一方面心理压力大，当时普通百姓连窗户都害怕打开，警察也是人，身后也有自己的家庭，每天都要与不同的人打交道，说心里不害怕是假的。

我刚到所里几天，很多同志都还没认过来，只好硬着头皮，与全所上下干警谈心交心，切实掌握每个人的思想状态与主观意愿，然后根据大家的想法，把各个执勤岗位安排下去。刚把班排好，上面来了指示，要求对辖区内所有的旅店业、娱乐场所进行一次大清查，劝导其关门歇业，并排查是否有滞留在咸的武汉籍人士。当时所里一半警力都安排在隔离点和医院，而辖区有此类行业场所 100 多家，人手不够怎么办？实在没办法，只能让隔离点的同志晚上也参与排查，两天时间，共排查出近 70 个对象，并就从哪里来、怎样来的、去过哪些地方、联系方式等情况进行登记和统计，为下一步流调工作打下了基础。

清查工作才告一段落，接着又要配合社区，开展入户调查和防疫宣传工作，完全不给人喘气的机会。我们辖区常住人口 1.5 万余户，共 6 万余人，数字是冰冷的，但工作马虎不得，庞大的工作量与有限的警力，无法调和的矛盾压在我头上。我要人手！还能从哪里抽调人？要想如期完成任务，每天至少需要 30 个警力进到社区。我和几位同事像过去的账房先生一样，不得不精打细算。后来我们将每个执勤点的警力下调为 2 人，把每日在家值班警力压缩为 6 人，拆东墙补西墙，总算凑足 30 人的队伍，开进社区。这 30 人分为两组，一组为车巡组，将所里前期用于“禁鞭”宣传的巡逻车导入防疫宣传音频，将街面巡逻和疫情宣传合二为一，发现有私自营业的小商店、餐饮店等，及时劝导其关门歇业；一组为走访组，配合社区工作人员挨家挨户调查登记造册，对不配合的居民耐心做工作，对涉嫌违法者采取强制措施。就这样，我总算抵扛住疫情第一轮进攻，但紧接着更为激烈的第二轮猛攻迎面扑来，打得我几乎没有还手之力。

我与八名同志在所里先“闲”下来了

2 月 5 日，接到群众报案，有人以租赁公租房的名义诈骗，辖区已有不少居民上当受骗，据可靠消息称此人目前就住在肖桥公租房内。我立即带人将嫌疑人雷某拿下，带回所里、做好笔录后准备送拘。正当我们为顺利完成任务而高兴时，一个消息像一道炸雷传来：入所体检显示该嫌疑人肺部有白色毛玻璃状阴影，经进一步检测，被列为临床疑似病例。出警的时候我们虽然戴了口罩、手套，但这种简易防护远远不够。我马上把侦办此案的 8 名同志召集到办公室，通报了疑犯的体检情况，让大家做好被传染的心理准备。

接下来，我迅速向温泉分局局长卢卫军汇报这一情况。隔着电话，都能感受到气氛的凝重。咸安分局不久前也遇到过类似的情况。几天前，十好桥派出所一名小警花去了一趟武汉，不幸感染“新冠病毒”，导致全所人员被隔离。卢局长不得不将上任所长、现咸安巡特警大队长王俊调回原单位牵头负责，同时从巡特警大队调人充实派出所警力，这才勉强稳定局面。那边葫芦刚摁下去，我们这边的瓢又浮了上来，卢局长的压力可想而知。卢局长问我：“接触疑犯的人数确定吗？有没有遗漏？”我说没有漏，自己反复确认过。他命令：所有接触过的人全部在所里就地隔离，所里的事由教导员钱峰多分担一些，并要求每天向他汇报情况。

于是，在抗“疫”攻坚最激烈的时候，我们 9 个人就这样“清闲”下来。所里 5 楼的宿舍被划为隔离区，都窝在这里哪儿也不许去，每餐饭由食堂大师傅做好、打包，穿着防护服送到 4 楼楼梯口，等他走远了我们再派人下楼去取。每天早、中、晚测三次体温，记录结果并上报局领导。此外，我还每天一个电话追问雷某核酸检测的情况，期待他不要“中大奖”，他不“中奖”对我们来说就是最大的“奖”。

忙碌时觉得日子不好过，可闲得蛋疼的日子更要命。我还稍微强一点，每天还能用电脑审案卷、整台账、写材料，用电话指挥所里各组警力、联系协调社区工作。其他几个小伙子可就遭罪了，正是年富力强、精力旺盛的年纪，怎么受得了这种“禁锢”？不到一个星期，这群家伙就给我提各种请求了。有的想出去放放风，有的想回家拿点衣服，还有的想改善一下伙食……我这个当所长的只能挨个做思想工作，想下楼去绝对不可以；想放风的，可以去顶层天台；想改善伙食的，我跟厨房师傅交代；想回家拿衣服的，想想就行了，这14天不过完，谁也别想回家。我得给这群家伙找点事做，让他们没时间想东想西，于是叫人把我办公室所有的法律书籍拿上来，给他们每个人制订学习计划并布置作业，一时间读书声代替了抱怨声，小伙子们捧着书本全都老实了。

漫长的14天隔离期终于过去了，最后也没等来“疑犯”确诊的消息。我联系附二医院派车把我们9个人接去做检查，彻底排除风险之后，我对小伙子们说：“回家！”大家听到我的命令，像刚放寒假的孩子一样欢呼雀跃，又唱又跳。是啊，有谁不想家呢？

腊月二十八，我收拾几件换洗衣服，跟家里简单交代几句便来了所里，这一晃已经近一个月没进家门了，也不知道老婆孩子怎么样了。中途回去取过一次衣服，老婆把衣服扔下来，我把换下来的衣服消毒后放在楼道口，搞得像黑市交易一样。谁都想回家，可我不敢，自己倒霉中招也就算了，可千万不能连累了老婆孩子。

回到所里连抽三根烟，以缓解愧疚情绪。我妈冷不丁打来电话，生怕老两口出啥事，没想到是一个惊喜。老两口烧了几道菜，已经送到所里大厅。这个把月，我一次也没回去吃饭，老两口就把饭菜送到嘴边来。我也是年近四十的人了，可在父母眼里，还是照顾不好自己的孩子。拿到食盒，我鼻头猛地有点酸。

净出幺蛾子

2月8日半夜，我们接到报警，郭林路一出租房发现一名死者，值班副所长张进立即带领民警赶往现场。经初步调查，死者吴某为武汉某物资公司负责人，年前来咸宁讨要钢材款，借住在朋友陈某的出租屋，不想赶上“封城”，无法返回武汉，又被列为重点观察对象，哪儿也去不了，便终日在屋内喝闷酒，诱发心脏疾病去世。非正常死亡并不鲜见，但正赶上疫情，死者又是武汉人，情况就变得棘手起来。我们联系他的家人，说明情况，由于家属全在外地，疫情期间有管控需要，近期都无法来咸宁，我们便对家属做思想工作，由我们代为料理后事。在家属的支持配合下，第二天凌晨完成了遗体火化、骨灰寄存等善后事宜。唉，人的一生不管有多辉煌都难逃一死，可吴某一定不会想到自己会因疫情困在他乡，最后临走时连个送行的人也没有。呜呼！哀哉！在惋惜他不幸的同时，我也在反复告诫自己，在这漫长的战斗岁月里，要学会与孤独相处。

3 月 11 日，我上午到分局向领导汇报吴某案件的后续调查处理结果，回到所里错过饭点，便从值班室拿一盒老坛酸菜泡面对付一下。刚准备在办公室沙发上眯一下，辅警程乔跑进来跟我说，肖桥公租房有人闹事。怎么又是这个地方？我都快被整出心理阴影了，上次从那回来，我们九员大将被迫隔离，没过多久那里又确诊两个病例。但警情不容延误，我带着程乔立刻赶去现场。在路上我俩还挺担心的，在这种大环境下处理滋事的警情，不但要防受伤，还得防感染，我叮嘱程乔把防护服带上，可现场让人哭笑不得。只见一名青年女子身着睡衣、披头散发地坐在地上，双手抓住小区门房的铁门不停地摇晃，嘴里反复念叨着："放我出去，我要出去！"家属和保安都拗不过，就是扶不起来。看到这情形，我心下有底了，起码不是恶性事件。一问家属，该女子并无精神病史，只是刚生完孩子，有些产后抑郁，最近憋在家里时间长了，今天趁人不备跑了出来，却在小区门口被保安拦住，这才大发脾气，像是神经发作。我现场给出处理建议，要家属领回家好生看护，如果以后再发生类似情况，我来联系附二精神病院。这疫情确实太憋人了，我也感同身受。

每天报表上更新的那些数字，似乎并不足以反映这场灾难带给我们的痛，这些天经历的这些事，让我感到一种更深层次的无奈。这个世界平日本也不是太平无忧，而疫情让一些矛盾和难题显得更为突出，这几例只是冰山一角，仍有很多暗流在未知的地方涌动。比如，那些白天被劝导关门的小卖部、小吃店，到了晚上仍会偷偷开张；拣渣子的婆婆，不定什么时候又会出现在哪个角落；无家可归但不符合收容条件的流浪汉，赖在某商圈的地下车库就是不走……

他们就不怕得病，不怕死吗？不，他们也怕，但能有什么办法呢？他们要活下去啊。

意外收获

当然，疫情给派出所带来的不仅仅是伤痛，偶尔也会发一点“福利”，我们称之为意外惊喜。有一项工作是我从刑侦大队带到所里来的。中央部署扫黑除恶专项斗争，2019 年是攻坚之年，下半年公安部部署“云剑行动”，给各地分派追逃清零任务，截止时间是 2020 年 1 月底。前期进行得很顺利，大部分网逃先后落网，但始终有一条漏网之鱼，让我们无法完成“清零”目标。离收官的日子越来越近，全局上下都十分头疼。我在刑侦口时，局长就把这根硬骨头交给我，不想我没过多久调任岔路口派出所，但接受的任务自然要负责到底，便带着所里的兄弟继续侦办这个案子。

漏网之鱼叫刘某煌，是一家洗浴城老板，洗浴城从开张到被取缔前后三个月，涉黄行为极为猖狂。案发后其他涉案人员全部到案，唯有他迟迟不露踪影。两个月来，我们想了很多办法，但一直没有获得什么有价值的线索，没想到“封城”帮了大忙。2 月 2 日，我们发现刘某煌的女朋友在联系他表哥，让其跟一位神秘人物送点菜到某地。这引起了我的警觉，于是顺藤摸瓜、循线追踪。两天后的下午，刘某煌的表哥乘坐出租车来到“米兰国际”对面的小巷子，这里全是鱼龙混杂的出租屋，直觉告诉我，很有可能就是刘某煌的藏身之地。

我立即向局长报告这一情况，局长问我有几成把握，我说应该有六七成，觉得我们应该赌一把。局长听我这么说，马上下命令：收网！总算能与这狡猾的家伙正面较量一波了。这就好比钓鱼，前面一直在选点、卧饵、下钩、盯漂，好不容易鱼咬钩了，在收竿的一瞬间，浑身肾上腺素飙升。我立即召集精兵强将，特别是几个退伍老兵和特警下沉到所的兄弟，几乎半个所的警力，快马杀到现场。

根据对附近居民的走访，我们很快把目标范围缩小到一栋三层小楼上。我先派了一个体型比较灵巧的兄弟，压低脚步声在楼道里先侦查一番，发现只有二楼锁了门，我心里基本就有谱了。

“余建华，翻上去看看！”

我派了冲锋尖兵余建华打头阵，他原来是退伍老兵、咸宁市公安局特警支队排爆手。只见他一段冲刺三步并两步，在墙壁上借了两脚力，纵身一跃扒住二楼的阳台扶手，紧接着腰部发力一个鹞子翻身上楼，打开二楼房门后，二话不说杀进里屋。

“在这！两个人都在这！”只听余建华大声喊道。我随大家立马冲上楼去，余建华早将两个仅穿内衣的男子控制在角落，我上前验明两人身份，确实是刘某煌和他的表哥。至此，温泉分局在册的境内 6 名涉黑涉恶逃犯全部抓获。刘某煌案发后，觉得“最危险的地方就是最安全的地方”，一直藏在距离其组织卖淫的窝点 200 多米的出租屋内，暗中观察警方的一举一动，妄想等风头过去了再亡命天涯。孰料人算不如天算，一场突如其来的疫情不但封了他的退路，更使得他连吃饭都成问题，被逼无奈这才露出马脚。这算是疫情送给我们的一份大礼。

如果说上面这个意外惊喜犹如拍大片的话，那么接下来这个案子就是一场真人秀了。2 月 10 日，有三个笨贼，在温泉大街上闲逛，眼睛不时打量着路边停放的电动车，伺机寻找下手的目标。这要放在平时，马路上熙来攘往、人头攒动，他们的行为也许真的不会引起注意，但偏偏在疫情期间，大家都老老实实蹲在家里，街面上冷冷清清，突然出现这么三个人影，自然显得有些突兀。更有意思的是，很多群众在家里闲得长毛，正想着法子要找点事做，便趴在自家窗台上当起了人肉监视器。于是，这三个笨贼从寻找目标到下手的一举一动，被临街的几户居民看在眼里。警方及时收到消息，不费吹灰之力就把这三位请回所里。直到我们把三个人按在讯问室的“后悔椅”上，他们也没想明白，自己的行为怎么这么快就败露了。通过审讯了解到，这三人都有吸毒史，疫情期间在家憋得受不了，于是相约从通山步行到温泉，想趁着人少搞几辆电动车卖，换点毒资，没想到为疫区人民上演了一出荒诞的 Live Show，调剂了大家久居在家的无聊生活，还帮我们刷新了“工作业绩”。这份大礼，我们笑纳了。

从前搞刑侦、办案子，好比是自嗨，案子告破那一刻，不仅是战胜犯罪分子，也会拓展自己的认知极限。而这段时间抗“疫”，直接为居民服务，当即就有热情反馈，这种成就感来得更浓烈、更绵长。战“疫”风险还未彻底解除，我们还要振奋精神，继续战斗。

当好城市战“疫”守门人

〔**口述人**〕任华强，男，1988 年出生，湖北嘉鱼人，咸宁市公安局交警支队城区大队副大队长。

元旦后，我被任命为交警支队城区大队副大队长。1 月 23 日，也就是腊月二十九，接到上级命令，我这刚提拔的副科级干部当日赴任，顶着新乌纱帽不待踌躇满志，就与“新冠”疫情正面交锋。

条条蛇咬人

2 月 3 日，疫情防控升级，咸宁中心城区全面实行 24 小时道路交通管制。温泉城区 17 个卡点执勤人员由市局机关、交警支队和温泉分局民警、辅警组成，咸安 18 个卡点执勤人员由咸安分局民、辅警和市直行政事业单位干部组成，共投入了 900 多名警力。紧接着，其他县市也实行交通管制。全市共有 5600 余名警力，昼夜把守着城区道路、高速出口、街道、社区等一线。

虽说交通管制了，但绝不是没机动车上路。医务人员、疫情防控公务人员可凭证驾乘车辆通行，还有救护、消防、抢险、环卫等特种车辆，防疫物资生产企业职工通勤车辆、统一征用的出租车辆、有规范手续的返咸离咸人员车辆、捐赠物资车辆等，路面车流仍是源源不断。

排班是个技术活。一个执勤点为一个组，设立临时党支部，组长即党支部书记。我负责鄂高路口执勤点，带领27人组成的团队。组员包括民警12人、辅警15人，有5位女同志，年纪最大的59岁。我先充分征求每个同志的意见，尽量安排一个民警带一个辅警，一个有工作经验的搭配一个年轻同志。既要考虑老同志，又要考虑女同志，还要考虑出行方便等。

27人24小时3班倒，每天9人，8小时换一个班。白班最辛苦，通行车流量大，有上下班高峰。中班最危险，这个时段里不仅有个下午下班高峰，还有医疗废弃物资运输、病人转运、密切接触者运送。晚班最熬人，虽然通行车辆少一点，但晚上气温低，熬夜很磨人。总之，没有一个班是舒服的，条条蛇都咬人。

开始防护装备很紧缺，一天供应2个非医用口罩，薄薄的一层，戴着心里犯怵：这能抵挡病毒吗？防护服每人发了一套，原则上我们尽量不穿，必须在紧急情况下才能穿，因为防护服供应跟不上。

大队副教导员万建中托朋友帮忙，买来500盒莲花清瘟胶囊和1000多个口罩，给大队每位民、辅警发了3盒药、10个口罩，战“疫”打响之后，这可是保命的呀。

每天步行稳居微信运动前三名

交通管制期间，每个执勤组配备两台执勤车，执勤人员也不能图方便，开私家车到岗点，得乘坐执勤车出行。实行小区封闭管理后，警务用车也不让进小区了。从家里出门，要绕好远一段路才能坐上执勤车。执勤8小时后，浑身酸软无力，走路腿打飘，多一步都累，但还得照章执行，手电筒既照别人，也要照自己。

执勤点扎了一个帐篷，有一张行军床、一床被子、一个开水壶。同事们吃饭、喝水、休息都在帐篷里，有时候吃完来不及收拾，有时候太累顾不上收拾，泡面桶、一次性碗筷就散落在里面，既不美观又不卫生。我是组长，打扫卫生责无旁贷。一遇刮风下雨，帐篷很容易被吹翻。雨水吹进帐篷，没有一块干地方下脚，手机、充电器等放地上不安全，我便就地取材，把热心群众来送水果留下的果篮拼起来，小物件也就安放妥了。

2 月初气温比较低，我们在冬季执勤服外面穿上荧光衣，佩戴上 9 斤重的单警装备（包括警棍、手铐、强光电筒、防割手套等），在岗点执勤 8 个钟头，那滋味真叫一个酸爽！执勤卡口有的是十字路口，有的是丁字路口。而鄂高卡口是个典型的渠化路口，要查验四个方向的车辆，在车与车之间穿梭，在路口之间来回步巡，还要注意警容警姿和着装仪表。一个班下来，平均每人每天要拦停 1000 多台车，敬 1000 多个礼，弯腰 1000 多次，步行 18000 多步。牛皮不是吹的，我稳居微信运动排行榜前三名。

你们别小看我

我这组有个老同志叫张志华，还差一个月就 60 岁了，他做过心脏搭桥手术。我给他排了白班，并交代年轻人照顾着点。老张笑笑说，用不着照顾，老家伙马上退休了，有的是时间休息。他太了解警察这个行当。这个职业看着光鲜、威武，其实“四高一低”，即高污染、高强度、高危险、高压力和低寿命。而今国人平均寿命已超过 70 岁，一线殉职民警的平均寿命仅有 48 岁！可以说，警察已成为国家机器上磨损最快的部件。

治安支队有个李四清，55 岁了，罹患骨质增生性肿瘤 7 年，一直靠服用化疗药物控制，也被安排在长安大道万达路口执勤。2 月中旬天气很不好，大雪、狂风、大雨轮番上。2 月 15 日下大雪，正好轮到他上晚班。年轻同事主动提出跟他换班，竟被严词拒绝：“你们别小看我，其实我吃了药就跟好人一样。”虽然死鸭子嘴硬，身体却出卖了他。执完勤下来，老李常常脸色发白，像霜打的茄子一样。

我们业内有句话：小病撑、大病扛，轻伤不下火线。在抗“疫”期间，公安不管男女老少，60 多天无不坚守岗位。谁没个病痛？谁家没有困难？但没有一个人提出来。“疫情不灭，公安不退”，这可不是空话，每个公安民警、辅警，都争当硬核逆行者。

城市守夜人

老天爷仿佛被疫情吓尿了，整个正月没几个好天气，大雨、大雪、狂风轮流招呼。晚班最磨人，又冷又困，又累又饿，十分难熬。特别是后半夜，站着不走动，不到半个小时全身就冻麻了。我特意穿了厚底皮靴，也抵御不了严寒，一个夜班下来，那腿都不是自己的了。

风雪夜，没什么车通行，兄弟们要起十八般武艺。有跺脚的，有搓手的，有跳踢踏舞的，有贴暖宝的，还有打拳的。"平安咸宁"抖音号推出一个短视频：2 月 20 日夜里 11 点 39 分，在武深高速赤壁南出口处，两个执勤民警为了驱寒提神，轮流打起擒敌拳。那是截选的一段监控视频录像，画面不是很清晰，但并不影响它火遍全网。网友的评论炸锅了：

"帅炸了！"

"求警察叔叔武术完整版。"

"不是吹。就这功夫，打我一下，我能躺两个月。"

后来，我们组的兄弟也在夜间执勤空当打擒敌拳。还别说，效果挺不错，既驱寒提神，又巩固警体技能。

2 月 14 日那天晚上，下了一场瓢泼大雨。雨来得急，转眼间就像天塌了，铺天盖地倾泻下来。卡口执勤民警没来得及穿雨衣，虽然荧光服能防一点水，但雨水还是能灌进警服，很快全身就湿透了。鞋子也浸满了水，交警变成"浇警"。城区大队辅警唐浩戴白帽、穿荧光服，在倾盆大雨中站得笔直，被附近有心的居民从自家阳台拍下来，发到网上："好心疼，年轻的你，是谁的儿子，谁的丈夫？又是谁的父亲？"

唐浩一不小心成为"网红"。面对宣传干警采访，他说："我只有站在路中央，才能检查到每一辆经过的车。执勤时，再大的雨都不能躲，这是我们的职责。”

凌晨一点以后，车辆比较少。在凌晨一点至七点时段，我让大家轮流到帐篷休息。两人负责值守，一人进帐篷休息。每两小时轮换一个人去休息，行军床又硬又窄，只能和衣蜷着稍事休息。明明困极了，可就是睡不着，满脑子都是家里的床。

遇到天气好，凌晨五六点还能看日出。算是夜班的小确幸。我喜爱的科比见过每个凌晨四点钟的洛杉矶。我在抗“疫”期间，见证了每个凌晨四点钟的咸宁城。迎着第一缕曙光，又是崭新的一天，我们离胜利又近了一点。

姜还是老的辣

交通管制头几天，我发现通行车辆中有一些面包车或者皮卡车，司机和副驾驶都全副武装，穿了防护服、戴了护目镜和手套，车后座坐满了人。我们照样拦停，核查通行证，发现手续都齐全。与其他班的同事碰头交流，发现都遇到过这种车辆，去的时候满载，回来时却是空车。再次查验时，我就留心问司机，原来是专门运送密接者的，车后座乘坐的都是密接者。可能救护车资源紧张，就征用民用车辆吧。这有点恐怖了，我们执勤不清楚情况，查车时与其相距不足一米，这样拦车检查危险系数不低呀。

后来我就跟执勤的同事说，看到车内有穿隔离服的，基本都是运送密接者的，绝对都有车辆通行证，不用查验，直接放行。但是实行起来还有个问题，车内人员穿没穿隔离服，白天看得清楚，晚上根本看不清。我又跟支队领导汇报，支队跟市防指反映情况，然后通知这类车辆：通行卡点一律打开双闪，作为给执勤人员的“暗号”，可免于检查直接通行。再次遇到运送密接者车辆，我们都不查了，还自觉退避好几米。

也有一些车辆没有通行证，企图蒙混过关。有一次，52 岁的老同志孙树安拦下一辆黑色吉利车。车上一对中年男女，应该是两口子。女的开车，被拦下后，捂着腹部说肚子痛得厉害，请求放行。孙树安见没有通行证，把两人带到我这里，就又去路口查验下一台车了。

我问两人怎么回事，男的捂着腹部过来，一脸痛苦的表情说："我的肚子好痛，好像是急性阑尾炎，估计得住院，让我们过去吧！"

我心一软就放他们走了。过后，我跟老孙交代："像刚才那种情况，男的急性阑尾炎犯了，要灵活掌握，放行算了。"

"不对呀？刚刚是那女的跟我说肚子疼的。"老孙一脸不解。

"是男的说肚子疼啊！"我也奇怪了。

老孙一笑："嗨！我当时就是看女的有点像装的，哪个晓得到你这里，就变成男的肚子疼了。两人都在演戏呢。"

老孙讲，路面执勤形形色色的人都会遇到。有些人开车到卡口，就犹犹豫豫。越是这样，越要严查。那肯定有问题，一查一个准！

我连连点头。又学到一招，实践出真知啊！多少年的摸爬滚打，才练就了老孙的火眼金睛，正所谓"姜还是老的辣"。

难忘那些温情暖心的点滴

执勤的日子虽然辛苦，也总有不期而遇的温暖，那或许是一句彼此理解鼓舞的问候，或许是一个颇费心思、让人惊喜的慰问，又或许是风雪天的一把伞、执勤夜的一碗汤……

国家启动"一省包一市"后，云南 498 名白衣战士驰援咸宁，还捐赠了各类医疗、生活、生产物资。公安部门开启绿色通道，沿途所有执勤点民警，提前列队迎接云南车队，整齐划一地行礼致敬，车队大货车也纷纷鸣笛回应。那场景超燃，我这辈子都忘不了。

遇到下班的医务人员，在查看了工作证件后，执勤民警都会敬个礼，由衷地说一句："你们辛苦了。"医务人员回应："你们更辛苦。"彼此都懂得，这不是客套话，而是互相理解和打气。

距离鄂高执勤点 200 米远有一家中百超市，有些爹爹婆婆摘了自家菜园种的菜步行到那附近卖。常有人悄悄往防疫帐篷里放一两把青菜。防疫期间，青菜是很金贵的，但也不能白拿。我想给他们退回去，或者给点钱，但送菜人早已不见踪影，哪还找得到主啊。

有一次，山水时尚酒店老板带着员工，送来各种水果和牛奶。见我们不肯要，又变戏法一样，拿出一束鲜花。民警李晶笑眯了："从没想过在执勤时收到鲜花。"突然被一束鲜花散发的温馨包围，真有点不适应。

值守城市路口，经常会感受到来自市民的关怀。遇到雨雪交加的恶劣天气，他们自发为我们撑伞、送雨衣；寻常日子里，不时会收到市民匿名送来的食物、酒精……"平安咸宁"公众号里有一长溜爱心清单。

夜里执勤又冷又饿，附近居民经常送爱心宵夜。每次还换着花样，什么奶香馒头、通山包坨，有时是面条、汤圆，还有奶茶、巧克力。捧在手里，吃在嘴里，真是暖手暖胃又暖心啊。

2月15日晚上十点多，天下起大雪。副市长、公安局长肖天树到执勤点慰问："你们饿不饿？物资保障够不够？"第一次近距离与一把手接触，有点受宠若惊，连声说不饿，总有群众送宵夜呢！

"封城"48天后，3月9日，咸宁连续16天零新增，六县市区实现住院病例全部清零。这天上午，城区内所有执勤点都撤了，城市又逐渐恢复了车水马龙，熟悉的烟火气又回来了。我们被重新排班到咸宁北和马桥收费站，开启新一轮的执勤。耐心分拣每一个进城或出城的愿望，继续当好城市"守门人"。

儿子最近很崇拜我，最喜欢说："爸爸，妈妈说你们警察都是英雄，我长大了也要当英雄。"我对他说，这世上没有超级英雄，不过是无数人都在一起发光。

“白衣执甲”，与死神相争不舍昼夜

我是医者，不是药神

〔**口述人**〕王维武，男，70后，湖北崇阳人，中国中医科学院、瑞典卡罗琳斯卡医学院中西医双博士后，现任瑞典Amedicin医药公司董事长、瑞典侨领、国际中医药学会会长、世界中医药学会急症专业委员会副会长等职务，咸宁市抗击“新冠肺炎”指挥部专家组成员。

趋避皆无意，铁马入梦乡

之前对我有很多报道，家乡人民不吝溢美之词，把我描述得特别高大上，我在感动之余，又觉得受之有愧。大家问我，为何留下来，我的动机是什么？没什么特别的原因和答案。我不过是做了一个游子、一名医者应该做的。

我是咸宁崇阳人，生于斯，长于斯，家乡见证了我的童年和青少年成长，我的本性和根器都在这里。青年时期我就离开故土，这些年在海外忙于治学，忙于工作，长年不能在母亲膝下尽孝，我其实深感歉疚。去年年底回乡，本来是为80岁老母祝寿，想多陪她一些日子，让她老人家享受一下天伦之乐。

十七年前SARS暴发时，我在浙江省某大学附属医院，就主动请缨参与了一线抗“疫”，此后一直关注传染病学的发展。“新冠肺炎”作为一种烈性传染病，像SARS一样，疫情一旦暴发，短时间内就会造成大量患者死亡，对人类社会造成重大公共卫生危机。

“新冠”疫情暴发以后，我一面关注它的发展过程，一面积极思考中医救治办法。1 月 23 日，武汉宣布“封城”，我得到消息时，就知道非常危急，一个千万人居住的城市，凌晨时间说“封城”就“封城”了，这在人类文明史上实属罕见。家国遭此大难，岂能远走避之，我在内心已暗下决定，自己必须留在家乡，为抗击疫情贡献绵薄之力。

1 月 27 日，咸宁市委副书记蒋星华联系到我。有一点令我特别感动，他句句话都为我的安全着想，告诉我疫情期间如果有困难，可以帮我协调离开湖北疫区。自始至终并没有要求我做些什么，这让我更加坚定决心，留下来抗击“新冠肺炎”。当下就向他提出申请，希望加入咸宁市防指医疗专家组，为抗“疫”工作做一些力所能及的事。

我是学医的，病人在哪里，我就到哪里。这其中的抉择过程并不曲折复杂，仅仅是一名医者作出的本能反应。我怎么可能抛下这么多生病的父老乡亲，安心去国外访学？学医的初衷不就是为了救死扶伤吗？

临床初显威，能治又能防

我碰到第一例“新冠肺炎”比较早，那是在 1 月 17 日，有名患者向我电话问诊。她母亲身在武汉，当时武汉疫情已全面暴发，各大医院人满为患，母亲虽有明显相关症状，却求医无门、无法入院，在此情况下，她求助于我。当即我便开出一个中药方。在持续饮用一周后，患者的病症消退，身体得到了恢复。这便是“肺毒清”药方的原始雏形。后来我才知道，患者是参加同学聚会时感染“新冠病毒”的，而传染给她的那个同学在 1 月 25 日，也就是大年初一，不幸去世。

1 月 23 日，我的一个武汉的亲戚，一家五口发生聚集性感染。他们平常不太信任中药，只愿意通过西药来治疗，无奈西药医治无果。大年初一，他们给我发来两位老人的照片，患者情况极为危重，舌苔已由黄腻变得薄白，眼看快不行了。于是，我坚决要求他们停用西药，转用“肺毒清”治疗，服用汤剂当天，老奶奶的咳嗽症状明显好转，声音也洪亮起来，后续一周持续服用，一家五口全部康复。

我先后毕业于中国中医科学院及瑞典卡罗琳斯卡医学院，受过中西医的双重教育，因此对中西医并没有学科门类的偏见，在行医中，也是结合病情实际决定是用中医疗法还是西医疗法。因为疫病病情复杂，机制也还未完全搞清，光用西药针对某一个环节治疗还是难以建功的，比如非甾体消炎药（NSAIDS）治疗高热，只是暂时抑制了炎症反应，体温降了但容易反弹，因为没有兼顾疾病的其他病理环节。如果用中医的方法，从整体调理则完全可以做到平稳降温无反弹。我们这次用“肺毒清”治疗多例发热患者，药量稍微加大一点，体温就下去了，而且没有发现反复的情况。

这次新型冠状病毒起病迅速、传播速度快，符合中医“风性善行数变”的特点，为风温伏邪致病，非大家所认为的湿温。病位定位非常明显，如属“肺家族”（包括肺与大肠）的，伴有咳嗽、胸闷气短、腹泻等症状；属“脾家族”（包括脾与胃）的，伴有肌肉酸痛、肢体乏力、呕吐等症状。而肺脾都属“太阴”，肠胃则属“阳明”，所以整体定位非常清晰，为太阴阳明病。该病寒热错杂，不能纯用清解或温逐之道，必须针对这样一个伏气时疫特点，扶正祛邪，疫病才能易于治愈，本病发病因素单一，病程路线清晰，完全可以用传统中药统方治疗。也就是说，一方通贯之，而不需要加减变化。

于是，我创出“肺毒清”方子，共12味中药：防风10g，炒白术10g，鱼腥草10g，赤芍10g，柴胡10g，桔梗5g，浙贝母10g，冬桑叶10g，川桂枝10g，炒白芍10g，板蓝根10g，生甘草6g。这个方中有的是抗病毒、治疗咳嗽的，有的是疏肝活血、调节体温的，还有两味药，是增强免疫力的，好比在人体内筑起一道“防火墙”。所以可以标本兼顾，从防到治全程皆可应用。

1月28日，我离开崇阳县，赶往咸宁市中心医院。此后，我与中医科负责人傅勃，经常“泡”在病区。高峰时，光重症病房就有数十名患者，一圈把脉问诊下来，最少 4 个小时。按照学院派中医理论，应该是“辨证论治”，根据上面统方施药的认识，我提出从轻症至重症患者“肺毒清”一方通用，危重症及有较严重基础病的患者，则单独开方。

2 月中旬，咸宁全市推广“肺毒清”，市委机关、市公安局、市场监督管理局、民政局、咸宁日报社等多个单位，以及各县市监所、养老院等特殊场所，均使用“肺毒清”预防和治疗。直至 3 月中旬，使用“肺毒清”预防的单位无一人感染。咸宁市第一人民医院全程应用此方后，已无一例重症及危重症。

治病当求本，中西共磋商

“新冠病毒”对人类来说，是一种新型传染病，短期内对它的了解只是冰山一角。西医对于新型疾病的认知，往往有一个艰难曲折的过程，很难第一时间拿出有效的防治方案和举措。按照西医理论，需要对疾病的发病机制、流行病学、诊断治疗等进行充分研究和积累，也就是常说的 evidence（证据、论据），通过论证才能提出合理的诊疗方案。比如国家公布实施的诊疗方案从第一版到第七版，西医的治疗方案在不断更新，说明对这个疾病的认知在不断深化。西药里有许多抗病毒类药物，比如来自美国被传得神乎其神的瑞德西韦，还有阿比多尔、磷酸氯喹等抗病毒药物，一开始大家都在使用这些药物对抗病毒，但在使用后发现，并没有我们想象的那么有效。

抗“疫”期间，我时常与西医专家一同会诊。在一次救治聚集性患者的会诊过程中，来自云南援咸医疗队的专家建议联合使用磷酸氯喹、阿比多尔和莫西沙星来治疗这些患者。当时我坚决反对这个提议，正如我之前提到西医讲究证据，在证据不充分或未得到证实的情况下，这种应用是有风险的。恰巧第二天在《中华传染病杂志》出来一篇对照研究，结论是上述抗病毒药物对于“新冠肺炎”

并无效果，甚至可能产生更多的不良反应。专家们最后采纳了我的意见，结果所有患者都顺利康复。

所谓对抗性疗法，通俗来讲就是，“杀敌一千，自损八百”，当你在杀灭这些微生物的同时也会对人体细胞造成伤害。因此，对于新的感染性疾病，医者若使用对抗性疗法须慎之又慎。人体的组成，90% 来自微生物，只有 10% 是纯人体细胞。人体携带的细菌和病毒含量是百亿级的，若使用对抗性疗法，会对人体自有的微环境造成破坏。例如，大量广谱抗生素的应用可能会造成肠道菌群失调，这时患者会发生吐泻，严重者可出现脱水、电解质紊乱等变化。

西医对于新疾病的认知有一个渐进的过程，疫苗开发就是滞后性的，“新冠疫苗”的投产至少需要一年以上。但在此期间，病毒可能已然变异，有效救治存在时间上的不对等。基于西医的这些特点，我果断选择使用中医药来对抗“新冠病毒”。

中医的不一样就在于它以不变应万变。就好比你去观察一棵树，随着时间的流逝，你发现它的枝叶在凋零枯萎。怎么施救？中医的逻辑不是剪断残枝，也不是摘掉枯叶，而是给予这棵树足够的灌溉和养分，枝叶就自然转绿了，枯木也能焕发出荣光。也就是中医之言“治病必求其本”。

统方降一疫，鼓声应桴响

单从治疗“新冠病毒”的角度出发，并不能证明中医和西医孰优孰劣。中医的诸多治疗方法也经常为人们所诟病，因为它的治疗方式很难符合科学准则。比如，使用一个方子治疗同一种疾病，有可能对患者甲有效，但对患者乙无效；再比如，针对同样一种疾病，中医 A 使用自己的 A 方案，中医 B 又使用自己的 B 方案，患者不知道到底哪种治疗方案有效，常常感到无所适从。

中华民族几千年，遇到瘟疫无数，历次大疫，中医都充当着主要角色。历经劫难，我们的民族非但没有绝种，反而更加人口兴旺。

这充分说明，面对瘟疫，中药是可取的。

医圣张仲景创作《伤寒杂病论》时，就处于瘟疫横行的时代。十年之间，他的家族因感染性和传染性疾病去世了一大半。当人体被外来的微生物侵入后，立即发病者，中医称之为“伤寒”；而当外来微生物入侵人体后，经过了一段时间的潜伏期后再发病，便称之为“温病”。这即是晋代王叔和所言“中而即病为伤寒，伏而后发为温病”。

我研发的“肺毒清”方剂，经媒体公开后，全国各地甚至海外多个国家有越来越多人服用，无论是轻症、重症的肺炎患者，还是隔离点的高危人群，在使用“肺毒清”之后，反馈了很多好信息，有些患者有感冒、咽炎、支气管炎，在肺炎治愈后，以上症状都有明显改善或是痊愈。这些例子表明“肺毒清”是经得起反复推敲和验证的。

讲一个最明显的例子，我们的中药专治病区有62例确诊患者，在没有西药介入的情况下，全部使用“肺毒清”治疗，十多天后，仅剩4例核酸阳性。我认为，这个汤剂带来的重大意义不仅仅体现在较高的治愈率上，更重要的是它反映出传统中医药对传染性疾病的认知的重大变革。中医药发展至今，还未出现“统方施治，一方通贯”的理论，如今“肺毒清”使这个假说得到充分验证，这不得不说是一大创举。这对我的职业生涯具有重大意义，这二三十年来，我每一天的努力都是为了接近理想的自己，这次抗击“新冠肺炎”最大程度成全了我的梦想。

普济施良药，百炼显良方

在疫情期间，如何将“肺毒清”实施到位，关键在于政策的落实。国家出台的诊疗方案提倡中西医结合，充分发挥中医药优势，于是各类中医药方应运而生，不可避免地出现泥沙俱下、鱼龙混杂的现象，这就需要领导层、专家组慧眼识珠，及时进行判断、鉴别和推广。

这些日子，我有幸结识了杜光先生，他是咸宁市中心医院院长、同济医学院的药学教授。因为杜院长本身就是药理学专家，非常了解方子的差异，又有深厚的理论功底，便欣然采纳了我的建议，在市中心医院率先使用“肺毒清”治疗。为方便我开展工作，杜院长还专门指派中医科代主任傅勃同志当我的助手。

1月31日，杜院长主持召开市指挥部专家组讨论会，在湖北省率先提出中医统方施药与西药同用的治疗方案，同时下发各县市参照试行，着重在嘉鱼、通山、咸安等地率先推广使用。后来的数据显示，“肺毒清”无论在“治未病”还是“治已病”方面，都表现出卓著的疗效。

“肺毒清”的显著特点在于对“新冠肺炎”可防可治。

从“防”的角度来讲，主要应用于普通人群，还有高危人群，即发热门诊的发热病人、隔离点的密切接触者。通过前期调查，我了解到咸宁市高危人群的平均转阳率为1.68%。针对高危人群，我们使用“肺毒清”进行全覆盖干预，治疗后的数据显示，转阳率有明显下降，“肺毒清”有效阻断了高危人群发展为确诊患者的路径。

嘉鱼县作为最早全覆盖使用“肺毒清”防治的地区，制订了相应的工作方案：县中医医院负责全县确诊“新冠肺炎”患者“肺毒清”的煎制、发放及配送工作；针对集中观察点人员的“肺毒清”则由鱼岳社区卫生服务中心负责煎制、配送。因干预早、效果明显，所以当地高危人群转阳率极低。

从“治”的方面来讲，“肺毒清”全覆盖的地方执行得比较好，比如在咸宁市中心医院、咸宁市第一人民医院，均采取“早期介入、全程应用”原则，也就是从入院第一天开始，就饮用“肺毒清”直到治愈出院，出院后再服用药剂14天。

对于住院轻型、普通型，甚至重型患者的治疗，使用“肺毒清”治愈是没有困难的。从“平均住院日”上比较，服用过“肺毒清”的患者的住院天数大大低于未服用“肺毒清”的患者，而前者的“转重率、转危率”明显低于后者。

3 月初的数据显示，嘉鱼、通山、咸安治愈率分别达 88.8%、88.1%、88.1%，远远高于湖北省的平均水平，通山县的死亡率为 0，咸安、嘉鱼的死亡率分别为 0.96%、0.86%，远远低于湖北省平均水平。

当然，“肺毒清”的实施过程也并不是一帆风顺，如果没有一些中间的“插曲”，目前的防控成果可能会更好一些。作为学者，我把这其中发生的一些小摩擦理解为学术上的思想碰撞，在此不予赘述。

顽阳何所惧，再拟转阴汤

对部分重型及危重型患者，我一直特别关注。我和傅勃经常对这类患者进行会诊，下病房摸脉、看舌。有一次我们花了一个上午的时间，针对重症、危重症患者进行全覆盖巡查，查房时以小纸片记录，然后再拍照上传。出病房后，对着每张照片一一分析，并拟订处置方案。

经过判定，对于其中一些患者仍然使用“肺毒清”治疗。而另外一些病情较为复杂的患者，我们就根据具体情况实施个性化方案，另行开方治疗。

此前，我曾受邀参加 18 名“顽阳”患者（顽固性阳性患者）的会诊，其中有一位患者让我印象特别深刻，先后 8 次核酸检测，住院 40 多天，始终无法转阴。针对这类特殊患者，我创出另外一个中药方剂，名为“扶正转阴汤”予以治疗，这些患者服用该方不到一周，再进行核酸检测，全部转阴了。

从免疫学来讲，病毒侵入肌体，有的人免疫力强能够扛住；有的人免疫力相对差一些，病倒的可能性就增大了。我曾与国际知名的免疫学专家探讨“人体免疫系统在调理疾病中的作用及中医药对治原则”，并达成了许多共识。

对于“顽阳”患者，通过摸脉看舌及询问病情，我发现有个共同特征，中医叫气血虚损，西医称之为免疫失调。在这里，我要说明一下，免疫失调并不完全意味着免疫力低下，也有免疫过激的可能。中药在这里发挥免疫平衡剂的作用，也就是出现免疫过激情况时，通过服用中药会将这个过激情况调低，当发生免疫力低下的情况时，中药会适当地将免疫力提升，这就是我创立“扶正转阴汤”的基本原则。

“扶正转阴汤”因要申请专利，在这里暂且保密，其配方组成包含益气的药材，服用后会增强人体的免疫力；也包含养阴的药，服用后会将免疫过激的情况拉回到平衡状态。

医道多艰险，齐虚惊一场

“新冠病毒”作为一种烈性传染病，它所表现出的某些形态特征远超人类想象。用流行病学中的“基本传染数”来定义，也就是R0值，当R0＞1的时候，传播就会呈现出几何级数增长。“新冠病毒”的R0值在2—4之间，这个数值的概念表明它的传染性已远超SARS。为形象地展现出传染模型，我说一个大家都听过的故事：

印度有一个古老传说，舍罕王打算重赏象棋发明人——宰相西萨·班·达依尔。这位大臣很聪明，胃口看起来并不大，他跪在国王面前说：“陛下，请您在这张棋盘的第一个小格内，赏给我一粒麦子，在第二个小格内给两粒，第三格内给四粒，以此类推，每一小格内都比前一小格翻一倍。陛下，将摆满棋盘上所有64格的麦粒，都赏给您的仆人吧！”

“你所求的并不多啊。”舍罕王说道，心里为自己的许诺不致太破费而暗喜：“你当然会如愿以偿的。”便下令如数付给达依尔。

计数麦粒的工作开始，第一格内放一粒，第二格内放两粒，第三格内放四粒……还没有到第二十格，一袋麦子已经空了。然后一袋又一袋的麦子被扛到国王面前来。但是，麦粒数一格接一格飞快增长着，国王很快就看出，即便拿出全印度的粮食，也兑现不了他对达依尔的诺言。

故事大概讲完，大家也就都知道了几何级增长是个什么概念了，“新冠病毒”的传染强度跟故事讲的很类似。对于长期奋战在一线的医务工作者，尤其是在抗“疫”前期防护物资极度短缺的情况下，我们可以想象他们所面临的暴露风险是多么可怕，而他们，是多么值得尊敬。

说到这里，我也提一下自己经历的一场“虚惊”。

1月31日下午五点半，我和杜光院长以及云南的两位专家一起，刚刚督导完通山县人民医院的防控救治工作，准备简单吃个便餐后返回咸宁。

用餐时，我们正在讨论一些工作细节。此时，年轻的司机走进来，一脸凝重地走到杜院长身边，低声说道：“我妈妈刚做完CT排查，呈现‘病毒肺’特征，可能已感染上了‘新冠肺炎’。”

听到这个讯息，在场的几个专家互相对望了一眼，然后各自埋头吃饭，再不言语。前面我已经说过，“新冠病毒”传染性极强，一家几口人先后感染的病例屡见不鲜。说不害怕是假的，不知道其他几人怎样，反正我当时心都凉了一截。这位司机的母亲一旦被确诊，那他作为密切接触者，被感染的可能性也非常大。按照这个逻辑推理下去，杜光院长及我们今天同行的专家们，还有近期与杜光院长一同工作的领导、同志们，以及他们的家人……“麦粒”太多了，后面的情况我想都不敢再想。我见杜院长也表情凝重，沉默不语。随后，他分别打了几通电话，一行人戴好口罩赶紧返程。

一小时后，我们到达咸宁市中心医院急诊，医院办公室的同志已然在那等候。他走过来将已准备好的“肺毒清”方剂分发给我们在座的几位专家，之后我回到国匠酒店，一夜无眠。

后来，我了解到这名司机的各项检查结果均正常，按照要求，他被安排到隔离点进行14天医学观察。小心驶得万年船，在之后的工作中，我坚持每天服用“肺毒清”方剂用于预防，同时也更加注意自我防护。直到获悉这名司机在14天后解除隔离的消息，我们每一个当事人才稍微松了口气。

公卫需改革，备疫如备荒

疫情还没结束，国家顶层设计已经开始反思国家公共卫生体制上的问题，我认为这很有必要。经此一疫，举国上下付出了很大的代价，尽管此时疫情还没有结束，但我们应该朝前看，思考未来如何规避、应急、防控了。

面对烈性传染病的防控，各级政府在防控过程中都会有一些环节的疏漏和预防方面的不足，这是很正常的。疾病的发展也有它相应的科学规律，为做好传染病防控阶段性防御工作，我们也应具备相应的对抗机制和措施。

此次“新冠肺炎”肆虐，我国有个共性短板，就是大部分地、县级市没有传染病医院。按照突发性公共卫生事件处理原则，各地是应该设立传染病医院的。在传统观念里，会有“备战”“备荒”的防御理念，“备疫”这个理念也应该纳入进来，因为我们不知道传染病会在什么时候、什么地方、以什么形式暴发，所以各地、县级市建立传染病医院是非常有必要的“备疫”举措，这是需要引起重视并加以解决的问题。

另外，我们每一个人都应该增强防控意识。2003 年，我们经历了 SARS，按道理我们是有经验来处理和应对的。但十七年后，当我们面临“新冠病毒”暴发，仍然被打得措手不及，付出了惨痛的代价和教训。

“疾风知劲草，板荡识诚臣。勇夫安识义，智者必怀仁。”抗“疫”涌现出许多英雄事迹，然而，一些地方出现了害群之马。比如“郑州毒王”事件，浙江的 8 名意大利输入性案例，这些人刻意隐瞒外出疫区的旅行史。还有更恶劣的，明知自己已经确诊或者出现感染症状了，还通过吃退烧药等手段意欲瞒天过海，在造成社会恐慌的同时，让身边与他有接触的人饱受病毒传染威胁，甚至导致疫情进一步扩散。这是典型的对规则的无视和蔑视，主观上是因为某些人防控意识不够，客观上也反映出整个社会的说谎成本太低。

疫情发生之初，各大医疗机构都面临防护物资短缺状况。于是，我联系在美国的朋友和同学，集中购买了一批援助物资发往咸宁，这些物资包含 3M 公司的 N95 口罩、防护服、护目镜等临床急需的防护用品，还包含少许生活物资。2 月初，这批物资正式从美国出发的，途经韩国最后到达中国海关。直到 3 月 17 日，咸宁正式宣告本地住院患者全部清零，我终于接到物资派送的电话。咸宁战“疫”基本结束，进入扫尾阶段，才等来防护物资援助。

眼下，“新冠病毒”已全球暴发和扩散，国外也开始遭遇我们一个半月前物资短缺的情况。发生重大公共卫生安全事件时，如何保证物资充足，除了必要的物流服务保障之外，我们还有没有别的方法呢?

云天已万里，理想放光芒

前几天，某隔离点的负责同志向我发来感谢信：

> 还有一位我们要特别感谢的人，那就是“肺毒清”方剂的发明者——王维武教授。他主动加入市指挥部医疗专家组参与战斗，所研制的“肺毒清”汤剂可以增强免疫力，好比在人体筑起一道防火墙，造福了近 20 万人。咸安区指挥部第一时间安排咸安中医院，为医学观察点送药上门，让每一位医学观察对象都能保证一日两次服用“肺毒清”。2 月 23 日，王维武博士亲临隔离点，了解服用中药汤剂情况。3 月 1 日，还专门设计非住院人群应用情况调查表，继续跟踪服用效果。据统计，咸宁市确诊患者治愈率高达 98.21%，能取得这样一个漂亮数据，王博士功不可没。而对全区所有医学观察对象来说，王博士和他研制的“肺毒清”，才是你们不知道、未谋面的恩人！

我感恩生活所赐予的一切。我要特别感谢咸宁市中心医院，没有这块阵地的率先实施和推广，“肺毒清”的使用覆盖面达不到现有程度，带来的临床效果就不会如此显著。同时，我感恩咸宁市委市政府和家乡人民，在艰难时刻对于我的信任和支持，让“肺毒清”方剂在对抗“新冠病毒”时，绽放出传统中医药的光芒。在未来可能的情况下，我将带领科研团队落户家乡，将“肺毒清”方剂从研发到量产留在咸宁。

忙碌之余，夜深人静，我写下一首小诗《希望》：

我们为未来撑一把伞，
遮风挡雨，
让每一寸热土都金光闪闪。
希望之花，
永恒灿放。

我们一起凯旋，一个都不能倒下

〔**口述人**〕朱俊，女，1969 年生，湖北嘉鱼人，咸宁市中心医院感染科主任。

一开始我就建了微信群，我希望参与一线的医护人员都不会被感染，所以群名叫“凯旋而归”。后来不知道谁改了群名，叫“抗‘疫’群”，那个其实不妥帖，这时候谁都在抗击疫情。可我带的是医护团队，我把他们带进去，就要把每个人都带出来，这是我最大的目标。来感染科支援的，都是好样的。我要保障每个队员的生命安全，包括保洁阿姨在内，大家都要好好的，不能有一个人倒下。所以，我又把群名改为“我们一起凯旋”，就当作祈福吧。

今天是 2020 年 4 月 3 日，我们奋战七十多天，终于从火线上下来了。在国匠酒店隔离休整，这才第三天。我对大家说：“现在还不能保证每个人都安全了，我们隔离十四天之后，如果每个人体检都正常，才能将你完完整整地还给家人，我的任务才算真正完成。”我们现在还不能和家人见面，万一是无症状感染者的话，那就太可怕了。大家还是蛮听话的，从骨干医生、护士长到“00 后”小护士，不管年长者，还是年轻伢，都挺过来了。希望这股疫情被彻底控制住，再不要卷土重来了。

感染科以前是不招人疼的

我们感染科再怎么忙，经济效益也比较滞后，尤其是近两三年，陆续有医护人员离开，另谋高就去了。国家没有明确列出来的费用是不能收的，许多医疗服务支出都是我们科室倒贴，治疗传染病人是不赚钱的。儿科跟我们一样，也是最累却最不赚钱的。我们能收什么费用呢？打针的治疗费，以及护理费，其他就没什么了，像棉签、手套、消毒的药水、防护用品等都不能收费。要说贵在哪里，基本都在药物上，跟我们科室的经济效益没什么关系。医院的药品和耗材是不允许赚钱的，耗材跟药品都是零加成，没有利润。前些年什么回扣之类，早就不存在了。

这些年感染科压力山大。手下的人很容易就走了，想招一个比较好的人过来却很难。别人读个书也不容易，专业本科需要五年才能毕业，学医成才都要小十年，到我这个科室来，很难养家糊口。怎么能留得住人呢？而今这个物价水平，一个护士每个月才拿三千多块，就我这个主任来说，要不是正高的职称工资，也只能喝西北风，我的奖励工资比行政科员还要低一些。为什么这么分配？就因为我们不创收。不像妇产科、外科、肿瘤科等，有大的仪器，经济效益好。我们是最原始的，就是靠人去做，慢慢做。辛苦，却不创收。

感染科没什么经济效益，不过社会效应比较好。尤其是这次“新冠”疫情，大大缓解了医患矛盾。我经常跟副主任潘登说：“我们科室在传染疾病诊疗上，是咸宁市当仁不让的领头羊，而你是上天派来拯救我的。”我就把大方向指出来，由他去做详细计划并落实。尽管他才上班不久，1988 年的伢，可整个科室的人都很支持和拥护他。如果说感染科有点成绩，有一大半都是他的功劳。

如今打起仗来，感染科突然显得异常重要，没有疫情的时候，或说疫情不严重，很难通过外界获得存在感，日子也会过得很艰难。比如说隔离衣，这个费用不能摊派给病人，平时在我们科就很金贵，大家一直很珍惜，都是把用过的隔离衣打包处理，用紫外线灯消毒并标识好后备用的。但有一次，被工人当成医疗废弃物销毁了，大家心疼得要命。

这几年来，手足口病、甲型流感、H7N9 禽流感等一波又一波，我们科室就没消停过。

2017 年 2 月上旬，我们收治了一例 H7N9 禽流感患者，病情很严重，才入院 3 天就上了呼吸机辅助通气。那段日子真是辛苦，经常在轮班结束后，我刚准备躺下休息，又被叫回科室救治病患。如果次日是专家门诊班，依然要坚持完成专家门诊的坐诊，这种工作模式持续一个多月，患者终于治愈出院了，我的双腿却出现不能缓解的水肿，检查诊断结果显示：肺部长了一个东西，必须进行手术切除。

当时医院正在筹备“三甲复审”，而感染科是必查科室，我只能先把治疗的事缓一缓，忙完复审工作再去做手术。结果因为自己延误了病情，肺部情况有所恶化，不得不将右上肺肺叶整体切除，术后肺功能不怎么好，一直坚持服药维持。手术后也就休养了一个月，就赶上当年 12 月“甲流”的大暴发，好多患者来院就诊，感染科忙得上气不接下气，我只得放弃休养，返岗参与救治工作。

“甲流”峰值时期，我们收治了 80 多个病人，感染科包括我在内有 8 名医生，13 名护士，护理部后续派来一些增援护士。感染科对医生有一定的特殊要求，“甲流”患者儿童居多，这就要求医生还要具备儿科学专业背景。但是儿科医生人手也很紧张，没有精力来支援我们，其他学科的医生在短时间内又无法胜任。我们科室就咬紧牙关一直扛着。

2017 年抗击“H7N9 禽流感”和“甲流”，2018 年、2019 年持续对抗“甲流”疫情（高峰期时全院的空床都被我们感染科调配光了），我们科室医护人员持续超负荷工作，不少人连续三年都没能休年假了……所以有些人另择高枝，我也很理解。但绝大部分同事还在坚守，对此，我既为之骄傲，又饱含歉意。

恐怕这个是传染病

“甲流”疫情刚控制住，去年 12 月中旬，又听说武汉可能有别的疫情。庚子年春节比往年来得早，全国各地洋溢着吉庆祥和，尽管出现零星的小道消息，但没有官方认定和权威媒体宣布，我们对此也并未太在意。

直到 12 月 19 日，血液内科收治第一例“不明原因肺炎”患者，我才觉得不对劲。患者齐某贵，病情很特殊，症状为发热、咳嗽，CT 显示病毒肺炎，病情很迅猛，多次院内会诊，疗效很不好，五天后转到武汉协和医院呼吸科治疗。追踪他的转归，得知其最终转至金银潭医院。在我院治疗期间，对他进行单间病房收治，幸好日常防护比较合规，所以没有发生院内感染。当初出于职业敏感，我觉得这个病不一般，却又说不出所以然。

12 月 31 日，我院收到省卫健委要求，上报“不明原因肺炎”病例，还有相关管理规定，在科室晨会上，我提请大家注意，要提升自我防护意识，对这个疾病引起高度重视。由于当时还未将这个纳入传染病范畴，患者来院就诊的第一道关口大多数是在发热门诊、急诊或呼吸科。发热门诊是感染科的一部分，医护人员都拥有传染病专业防控经历，二级防护全员到位。

当晚是跨年夜，很多人都在找乐子。我接到嘉鱼县人民医院的会诊通知，同去的还有呼吸内科徐旭燕主任。我们一起查看患者的 CT 诊断报告和血常规化验单，发现这位患者和之前那位姓齐的患者有几个共同特征：一、有华南海鲜市场接触史；二、都有发热、咳嗽等症状；三、病情进展迅猛；四、实验室检查相似度高，特别是 CT 诊断报告，相似度高达 90%。

我下意识得出判断，这个就是传染病。

自 2003 年 SARS 暴发以后，国家对“不明原因肺炎”相关情况持续监测至今。在我们医院，每年都会有几份流行病学病例，按照相关流程通过公共卫生科网报给上级卫生行政单位。但这两起“不明原因肺炎”病例，相似度如此高，之前从未出现过。没有先例表明它是一个陌生的疾病，认知不足必然会增大对抗疾病和救治患者的难度，焦虑和不安从心底涌遍全身。

讳莫如深：人传人

岁末年初，医疗界学术群体都会年度总结，进行经验分享和来年展望。同道们一起聚集探讨疑难病历、重症救治经验、新技术推广运用等，在有所知晓却又不明确的情况下，大家在提及“不明原因肺炎”时，都说“那个病”。

金银潭医院又名武汉市传染病医院，是各种传染病的省、市定点医院，“不明原因肺炎”危重病人都在那里集中治疗。之后不久，华中科技大学附属同济医院、协和医院的感染科也参与救治工作，这两所医院很多专家都是我的良师益友。当时，不管在微信群还是面对面讨论，交流氛围都非常凝重，大家相互问候也变成了：“多多注意！多多保重！”

元旦过后，我密切关注武汉疫情，要求全科医护人员做好防控准备工作，着手复习和巩固防护用品的穿脱流程规范。

救治与培训同时进行

传染病要流行起来，必须具备三个基本条件：传染源、传播途径、人群易感性。这三个环节同时存在才会流行，若切断任何一个环节，流行即告终止。这大概是专家说可防可控的依据。

元月 13 日之后，发热门诊的病人越来越多，很多都是武汉返乡人员，虽然甲流患者在减少，但分诊台发口罩的工作没有中断，领取口罩又不能收费，大量消耗也让我们科室捉襟见肘。

1 月 17 日，医院表彰大会和文艺汇演按期举办，呼吸科徐旭燕主任坐在我身边，突然接到一个电话，呼吸科收了一个肺炎患者，请她回去指导救治，这个人的片子已传到她的手机上，我们讨论了一下，估计他是咸宁本土收治的第一例“新冠”病人，该患者先在呼吸科单间治疗，19 日转到我们科室呼吸道危重症病区，按照严密隔离标准治疗。

春节临近，发热门诊和住院病人数量不断增加，感染科仅有 19 名工作人员，工作量持续超负荷。医院发出共同抗“疫”的倡议得到积极响应，全院临床科室无条件增援感染科。各临床科室从科主任到刚参加工作的医生，从护士长到“00 后”小护士，主动请缨增援感染科。这是一场特殊而艰巨的阻击战，迎战病毒的不是我们一个科室，而是一支临时组建，具有平战结合能力的多专业高配置的精英团队，是举全院之力共同奋进的航母。

咸宁市中心医院和全国公立医院一样，SARS 后对感染科进行了改建，发热门诊和感染科病区都设置了“三区两通道”，即清洁区、污染区和潜在污染区，医务人员通道和病人通道。毫不夸张地说，我们这里是咸宁市样板病区，有独立的新风系统，病区设置在全省范围也是归类在高端区域的，有五区三通道，即清洁区、第一缓冲区、第二缓冲区、潜在污染区和污染区，医务人员通道、病人通道和污物通道。2017 年三甲复审时曾被院感专家多次点名表扬。

疫情暴发后，我们科室除 3 名护士因怀孕调到普通病区，其余 16 名医护人员迅速投入战斗。然而，增援的医护人员光有激情、没有实战经验是不行的，感染风险很大，所以，有针对性的培训至关重要，必须一个个过关，包括保洁人员。

发热门诊是疫情防治的关键防线，我调配了一名医生负责牵头管理医疗，两位参战过 SARS 的护士主导门诊防护工作，其他人员都是英勇的外援。发热门诊的诊疗与防护是薄弱环节，我必须亲力亲为，参与门诊的防护培训、就诊流程的方案优化以及对外协调工作。

疫情让严冬更加阴冷，多数门诊患者心情急躁不安，为缩短就诊等候时间，我向医院申请增设诊室，同时增加医护人员接诊。从临床一线到科研教学工作者，从院领导班子到行政后勤工作人员，全员上阵尽锐出战。在交叉路口坚守的志愿者、门急诊导医人员、在清洁区奔跑的援助护士及负责维修的水电师傅，大家都在各自岗位上忙碌。

病区是主战场，增援医护人员由护士长殷丹负责指导，我科室医护人员协助轮流培训，来一个培训一个，来一批培训一批，针对防护用品的穿脱操作，严格要求每个细节和步骤，以此快速高效地提升所有人员的防护意识和防控技能。副主任医师陈敏和主治医师张敬协助我抓好病区患者的诊疗工作，同时部署好了应急梯队方案。

疫情考验每一个人的身心。新团队磨合期必须缩短，我仅用3天理顺工作流程。做好每天的晨会、交班、查房、病区和门诊的医生排班等工作之后，立马投入到病例讨论、治疗方案的制订上来，同时组织好“新冠肺炎”的诊疗及防护措施的培训。

两种结局：走出去或被抬出去

每个来支援感染科的医护人员都是好样的。增援后，我的团队有40余名医生、70余名护士，我将其分为4个小组，由感染科骨干医护人员负责防护安全。

每次开培训会或者晨会，我都会反复叮嘱：“‘新冠肺炎’属于烈性传染病，所有同志必须严格按流程做好防护，稍有疏忽大意，感染就会发生。大家都在参与救治，这个疾病的凶险程度，大家心中都有个概念。如果我们当中有人不幸被感染，就会沦为病区里的患者，而结局只有两种：一、治疗痊愈，活着走出病区；二、死亡，被抬出去送至殡仪馆。只有保护好自己才能更好地救治患者，才能圆满完成我们的使命。也只有保护好自己，才能无愧于国家和人民，不辜负为我们日夜揪心的亲朋好友。”

为什么要和大家谈到“死”呢？我就怕有些新人hold不住，他们没有经历过，但疫情险恶，光有一腔热血是绝对不够的，我不这么苛刻地跟他们说，很多人防护意识不会上升至最高等级。只有跟他们严肃地谈到死，这些年轻人才会增强意识、加倍小心地保护自己。

我们医护人员也很怕

按照诊疗方案和传染病防治要求，疑似患者与确诊患者均必须单间隔离治疗。传染病区有三层楼，从 1 月 19 日到 23 日，短短五天时间，病区就住满了需要救治的患者。

抢救的、上呼吸机的、高流量氧疗的、高热的、心慌的、哭的、闹的、咳嗽的、呕吐的，每层楼的病区都处在生与死的边缘，每个医护人员都在与死神搏斗，忙起来全是碎步小跑，由于穿戴着厚厚的防护装备，一个个都像笨拙的帝企鹅。

为了不让患者和家属迷路，避免发生误闯病区的情况，我们急需改造病区门禁，却苦于找不到工人。最简便的办法就是使用警示牌或警戒线，但由于“封城”封路，这些物件也无法购置。于是请求保安部和物业方面予以支援，但疫情期间不少安保人员和保洁工人辞职离开，这些部门也严重缺乏人手。门诊和住院部里里外外就两个人坚守，一个是 40 多岁的张师傅，一个是 60 多岁的樊阿姨，其工作量之大可想而知。

峰值时，除了应对出院的患者，我们需要救治住院的 37 名“新冠肺炎”患者。从数据上看这点病人好像不算啥，其他科室两个医生加几名护士可能就搞定了。少数新加入的医护人员感觉我们夸大了工作要求，但是当他们上好三级防护，投入到在病区、门诊的工作中，真正体会到防护衣带来的操作不便、面罩和眼罩起雾导致的视线模糊，还有类似于高原上奔跑的缺氧感，便深有感触了。至于衣服汗透，双手、双脚浸泡在汗水里，那都不是事儿。一名护士下班从病区出来，忍不住感叹：“真的是辛苦，一名‘新冠’患者的护理工作量，堪比护理 5 个普通患者的工作量。下班就是一个字：爽！防护装备脱一层，人就轻松一大截！”

初期昂扬的斗志过后，有些医护人员开始感到害怕和不安，加之阴冷不适的天气变化，有的同志出现身体不适，有的同志还有感冒症状，担心被感染了。我们果断为他们安排体检。有天早上，一名医生向我报告："朱主任，我胸闷不适，感觉被传染了，我今天不去病区了，想做胸部 CT 检查一下。"我和护士长马上帮他安排检查，CT 结果一切正常。考虑到他是过度紧张，便要求他休息几天。不几日，他克服心理障碍，又重回一线战斗。一些护士也出现了心理恐惧，大家守望互助一一克服，对于无法克服恐慌的医护同志，我们准予他们撤回原科室。

处境再难也要撑下去

疫情蔓延之快，超乎常人想象。一线医护人员在增加，防护用品消耗也随之增大，很快就出现防护物资紧缺，N95 口罩、防护服、面屏，一度都成为战略物资，是有钱也买不到的奢侈品。一方面，我们要做好防护物资登记管理与合理使用；另一方面，院感办指导回收面屏，严格二次消毒使用，以缓解燃眉之急。

没有合乎规范的防护，我不可能让任何一名医护人员暴露在危险环境之中。这是我向医院领导提出的唯一要求，也是对我们团队成员的最大承诺。领导明确表示，全力保障我们一线防护物资供给，确保一线医护人员的生命安全。

由于收治病人多，保洁阿姨的工作量也很大，我在隔离病区除了查房以外，必须和护士长一起严格督查保洁工作，如果有时间还会在污物通道帮助保洁工人，清理堆积如山的医疗废弃物，打包消杀之后再处置。为了保障医护人员安全使用护目镜，还同护士长一起，在隔离的红区，仔细认真地清洗已使用过的护目镜，合格后再打包送供应室消毒再利用。

要尽力做好患者救治，要避免病区内的交叉感染，要做好医护人员的精神疏导工作……最可怕的是，每个病区都收满了，每层楼都有一支医护分队，我们的防护用品快用完了，医院库存只剩一天的量了。各种问题交织叠加，我和我的团队倍感无力，我们快撑不下去了。大年初六晚上，我和护士长殷丹关上门相对而坐，让泪水肆意横流。这是我们第一次为工作流泪，也是这次疫情中唯一一次流泪，那些天的艰难与苦楚，真的难以言说了！处境再难也要撑下去啊。若不痛痛快快哭一场，我们胸膛中的保险丝就要熔断了。

没有治疗模板让我们模仿，没有救治经验给我们参考。只好把国家发布的诊疗方案烂记于心，并向武汉金银潭医院、同济医院、协和医院的感染科教授求教，与他们通电话、视频学习救治经验。加之自己 30 年传染病学的工作经历，我们很快制订出隔离病区工作模式和救治方案，并与各县市区同仁分享。每天诊疗结束后，我会重新梳理一遍，并安排好次日的检查和治疗工作，必须认真做好每一个细节和步骤。

有时是治愈，常常是帮助，总是去安慰

2 月 18 日下午，从隔离点送来一家四口“新冠肺炎”感染者。其中有 89 岁高龄的奶奶，儿媳、孙媳妇和孙女，被分别安置在四个不同的单间。当晚，一家人在病房大吵大闹。“我们没病，为什么要把我们弄这里来？我们要出院。”当班护士多次劝解无效，在病房僵持个把小时也不愿输液。

得知这个情况，我立即穿好防护服，进入隔离病区，当面询问原因。孙媳妇坦言：“把我们弄到这里，我们一家人都很害怕，前所未有的恐惧和压力。一方面‘新冠病毒’不可预计，另一方面又担心得要命，奶奶年纪太大了，得了这个病还有救吗？两个年幼的孩子也无人照看……”

我一边用眼神抚慰，一边温和地说：“你们排查出肺部有问题，只是属于可疑患者，再说‘新冠肺炎’可以治愈，只要相信政府和我们医务人员，配合好医院的治疗，就一定能战胜它，早日康复，与家人团聚。请你相信我们，这里有好多病人都出院了。我是科室主任，有什么困难都可以和我说，会尽量帮助你们的。”一家人将信

将疑地点点头。

随后的治疗，我时时追踪她们的救治，并交代护士们多关注她们。“今天的体温是多少？”“身体还有哪里不舒服？”“一定要注意均衡饮食。”每天我和医生查房时都会关切地问候。几天下来，她们越来越信任我，有任何情况都与我微信联系，只有听到我的声音和看到我的人才放心。

10多天过去，这家人逐渐康复并陆续出院，唯有老奶奶的病情不见好转。儿媳妇临走叮咛：“婆婆，这里的医生和护士都很好，睡眠、饮食、心理都关照得事无巨细，您安心在这里治病，我们在家等着您。”她可是耄耋老人，为了让她恢复快些，我与专家组成员不断调整治疗方案，为此，不知开了多少次会反复研讨、论证，真的是慎之又慎。我还特别关注她的饮食，交代给老人单独准备汽水肉、番茄炒蛋等，必须健康营养，软和可口，利于吸收。增强抵抗力，也是很重要的疗法。

前后治疗一个月，老人家终于转阴治愈。出院时，我和护士长再三嘱咐：回家注意休息，按时吃药，定期复诊。老人家临走时有点激动，不停地抹眼泪，说不出话来，最后深深地鞠一躬，我连忙把她扶起来。愿老人家余生安详，长命百岁。

到了3月份，新增病例日趋减少，重症病例也少见了，却有部分病人的病毒核酸长期阳性，死活转不了阴，这是一个很头疼的问题。因此，陆续有不少“顽阳”病人，从各县医院转入我们科室继续治疗。

3月6日，值班医生跟我交班时说，有个女性患者转来后一言不发，拒绝回答所有问题，饭菜端到跟前也不吃，开始以为是个哑巴，结果值班护士看到她接过电话。我一听不禁心里一紧，这又是个“烫手山芋”。行医这么多年，见过形形色色的病人，但这种既不配合治疗，也一声不吭的病人实属罕见。

起先早上查房，不管是我了解病情的询问，还是鼓励安慰的话语，她都面无表情，没有一丝回应。回到办公室，我赶紧联系她之前的主管医生，得知原来她是武汉返乡人员，在县级医院治疗将近

1 个月，可病毒核酸就是转不了阴，她的情绪也逐渐失控，发展到现在拒绝与人沟通。

这个患者像一个刺猬球，让我有点无从下手。我正绞尽脑汁想着怎么办时，护士站对讲机突然传来呼喊声：“22 床在病房里大喊大叫，她跑出病房要往窗户外冲，我正抱着她呢，快来帮忙。”我们以最快的速度冲入隔离病房，经过劝说和安抚，病人终于回到病房。我连忙找精神内科的心理专家紧急会诊。这个病人心理濒临崩溃，要强力心理干预才行。

接下来几天，她似乎平静了许多，但是我更加担心，这种平静是一种假象，若是再次暴发自杀情绪，将更令我们措手不及。我叮嘱每一班的值班医护人员，一定要加强看护，尽量与患者多聊天，每天查房进行“话疗”。

我还得继续找病根。首先，与患者丈夫电话沟通，了解到她自尊心比较强，家里有个 1 岁多的孩子，核酸久久不能转阴，这个事实确实让人难以接受，也许还因为思念亲人，特别是孩子。我不停地换位思考，想她的心理活动，到底在顾虑什么。

有一天查房，看到她胸口有块伤疤，心想：她应该是个有故事的人，也许是人生坎坷，现在特殊时期的艰难境遇常常让她悲从中来，所以格外难以自我调节吧。我关切地问：“多久没看到孩子了？我理解你的想法，想孩子了吧，我也是个母亲，我们为母则刚，我是来帮助你的，请你相信我。”她眼睛闪烁着泪光，好像有所触动，但还是没答话。

第二天，我把诊疗方案和实例讲给她听，虽然她装作不为所动，但我知道她应该听进去了。

第三天，我把孩子的照片给她看，告诉她，家人都在关心她，孩子也想她了，等着她回家，让她对自己有信心。

在她入院第四天，值班医生告诉我，病人开口说话了。听到这个消息，心里悬着的石头终于落地了。开口说话，代表病人的心理防火墙逐渐打开，在随后的沟通中，我了解到，为了治疗，她原先服用过多种抗病毒药物，但始终没收到效果，一次次核酸检测都呈阳性，一次次打击让她陷入黑暗深渊，觉得转院之后也会是同样的结果。

在我们一次次的开导下，病人的心结逐渐打开，又配合“扶正转阴汤”中药治疗，持续五天后，她再次核酸检测，结果终于转阴了。这一天，她见到每一个医护人员都笑容可掬。一周之后，她连续两次核酸检查都是阴性，可以出院了。

“新冠病毒”不仅摧残患者的身体，更侵蚀脆弱的心理。美国名医特鲁多的墓志铭写着：“有时是治愈，常常是帮助，总是去安慰。”“治愈”是“有时”的，不是无限的，医学不能治愈一切疾病，不能治愈每一个病人。医学是面向人而生的，给病人以援助，是一种人性之善的传递，安慰也是医生的一种责任，是平等基础上的情感表达。

隔离病房的生与死

我们护理团队以年轻护士为主，她们最直接、最密切地接触“新冠肺炎”患者，大多会有一些未知的心理压力。护士长殷丹及时做好心理疏导，帮助大家逐渐适应工作状态。

护理团队每天工作时间连轴转，为了节省防护物资，护士上岗前尽量不喝水，尽最大努力降低防护服的更换频率，贴身衣物泡在汗水之中，浸湿了又干，干了又湿。所谓白衣天使，不过是一群柔弱女子，穿上一身白衣战袍，在鬼门关前抢回命不该绝的人。

我们的医师团队成员，来自内、外、妇、儿、ICU 等 10 多个临床专业科室，都有中高级职称，几乎都是党员。病区有三层楼，均收治危重症、重症患者、确诊和疑似患者，分别由科室副主任潘登、副主任医师陈敏、主治医师方文敏和张敬负责管理，患者大多有基础疾病，治疗和感染都存在很大风险。每天对讲机中不时传来呼救：“8 床病人胸闷！”“10 床病人呼吸困难！”……只要听到呼叫，医生们就迅速换上装备，进入隔离区参与抢救，高风险操作气管插管、

CVC 穿刺、导尿、吸痰等，一整套操作下来，往往汗流浃背、视线模糊，甚至呼吸困难。

我是病区的直接管控者，对每位患者的救治方案、治疗过程、转归决断，都要认真把控，同时要定时对出院患者随访，了解患者疾病恢复情况。在中医专家王维武教授的吁请下，2 月 8 日起，对患者采取中西医结合的治疗模式。经过第一阶段积极救治，大多数患者病情明显好转，我们的救治信心也随之上升。

有一次，我在重症病区抢救室查房，几个确诊患者非常担心病情，他们焦灼地问我，他们会不会一直处于危险之中，最后无药可治而悲惨死去。

我笑着安慰他们："治疗这个病没有特效药，我们医生拼的是救治技术，而你们拼的是自身免疫力。所以要情绪放松，积极配合治疗，做到吃好喝好睡好，着力提升免疫力。通过前期治疗，大家的病情不是都有所好转吗？信心比什么都重要，我们一定能战胜病魔！"

有个患者姓徐，在她治愈出院后说："朱医生，你查房时说的这番话，让我终生难忘！医护的鼓励是患者康复的明灯！"

鉴于"新冠肺炎"的传染病特征，患者不可能有家属陪护，我们的护理人员在救治的同时承担陪护工作，经常为患者擦拭身体、剪头发、端茶送水、倒大小便等。工作强度很大，也格外需要爱心与耐心。

有个 70 岁的婆婆不配合治疗，总感觉自己要死了，没有康复希望，就在房间里到处吐痰，上厕所也不去卫生间，在病房随地大小便，把房间弄得一塌糊涂。她这是一种发泄方式，"濒临死亡"带来巨大的压抑和恐惧。我和护士长先后与她谈了几次，希望她能尊重我们的辛勤付出，共同维护病房的整洁环境，积极配合治疗。通过多次耐心沟通，她表示愿意改善行为并配合治疗，后续通过持续稳定的给药和心理疏导，终于治愈出院了。这位婆婆出院时老泪纵横，拉着医护人员的手久久不愿松开。后来护士长对我说，婆婆回到家中，她的家人特地捐了一台血压仪，以表示感谢。

有治愈的，也有死亡的，这个救治规律是避不开的。

有个确诊患者病重不治，家属接到噩耗后，冲进隔离病区，大吵大闹，患者和医护人员都吓得不轻，保安人员都没法控制局面，最后特警介入局势才得以平息。吓得两个云南老师第二天都不敢来上班。

重症病人如果扛不住，一般都是晚上死去，白天死的比较少。为什么都在晚上死？我想跟神经调节有些相关，走的时候很突然，抢救不回来。然后，料理死者就是重中之重。上头文件要求，由专业护理人员处理传染病人的尸体。比如处理艾滋病人的尸体，就由疾控人员消杀后，装进裹尸袋送去火化。今年处理办法不一样，“新冠肺炎”死者都由我们医护人员来处理。潘登、李立明、殷丹等同事把这个任务承担下来。其他人没搞过这个事，有些皮肤科医生，哪里看过死人呢？上学时解剖的尸体都是特别存放的干尸，没有传染性，而今有“新冠”患者去世，尸体就相当于污染物，只能由我们科室的人来处理。

潘登知道我身体不好，他说：“主任你不要去，还是让我去。”其他人没搞过，也不一定会，只能我们顶上去。她就和另一个女医生并肩作战，彼此搭把手，有个伴。其实她也没弄过，我把流程告诉她：要对死者保持敬畏，首先把尸体擦干净，将其鼻孔、嘴巴等七窍，用棉花塞住，因为怕流出分泌物，那也有很强的传染性，然后用一张裹尸单裹紧，再仔细喷一遍消毒水，抬到尸袋里去，要套好两层尸袋，先把第一层拉链拉合，再把第二层拉紧。最后才能让家属领尸体，送到帅印山火葬场。

我们要把最后的尊重给予每一位逝者。

做医生我今生无悔

因为隔离要求，医院清洁区的门禁是铁栅栏，从而隔出了内外区域。3 月 18 日，也是全市“清零”后第二天，我正在病区整理后续工作时，护士长告诉我楼下有个老爹爹找我。我朝门禁口望过去，一眼认出那个 70 来岁的爹爹，他之前因重度肝炎住进我们科室，后来治愈出院。

老人看到我，提着一袋东西蹒跚着走到铁门边说："朱主任，这段时间你们太辛苦了，我们咸宁已经清零了，你快休息一下，你身体不好，我拿了一些海参，给你补补身子。"

我一边招手让他止步，一边激动地喊："东西您拿回去，心意我领了。不要再往前走了，我还处于隔离期，不能出来见您，您不要到处乱跑，要做好个人防护，等疫情彻底结束了再说。"

见我拒收礼物，他略显失望地说："我是一片真心，你身体不好，你用它补补身子，就是为我们这些患者积福呀！"

我顿时泪目，劝他折返。他执意要送，我又不收，几番来回后，我便劝他："您先拿回家放冰箱里，我以后再找您要，您回去吧！"

"那好吧，我给你留着啊！我放冰箱给你留着啊！"说罢，他摇摇头，慢慢往回走。

这些天，我连续收到好多治愈者的短信和微信祝福，其中有位患者这样写道：

> 我曾是一名"新冠肺炎"重症患者。住院25天，您尽心竭力救治我，给予巨大温暖与鼓励。因为我是一个糖尿病患者，血糖总是忽上忽下，早晨空腹4.5，晚上可能窜至18点多。您为了拯救像我一样的重症患者，不知道付出多少艰辛和努力。当我无意中得知您还身患重疾，再回想您疫情期间负重逆行，言语无法表达我对您的敬重和感激之情。

5床患者小余出院后，专门托食堂工作人员送来留言："感谢朱主任，您是这个城市的英雄。"

其实，我哪有患者说的那么好。我只想说一句，医生这个职业，让我今生无悔！最后，说句不该说的话，如果医护人员只用专心救治，患者只需配合治疗，国家财政承担一切救治费用，医患关系永远和谐美好，这种状态要是一直保持下去，该有多好！

不让一位患者死在我们面前

〔**口述人**〕蔡林燕，女，1982 年生，湖北黄梅人。现为黄石市五医院消化内科副主任医师。疫中，增援黄石“小汤山”医院（黄石市传染病医院）团城山病区，任医疗队临时党支部书记。

坎坷返岗路

回到黄梅第三天，我接到医院急电通知返岗。我清楚地记得，那天是 1 月 25 日，农历大年初一，阴天，下着小雨。

不过我并不觉得突然，年前调休请假离开黄石，当时单位就要求随时返岗。1 月 23 日，我回黄梅的当天，武汉“封城”，疫情陡然严峻。我和家人原本计划初四赶回黄石上班，显然，黄石的疫情也超出了我们预想。

这次随爱人回黄梅农村过春节，主要是为了尽孝。公公去年 11 月病故，按习俗，头年春节，至亲都要上门吊唁，爱人作为独子，自然需要到场张罗。婆婆年近七旬，陡然缺了主心骨，悲痛和孤独将成为余生的阴影，我们想趁着春节假期多陪陪她。

平常，只要为了工作，爱人就特别支持，婆婆也从不说什么。但这一次，我还是有些歉疚，毕竟才在老家待了两个晚上。两个小孩也带在身边，小的还不到三岁。如果全丢给婆婆，还真有点于心不忍。

但返岗是必须的，我不可能当逃兵。

爱人刘龙球在黄石东贝做技术工程师，我和他商量，让他送我回黄石，次日他再回黄梅照顾家小。简单吃过午饭，立即开始收拾行李，两个孩子正在房间里玩闹，根本不知道外面发生了什么。分别时怕孩子哭闹，我们跟婆婆道了别，叮嘱几句，便从侧门偷偷溜出家。

彼时，各地相继“封城”。车到黄黄高速路口，我们被拦了下来。尽管我们说明了情况，工作人员仍不放行。说是湖北高速封路不能通行，建议我们从九江那边上高速。没办法，我们决定绕道九江。好不容易过了九江一桥，车辆又被拦了回来。这次的原因很干脆：湖北的车不让过。

窗外的雨，越下越大，天色也逐渐暗了下来。高速上没有一辆车，我除了焦急，还有点心慌。

在黄梅与九江之间跑了一个来回，结果又转到了老家附近。爱人开始劝我：“要不今晚先回家休息，明天白天走。”我没有答应，疫情只会越来越严重，早走比迟走好。通过手机导航，发现还有一条线路：到武穴渡江至阳新。这段路大多是村级公路，很不好走。终于找到渡口，却发现已经停运，入江口满是醒目的禁运牌。

高速不能走，汽车渡口停止摆渡，想着多弯一下，走村中路总能到吧。于是兜兜转转，要命的是，这时候小车快没油了！漆黑的四周让我们感到绝望。我试着拨打110求助，武穴一位热心警察为我们解决了两个问题：一是指导我们在附近一家加油站加满油。二是建议我们走省道，沿路出示医师证件，跟卡口执勤人员说明情况。虽然不知道这位警察的名字，但他急公好义的声音我永远忘不了。

渐渐有些饥寒交迫，但有了警察的指点，我们心里燃起了最后的希望。在武穴与蕲春交界的卡口，出示相关证件说明情况后顺利通行，后在蕲春与浠水交界卡口，一堆渣土把路堵了，完全没办法通过，执勤人员建议还是从蕲春高速走。在这个特殊时期，夜幕之下蕲春高速关卡全副武装。值班人员听了我们的经历，检查了我的医师证，仍然要求提供单位接收证明。那时已经是凌晨两点多钟。

我万般无奈，只有给院方行政部门负责人打电话，还真通了！为了各地医生返岗，这位负责人也没睡着。他宽慰我们，因为要盖章，没法立马办理，但保证一早就会去办妥。

车子停在高速蕲春段，我和爱人在车内熬过了庚子年第一天的晚上，没办法睡着，也不能不睡，眯瞪了不久就迎来了初二的黎明。

一大早，单位及时给我传来相关证明资料。1月26日中午12时，我们终于回到黄石。

这一次返岗，从出发到抵达，原本只需3个小时，却历经21个小时，可谓千辛万苦，波折丛生。高速路上的“黄石”二字，从来没有让我感到这么亲切和渴望。

不让一朵生命之花枯萎

1月30日，大年初六。黄石市中医医院（市传染病医院）团城山院区取消发热门诊，正式定位为黄石版的“小汤山”医院。

这天中午12时左右，我看到医院在微信工作群中发出通知，号召医务人员赴“小汤山”医院增援。我没有多想，立即报名请战。我的想法很简单，自己是医生，关键时刻就要站出来救人。这正如面对火灾，没有哪个消防员是望火而退的，而只会迎火而上，哪怕会有生命危险。而且从黄梅老家返回医院后，我一直在门诊上班，对疫情有了初步了解。

对于我的这一决定，爱人很紧张也很担心。武汉不时传来医务工作者感染“新冠病毒”的消息，救治的惨烈程度令人后怕。但我知道，在很多重大抉择上，他总是会依我。这次更不例外。只是我们都没有想到，我这一去就是50多天。

当天下午3时，我来到病区报到，和我一同抵达“小汤山”的还有另外23名医护人员。9名医生、15名护士，分别来自黄石市二医院、四医院、五医院、十五冶医院。我们这24人，就是黄石抗“疫”期间首批驰援的医护人员。我有幸被任命为医疗质控小组组长，带领这支医疗援助团队，负责 7 楼病区 48 个床位确诊患者的治疗工作。

之后一连三天，我几乎没有休息的时间。7 楼病区原是中医院的康复病区，现有设备与抗“疫”救治所需完全是两回事，没有中心供氧设备，连基本的氧气瓶都缺乏，医护人员的防护物资也严重不足，一次性医用口罩都要省着用。好在一切都在紧张筹备中，不到三天时间，病床就收满了，救助的医疗设施也逐步备齐。我记得大概是两周后，我所在的医院听说了这一窘境，将节约下来的几十个医用外科口罩送来病区，虽然少了点，但确实是雪中送炭！

这三天也是最困难的时期。一方面缺这缺那，需要尽快布置好病区，另一方面随时要收治病人，每天听到撕心裂肺的“救命”的哭喊，内心充满了深深的不安。我们所有医生第一时间碰头开会，确定分工排班的事情。有医生建议一个班次一名医生值班，尽量匀出时间休息，否则，身体会受不了。也有医生建议，每天尽量多些医生在现场，有利于病人治疗抢救。最后我们统一了意见：非常时期需要大家齐心协力挺住，哪怕多付出一点，也要让患者感到踏实，有人管，有人治。将自身困难抛开，以病人为中心进行分工，医生分为 4 个小组，每天两个班次，每个班次确保两名医生在一线。夜班从下午 5 时 30 分开始，至第二天早上 8 时。

刚开始，很多患者收治入院后精神状态很差，认为就是隔离起来等死，心灰意冷，甚至拒绝配合治疗。有一名患者，刚入院时思想包袱特别大，最激动的时候，她拔掉手上的针头，扬言要跳楼。来自黄石市四医院内二科的医生刘智一直陪着她，耐心地跟她讲解病情，舒缓她的情绪，鼓励她多进食，积极配合治疗。由于护目镜起雾，加上病人不配合，各种闹腾，进行一些医疗操作比较困难，刘智只好说自己要取下护目镜，病人瞬间不闹了，同时连连摆手坚决不让刘智摘下。在这样的情境下，刘智陪着患者聊了几乎一整夜。后来，患者的情绪平稳了许多，也开始信任甚至依赖刘智。慢慢地，高烧退了，病情也一天天好转。这名患者治愈出院后，逢人就说：“是刘智医生救了我一命。”

有信任，就有希望；有付出，就会有温暖。我负责的 7 楼病区是轻症患者病区，团队目标高度一致：竭尽全力唤起患者平安走出医院的信心，力争不让一个患者在我们面前死去。

我独立负责 10 余名患者的救治工作，其中一位 72 岁高龄患者，经过 8 天的精心治疗，顺利出院。这一战果极大增强了全体医护队员和住院患者的信心。

33 床的一个患者，1 月 31 日入院，高热，胸闷，伴有呼吸困难，意志消沉，对治疗不抱希望。当晚正是我值班，首诊收治该患者，注意到患者的情况后，我一边安抚，一边制订治疗方案，后面也格外关注他的情况，我们团队经常讨论他的病情，及时调整治疗方案。经过治疗，患者的呼吸问题得到解决，状况一天天好起来。后来，这位患者写了一首诗歌，记录自己患病、治疗、病情转折过程中的心路历程，我们读后都特别感动：

我曾经以为 / 我会无力挣扎 / 甚至需要交代后事 / 写一份遗书 /……高烧、咳嗽、颤抖都无法让我停止对生命的把控 / 我必须拥有我自己的生命 / 病毒无法侵蚀我 / 我之所以还能歌唱 / 因为有白衣战士在忘我战斗

老家断炊五天

这个春天，残酷的战斗每天都在上演，但也有缕缕阳光照耀，让人忘记疲惫与危险。医生给予病人以关怀和希望，同时也会获得爱和温暖。

2 月 25 日一早，我突然接到婆婆的电话，说老家已经断炊 5 天了（因“封城”，爱人送我回黄石后没能返回黄梅）。我一听就蒙了。

爱人老家在黄梅县新开镇外洲村，一个偏远乡村，旱地以种棉花为主，几乎不生产水稻。婆婆一直随我们在黄石居住。这次回老家，我们也只准备了大致一周的生活物资。婆婆在老家带着两个孩

子生活这么长时间了，断炊是必然的！这该怎么办？婆婆在电话里的一句话，让我至今想起来都特别痛心："我饿死了不打紧，两个孙子可不能饿死呀。"

彼时，各地"封城"封路封村，交通阻隔。各家各户的生活用品都很匮乏。我和爱人慌了手脚。想尽了一切办法：向单位反映情况，希望能送米到老家；托关系联系当地政府，盼望上门接济。我们的困难惊动了两家单位，但经过努力还是无法解决。一天过去了，想到老家老少三口窘迫的情形我几近崩溃。

26日下午时分，婆婆兴奋地打来电话，说有人给老家送来了大米及相关生活物资！我这才松了一口气。原来，为解决增援团队人员的后顾之忧，市里一位领导专程来五医院调研，医院院长黄强、纪检书记杨晓胜反映了我的情况。经两地领导出面协调，问题终于圆满解决了。

我是一个不轻易流泪的人，这次疫区战斗，私底下竟多次流泪。

2月7日晚，外面风雨交加，爱人一遍又一遍地发微信，叮嘱我上下班一定做好防护，一定要平平安安。我又想到在老家的孩子，情不自禁就流下了眼泪。

8床的病人出院时，痛哭流涕，一定要拥抱我，说我是她的救命恩人。那情形让我无法克制自己的眼泪！真是太不容易了！

6床是位70多岁的婆婆，丈夫和女儿均感染"新冠肺炎"，她的病情相对较轻，自己接受治疗的同时还去其他楼层照顾丈夫和女儿。后来丈夫病情加重走了，婆婆整天以泪洗面，不说话，不吃饭，不治疗。我们想办法把婆婆和她女儿安置在一个病房，专门给老人配餐，陪老人聊天，请江苏省对口支援黄石的心理医生对老人进行心理疏导，慢慢地，老人开始吃饭，配合治疗。老人和她女儿出院那一天说到感恩时，我的泪水忍不住夺眶而出。

还有一次，上班期间，偶尔有惊喜，会喝到热的奶茶、热的咖啡，下班回宾馆，无论多晚，总有位保安大叔热情地打招呼："回来了。"朴实无华的三个字，却能在寒夜里给身心俱疲的我们以最真实的慰藉。

活着，给自己的生命润色

冬天来了，春天还会远吗？从 1 月 30 日入驻到 3 月 4 日整体撤出，再算上 14 天的集中隔离期，整整 50 天都在生死一线间，我身边的每一个人，无论是医护人员还是患者，就像在炼狱里摸爬滚打抗争了 50 天，最终都获得了重生。在 7 楼病区，除了一位重症患者转至 ICU 病区（重症救护室）不幸离世外，我们收治的所有患者全部治愈出院。更重要的是，我们这个团队也平安撤出，没有一个人倒下。

为了活着，为了回家，为了看到春天的阳光，在这段几乎与世隔绝的日子里，我们与患者结下了战友般的情谊。每一名出院的患者都以自己不同的方式向我们表达谢意以及重回人间的喜悦。他们的重生既让我感到了职业的光荣，更让在治的病人感到了无穷的希望。

这一趟生与死的旅行感受太多，收获也太多。记得我躺在隔离病房给爸爸发信息，我说："爸爸，我们都太低估这个病毒了。"爸爸说："我相信我的女儿可以扛过来，女儿是个幸运的人。"我说："爸爸我会的，如果我扛不过来了，您和妈妈也别怪我，我真的努力了。"

直到今天，再回头看这些话，我依然眼含泪水，都说来日方长，都说等一等，可来日并不方长。来不及拥抱，来不及道谢，来不及说爱你，来不及珍惜……这一切一切的来不及。如果让我重生，我一定来得及……如今出院了，我爱的人和爱我的人，你们赢了，我也赢了。我回来了，回来继续爱你们，继续被你们所爱。在这场生与死的较量中，我们的爱被自己润色，我想在未来的日子里，我们都能成为可以治愈自己、又可以治愈别人的人。

这是一位年轻的女患者所写的。进院初期，她一度失去活下去的信心，而她的这段文字在医患微信群里广为流传，给很多患者以极大的鼓舞。每一次重读都能让我眼睛湿润。

49 床患者在病区写下了这样的日志：

> “新冠肺炎”发病的第 18 天，被确诊的第 10 天，下半夜失眠，心情起起伏伏，一念天堂，一念地狱。从连烧 11 天不能吃喝，上吐下泻，咳嗽头痛，到现在这几天体温的渐渐正常，不再抗拒米饭。突然觉得自己还是很勇敢的。有过绝望，想过放弃，但看到医生和护士们舍身奋战，毫不退缩，一直为我们加油鼓劲，我还是得坚持，意志不能倒……

36 个日日夜夜的生死守候和患难与共，凝成一幕幕刻骨铭心的催泪画面。

3 月 19 日，医疗队全体队员隔离期满。我们的告别没有握手，没有拥抱，就照了一张合影。春天还在，阳光真好，眼前就是我们熟悉的城市节奏，每个人似乎都忘记了疲惫，脸上洋溢着轻松的笑容。我看着手机里家人的照片，那一刻最大的愿望是，快点回家，亲亲我的大小宝宝。

我本无铠甲，白衣做战袍

〔**口述人**〕谢湘豫，女，1986年生，湖北赤壁人，咸宁市中心医院护士。

山雨欲来

岁末年初，医院各部门都忙得很。我在行政部门工作，很多台账要整理，各类检查不知为何那么多，加班加点成为常态。元旦后，有零星不明肺炎的消息传来了。

1月20日，医院正式要求，全院职工上班戴口罩，注意防护。氛围变得紧张起来。当时和同事聊天，还在担心不明肺炎会不会人传人……

过了两天，医院开始对有“武汉接触史”的员工逐个排查登记。我如实向医院报告了我妹妹的情况。1月中旬，我妹妹去过武汉陆军总医院。不过她很幸运，没在武汉多作停留，往返都是自己开的车，手术结束后，直接返回咸宁。当天，医院召开紧急会议，通知要求全院职工取消休假，即刻起不得离开本地，随时待命。护理部紧急调度人员，各进出口开始严控管理，设立体温监测点，战“疫”即将打响。

难的是医院的口罩很紧张，只能按人头每天发一个。快递也停运了，大家都在千方百计买口罩。

疫情已到身边

1 月 23 日，我打车去上班。路上司机说自己是武汉的士，从昨天起往返好几趟了，都是一家家的，赶在“封城”之前离开武汉。我看他连口罩都没有戴，害怕得很，赶紧下了车。到医院后发现，无论是大厅，还是电梯，又或者别的地方，到处都是操着武汉口音的人，他们都是来排查的。心里有些恐慌，不知道身边哪一个才是健康人。到办公室后，我立即换下口罩，洗了两次手。

1 月 24 日，我们医院开始陆续接收疑似患者，传染科、发热门诊最先绷紧了弦。因为没有核酸试剂盒，没有办法确诊，但是肺部 CT 已经表示高度疑似。医院立即组建行政后勤志愿者队伍，战“疫”大幕悄然拉开。

1 月 25 日，咸宁市第一人民医院被确定为新型肺炎治疗定点医院。第二天根据要求，凡“新冠肺炎”以外的患者，全部转到我院继续治疗。由院领导带队，行政后勤部门所有人员都身穿白大褂，主动在大厅参与转运。

1 月 29 日，微信群里陆续有同事主动请缨上一线。下班后回到家，看到媒体报道武汉医务人员的抗“疫”状态，我瞬间泪奔，热血沸腾，恨不得马上去支援武汉。自己一个人，没结婚，心中了无牵挂，母亲也有哥哥照顾。比起那些有家有口的，我算是合适人选。做出决定后，还是忍不住哭了一会儿。晚上，我向护理部电话申请支援一线，打完电话内心很忐忑，不知道能否被批准。去年 10 月起，我就不在临床，怕是手生了。

第二天护理部来电话，问我是否愿意支援传染科三楼重症病房，特别强调尊重个人意愿。就这样，我穿上白衣战袍，正式加入抗“疫”大部队，成为前线的一名“战士”。

进了隔离病房

接到去隔离病房服务的通知后，我马上联系传染科的护士长殷丹。我和她是老战友，2017年甲流来袭，传染科患者爆满，我们曾一起并肩作战，彼此结下深厚友谊。

护士长在电话中交代注意事项，特别强调：在隔离病房照护危重病人后，绝对不可以回家。我可能因此几个月都不能陪伴母亲了，自责内疚顿时涌上心头。收拾完行李，交代哥哥每天要跟母亲通电话。母亲得知我要上火线，倒是十分支持。她说我单身一人，无牵无挂，最适合上前线。让我做好防护，安心上班，不要担心她。

第一天到传染科，正好第一批云南援助医疗队进驻我院。在行政楼四楼，医院领导班子、传染科全体医护人员与云南医疗队举行简短的欢迎仪式。随后医院进行相关培训，并现场示范防护服的穿脱流程。我暗暗对自己说，一定要好好干，不给医院丢人。

培训之后，我被分在三楼重症区。三楼的护士说隔离病房十分闷热，防护服不透气，连走路都会很吃力，建议我上班时里面穿单衣。第一天，我并未进隔离病房，在二楼挨了一天冻，主要工作是协助护士长，完成云南医疗队的排班和信息收集归类。护士长特意交代我，云南姐妹们远道而来是客人，不要让她们太累了。下午，我负责整理三楼清洁区域，为第一批云南医务人员腾出清洁的鞋柜、衣柜，还有工作服悬挂空间，并贴心地写上每一个人的名字。

第二天，我就正式进入隔离病房了。四小时一轮班。在隔离病房设有护士站，每一轮有两名护士值班，护士站与病房内的护士使用对讲机交流，第一时间了解病房内动态，以便协助病房内护士做好物资补充、药品耗材传递等工作。而我的班次是9：30—13：30，主要任务是帮助护理班完成“新冠肺炎”患者各项护理和治疗，如监测患者生命体征、输液、雾化治疗、发放并协助患者服用口服药等，做好基础护理，合理安排好患者当日饮食，了解患者的心理状态。必要时还要协助治疗班做好危重患者专科护理，同时密切观察患者病情变化并做好记录。

一大早，我提前一个小时到了传染科，打算自力更生穿防护服。从上到下，由里至外，一层层地往身上叠加。N95 口罩戴上后，明显感觉憋气窒息。耳廓被口罩带勒得生疼，但不敢松开，防护不密闭就会有感染风险。真的很难受，担心自己能否顺利熬过四小时。防护服像密不透风的金钟罩，穿着走起路来像一只企鹅，笨重地摇摆前行。

当时只有两名重症患者，病房其他 14 名患者病情稳定，生活还能自理，也能自由活动。我开始为患者更换一套输液管和三通延长管，戴着两层手套干活，实在太笨拙了，护目镜还起雾，急得我额头直冒汗。输液穿刺时，前面几位患者都比较顺利。轮到后面患者时，就开始出现各类问题，比如出现留置针不通畅、液体不滴、推入生理盐水冲管时感觉受阻等情况。重新置管后，有的患者又出现点滴不通畅等情况，对于其中一些患者，简单调整姿势便能恢复正常，而有些则不得不再次穿刺。

吸痰的操作更具有挑战性，不仅要保持吸痰管无菌，注意标准深度，还要考虑患者的舒适度，吸痰过程中需要密切观察患者包括血氧情况在内的病情变化，吸痰前后要注意及时给予高浓度氧。与此同时，还要做好自我防护，确保不被患者的痰液所污染，因为吸出的痰液中含有大量病毒。

患者的专科护理、基础护理以及生活都要靠我们完成。病房里还有部分患者会对疾病产生恐惧心理，不利于治疗，所以，我们还要及时给予安慰和疏导。

就这样，我繁忙而笨重地奔跑在各个病房。

11 点后，工作变多，厚重的防护服让我更吃力了，连说话都会喘。我要近距离接触患者，才能听清他们的声音。我的搭档不是在书写护理记录单，就是在为患者监测血糖、体温、血压和尿量，还会不时呼叫我一起为危重患者翻身。为了保护重症患者的皮肤，我们翻身时非常注意，不能拖、拉、扯、拽等，只能使用最大力气把他们抬起来挪，用软枕保护好易发生压疮部位。病房里本来温度就高，加上这高强度的“体力活”，让我们汗水直流，里面的衣服都湿透了，黏在身上，很难受。下班时，患者主动与我们打招呼，还有的拿起纸笔，写下“护士最辛苦”，每当这种时刻，一身疲惫都会顿时烟消云散。

在病区里，即便口罩带把耳朵拉扯得生疼，也不敢轻易摘下；宁可闷着难受，也不能让 N95 口罩透气。防护服很薄，操作时一不小心就会擦碰到哪里，生出个洞。这时候，最快速有效的解决方法，就是拿片留置针敷贴覆盖，然后上报护士长，如有必要就重新更换防护服。进入隔离病房第三天，受到一场“惊吓”。我的防护面罩碰到输液管，哗啦一下掉到地上，眼睛立即暴露在污染的空气中。好在，我戴了眼镜。在快速完成输液后，我立刻用对讲机呼叫病房外的老师帮忙，更换手套后，按照要求重新佩戴防护面罩。

后面几天，我都是连班。云南医疗队队员已完成培训，正式加入进来，与我们并肩作战。云南医疗队的女队员们为了便于工作，舍弃了自己的长发，剪成了男式圆寸。在我心中，她们留一点发茬，比满头秀发时更美。

我可能有强迫症

工作进驻隔离病房后，就只能住国匠酒店了。

第一天晚上，因为酒店没有协调好，护士长安排我和另一个陌生同事住一起，双方都很不自在，互相有戒备之心。第二天，我向上反映问题，护士长就让我和她一个房间。可我心里仍然忐忑，护士长在传染科待了那么多天，会不会也携带有病菌？感觉自己像有强迫症一样。可是张文宏教授不是有句话吗？防火防盗防同事。最好的防护，是一个人住一间房。前半夜，一直纠结。后来想到护士长进入隔离病房次数不多，才勉强安心入睡。第三天，在我的强烈要求下，管事的给我安排了单人间。有了私人空间觉得轻松许多。

在酒店里，我害怕与同事见面。因为只要一个人防护没做好，就可能导致病毒蔓延。每天回酒店，进门后第一件事就是，先把外套、外裤脱下，挂到门口柜子里，再脱袜子换拖鞋。鞋子放在门口。然后再脱毛衣，换另一件毛衣加外套。这样的话，我身上的衣服都是清洁的，将感染风险降到最低。休息一会儿后，将手机用酒精喷洒消毒，再洗澡洗头。躺在床上后，还要像放电影似的将自己穿脱防护服的顺序再回放一遍，看有没有错漏的。

有一天晚上，收到一个同事的微信，邀请我到她们七楼的房间。我不想去，说自己有点累，要睡觉了。传染科的好友也给发信息，邀请我一起去七楼。原来是有同事今天过生日，大家想为她过一个特殊的生日。内心有一丝愧疚，但我仍然坚持没去参加。

坦率地说，我其实挺喜欢在隔离病房的工作。在隔离病房当班，一天只要工作四小时，即便加班一小时，也是心甘情愿。再忙再累，也就那几个小时。忙完后，时间完全属于自己，我喜欢安静的生活。隔离病房里，因为忙碌而忘我，时间过得飞快，内心倍感充实。再者，临时组建的团队高度融合，显示出很多优点，我的意志也得到了磨炼。

遗憾的是，一周后，我接到护理部的通知。由于咸宁市第一人民医院大楼已收满，计划将我院 3 号楼腾空，收治“新冠肺炎”患者以及全市的重症“新冠”患者，我被暂时调离待命。以大局为重，于是，我乖乖地回家自我隔离。

居家隔离期间，我把自己当成患者。早上，母亲推门直入叫我起床。我惊呼：“你怎么不戴口罩就推门直接进来了，不知道我接触了病毒吗？”母亲连说忘记了，慌了神似的关上门。我在家里故意制造一些紧张氛围，让母亲增强防护意识。以至于后来母亲戴着口罩看电视，也会把自己的房门关好。

在家千般好。母亲做的菜肴花样很多，而且都是我爱吃的。每到用餐时间，她就端来饭菜，放到卧室门口，敲门告诉我自取。我用过的碗筷，只在我的卫生间进行清洗，不带入厨房，单独存放。即便独自在卧室，我也会每天佩戴口罩。

暗夜中的逆行者

疫情暴发后，“新冠肺炎”俨然洪水猛兽。医院有不少保洁工人辞职，樊阿姨却一直坚守在传染科病房。第一次见面，她在隔离病房外更换防护服。我还以为她是护士，不禁有些疑惑，这么大年龄了，还扑在一线。后来才知道，她是保洁阿姨。疫情期间，她坚持打扫传染科楼层，不放过各个角落，每天处理患者的生活垃圾、药物垃圾、厕所垃圾等。工作量相比正常时期，不知增加了多少。樊阿姨人很朴实，每天默默地干活，连护理车的垃圾都被她清得干干净净。她甚至觉得，此时能与医护人员共进退，是一件非常荣幸的事情。

来传染科支援的护士，多数业务能力突出，为人低调，也不多话，隔着防护服，也看不出情绪波动，更多的是默默干活。当然，也有极少部分的人，因为种种原因，未能进入隔离病房。但每当记者来采访，却会向记者哭诉，自己多么艰辛、付出多少汗水。说真的，跟樊阿姨比起来，有些人啊……一言难尽。

“封城”后，市区公共交通停摆，出行成了大问题。我每天都是步行去上班，遇到雨天鞋子都是湿的。冬日里，真的很冷，牙齿直打战。

几天后，我被同事拉到一个志愿者车队群，上班出行问题得以解决。每天接送我的人叫甘宁，他是志愿者车队的发起者。

甘宁是1995年的，曾在北京担任田径运动教练，因运动受伤回家休养。疫情发生后，他看到一个视频，医护人员在上班途中被出租车拒载，心情顿时很复杂，为了避免类似情况发生，便萌生一个念头：组建一支民间志愿者公益车队。他振臂一呼，很快得到家人和朋友的大力支持。为了家人安全，他从第一天外出志愿服务开始，就搬出来一个人住了。

最开始，志愿者车队只有几台车，后来发展到十几台，且不断有志愿者加入，车队日益壮大。车队任务很重，每天平均接送市内医护人员出勤100余人次。随着疫情的发展，市内申请接送的人员越来越多，很多非医务人员也来“蹭车”。超负荷的工作量，让他们非常吃力。甘宁微信联系我，问我如何确定乘车人员是医务人员。我建议他，对群内医务人员进行认证，用“身份证+医院工牌号”的方式，发到群里进行登记，没有认证就清理出群。甘宁答应了，但微信群并未得到相应清理，他和他的车队就这样一直超负荷运转着。

一线医务人员的工作分“四班”，二十四小时轮班工作。凌晨一两点下班是常态，这给志愿者车队带来了不小挑战，大多数人每天只能睡四五个小时（所以有些医务人员不好意思，宁愿自己走回去，而有的人路上要花一两个小时）。甘宁从不在群里抱怨，总是激情满怀、热情满满，他说就怕自己一句话没说好，误伤了医务人员的心，大家就不敢约车了。

另外，燃料费也是个大问题。每台车每天的燃料费是两百至四百元，十几部车一天下来不是个小数目。疫情不是三两天的事情，到结束估计要几个月。甘宁咬咬牙，负担得起自己的油费，可是其他人就未必了。有部分司机建议甘宁，能否向社会发起募捐。哪怕募到一点油费，也可以缓解队伍的经济压力。但是甘宁不愿意募捐，认为这样有损志愿服务的初衷，却一直为这问题苦恼着。

不久后，团市委组织成立了“青年志愿服务突击队”，甘宁第一时间加入到队伍中，与其他志愿者一起协助转运来自各方的捐赠物资、配送爱心餐、取送紧急物品等工作。用甘宁的话说，他的车队几乎无所不能了。

有一次我问他油费问题是否已解决。他说还没有，在这个特殊时期，自己能继续咬牙坚持。

古人常说，兵马未动，粮草先行。无论是战争年代还是和平时代，一日三餐对我们来说都太重要。“封城”后，所有餐馆都停止营业，医务人员的出行被志愿者车队承包了，但是吃喝成了难题。家宴、御湾、南岛等餐厅，主动提出承接全市医务人员每日三餐，解决了我们的后顾之忧。每天上千份盒饭的背后，是企业家、厨师和志愿者大爱的接力传递。两个多月来，每餐准时准点送到，惠及咸宁各家医院与值勤点，一天也没有缺席。所有的饭菜、筷子、汤等，都准备得足足的，这哪里是盒饭，分明是爱心和汗水。这些本不是他们的责任，更没有利益可言，本可以袖手旁观的他们却挺身而出，尽己所能、不计报酬地帮助医务工作者。作为此次疫情中服务病患的我们，也被这些为我们无私奉献的人深深地感动着。

黎明之前

隔离期结束，我回归行政工作。没上几天班，我居住的小区2栋因出现确诊患者需要封锁14天。社区给我两个选项：离开小区可以上班，或者再居家隔离14天。

我选择了前者，在主任的协调下，医院安排我住学生宿舍楼。我再次收拾行李离家，尽管舍不得母亲做的饭菜。搬到宿舍楼几天后，我陪同党办主任慰问一线医务人员家属，将米、油、口罩等物资送到困难医务人员家属手上，把一线医务人员在医院录的视频带给家属，把家属想说的录下来转给一线医务人员。

有个一线护士的家在通山偏远山村，主任开着自己的车带我一同前往。防疫期间，一路全是关卡，我认真数了一遍共有16个卡口。不禁感慨：行者不易，守者艰难。

这段时间里，妈妈每天中午拍菜品发给我看，诱惑我早点回家，我何尝不想回家啊……咳嗽也一直没好，14天封锁期结束后，我再次复查CT，结果正常，这才安心回家。

我认为自己并无功绩，也不用对医护人员抗“疫”夸大其词。就好比山火来临，消防人员会义无反顾地逆行救火；警察在面临毒贩、歹徒时，会毫不犹豫地与之斗争；汶川大地震时，人民子弟兵千里驰援……抗“疫”期间，医务人员冲锋在前是履行职责，我们只是做了该做的事情而已。在这场战“疫”之中，每一个逆行人都是光明使者。

如果父亲在世，也会支持我这么做

〔**口述人**〕郑金鼎，男，1983年生，湖北阳新人，贵州省人民医院感染科副主任医师。疫情期间，滞留湖北老家，就地医务增援。

父亲的力量

从我们附坝村到王英镇要经过一条长长的大坝，每年回老家，我经常会回忆起这样一个场景：父亲站在大坝那头目送，我背着书包、米粮，慢慢走过大坝，走向外面的世界。

无论是做人还是处事，父亲一直是我的榜样。他是一名山村教师，兄弟六个，父亲排行老大。他在村里很是受人尊重，这并非因为他是老师，而是因为他的急公好义。左邻右舍谁家有个困难，父亲总会出面想办法帮忙解决。可惜，父亲于2017年查出罹患肝癌，陆陆续续治了两三年，动了五次手术，但病情一直不乐观。

2020年1月11日，父亲溘然长逝，当时我远在贵州，没能见他最后一面。等我赶回家料理完丧事，已经临近春节。这时候疫情已经明朗，形势十分危急，我让妻子带着一双儿女回到她钟祥娘家过年，我则留在老家多待些时间，打算多陪陪母亲，再去钟祥与家小会合。

不久，湖北各地“封城”，我滞留老家阳新。考虑一番之后，我决定就地增援。冥冥中，是一股来自父亲的力量，促使我决定在阳新参加抗“疫”的。我想，如果父亲九泉之下有灵，他肯定会为我的选择高兴。

学医就是要去救人，我对此深信不疑。吾国吾民遭此大疫，我作为医生必须上一线，这没什么可犹豫的。

主动请战，就地增援

1月26日，大年初二，贵州省人民医院号召大家请战一线，我所在的感染科已选派两人参加贵州援鄂医疗队伍。因交通管控和武汉“封城”等原因，我哪里也去不了，回不了贵州，到不了武汉，只能就地“作战”，阳新一样是疫区，一样需要医务人员驰援。

向单位正式提出申请，领导同意我就地参加抗“疫”。

没有介绍信，没有联系方式，也没有熟悉的渠道引见，我只有在网上查找相关信息。1月29日上午，我浏览阳新县人民医院网站时，发现了一封请求支援医疗物资的信息，联系人是周礼和。我按图索骥，给周主任发了一条短信：

> 周主任，您好！我是贵州省人民医院感染科的一名医生，湖北阳新人，现因新型冠状病毒疫情滞留在阳新，看到疫情肆虐，作为感染科医生，应该身处一线，如果贵院人员紧缺，我自愿加入贵院疫情防治！我本人情况：2015年毕业于武汉大学中南医院，获得博士学位，现为副主任医师，已在感染科一线工作5年！冒昧打搅，盼回复！谢谢！

很快，周主任回复了我：

> 经向阳新县人民医院院长舒克刚请示，同意接受支援。

我的这一举动在家里引起了一些争议。不赞成的主要是担心有危险，认为在疫区一线感染概率高，条件一定很艰苦，网传防护物资都很紧缺。不过，大多数至亲是支持我的。我的妻子也是医生，当然理解我的想法。岳父在钟祥当抗“疫”志愿者，也没话说。丈母娘通过微信给了我很大鼓励：“国家和人民培养了你，现在是最需要你服务的时候，哪里有困难，你就去哪里。”不过，我没敢跟七十六岁高龄的母亲商量，她还沉浸在丧夫之痛中。直到 29 日下午，我才小心翼翼地告诉母亲。她出奇地平静，没有多说什么，只是特意做了几个我爱吃的菜，饭后默默帮我收拾东西。她问我衣服日用品要不要全部带走，我说，我还会回来的。看着灯下母亲佝偻的身躯，那一刻，很安静，儿行千里母担忧，我怎能不感到酸楚和感动？莫名地还有一股悲壮。其实我也考虑过危险，但我是学传染病专业的，责无旁贷。再加上 2019 年单位三甲评审时，我曾经做过穿脱防护服训练，被病毒感染对我来说，应该是小概率事件。

1 月 30 日，父亲的“三七”日。我起了个大早，来到父亲坟前上香，寒风瑟瑟，万木萧索，默默地，我把自己的决定告诉父亲，并向他辞行。8 点钟，村里一位邻居把我送到三溪镇上，堂弟再开车将我送到阳新县人民医院。

就这样，我成了阳新县首个抗“疫”“外援”。没过几天，疫情形势急转直下，全国各地开始紧急组建医疗队驰援湖北，越来越多的医护人员投身战“疫”一线。

救一个人就是救一个家

1 月 30 日，阳新县人民医院一片繁忙，隔离区正在改造。生活区、办公区、病区的隔离墙还未完全做好，听说大部分医务人员已经连续在这里四天了。两个病区的病床已经快收满了，还有患者被陆续送过来。由于人手不够，我立即和医生们参与到病区改造中，搬桌子、电脑，搬患者床位……

院方对我这么快赶来支援的举动，既意外又感激。副院长虞永忠主持一线救治，他对我特别客气，每逢向别人介绍我时总要感叹两句："社会上对'新冠病毒'多少有些'恐慌'，不说一般老百姓，就是医务人员也对它有些'忌惮'。这个节骨眼上，敢于迎头面对，确实需要勇气。"

当天晚上 9 点多，一下子来了十个患者，都被收治入院。很快，我就投入到了激烈的战斗中，当晚的两场抢救惊心动魄。

23∶40，我刚刚上床休息，病区里传来护士的呼救声，说有个患者不行了，需要抢救！这是一个带着无创呼吸机、昏迷的老年男性患者。我和其他两名医师迅速穿上防护衣物，来到患者床边，患者已没有心跳和呼吸，必须立刻对其实施心脏按压等抢救措施，经过 40 多分钟的抢救，我们还是没能打败死神，患者最终还是走了。

彼时，我们还没有从悲伤的情绪中恢复过来，一楼又传来呼救声，有个轻症患者突然出现胸闷、气促、呼吸困难，心率 130 次 / 分钟。经过紧急分析，考虑为急性左心衰，经过吸氧、扩管、利尿等处理，患者症状稍有好转。当天夜里，这名患者隔一段时间就喊医生，我一直守在身旁，直到患者胸闷、气促完全好转。这时已经是凌晨 5 点，我慢慢脱下防护服，全身汗透，精疲力竭。

从医多年来，深入疫区全身心投入如此密集的治疗，这是第一次，无论对身体还是心理，都是极大的考验。只有夜深人静时，打开手机微信，看到刚学会走路的儿子，嘟囔着学说话的样子，所有的疲倦和压力才会烟消云散。

刚去的那一周，特别忙，特别累。与家人打电话的时间都没有。每天，隔离区的医生被分为若干组，每隔四小时轮换一次。这段时间内，不管是医生，还是护士，为了节约防护服，舍不得脱下，便不能上厕所，且时刻准备应对病人的突发情况。我每天的工作包括询问患者病史、给患者做体格检查、定点查房以及制订治疗方案等，查房时要重点查看危重病人，以便上午讨论时，重点研究危重病人的治疗方案。

2 月 3 日下午，我查看了一名何姓危重患者的情况。经过无创呼吸机治疗，他的血氧饱和度仍然只有 70%，该患者烦躁不安，我仔细检查后，发现呼吸机管路接触不太好，但当时的情况是，只有一位呼吸科的医生熟悉呼吸机的使用方法，其他医生和护士都是各个科室抽来的，包括我在内，对呼吸机使用并不在行。考虑到这个安全隐患，医院随即组织了一期培训班，所有医护人员晚上集中学习，掌握呼吸机的使用及参数调整。

2 月 5 日，有一个呼吸衰竭的病人必须转到重症救护室，转运路线大概有 200 米，不仅要上电梯，中途还要经过一片露天区域。我们事先规划好路线，既要争取最短的时间，又要做好防控。一名医生推着轮椅护着病人，一名医生备好氧气，一名工作人员清理好路线，后面还有工作人员负责全程消杀。这一过程真是与死神争分夺秒地赛跑，出不得任何纰漏。我和现场的医护人员紧张忙完，都是大汗淋漓。

病区的紧张程度一周后得到了缓解，因为此后陆续有病人痊愈出院，我也进入了角色，心情安定了不少。每次看到患者焦虑而渴望的眼神，我就给自己打气：此时此刻，他们把生命托付给我，我是他们最信任的人。从医以来，我一直认准一个理：医生的首要任务就是挽救病人，因为挽救一个病人就是挽救一个家庭。我总是想起病重住院的父亲，作为家属的我们是多么焦虑和无助。当我看到自己抢救过的患者终于治愈出院，我比得到什么奖励都兴奋。

有一个六岁患儿，合并轻度智力障碍，不能配合吸氧及各种检查，呼吸急促、烦躁，我和另外一个管床医师只得狠心把他固定在床上，做肺部 CT，发现肺部病变很严重。经过一系列治疗，这个孩子最终痊愈出院。我清楚地记得孩子的家人在隔离区巴望着，看到小孩熟悉的笑脸喜极而泣，一家人不停地感谢我们。那一幕永远印在我的脑海里，久久地激荡着我疲惫的身体。

我住的宿舍是父亲生前的病房

在病区，我得到了很多宽待，领导和医护人员都尊称我为“郑博士”，我总是一笑而应。说实话，在一线救治的医护人员严重不足，感染科有临床经验的医生更是稀缺。我庆幸自己的专业积累在抗“疫”一线得到了发挥。对于确诊的传染病人而言，医生的话语和心理辅导尤为重要。我主张在治疗过程中要注意轻言细语，尽量微笑，这得到了“临时同事”和战友的赞许与推广，也给许多患者留下了深刻的印象。

“郑医生，看到你对我笑，我就知道我有希望！”给患者检查时，见我露出笑容，患者会这样说。

2 月 6 日，县人民医院党委副书记、副院长刘会田给我打来电话，请我把银行卡号发给他，院里统一发补助。我想都没想当即谢绝：“我不要，我来这里就没想过要拿补助。”刘书记似乎很意外，他连忙解释说，这补助不是针对你个人，一线医护人员都有。我仍然委婉谢绝了。但一段时间后，在医院领导的一再坚持下，这笔补助还是打到了我的账上。我一度为此很惭愧，医生救人是天职，而且我是自愿的“散兵”。父亲在天上看着我呢，他不会责怪我拒绝不力吧？

由于条件有限，我和另外七名医生住在隔离区一个大房间。巧的是，这间大宿舍竟是我父亲生前住过的病房，只要我躺下来休息，就会回忆起父亲的音容笑貌。所以，我会感到父亲一直在身边关注着我、陪伴着我、鼓励着我……

2 月 19 日那天，伴随着狂风，空中飘起了大雪，我一个人站在宿舍门外，病区不时传来患者悲怆的呼号，我突然强烈地思念起天各一方的家人：曾在病床上饱受折磨的父亲，独自在家熬着寒冬的母亲，远在几百里之外的妻儿……我不禁流下了眼泪。

3 月 16 日，由于此前阳新县已经多日持续实现四个清零，疫情防控取得了阶段性成果，我接到医院通知，撤出医院进行集中隔离。那天，天气很好，有久违的春日暖阳，我脱下防护服走出医院，是最后一个离开病区的“外援”。令我感到欣慰的是，病区病死率为 2.4%，低于黄石市平均水平。

我的抗“疫”故事经黄石媒体报道后，收到了一大波点赞。素未谋面的武汉大学老校友，原阳新县政协主席王义杰给我发来微信：

在家乡人民与病毒搏斗的关键时刻，您挺身而出，奔赴抗病第一线，以精湛的医术救治病人，报效祖国，造福家乡。我代表阳新的父老乡亲感谢您，为有您这样德艺双馨的校友感到骄傲。

乡政府领导及一些乡邻在得知此事后，还纷纷赶到我家中看望我的母亲。

3月30日，我的隔离期结束，第一个心愿就是尽快见到母亲，她老人家日夜为我担心。还要去给父亲报个平安。

从1月30日主动请战一线，到3月30日平安归来，除去14天隔离期的休整，我整整奋战46个日日夜夜。冬去春来，离开时，附坝村寒风萧萧；归来时，漫山遍野，春暖花开。

4月4日清明节，阳光普照，菜花烂漫，我来到父亲坟前，给他上了一炷香："爸，放心吧，我平安回来了。"这一次，我独自待了很久，那些在生死一线的拼搏片段依次浮现在眼前，我似乎又看到了父亲苍老而坚毅的身影……他站在大坝那一头，微笑着，朝我挥手；我背着行囊走在大坝这头，正奔赴另一片火热的战场。

“守”与“战”的同主题变奏

云在青天水在瓶

〔**口述人**〕庞盼盼，女，1992 年生，湖北崇阳沙坪镇东关小学教师。

花如“解事”应多语

东关小学是一个偏远的教学点，离镇街十几里，离县城六十多里。全校四个年级共有 46 个孩子，算上校长一共 7 个老师。别人教书是离家越来越近，而我教书却离家越来越远。去年 9 月，我从镇中心小学调到这里，妈妈得知消息，立刻奓毛了，但对我来说，孩子在哪里爱就在哪里，爱不分地点远近，也不分学校大小。越是偏僻的乡村小学，越是被遗忘的角落，越是需要老师坚守。

在这里，我们的孩子是学生，学生的孩子就是办公室门口的那株月季。孩子们经常在下课时来到月季花身边，弯着腰，睁大眼睛来看看它们、摸摸它们、闻闻它们。孩子们也是选美大赛的评委，会在一起讨论哪一朵长得更好看，哪一朵更香。在这里，每一个人都和月季有一个故事。

己亥年冬天，这株整个学校的宠儿却十分反常，一茬又一茬地开。打霜的时候，还开了一树的花，顽强地站在枝头上，挺过了最难熬的低温。学校有个老先生，对着月季啧啧说道：“不得了，不得了，这怕是不妙啊。”而月季涨红了脸不说话，冷不丁又憋出几个花蕾来。

名为摸排，实则劝诫

疫情来了，战争也就打响了，所有分散的力量都拧成一股绳。目的只有一个：抗“疫”！人们因病毒而改变生活方式，包括教学方式。

1月23日，教育部门迅即反应，组织教师对学生摸排。孩子有没有去过武汉等地？家长有没有去过武汉等地？孩子有没有发热情况？我在群里一个个@家长，得到回复之后，又给每个家长打电话，一个电话打了不接，我换着号码打，反正我笔记本记上有每个孩子全家人的号码。除了再次电话确认，有没有去过武汉等疫情重灾区之外，重中之重是再三劝告家长：不要聚会！不要串门！不要出去拜年！唯有家长们意识到疫情的严峻性，聚集的危害性和居家抗“疫”的重要性，孩子们的健康才能得到有效的保护。

要说服家长不出去拜年，我心里确实没底。乡下家长普遍对疫情这类事情不敏感，甚至有些家长抱着“要死，那也没办法”的心态。其实，教育孩子一点都不难，和这些家长沟通才让我的心最受暴击。网络上有人调侃“现在最难教的不是孩子，而是家长”。有些乡下家长喜欢对教育指手画脚，我身边不少老师就被“教育”过，也包括我。有些老师选择忍气吞声，不和他们计较，但是我偏不，他们是不吃温柔敦厚那一套的，忍气吞声是在助长一些家长的歪风邪气，损了学校形象，更害了孩子。站在老师的立场上，我不会退让半步。事实证明，我的不退步让无礼的家长有所改变，不仅对我多了几分尊重，到后来还对我夸了又夸，今天夸我掏钱给孩子买文具真贴心，明天夸我给孩子买的玩具真有心，没有哪个家长会拒绝真心待孩子的老师。

一通通电话打下来，我把疫情说得特别严重，其实本来就严重。告诉他们如果得了“新冠肺炎”，目前就没药可医，只能等死了，就看你免疫力了，武汉那边已经死了很多人了……好在我们班的家长除了个别摇摆不定的，其他的都答应我不出去拜年了。打电话那天是 1 月 23 日，所有人都在恐慌中，只剩下茫然，都在等着身边的动静。

赠人玫瑰，手有余香

年过完了，寒假也快结束了，可是疫情结束的日子却遥遥无期。

在家里死宅，就是普通民众对抗击疫情做贡献。但是如果每一个人都只做好分内之事，那么疫情大规模暴发后，就很难在短时间内被遏制。家是每一个人最安全的防护服，但一个又一个的人走出自己的家，从那一身最有效、最昂贵的“防护服”里走出来，逆向而行，这相当于一次“破茧”。“破茧人”的高尚举动让我自惭形秽。有太多顾虑让我只是在脑中想了想，却并没有走出去，我唯有在“茧内”做一些力所能及的事。

崇阳有一个 500 人的教师学习交流群，2019 年上半年由我发起组建。“群亲”会在群里发布招聘信息、教育政策、教育方法等与教育密切相关的咨询，群内环境很纯净，没有人发布广告，没有人发布负面消息。

网课开始之前，我在网上把 1—6 年级语、数、外的电子版书籍全部买了下来，在群里发给需要的老师。平常收集的世界知名绘本、关于新型冠状病毒的绘本，也每天持续不断地发了出来，这个活动持续了整整一个月。看到越来越多的老师有这些需求，我便又开设了第二个群，现在一群和二群所有老师加起来，一共有 700 多人。每个老师背后都有很多孩子，我没法把这些资料发给每一个孩子，但我可以通过这些老师送到孩子手里，为孩子上网课提供必要的教学资料。

这些资料，我第一时间就发给了我们班的孩子，另外又在网上找了些其他相关的电子资料。我没说这些资料是自己买的，就说是教育局发的，谁买都是一样，只要是有利于孩子。我觉得与逆行赴难的英雄们比起来，这些事情微不足道。做比不做要好，起码安心点。

网课之事多烦忧

一个人在疫情期间每天看书、看教育视频、做笔记、在群里发教学资料……日子已经过得一成不变了，每天像个机器人一样重复做着这些事。每天醒来第一件事就是看疫情数据，心情被疫情压得难受，看着攀升的数据，心慢慢变得麻木了。唯独在看到班上或者曾经班上孩子的视频时，自己的心才会一下子从浓雾里来到太阳下，温暖光亮起来。

当主播给孩子们上课的幻想很快就破灭了，因为我接到了教育局通知，直播课由某平台的老师授课。这让我觉得不可思议。不是本班老师上课盯着，孩子上课的效果真的可以达到吗？尤其是我们乡下的家长们，自己的教育观念还没跟上，坚持一两天是可以的，时间长了还能坚持下去？学生缺少一个良好的学习环境，家长能否认识到网课的重要性？网课用一把尺子来衡量所有的孩子，没法做到教学中最重要的因材施教……担心的事情太多太多了。

事实上，对网课效果我起初并不看好。因为教育是要有温情的，教学过程是双向交流的活动，只有在互动中才能建立良好的师生关系。有一段好的师生关系，其实教育就已经成功了一大半。从冷冰冰的屏幕上传出来的知识，就像一盘没有煮熟的菜，人一看就没有“吃”的胃口，要让孩子凭自觉性自主“吸收”，何其难啊。

伴随着自己的这些担忧，网课进入试运营阶段，和我预料的一样，状况百出，车还没开始动，胎就爆了。

2 月 9 日网上试课，由于登录人数太多，系统直接崩溃了，家长在群里就差喷火了。不一会儿接到上面通知，说是同时登录人数太多，造成网络压力过大，现在无法登录，技术人员正在紧急处理中。我在群里安慰家长：“今天本来就是调试，有问题是很正常的，明天才是正式上课。”不过我根本没有把握“明天”能不能上成课，第一次网课大面积施行，很多方面还不成熟，包括运行平台。

果不其然，第二天系统还是崩溃了。一看情况不妙，我赶紧把自己准备好的电子资料发在群里，布置教学任务。就这样每天在微信群内布置教学任务和作业，一直持续到网课走上正轨。

但是网课上了一段时间后，有些孩子不愿意上网课，不愿意做作业，家长也不管了。我在群里 @ 家长，有些家长根本不理，我只好打电话，电话一打过去，家长嘴上答应说写，最后却不见冒一个泡。第二天继续在群里 @，不理我，又是一通电话打过去。第三天我也不在群里 @ 了，直接打电话过去。直到后来，网课已经开了两个月，有的孩子的作业我才见过屈指可数的几次，我真恨不得跑去学校把孩子们叫到教室辅导。我们班一个小魔王，在幼儿园从来不坐凳子，从幼儿园到小学，和园长打完架接着和校长打，打完就往家里跑。这样所谓的坏孩子到了我手里，不知道多乖，非常喜欢上我的课。他的变化让其他人都觉得不可思议。

教育孩子，我从来不觉得吃力过。但是让家长督促孩子学习这事，有些家长根本不放在心上，我就只能心焦，根本想不出法子来。难道要靠孩子主动去上这网课？这怎么可能，孩子喜欢玩是天性，好动是天性，对他们来说，学习从来不是一件好玩的事。

疫情见不到底，这网课还得上下去。这哪是学生上网课啊？分明是要家长上网课。班上一共 12 个孩子，能够坚持下来的都是平时成绩拔尖的，按道理，后进生的家长更应该重视上网课吧？但这次他们的表现却不尽如人意，经常不配合教学。我想说，世上没有教不好的孩子，没有无缘无故的优等生，也没有无缘无故的后进生。这里的“教”不单纯指分数，而是指孩子品德和性格。我见到的每一个孩子，他们身上都有优点，哪怕是考试分数最低的孩子。那些老师、家长口中所谓的教不好的孩子，都是没有被充分理解和善待的孩子，但是有哪一个孩子不值得被理解和善待呢？

唯盼花期乃佳期

漫长的假期让人惶恐，平时数着日子等假期，如今确实互相打听什么时候开学。到了 4 月份，疫情确乎得到有效控制，但又如火苗星星点点，生怕随时有燎原的意思。开学时间，我们猜了又猜，但是没有一个猜中的。

我们学校背后有一大片果山基地。有桑葚、桃子、柚子……春天的时候这里特别美。有些老师在群里讨论，果树开花时也许能够开学，可以带着孩子去山上春游。我觉得那是不可能的，起码要等到结果子。老师巴望复学心切，觉得要不了那么久，校长则认为是 5 月中旬。

这不，到了 5 月底，桃子快红脸了，桑葚也熟过头，掉在了地上。万物继续生长，疫情也没有彻底停下邪恶的脚步。

因工作需要前往学校时，我特意去看看孩子们的“宠儿”。那株月季长得格外好，花朵开满枝头，枝条因没有修剪，长得格外恣意，顶花带刺，随风摇摆，枝条或弯腰做鞠躬状，或者干脆趴在地上，像在恭请师生重返校园。没有孩子们欢声笑语的校园里，被迫孤芳自赏的花儿一定有很多惆怅吧；对于孩子们而言，错过了月季春夏的花期未尝不是一种遗憾。花期即佳期，在心里默默祈祷下一个花期就是我与月季、孩子们重逢的佳期。

世界奇怪，努力可爱

〔**口述人**〕余茹，女，1989 年生，湖北咸安人，咸宁市教育局四级主任科员，抗“疫”党员志愿者。

本来怪你们搭棚，又不想你们撤卡点

2019 年 12 月 23 日，工会副主席施华军在 QQ 群发出《教育局机关 2020 年全年值班安排表》。春节 7 天假，每天安排 3 个人值班。不久，因为疫情，春节假期延长，值班也自然延长。十天后，再次发出《疫情防控期间值班安排表》，值班地点也由办公大楼拓展到教育局新旧两个小区、包保网格和对口联系责任小区。值班高峰期，全局值班人员甚至分散到 7 个值班点位，实行 24 小时值守。

大年初一，我在局办公大楼值班。往年这个时候，会有一个老大爷打电话为教育工作“建言献策”。这个老大爷很有意思，每年大年初一都会打来一个漫长的电话，先寒暄客套互祝新年好，接着肯定表扬我市“禁鞭”工作做得好、素质教育成果大，然后进入正题——他要举报城区有小孩“炸鞭、放烟花”。初听，会觉得他说得头头是道，但很快就能感觉出不对劲来。他无法说出具体时间和地点，且坚持要求教育部门出台政策处罚，小孩放炮抓到一次罚款 50 元，监护人罚款 100 元，通报批评孩子所在学校，班主任同责连坐……鉴于几乎没有其他群众会在大年初一早上打教育局电话，我一般会选择听他说完，通话时间长达两三个小时，有时候外卖都到了，他还讲得意犹未尽。

今年，餐饮店都响应疫情管控政策休业了，自然点不了外卖。奇怪的是，老爷爷的电话也好像响应了上级倡议，竟然“失约”了。1月25日，办公室和基础教育科的同事、局副县级领导全员在岗，对外全媒体发布《关于推迟全市中小学校和幼儿园2020年春季学期开学时间的通知》，一天之内，仅“咸宁市教育局”微信公众号点击量便突破10万人次，网络留言数、电话咨询量激增，对这些咨询，我都得一一作答，忙得别说吃饭，水都没时间喝一口，上厕所都是一路小跑。

2月10日，我和徐婷婷一起蹲点值守，在青龙社区第五网格书香雅苑小区。这里住有100余户居民，一栋楼因有确诊病例而封闭，救灾帐篷就搭在这栋楼前面的空地上，里面一张简易条桌、两把凳子——这便是值守据点了。前一天下午，我们还商量着一个人值上午一个人值下午，想来无事，家中各自有幼儿需要照顾，彼此行个方便。但10日早晨到岗后就被通知，即日起执行24小时值班制，教育局每天派2名党员干部从早上8点值到晚上8点，社区派1名男同志从晚上8点值到次日8点。封闭楼栋有一个住户9日趁夜翻围墙脱离管控，小区值守严格程度便随之加码。

疫情期间，云南向咸宁援助了许多生活物资。那天，救灾棚里堆着一大包白萝卜、一大箱罗汉果、四箱金钱橘，需要分发给居民。我们在小区群里通知大家下来有序领取，徐婷婷登记楼栋门牌号、手机号、物资领取情况等信息，我则按照每户1根萝卜、4个罗汉果、10个金钱橘的标准将物资分发出去。

2月17日，封闭楼栋隔离期满，救灾棚“功成身退”，点位换到“三无”小区俞家巷——那里一栋私房（三层楼）有确诊康复病例，棚子便对着他家大门搭建。我和张曙次日便去这个点位值守。此时，局里除去被抽调在外，在指定地点固定值守，处于孕期、哺乳期、居家隔离期，身患重疾等特殊情况，其余60余人全部下沉到社区参与值守工作。

全员投入群防群控，交通管制那段时间，局里仅有的两台公务用车成了公共用车，每天早晚沿途接送路途遥远的值班人员，中午和傍晚又成了送餐车给各个卡点送盒饭。其余时间，领导班子成员乘公车赴教育系统各个卡点、全市各个学校，察看值班值守、防疫物资储备、卫生消杀、线上教学等各方面工作的开展情况。每班 12 小时，吃两次盒饭。有一次，我端着饭在棚外吃，居家隔离这户的女主人也端着饭在二楼阳台吃，我们隔空聊天。她说："你们菜这么素啊？"我说："还行啊，今天还加了个荷包蛋呢。"她说："要不是你们每天帮忙倒垃圾，隔天送菜上门，让我日子过得还蛮舒服，我早就要投诉你们了！"我不解，她继续说："我已经康复了，你们还跑到我家里来贴居家隔离通知书；贴了单子就算了，还把我大门加把链条锁；你们锁上就锁上吧，还抵着我家门口搭帐篷；搭棚子就算了啊，你们还没日没夜地派人这么守着我……你们这样搞，让邻居怎么看我们一家人？"她吃完饭，又拿个苹果边啃边跟我聊家常。

晚上七点一刻，其他卡点接班的人来了，公车也来了，停在路边等我们下班。张主任和我一个班，1 月 21 日至今，他一直在岗，办公室收发文件、写各种材料、摸排报表、协调用车……他总是随叫随到，敬业到让人很容易忽视他背后也有家庭：他爱人是中医院医生，夫妻俩常年忙碌，九岁的大女儿早早地便学会了一个人在家带两岁的妹妹。他在社区值守吃盒饭时，两个女儿正在家吃自己下的面条。

晚上八点，交班的人来了，顺便又给隔离户送了一袋子新鲜蔬菜。我从窗户给女主人递进去。她问我这个棚子要搭到什么时候，我答要满 14 天。她说："本来怪你们搭棚，又不想你们撤卡点，外面超市不对个人开放，买菜都不方便，搭个棚子我们起码吃喝不愁。"

3 月 9 日，因俞家巷撤点，我被编入供销社小区继续值守。社区的工作人员负责小区物资采购，我们负责守卡点、量体温。复工复产在即，居民凭现居住小区放行证明、拟入住小区接收证明且体温正常，即可离开现居住小区。当日上午，一个中年男人隔着铁门，仔仔细细地向我询问出行政策，他们一家四口人在机电市场做生意，眼下着急开业，一家人想去那边住。中午，就见他在铁门里唤我过去："喏，你看，我两个证明都开好了！"他兴奋地把面包车都开出来了，三个家人坐在车里，行李大包小包地堆在最后一排座位。铁门横亘在中间，他们在里面，我在外面，手机里两张证明的盖章扫描件照片是快乐的通行证。

"最后量个体温哈！"我拿着额温枪过去，对准这个男人的额头，37.5℃！按照规定，超过 37.3℃，就需要留观。男人急了让再量量！再一次，37.7℃！额温枪掌握着一家人的脉搏，测了两次，他们就坐了两次云霄飞车。

我量了下自己，完了，我也 37.6℃。同事赶紧从隔壁卡点借了个额温枪来，才显示都正常了。原来，卡点的额温枪和值守人员一样，超负荷工作太久，"身体抱恙了"。

能不能给点儿内部消息

咸宁解除交通管制后，教育局电话也"加班加点"响个不停。我接到一个群众电话，咨询幼儿园开学时间，还跟我一个劲地套近乎，想得到点"内部消息"，我无奈地问："您这么急着送孩子去幼儿园，小孩子那么多，您不怕有风险吗？"他说："我就是怕有风险，才要等你们教育局公布开学时间。"

原来咨询者夫妻俩都在武汉上班，四岁半的孩子留在咸宁由爷爷奶奶照看，但老人家毕竟岁数大了，也没法全天候"对付"一个精力旺盛的小男孩，就想着送去幼儿园。武汉甫一解封，公司催他们返岗，夫妻俩立即回武汉复工了，诚然也怕感染风险，但既是公司通知上班，如果出了状况，公司自会负责。同理，"如果我小孩在幼儿园出了状况，既是你们教育局说的可以开学，那你们自然要负责到底。"

群众说的确是实在话、心里话，我们听了却一身冷汗。

年少时，我觉得在政府上班很"威风"，后来考进乡镇政府才发现，感觉某些看起来弱势的群众并不弱势，地方政府很多时候是无过错方，但是领导为了维护稳定，得忍气吞声做受气小媳妇。再后来我又遴选进了市教育局，原以为总可以捡起几分体面，没想到平日里这个举报、那个投诉，这里不公平、那里不作为，全市各级各类学校 1054 所，市教育局直属管理的只有 5 所，但群众投诉可不管这些，全市学校的“骂”我都得担着，因为电话归我来接。

开学？容我们多做些准备，方方面面推演全了，等省里通知下了再说吧。可是，一天不开学，就得上一天网课。

老师们的崩溃，从 2 月 3 日启动线上教学就开始了。

1 月 29 日，市教育局下发《关于疫情防控期间开展在线课程教学的通知》，全市普通高中按照教学计划从 2 月 3 日起开展在线课程教学，市教育局依托教育云平台和《咸宁日报》新媒体中心直播平台，组织鄂南高中教师对全市普通高中 3.2 万余名高一、高二学生实施网络直播教学，高三则由各普通高中学校自行组织辅导。在云平台，学生凭学籍号登录听课，教师可随机抽取“幸运学生”回答问题，峰值在线人数 2 万余人；在直播平台，所有人均可听课，开通 3 日内累计观看人数便超过 24 万人次。无论在哪个平台，用户均可进行文字评论。这意味着，授课教师将接受范围极广的评判。

网课一开始，鄂高的一名青年语文教师讲授《蜀道难》一文，便有一名用户在云平台刷屏留言“我要代表作家协会将你驱逐出教师队伍”，将正在直播的老师气出了不争气的眼泪。讲网课的老师真难，因为网课是个看不到观众的脱口秀舞台。网课空间里，每一个沉默不回应的孩子，都在压垮老师的大山上加了一块石头。

“周一布置的作业，要求周三晚九点之前提交，到现在为止只收到 33 位同学的作业，其他同学是准备放弃语文了吗？……最近三次早自习签到情况我发在群里了，还有很多同学既不进群也不签到，不知道是什么原因，不愿意接受监督也请告知我一下啊！”这是语文老师在苦苦“哀求”学生顾念一下语文学科。

“最近的物理作业同学们交得不太积极，希望同学们克服困难，继续坚持！四位同学已经连续三次没交物理作业了，烦请家长朋友们帮忙提醒一下。”这是物理老师无奈地开始寻求家长的支持。

“已经2点过5分了，还有14位同学没有进直播间，再等5分钟就不等了啊，我就直接开始上新课了！”这是数学老师在准备讲新课之前的最后通牒。

目前，在市城区学校，基本能做到语数外老师一人带一个班，但其他科目往往是一个老师要同时带两个及以上班级的课，这些老师立马就成了“抢手货”，班主任们拿出大家相知相识以来最大的热情，抢着和他们约时间、调档期。

师生基本上都是第一次使用钉钉、无限宝、YY、QQ直播等平台开展线上教学。应用如何下载、直播间如何进入、作业如何提交/修改……大家各施妙招，有的用文字和图片详细描绘全步骤，有的录制“教学”视频，不会的便要央着会的人：“你把我拖进班群吧，我实在找不到直播间入口！”

我爸是九年级数学老师兼班主任，所在的咸安区实验学校统一采用钉钉进行线上教学，以班级为单位建群开展。教师“上线”当网络主播，学生从视频中能看到老师的一举一动，老师却不能知悉网线另一端学生们的动态。

我爸教龄30余年，数学课上得极好，大半辈子驻守三尺讲台、一方课本，一应知识烂熟于心，两袖清风，信口拈来，向来底气十足。好学生听得开怀，爱做小动作的学生却每每胆战心惊，因为他总是一边讲课一边满教室转悠，不经意地就会揪出开小差的调皮伢。他爱在课堂上露他的绝技，右手拇指与食指并用，于黑板沿槽里拈起一支粉笔，右手小指作原点，信手一画便是一个标准的圆。这几年，我市推进教育信息化工程，教学设施设备都有了质的提升，黑板变白板，粉笔变伸缩笔。他的一身好技艺在电脑作图工具下，顿时失了不少颜色。彼时好歹也是真人秀，此时却是彻头彻尾的对牛鼓簧，一个人对着电脑口沫横飞，太嗨了像是精神病，平白直述又恐无法带动学生积极性。第一次试讲的15分钟时间，我见证了老爸自言自语到疯掉的全过程。

几乎就是对着空气盲讲，师生缺乏互动，需要反复确认学生在线与否、听懂与否，这些都是线下教学从未出现过的问题。

初中生更加倾向于以班级微信群为主要媒介，教师授课、布置作业，班主任牵头督促各班教学任务开展，并提醒家长加强对学生的督促监管。学生学习情况、作业完成情况，老师都会直接在微信群发布。

高中生自学自理能力相对较高，学习任务更重，学习方式更为多样。高一学生统一通过“无限宝”听网课；“钉钉”有打卡功能，因而教师通过“钉钉”上小课、组织学生打卡；“小七学伴”提供作业批改和分析反馈功能，因而教师在“小七”发布作业，学生须登录“小七”查收并提交作业；语文、英语等科目须坚持朗读和背诵，因而建立了专门的学科群，检查学生相应科目学习情况。

此外，不管是什么平台，同学们都无法做到24小时在线，但是QQ和微信却可以。班级微信大群最早建立，人数最全且包含所有家长，因而教师在微信群使出浑身解数，向家长以文字、图片、文档的形式反馈学生学习情况；鉴于时间久了，微信图片和文件会自动失效，后期又建立了班级QQ大群，老师们有什么通知也会一并在QQ群发布。

十几个平台需要收消息，家长实在有心无力。4月2日，一位家长被老师连续点名，孩子多次未交作业，这位家长被迫发出最后的吼声：“能不能统一在一个平台开展线上教学？”

老师们也很想知道答案。网络上有各种各样的学习应用，其中不乏腾讯、阿里巴巴这样的大公司，教育部也非常关注线上教学，但这场疫情来得又急又凶，一时间竟真没有一个平台，能够承载所有教学功能，可以解放教师、学生和家长。

我想开了，我想上学了

4月10日，又是星期五，实在有太多议题要议，迫切需要召开行政办公会。局长陈礼高日程太满，不是在开会的路上，就是在调研的路上，他给了大家两个选择：周五晚上开会，还是周末开？我们无疑都选了前者。1 月 21 日至今，副县级领导、各科室和二级单位的负责人、市直学校校长们几乎每日在岗。一把手年纪最大却还在拼命三郎，叫底下人如何敢言苦言累。连日无休，大家都想把工作在周五晚上解决掉，短暂地拥抱一下周末。

会议自然是围绕开学准备工作，深挖涉及教育的风险点。会议中，有人提出，前期疫情形势严峻，校外培训机构都自觉关闭，但现在形势一片大好，已有个别机构按捺不住，关起门来偷偷招收学生补习。毕竟高考、中考在即，学生、家长都很急。现在家长普遍都很焦虑。择校、选班、挑老师，还给孩子报一堆兴趣班、辅导班，唯恐孩子落后在起跑线上。

疫情之下，每天都有无数人要来问什么时候开学。起初，家长很急。复工后，孩子没人管，也没地方可去，巴不得赶紧送到学校，继续让老师管。后来，校外培训机构很急。房租、工资、水电……一项项均须定点支付出去，但线下培训全面停止，他们不仅没有收入，前期预收费用还面临家长集中退费的风险。毕竟，培训机构有了生源，才有气力存活下去。

校外培训机构在头疼，孩子们无补习班可上，貌似也没有很高兴。通山县通羊镇的一个五年级学生徐某，原本在县城上学，放学后要上 1 个小时晚托。疫情期间，她宅在家学习。市教育局之前有要求，全市中小学校统一开展线上辅导，特别标出不允许上新课，待正式开学后统一上新课。徐同学短暂开心了十来天，以为每日按时完成班级群布置的作业即可。可很快，她的母亲买来 8 本《培优生练习册》，她每日要完成的作业比之前上课时还要多。平时在学校，老师即便是批评学生，也要注意方式方法，讲起道理来也是循序渐进，时刻照顾孩子情绪。母亲可不比老师，温柔时如沐春风，焦躁时如疾风骤雨，小孩子被打了几次，终于顿悟——“我想上学”。

局长办公会上，有指出风险点的，自然也有为民请命的。

民办学校情况也不容乐观，民办幼儿园问题尤为突出。社会普遍认为，幼儿园今年春季学期无开学必要。全市幼儿园于 1 月 11 日放寒假，原定 2 月 10 日开园，但截至 5 月初，春季开学时间已推迟

3 个月。在此特殊时期，全体民办幼儿园不仅完全没有收入，还需要继续支付教师工资、保险、房租、水电、贷款、校车、防疫物资等费用，另外，较大可能存在开园后幼儿休学、延期入园现象。

一方面，体质弱的幼儿干脆待在家里不回园，一些安全意识强的家长也会因为幼儿园“高风险”而不送园，还有部分家庭平时没有多少积蓄，几个月没工作，生活费都成问题，孩子入园更是奢望。另一方面，即便乐观估计 6 月份复学，部分家长也认为，孩子春季在园时间大大缩减，民办园学费应相应减少，加之考虑到健康因素，六七月份临近暑期，天气炎热，“就算这学期能复学，孩子又能在幼儿园学习几天呢，这学期就不入园了”，持此观点的家长不在少数。

到了暑假，民办园收入将再次归零，直到 9 月才能从头开始，招生却不一定能达到去年同期人数水平。幼儿园招生遵循自愿原则，已有部分民办园收到家长们 2020 年上学期的退费或延期入园申请，因此开园后可能生源大量减少。整体来说，今年民办园会出现两次零收入或半收入状态，这近乎毁灭性打击。4 月 13 日，我局又收到市政府办下发的通知，通知要求各县市区、咸宁高新区统计，辖区内 2 月份至今民办幼儿园申请停办情况和申请银行贷款情况。

是的，看起来我们确实在不停开会、“到处转”、发通知，也不怪有的老百姓责难“啥都不会，尽晓得开会”。但是，以民办园困境为例，全市仅民办园便有 337 所，不先挑几家有代表性的深入了解情况，再把任务逐级分下去，分头调查摸底，如何保证能全面摸准情况、出台利好政策？不号脉怎么能开好处方，不对症下药，怎么破解教育困境呢？

就说这么多吧，我这么吐槽，会不会被亲友胖揍一顿？“像我这样优秀的人，本该灿烂过一生”。我一片冰心在玉壶，忙出一身伤痕，从来也不装深沉，领导都舍不得批评教育的。世界如此奇怪，我们努力的样子最可爱。

三尺之间，阅尽“三生”

〔**口述人**〕谢松竹，男，湖北省咸宁市赤壁一中高级教师，赤壁市防疫指挥部通讯组成员。

到了后来，我把各种求助来电概括为“三生”问题：生死问题，生活问题，生气问题。生死问题，立即解决。出生死亡，是所有人都要面对的重大人生课题。生死不由人，所以关于孕妇生产、有人去世的问题，必须写“即办件”，报告值班领导立即处理。生活问题，协商解决。衣食住行，寻医问药，是千家万户的日常民生。我们能解决的问题尽力帮助，比如联系医院接诊病人；不能解决的问题，比如在交通管控期间要求离开赤壁的，就解释政策，增进理解。生气问题，有话好说。有些来电没有明确诉求，就是抱怨政府管控，诉说心情烦闷的，需要“解释＋倾听”。困难的日子里，做一个有耐心、有爱心的倾听者，也是一份善良。

2月8日，我主动报名要求上一线，被安排到赤壁市防疫指挥部工作，至今已经战斗了四十多天。主要就是接听电话，协调处理电话里的各项事务，上传下达这些事，尽管不起眼，但我觉得也是劳累活儿、技术活儿、良心活儿。抗“疫”胜利曙光在前，接线员这活儿也将成为职业生涯中一份独特的人生体验吧。当我老了快要死了，我会对自己说：在这次突然而来的疫情中，我尽力了，没留遗憾。

风雪夜归人

2 月 15 日

如果正常开学，正常教学，按部就班，今天本该是学生和我都可以休息半天的日子。但今年情况特殊，全国都在搞防疫，湖北疫情是重中之重。

我家楼上小朋友在家里待不住，我听到他隔着窗户朝楼下吼了一嗓子："兵兵，出来玩雪啊！"几秒钟后，楼下我邻居阳台就传来回应："不要出门，外面有病毒啊……"是啊，外面真的可能有病毒，连三岁小朋友都晓得。而且，这是一种全国人民不仅都知道而且都在坚持防控的病毒！这该死的病毒啊！

今天大雪，这样的天气我仍然是要去指挥部值夜班的。刚开始很害怕，那是真的怕。这半生都没有经历过的事，日日充满未知的恐惧。在指挥部上班，没事也要检查口罩是否戴得严实，时不时捏一下那根鼻梁条，鼻子都快捏肿了，就连接电话之前，都要用酒精喷上半天。但经过一周的锤炼，就没有起初那么紧张了，忙碌起来也容不得神经质。

穿戴上厚实的鞋子衣帽，我简单跟家人打了个招呼，头一低，便扎进了大风雨雪中。在扑面而来的大雨雪里，手中的雨伞都成了道具。那感觉，酸爽，壮烈，不由得联想到林教头风雪山神庙的情节。我心里还在念叨：希望只是打个短工，最多 3 月初应该能结束这苦日子了吧！

穿过层层卡点"封锁"，亮了数次胸前的红色工作牌，终于慢慢步行到指挥部的值班地点。不等进门，看到人人脸上写着严肃二字，不用猜，唉，这又将是一个不眠之夜。病毒狡猾，活下来的人实属幸运。面对自然，面对未来，人类还是应当保持一颗敬畏之心的。

向生救死才是大事

2月17日

天虽然寒冷，但终于放晴。谁都害怕死亡，但没有人能够永生。灾难中的生死离别，最是让人猝不及防。又是一个夜班，凌晨时分，我接到一个求救电话：一个男人，为他的妻子求助购买白蛋白。

我问："您购买白蛋白什么用途？"电话那头，他着急得很："我爱人在中医院住院，乳腺癌晚期，身体已经浮肿，不能进食，需要白蛋白维持生命。"这是十万火急了！

我立马表示，我会请示带班领导，看能否协调赤壁市人民医院，调运救命的药。男人似乎又有点丧气，语气很疲惫，语速也较之前缓慢："唉，我也知道，最终救不了她，看看有没有奇迹出现吧，至少希望她能多留一段时间。"听了这话我不知该怎么安慰好，人世间太多的生离死别，没有人真正共情，所有的安慰都显得那么苍白，我只能说我尽量帮他争取。电话最后，男人恳切地求情："兄弟，拜托你了。感谢你，请你一定帮我想想办法。拜托，拜托！"情急之下，他也顾不得这是工作电话，不是急了求情，一般也不会称呼"兄弟"的。

挂了电话，处理完这件事后，我的心久久不能平静。

这疫情让无常成了日常。我想起一些身边的年轻人，他们沉迷于肥皂剧中鬼狐仙侠痴男怨女，玛丽苏情结让他们泪眼婆娑，杰克苏光环让他们不能自拔。但现实中悲剧真的能引起美感吗？如果悲剧是发生在自己，或自己亲近的人身上呢？那眼泪可就要多很多苦涩、艰难和痛楚了。今天这个男人，还有无数个在疫情中支离破碎的家庭，正在面临的，都是人一生中不能承受之重。

只能安慰自己“冲动是魔鬼”

2月24日

气温陡然升高，从一周前的寒冬切换到初夏模式，让人莫名地热。记忆中，有好多年都没出现过这样的天气突变了。

昨天值夜班，按照常规操作，一切都顺顺利利的，后来接了一个电话，听声音很年轻，语气也极为不善，上来就大吼大骂：“我靠，都按政府要求办理了手续，现在又不让走了，你们是神经病啊……”骂了至少三分钟吧，一听他骂人，我火气就上来了，谁还没称过几回老子呢？但我想想我在哪儿，想想我是代表着谁，再想想之前培训时教我们的工作宗旨“排忧解难、情暖人心”，我忍住没有说话，咬紧牙关，暗示自己，莫激动，冲动是魔鬼，他就是个不成熟的后生仔、毛孩子、二师兄。哥参加工作那会儿，他恐怕还在幼儿园里跟别个孩子比哪个尿得远吧，咱不跟他一般见识。

他发泄半天后，我耐着性子好言相劝，对方仍旧骂骂咧咧撂了电话，我生气三分钟，而后释然。日记上，留下了几行字：

为什么政府决策会变化——因为疫情在变化嘛；为什么多日“0新增”防控还升级——你想想为什么能够做到多日“0新增”呢？谁是神经病+傻叉？谁都不是，小伙子，你要记住，说两句气话就行了，大哥我是来帮你躲灾的摆渡人哟。说了半天，你也是听不懂的。多少年过后，你再回头，看看你当年犯的傻和喷的话，都是你无知的表现。

“我想回家”

2月28日

天下着雨，又开始格外冷。上午，赤壁一中校长看望了防疫电话组的全体工作人员，校办主任带来了精致美味的蛋糕，我们开心极了，纷纷拿起手机拍照留念，气氛少有的轻松。我的眼角泛起泪花，有一位女同志，眼圈也红润润的。

夜班时大家干劲更大，接的几个电话都迅速处理了。我们接了这么多天电话，都有接听电话恐惧症了，经常睡梦里都是着魔的电话铃声。

一个小青年被堵在羊楼司卡点，打来电话要求返回赤壁。那是湖南临湘与湖北赤壁交界处。这可是个大难题！同意吧，他并没有办理返赤手续，不符合上面政策。假如他也像那个从武汉进京的黄女士一样的情况怎么办。拒绝吧，他已经在外面转悠几天了，饥寒交迫，万一出点事怎么办。

我们左右为难，最后还是一咬牙，如实将情况上报给防疫指挥部，让领导定夺吧。直面矛盾纠纷，处理现实问题，才知道哪有那么多岁月静好。

晚上又接到一个令人难忘的电话，一位年前由温州来赤壁探亲的女士，接通电话后只说了四个字：“我想回家。”

我答：“目前离赤申请暂停审批，您可以关注防控政策的变化，如果有生活上的困难……”

她说：“我就想回家……”良久她补充道，“我说的，您都听明白了没有？”

我答：“听明白了，您想回家。”

她接着道：“那您批准我回家嘛。”

我答：“我没得到授权，无法‘批准’您回家。”

她道：“可是我真的……”说完又是一句，“您懂我的意思不？”

我答："我懂，您想回家。"

她道："那您给我办手续，让我回家嘛。"

我无言以对，绕再大一个圈，也还是绕回来了，这是"第二十二条军规"。

最终，这位女士的离赤申请还是没有办成。

战"疫"期间，容纳不了太多儿女情长。唉，何日送得瘟神走，好让天下流浪的人儿把家还呀。

自己的 1% 却是他人的 100%

3 月 2 日

傍晚时分，我接到一个电话，是一位 8 个月大婴儿的姑姑打进来的。来电者说，婴儿的父母残障，出生后由爷爷奶奶带着。1 月 28 号，爷爷被确诊患上"新冠肺炎"，正住院治疗。奶奶和孙子作为密切接触者，本来在酒店集中隔离。下午孩子突然开始呕吐、发烧。经赤壁市人民医院检查，诊断为"肺炎"，未确诊"新冠"。又赶忙送小孩去市妇幼保健院治病，了解其情况后，市妇幼保健院拒绝接收其住院，因为该院不设专门发热门诊。

风雨中，奶奶抱着孙子，站在市妇幼保健院门口的临时棚子里，不知该怎么办。这才给我们打来电话求助。扎心哪！我当即写报告，第一时间呈送指挥部值班领导汇报情况。领导与医院沟通后，处理意见是：小孩回酒店隔离，由市妇幼保健院派医生上门诊治。原以为事情得到解决。然而，小孩的姑姑却更加激动了，电话里几乎要哭出声来："这种危急的情况，怎么忍心让宝宝又回隔离房间？一个伢的生命健康，也许只是你们工作中的 1%，却是我们家庭的 100% 啊！"

一句话，竟说得我无言以对。我将家属意见附于即办件后，再次找值班领导汇报。一位领导看后，感叹地说："将心比心，这要是我们自家的孙子，我们怎能忍心！"

他当即致电市卫健局局长，请协商医院妥善处理此事。最终，市妇幼保健院做好隔离安全措施，接纳了这个可怜的婴儿。

几天后，赤壁市政府下文，妇幼保健院成立妇女儿童发热门诊。这责任，值得担，必须担。人，若能时时想着“自己的1%却是别人的100%”，则恻隐之心生矣！

来电中也有清流

3月9日

这场疫情牵动着每一个人，跟今天的阴天一样，很多人的心情是灰蒙蒙的，人们宅在家里发霉，幸福阈值极大降低，也明白了生活不只有远方的诗和美景，更有眼前的柴米油盐，身旁的生老病死。

赤壁已划为疫情低风险地区，煎熬的20天过去了，春天终究会到来。不知道那位求援购买白蛋白的兄弟的妻子怎么样了。希望她能够挺过这道生死考验关，依偎着这份爱，坚强地活下去。

平时接到的电话都是一团乱麻，要么是苦难危急，要么是挑刺找茬，最近却遇到几个让人舒爽的电话，有的彬彬有礼，有的急公好义，可谓是一股清流，让人难忘。

前两天，一个女孩来电，询问何时能够离赤。我如实回答：“离赤通道仍然处于严格管控中。”后来了解到，女孩在瑞典攻读博士学位，寒假回家被困至今。不知什么时候还要办怎样的手续，才能返校读书。听得出，女孩的心情很是焦急，但语气却温和礼貌。最后还跟我道一声“谢谢您”。而我，并没有帮她解决什么问题，不敢承受这一声“谢谢”。

2月11日晚上7点，接到一名警察的求助电话。小伙子正在某酒店隔离点值勤，他的妻子已有五个月身孕，是一位护士，也一直在医院上班。这是一对“警察+护士”小夫妻，分别奋战在抗“疫”一线。两人之前因为工作需要，推迟了婚礼。好不容易在今年1月20日补办婚礼，结果参加婚礼的一个宾客，在2月9日诊断为疑似病例。

警察在求助电话中说，流调组工作人员马上要去他家，排查参加婚礼人员的名单。工作人员势必要身穿防护服，严阵以待。而家中只有小伙子的父母和 80 多岁的奶奶在家，小伙子担心三位老人家没见过这种场面，会比较害怕，所以来电请求，可否请工作人员变通一下工作方法，比如由他把参加婚礼人员的名单拍图后，再传给流调组。

我立即向上报告，带班领导致电流调组，说明这个小伙子家庭情况。请工作人员与小伙子沟通，妥善处理好信息采集工作。后来，事情顺利得到解决。

我在电话中，没有听到小伙子有悲观、抱怨的语气。他还说能理解政府的工作部署，也一定会坚守在工作岗位上，只是希望在工作方法上照顾一下他的家人。

前些时日，读了一篇文章《生于华夏，何其有幸》。当下，每一个诚实善良、遵纪守法的公民都为抗击疫情承受了压力，作出了牺牲，奉献了自己。细细品来，拥有如此优秀的公民，也是我华夏之幸。

也许此时并不是离赤的好时机

3 月 10 日

今天天气终于晴好了。离赤通道，成为人们关注的焦点。

政府于 9 日开启离赤平台。人们奔走相告，欢呼雀跃。昨天夜里，人们办好手续，已在高速路口排起长龙。但由于卡口要进行体温检测、证件检查等手续，通行较慢。有人发现，自己起了个早床，赶了场晚集，还成了只蜗牛。堵塞的盛况，还上了今日头条。

于是今天上午，离赤通道再度关闭。有的人顺利离开了，有的没离成，有的离开了又被目的地劝返……来来往往，悲欢离合，演绎着一出出现实版的人在囧途。大家一股脑地把满腔怒火发泄到指挥部的电话中。指挥部的电话都快被打爆了，甚至有人在电话中怒吼道："要你们这群废物干什么……"

平心而论，政府此时开启离赤通道，可谓顺民意，敢担当，但实际情况却出乎意料。人们欢欢喜喜奔向远方，憧憬着美好的新生活，却不料有的中途即遭劝返，有的是到了目的地，却要被集中隔离，食宿费约 5000 元 / 人，还没开始赚钱，就要往外掏钱。无奈之下，一些人只好调转车头，返回赤壁老家。辛苦一整天，走了一趟高速游。

有的人昨天夜里还为能够离赤而开心激动，第二天上午没赶上离赤，心情一下子掉进冰窟窿；傍晚看到有的人又返回赤壁了，则转而庆幸："幸好没走成呀！"命运，一波三折。小人物面临的荒诞滑稽，也许将成为这场疫情中无法抹去的印记。

春天的气息越来越浓

3 月 16 日

疫情形势日益好转，春的气息越来越浓。天晴了，前天晚上一位女士来电咨询返赤政策，她年前去武汉做月嫂，现在合同到期，人有些焦虑，想尽快返赤回家。我说："其实换个角度想想，在这个特殊的 2020 年春天，您跟武汉雇主一家人都顺利过节，平平安安，这比什么都重要，虽然回家还有些小困难，但是跟健康平安比算什么呢？"她听后在电话里"扑哧"一下笑了，忙说那倒是的。

经历过这场疫情的人，都更懂得珍惜了吧。

今天又是一个万里无云的好晴天，我步行回了乡下，小菜园已经快变成"小草原"了，但青菜长势都很好，餐桌上又有了难得的新鲜时蔬。

拎个篮子来到一片小毛竹林，鸟语虫鸣，四下无人，我忙摘下口罩换口气！青草丛里，枯叶堆中，已有性急的小竹笋钻出土来，不一会儿，就抽了小半篮鲜竹笋。小时候每逢春天，放学后，我们就来到野外各种采摘，细丝茅芯儿、小水竹笋子、野刺玫嫩茎，等等。只要不嫌泥土脏，总能有收获。

乡野没有一分钱的游乐设施，却带给我们千金难买的幸福。没有这份乡土生活经历的人不能明白，即使是一片杂草丛生、毫不起眼的小荒山，也装载着我们童年的欢乐，隐藏着记忆深处的小窝。

真希望无论时代怎样发展，乡村都能留一块养育过祖祖辈辈的田园，让人们既能找回成长记忆，又能看到未来发展蓝图。城镇化之路不是一切推倒重来，前进的步伐何妨慢一点点，步子太快，人们便极容易忘记了从何处来，也不知道要往哪里去……

我被隔离在武汉居家办公

〔**口述人**〕刘莉，女，1984 年生，湖北武汉人，咸宁市发改委人事科科长，家居武汉，工作在咸宁。

年前市里有一个重要的收尾工作，便是单位的目标考评。市委组织部拟定于元月 22 日对我们单位进行考核，也就是腊月二十八，这个日子抵到年关了，对于我这样两地奔波，家不在咸宁的干部来说，确实不太理想——我想早点回武汉过年。

前几天，武汉家里来电话说父亲摔了脊椎，我半夜驱车赶回去，替父亲安排好一切，第二天中午又赶回来。更“五雷轰顶”的是，没过两天替我带孩子的公婆又高血压、胆结石、肾积水齐复发，恐怕挨不到过完年再做手术。老公一头又忙工作，万般无奈只得将 7 岁的小胖反锁在家中，给她准备好几天的干粮和矿泉水，一天 20 个电话，嘱咐安全、嘱咐学习，盼着 22 日考评完就能飞奔回去。为此，我想跟市委组织部周科长请示一下，看能不能提前……但没等我开口，平日慢条斯理的他先一步“封”了我的口：日程排满，不能更改，如果单位确实有特殊情况，可以申请放在年后。但只要你们自己坚持说“考”，就算是半夜，郭部长也带着我们来。

考核正常进行。但就在那天，同事之间、微信群都围绕着武汉地区正在流行的肺炎有了这样那样的议论，有人说可能不是前期传说的“人不传人”，而是有较强传染性，大家都注意一点，尽量不要聚集，少往人多的地方去，等等。当时考核忙晕了头，没有太在意，总觉得在武汉有一些流行，但对咸宁、对自己来说还是远远的，所以没真正当回事。

会议结束后还不能走，党委机关接着开党组会，又开到晚上八点多。我不敢在咸宁过夜，必须连夜赶回武汉，我的小胖还一个人在家，我哪里放得下心来呢？去高速的途中发现，已有交警在设置卡点，对面驶来的车辆都要接受检查，手机时不时“叮叮”作响，提示灯一闪一闪，还接到了同在咸宁工作的武汉老乡的电话，我还开玩笑，问她给孩子买的鸡鸭肉有没有被交警没收了。

要是往年，很多居民都回了乡下，小区院子里空得很，但今年不同，车位依然很紧张，转了几圈才找到一个空隙挤进去。回到家，已是凌晨。打开手机微信，满屏都是朋友的关心和询问，原来从当天晚上开始，咸宁的党员干部就不能离开属地了。说实在话，我心里一阵窃喜，庆幸自己及时出了咸宁，稍晚一点就回不了武汉的家了，想着独自在家的孩子，生病住院的父母，如果真那样，我只怕要彻底崩溃了！

第二天上午十点，武汉发布正式“封城”的消息，这是亘古未有的大事。但我估计也封不了几天，不会有什么大的影响，心里也没有太当回事。万万没想到，武汉成了“新冠肺炎”的“重疫区”，而我被迫成了武汉 900 万“留守伢”中的一个。后面经历的一切，与每一个武汉市民一样，有着先期的无所谓、接下来的恐慌、再后来的平静，到现在的曙光升起……

妈妈，你还可以陪我几天

在这场与“新冠肺炎”作斗争的特殊战役中，我被迫“安全”隔离在武汉家中，弥补了对家人长久以来的亏欠，却也被迫成为单位的“逃兵”。

进了家门，屋子里乱糟糟的，小胖的头发一坨坨耷拉在脸上，躺在沙发上睡着了，怀里抱着她抓回来的哪吒玩偶。客厅的灯没有关，电视也开着，想着这也是我嘱咐她的，如果害怕就让家里有些声响、有缕灯光。我的眼泪忍不住夺眶而出，我把小胖抱回房间，明早起床她一睁开眼睛，看到我睡在她身旁一定会开心得大叫。那个夜晚，我睡得很沉。

“封城”的日子开始了，平日霓虹灯下喧闹的“姑娘伢”“拐子哥”们无奈憋家消停，而我却甘之如饴地成为一枚“居家宅女”。自打结婚后，我终于“贤妻良母”了一回。小胖维持大半年没变体重，很快被我从 40 斤喂到 45 斤，感觉个头也长高了一点。刚开始的半个月，针对居民的管控并不是太严，平时只要戴上口罩、量个体温，还是可以进出小区的。我去中百超市囤积“口粮”，每每还是人头攒动，因为没有支付宝和微信支付，有些爹爹婆婆挤在收银台付现金，口罩都给挤歪了，看得我胆战心惊，自己爹妈估计也一样，一定要再打电话啰唆叮嘱一下。初中同学群里也有不少人在吐槽：“家里的老人们真是心大啊，不听晚辈的话，脾气还犟，都晚上 9 点了，还在小区打麻将不肯回家。”

没过多久，管控升级，中百仓储超市集中消毒了三天，到 2 月 12 日我再出来采购时，超市的采购模式已经完全变了。来买东西的人统一先站在门外，两个人之间不少于一米的距离，没一会儿队伍就排成了长龙，第一批量完体温先放 10 人进去采购，依次出来 1 人，量体温后再放进去 1 人。20 多分钟过去了，还没有人出来，大家透过玻璃，看到有些人还在优哉游哉地挑选食材，可能是被隔离在家时间长了的缘故，连买菜都成了奢侈的放风机会。在超市外头等待的人们已经开始不耐烦地催促，还有后来的人偷偷摸摸插队，被发现后立刻被周围的人骂得狗血淋头。终于轮到我了，机会难得，大包小包地买了四百多块钱的东西。回家路上，心想着下次一定要早点来，争取排到前十位，早点买，风险就会少一点。

其实，放完春节七天假，小胖就开始焦虑了，每天睡前总会问一句：“妈妈，你还可以陪我几天？我不想你走，以前你不在，我每次想你，就抬头看看你的照片，说说话，就像你陪着我一样……”我顿时鼻头一酸，强忍着不让眼泪流出来。平时，在谈到自己孩子时，我总向外人宣称：“我是放养政策，不搞圈养。”其实，自己确实是没有时间来“圈养”她。我对小胖说：“妈妈如果不上班，就会变成一个懒惰没用的人，以后你说的话妈妈会听不懂，你问妈妈的问题妈妈也不会回答，你和同学说起妈妈时，也不再为妈妈感到骄傲，你希望这样吗？”小胖隐忍地说：“我不想妈妈那样，但是妈妈，我还是希望你能每天陪着我……”

从2月5日开始，上级和单位就陆续发出党员干部提前返岗和全员下沉一线的通知。收到这个文件，我内心有斗争，舍不得小胖，不想回咸宁，但一想到这是工作，大家都在前线，我躲在家里，说得过去吗？斗争仅仅持续数秒，我还是惯性地去收拾东西了。找到小区物业，说破嘴皮让他们帮我联系社区。到了社区，请他们开具相关证明。然而，社区门前已有两三个爹爹婆婆在吵嚷着啥啥物资，他们凭什么没有，办公区域里面一名同志正接着电话，旁边的电话还在响个不停，足足等了一个小时才有工作人员搭理我，让我等她先去汇报一下，又等了大概20分钟，被告知不能开具通行证明，如确属需要，可致电市长热线12345……无可奈何，我只能先回家。当然，我知道，因为我人在武汉，不返岗没有人会责怪，但心里又确实无比愧疚。

我把自己的情况向委领导作了汇报，领导指示我在武汉家里远程办公。2月13日，收到了省委组织部关于组织机关党员干部全员下沉一线的通知，根据委领导安排，我立即联系安排党员干部开展“亮身份、践初心、比作为”的活动。尽管也在家里工作，但想到同事们都在一线忙碌，还是有一种从没有过的心虚。既然无法成为最努力的“当局者”，便只能做最心急的“旁观者”。

我找到委机关对应的网格社区，添加微信小程序，报到了党员身份，给社区网格员发送志愿服务信息。爱人得知后，并没有阻止我，他只是说：“家里老小还指望你照顾，爸爸手术后还没恢复，孩子的网课也需辅导，你单位不是还有些远程工作需要做吗？我替你去，虽然我不是党员，但是搬扛的体力活我还是可以的，一定不让你‘丢脸’。”

远程办公也会让人脑壳疼。我每天只是当着“接线员”“婆婆嘴”，因为害怕不在一线，不能第一时间了解准确情况，生怕报送了错误数据；向上级推荐的宣传稿件生怕隔靴搔痒、不够刻骨铭心；下发慰问奖励，生怕漏下任何一个忙碌的身影；因为不能亲力亲为，生怕协调不到位给一线的同志添麻烦；领导交办的工作没有达到要求时，我恨不能夺门而出立刻奔赴岗位。强烈的渴望、矛盾、焦虑，让我经常失眠。

直到我看到网上一段演讲，才豁然开朗。这是一个特殊时期，每个人都被卷入了一场特殊的战役，在这场战“疫”中，每个人都应该拿出自己最强的气势，以最好的状态投入战斗。每个生命都有追求极致绽放的权利，即使我不在最前方，即使我当不了逆行者，即使我不富裕甚至不健全，但我能做的还有很多。比如，别抢双黄连，也别抢 N95 口罩；踏踏实实做好本职工作；我可以寻觅相关专家，利用学习强国平台，为志愿者讲一堂“专业课”，提升大家志愿服务的能力；我可以做“倾听者”，听大家讲述连日来的委屈和苦楚，给予安慰和鼓励……于是，“不在岗”的我开始思考，如何能有效激励全委的党员更加积极，亮身份、践初心、比作为；开始探索“向基层学习、为企业服务”，自己到底要竭尽全力地学什么、做什么……是的，与其做安于现状的俗人，不如做一回拼搏的斗士。

光着双手在冰沙里“刨藕”

有个在小区当志愿者的姐妹苦笑，说周围人给自己封了“表姐”。如今工作中，到处都是“表姐”，别个表姐还好，只要统得精准真实，我这个“表姐”是纯粹的“表姐”，恨不得到处“动点手脚”才好。为什么呢？上面发了通知，慰问补贴服务一线的志愿者，给我们单位 29 个名额。我一看到这个数字头都炸了，从元月 22 日开始，委里陆续派出 80 多名党员干部下沉一线，值守 10 个小区。机关办公室的小丫头连续上了 40 多天班，累得深夜在办公走廊号啕大哭；全委 88 名在编干部只有 1 张通行证，司机班的同志只有不分昼夜、不停不休地载人送物……才 29 个名额？而且单位值班和后勤人员都不算，远程落实工作任务的也不算。没有参与单位统一安排，隔离留守在自己小区参与志愿服务的，能不能算也不好说。我有点头疼，这怎么分配？征求相关部门意见，得到的答复跟我们初始的方案相悖，跟领导商量过后，只好按照下沉社区、村的条件统计值守天数，再取前 29 名公示慰问。为了这份大名单，我和分管领导打了不下 50 个电话，征求了 4 轮意见，生怕弄错了、漏掉了！可是，即便如此，这 29 人之外，明明还有被抽调到更累的专班的人员，明明有并非不愿服从安排却又真的不能离开现有岗位的同志……明明都在做事，无非工作性质和任务不一样，发谁不发谁，真的太难了。填报时真恨不得“虚报”啊。好不容易熬过了公示，把慰问金发放到位，第二批慰问又开始了。同样是名额有限，还是不能覆盖所有参加抗“疫”的人，头疼又开始了。

有天半夜我特别想吃包子，忍不住和闺蜜述说一番，没有面粉，也没有青菜，即使此刻有白菜，拿它包包子也太奢侈了。几十天前，我是绝对不会想到拥有了白菜，就像是富可敌国的。打电话去社区询问，为什么我们不能团购武商的肉制品。小区现有的团购渠道实在是贵得离谱。却被劈里啪啦地告知：没有接到上级通知，也不知道那些肉质量过不过关，万一吃出问题谁来负责？目前只能依托小区内部组织的团购进行采购。至于什么时候能定，还要等上级通知。之前家里因囤了些青菜，那些 10 元青菜套餐就让给更有需要的人了，可为什么不能买大众价格的肉制品套餐呢？为什么不能主动对接呢？

电话里闺蜜们也曾哭诉：“做小区分菜员太难了。我从小真没受过这样的罪，阴雨连绵、天寒地冻，我光着双手在冰沙里‘刨藕’，硬是把 3000 户的量分完了，到现在，我手一沾凉水心里就直打哆嗦。之前都是土豆萝卜，好不容易想方设法给大家弄来了豆腐，结果没分到的人说我肯定私藏了……”

没过几天，再通话时，闺蜜说：“我帮小区又联系拓展了生活物资的配送渠道，这样就不怕有人吃不上豆腐了。”另一位朋友说，他们社区设置了群众反映登记岗，大家可以针对社区服务工作反映情况，提出意见，群策群力。我们社区的物业也非常有经验了，取货都叫号，基本很少会造成聚集……武汉疫区生活变成了非正常状态下的有序日常，周围不少朋友纷纷表示知足。

除了等待被救援，什么都做不了

单位买不到红外温度计，我依稀记得有几个校友好像有渠道，便抱着试一试的心态在群里打听，货是能弄到，却无法寄回咸宁，心里不禁沮丧。校友群几个活跃分子在谈论着当志愿者的种种，连做基督教传教士久未露面的同学都抛了链接在群里，说是需要口罩的可以免费向他申领，引来群里其他人的赞誉和鼓劲。

老公的表哥是武钢后勤中心的一位司机，这次“新冠肺炎”自愿被安排给几个定点医院送医疗物资，拖的物品主要是高氧瓶，有时深夜，他会在家人的微信群里感慨几句：“这一天天的就没停歇，送东西的时候，看着病房里面那些吸着氧气的人，真的是可怜。身体好的扛的时间久一点，身体不好的，也许第二天就看不到了。”

有个闺蜜家住汉口，有天她在电话里抽泣着说：“好朋友的妈妈昨天走了，从生病到走，前后不到一个月。”更让她恐慌的是，年前夫妻俩忙工作，他们把孩子交给老人照顾，老人喜欢热闹，广场舞、同学聚会忙得不亦乐乎。结果，大年三十婆婆开始发烧，发烧时孩子还在边上，找社区、找 120、找市长热线……均是无力无助，好不容易找关系进了医院，CT 检查双肺感染。现在全家隔离，每天只能等着医院给他们打电话讲一下老人的情况。惴惴不安地隔离了 14 天，还好孩子和家人都没事。听着她说这些，我竟连一句安慰的话都说不出口，这些时日每每听到有救护车的声音从家前的马路上经过，总是心慌得滴血。在“新冠病毒”面前，我们竟是这样无力，很多人不是等待救援，就是等待死亡，仅此而已。

2 月 16 日，我再次跟她通电话，她说医院告诉她们，婆婆 CT

肺部感染仍然没有好转，中药未能被有效吸收，还出现了部分纤维肺。到了2月22日，社区让她们全家都去做了核酸检查，婆婆经过一段时间治疗后进行复查，核酸检测结果为阴性，CT结果仍是肺部没有好转。3月4日，累计已做了4次核酸，阴性，肺部CT也好了，本来安排出院，可头一天晚上复查核酸，又呈阳性，只得继续住院。闺蜜和老公是自己创业，做汽车销售生意，亲人感染的打击不说，公司也不能复工，家里失去收入来源，她每天都失眠，真的快过不下去了。

面向镜头中的国旗敬礼

正月十五过后，疫情没有得到控制，学校无法正常开学。这一天，小胖还是早早起了床，穿上校服、系上红领巾，笔直地站在书桌前，紧紧地盯着电脑屏幕。当《义勇军进行曲》响起时，她高高地举起了右手，面向镜头中的国旗敬礼。礼毕，她沮丧地说："妈妈，我想我的老师，我想我的同学。"她又问起钟南山爷爷、李兰娟奶奶，还咬牙切齿地说："我一定要很快背会'三要四不要'！"我不禁莞尔，一起来一遍："要出门戴口罩，要日常勤洗手，要做好居家卫生；不要扎堆聊天，不要相互串门聚餐，不要乱扔废弃口罩，不要造谣传谣信谣。"

自从当了母亲，遇到有关孩子的一切，都会让我的泪点变得特别低。身边有不少同学或朋友是逆行的妈妈、志愿者爸爸，每当偶得一丝空隙聊天，大家说得最多的无不是孩子。"妈妈，你什么时候回家""妈妈，你不是说去给小美买棒棒糖吗，怎么买了这么久""爸爸，你执勤也要保护好自己"……他们和我不一样，他们的家明明就在工作的地方，可是为抗击病毒，同为一届选调生的"浮山妈妈"无数次只能站在马路上透过窗户瞧一眼孩子；曾经对坐共事的"嘉鱼妈妈"抗"疫"不能回家，将买来的板栗一颗没舍得吃地托寄回温泉给孩子；90后"咸安妈妈"半夜1点还在收传真、发通知、审核盖章；明明颜值杠杠却非要做“女汉子”的“麦子妈妈”一力承担对脑梗父亲的照顾，麦苗计划的任何行动从未缺席，还积极联系党外人士爱心捐款……这些人和事无不打动我，开始思索教养与厚爱。

对为人父母者而言，孩子既是软肋，亦是盔甲。我万分羡慕地想对他们说：“你们和孩子正得到的以及将得到的，是再多的补习班、培优班都换不来的。所谓言传身教，你们身体力行地向孩子传递牺牲精神，展现什么是爱国、爱家，示范了如何把不幸变成通往幸福的桥梁。你们的孩子会比其他孩子成长得更加快速、刚毅，他们会更加懂得珍惜和付出。疫情将会变成孩子的教材，许他们‘一匹出色的马’。”

我常想，生命的代价应该会让我们所有人懂得：“枪响之后没有赢家。”抗击“新冠肺炎”，我们是第一次，我们的国家是第一次。第一次往往伤元气，更需要勇气面对，但第一次也会带来意想不到的收获。

疫情过后，人们会敬畏自然、加倍热爱生活。我们置身的世界，会像我喜欢的微缩模型里呈现的一样：绿荫环绕的丛林中，水车转动，撩起的水珠点点滴落在石头缝里；老藤盘绕，筑巢的鸟儿看着巢里有生命蠢蠢欲动；红的、紫的、白的果子，夹杂在斑驳的篱笆上，散落在满绿的院子里；原木做墙、树叶做顶的小屋里，小桌小椅，瓶瓶罐罐装满柜子，灶台上的水壶盛着刚刚烧开的水，咕咕地冒着热气；窗外射进房间的每一缕阳光，透过玻璃折射成五彩的光谱，洒到每个角落里……我就安静地坐在其中，听鸟儿低语，闻花果飘香。仿佛举手，便能握住晨曦；仿佛收手，便能揽入阳光……

当我们在抗“疫”时我们在谈论什么

〔**口述人**〕张少云，男，1976 年生，湖北咸安人，曾为英语培训行业翘楚，现为北京语言大学博士研究生。

心里有些隐隐的不安

1 月 18 日，我结束了洪湖老湾回族乡的田野调查。

开着我的“房车”——越野车，装上车顶帐篷，此之谓也——走在乡道上。这本是件惬意的事情，可心里却有些隐隐的不安。具体是什么，又说不上来。

我从北京语言大学返回湖北做博士论文田野调查，已经 70 天整。跑了这么久，真是有点累了。

到了洪湖大同湖农场的岳父家，连饭都顾不上吃，接上老婆孩子就要走。他们一脸不解，我只好如实相告，感觉不太好。然后叮嘱他们注意身体，说腊月二十九那天来接他们到咸宁过年。

车行到仙洪高速燕窝出入口，瞥见有一个收费员戴着口罩。上了高速后，突然一下子明白是什么让我感觉不好了。

连忙提醒老婆，让她查查武汉最近有没有提到肺炎的新病例。五分钟后，她告诉我，没有，一个星期内都没有。回咸安后，到超市搬了些米、油、面等物资。幸好房子买在市区外环，望得见孝子山和淦河水，小别墅群人口密度低，疫情应该没那么严重吧。

到家后，卸下从老家搬来的各种土菜。挑一些好的，给邻居们送去。多少年了，这成了邻里的老规矩。

挨家挨户送了菜，还顺便说了句，“多买一点米，搞点口罩啊。”“么事？米？口罩？”我说完后，他们一脸蒙地看着我。

整理完材料，已到半夜。到院子里锁门，四周安静，落针可闻。我抬头望望天，疑心有什么不祥会发生。

没有一个人出来支持我

1月20日，新闻还没什么大动静。

早上起来，泡了咖啡。打开手机，浏览新闻。其中一条吸引了我的注意。“钟南山院士昨天乘坐高铁到武汉，因为春运，被安排到餐车角落就座，上车后就开始看材料。”

马上给省里一家医院的铁兄弟打电话，简单问这件事情。他在电话那头支支吾吾，说具体情况不太清楚且事关重大，不能信口开河。

下午，收到中专群通知。大年初二原计划在洪湖某农庄同学聚会。现在已经有20余人报名，同学们都希望我参加。我一听，头都是大的。都什么时候了，还办同学会。班长直接在群里@我，这样我就没法回避了。我回了一句：“建议取消，来年再聚。不拜年，少外出。”

很快，批评我的信息汹涌而来。有的很委婉，说：“你不来就算了。”有的直接开撑：“我专门从乌鲁木齐开了一个星期的车回来，你说不搞就不搞，你算哪根葱？”“你以为你喝了几天墨水，就把我们这些人当成苕。”还有善意规劝的：“莫瞎说。制造谣言，派出所把你捉到滴……”

群里四十多人，没有一个站出来支持我。我懒得多说了，放弃总可以吧。

到了晚上，还是忍不住。拿出手机，给某县的书记发了条微信。那是我的铁兄弟。我说，武汉那边的情况好像不太好，据说钟南山院士建议“封城”。建议他赶紧准备一下，安排人排查从武汉返乡的人。

他很快就回复了:“不会吧。真要排查，工作量会很大的。”我说:“你一定要相信我的直觉。另外，建议多备一些口罩、消毒液、体温计、路障等。还有，通知县里回家过年的干部，随时待命。”

发完，我又翻出通讯录上别的联系人。某大学院长、镇长、村支书等，我将信息复制粘贴后再一一转发给他们。叮嘱他们，一定要照做。

该通知的都通知后，关了手机，睡觉。

一个闹心的年

1 月 23 日，祸事了，祸事了。

凌晨两点，被手机短信声惊醒。一看，是省城医院那个兄弟发来的:武汉要“封城”，上午十点。

只是，像这样留了八个小时的空间，就是骑自行车，都可以从湖北跑到河南了吧。这种做法，相当于送分题和开卷考试啊!

“狼”，还是来了。

按原计划，今天中午回洪湖接岳父母到咸宁过年。如今，看来是不能了。

早上，给岳父打电话，关机。转而打给岳母。接通后，不待我说话，她道:“你爸爸感冒了，在医务室打针。”我赶紧追问发烧不，她答不烧，已经两三天了。我狠狠心告诉岳母，就在老家过年吧，哪里都不要去了。

打过电话，我的眼前仿佛出现了一群又一群的人。拖着行李，拽着娃，疯狂地涌向武汉的各个火车站、高速路口或天河机场。留在武汉的人，拼命往超市挤。人人推着车，根本不看货架上是什么就抱在怀里，死都不撒手……

我在家里实在是待不下去了。骑上电动车，找到最近的超市，赶紧又扫了一圈货。只有储备好足够的物资，才能有足够的安全感。

回家后，还不忘记把前后院的菜浇一遍水。心里默念着，以后一段时间可能就要靠它们过日子了啊。

咸宁与武汉，近在咫尺。武汉“封城”，咸宁可能很快就会步其后尘。果真。就连湖北都封省了。“新冠肺炎”，已经不再仅仅局限在武汉。

这个年过的，可真够闹心的。

我关掉了朋友圈

1 月 25 日，“宅”就一个字，但求心静。

咸宁“封城”后第二天。孩子家长微信群里疯传着一个消息，说某鄂 A 车偷偷从武汉跑出来了，看到请第一时间向公安部门举报。群里一下炸了锅，说什么的都有，甚至还有骂人的。

看不过，在群里我说了一句：“哪来这样的消息啊，你亲眼看到了吗？没有的话，别瞎传，搞得人人恐慌。这种消息朋友圈里多如牛毛，你信得过来吗？”发完，@ 群主和班主任。然后就把这个群消息设置为免打扰。

这个时期的朋友圈，全是关于“新冠肺炎”的消息，大致分为两派。第一种为吃瓜群众，看看热闹就好了。第二种是一群盲目愤懑情绪者。骂当局不作为，骂医生无能。骂完武汉人，再骂湖北人。所有能骂的，都骂了个遍。

是可忍而孰不可忍，我决定在朋友圈里发声。

> 恳求大家，疫情当头，必须冷静。每转发一次假消息，只会增加自己的焦虑，造成他人的恐慌。目前，待在家里自我隔离，就是给国家做贡献。建议大家：不外出，不聚众，不拜年，多通风，戴口罩。不给党和政府添乱，要相信科学。让我们携手共渡难关，谢谢大家。中国湖北籍公民张少云敬上。

我决定关掉朋友圈。于我而言，朋友圈就像是人身上的阑尾，切了也就切了，留着作用也不大。

我想做点力所能及的事情

不知不觉又过了十天。宅在家里。

其实过去这些年里，我也常这样宅着。一台笔记本电脑，一个咖啡杯，一坐就是一天。除了吃饭，几乎不下楼。书房，就是我的世界。

时间一天天过去，我想做点力所能及的事情。我在北语的四个师妹成立了援鄂小分队。后来，学校知道后，接管了。他们发起捐款行动，短短几天，筹集捐款30余万元，为湖北疫区尤其是武汉、孝感、天门和嘉鱼陆溪镇的几个医院，捐助了2700套防护服和10万个口罩。我捐的款，被退回了。理由是：你自己都在疫区，还是算了吧。

我想做志愿者，到小区门口守卡值班，总应该可以吧。结果，政府有令，干部、公务员、党员和退疫军人作为第一梯队。社区的人问我："你是党员吗？退役军人也行。"我只好老实回答不是。他们问清我家人的情况后，直接拒绝了我："博士，你好好带娃吧。"

我只好回到家中。隔离20天，仿佛又明白了很多。我是家中的顶梁柱，不能倒下。上有双亲要侍奉，下有俩小儿要抚养。所以，我比2003年"非典"时期，从北京回乡被强制隔离时更加冷静。我懂得，只有坚持在家隔离才是阻断病毒的最佳方式。我只有保住性命，并且完好无损，全家六口人才能好好活下去。

我出生在70年代后期，那时是集体经济时代。我是早产儿，出生时只有3斤重。下面还有两个弟弟，出生不久就饿死了。分田到户后，我母亲一个人种18亩水田，每天一个人插一亩秧，不知道吃了多少苦。63岁那年，她从阎王爷那里兜了一圈，差点没命。我没有理由不让我母亲好好活着。

疫情期间，有人闯卡，有人发疯，有人叫苦，有人喊痛。我不以为然，这叫什么苦痛。

两个月前，我做田野调查时，半夜在长江边顶着江风吃过冰冷的饭。在黄石磁湖旁过夜淋过大雨。当时，车顶帐篷里没有一块干的。在大别山腹地冰天雪地中露营，蜷缩在两层睡袋里给导师打电话。那一天，是我们师门聚餐迎新年的日子。

只有经历过真正的苦，才会知道眼下，窝在家里压根就不叫苦。只有忍受过更大的痛，才会懂得当前，不能出门根本就不算痛。

疫情期间，没有能力做令人钦佩的“逆行天使”，甚至没有机会做服务社区的志愿者，便决定立足个人实际情况，做力所能及的事情。

父母是孩子最好的老师

2 月 10 日，本应是开学的日子。可是，孩子都上不了学。

根据医学专家对“新冠肺炎”患者的统计，绝大多数都是 60 岁以上的老人，且男性居多。因此，人们容易忽略我们身边一类人，那就是孩子。

大多数孩子，并不曾意识到“新冠肺炎”将会给这个世界带来什么。他们更加关心的，也许是“王者农药”（即王者荣耀）第几关怎么过，用什么样的武器装备，什么样的战略战术。

我们这些家有熊孩子的父母，疫情期间真是操碎了心。时刻得关注他们做些什么。是做饭，做蛋糕，还是做作业。是玩电脑，玩手机，还是玩“王者农药”。是识了字，还是英语拼读，或是看了《十万个为什么》。

家长都在居家隔离，其实是绝好的陪伴与教育孩子的机会。常言道，父母是孩子最好的老师。父母身体力行就是最好的教育。平时，可以推脱说工作很忙，可现在呢？没有任何借口。

前几天，老师在群里催着孩子听网课打卡交作业。有的孩子一连几天都不交，最后，老师终于忍不住了，把没有打卡、不交作业的孩子名单公布出来。居然有几个家长跳出来，怒撑老师："让孩子对着手机看一天的网课，眼睛不累吗？近视了你赔吗？"直接把老师气哭。如果觉得手机上网课屏幕太小，可以用电脑、电视同步观看。每节课25—30分钟而已，上午两节，下午一节或者两节，中间还休息20分钟。也就相当于几集《大头儿子小头爸爸》，或者《熊出没》里光头强砍一棵树的时间。

有一部经典剧目——《士兵突击》。许三多被发配到三连五班。在那里，连班长老马都打算放弃了，可许三多不放弃自己，每天整理内务、站岗、出操。哪怕是一个人，没有落霞，没有孤鹜，哪怕别人讥笑，他依然坚持做自我，活着就要做有意义的事情，有意义的事情是好好活着。

疫情期间自律更能拉开人生差距

2月23日，北京语言大学线上开学，两万余学子在网上聆听学校党委书记和家长的开学第一课。

2月23日下午三点，北京语言大学线上开学，来自世界各地两万余学子在网上同步听第一课，学校党委书记倪海东点名表扬了我。

"2018级语言学及应用语言学博士研究生张少云同学，现居湖北咸宁，离武汉近在咫尺。他在1月18日就提出'三不、一戴、一通'，即不外出、不拜年、不聚会，戴口罩，通风。过去一个多月，他整理方言调研材料两万余字。帮助学校辅导员稳定同学们的情绪，自强不息，受其影响的家长和同学达到上千人。"

那时，我正在给孩子们讲课。有同学把视频转给我。我看后，觉得受之有愧，我只是做了应该做的事情。

疫情之下，可以映射出每一个人的自律程度。我翻开朋友圈，找出线索。

最初几天，有人说，连同学会都不能参加，麻将也不能打，KTV 也不能去，真烦。

有的人，在卧室、餐厅、卫生间、客厅、阳台间来回巡视……

有的人，发明了各种糕点的做法，每天变着花样，兴趣盎然。

有的人，数大米，第一天，一斤大米多少粒；第二天，和别人赌，同样的一斤米，是单数还是双数。

有的人，追剧，把《乡村爱情故事》从第一部看到最新版的第十二部。还买了优酷一年的会员，每日沉醉其中。

有的人，不戴口罩，把防疫守卡工作人员咬伤，连同全村几百号人的体测资料都毁坏了。结果，被判刑，一年零三个月。

有的人，关了门，关了手机，关了朋友圈，每天就是吃饭、睡觉、整理数万字的材料，结果写出了两篇质量上乘的论文。

有的人，静心育子。教他写字，点横点竖点撇点捺点弯勾。写字写累了，就读《从一到无穷大》《十万个为什么》。一个月下来，书角都翻得起毛了，孩子张口闭口就是“爸爸，为什么英语字母中使用频率最高的是 e”，还没有等爸爸回答，又问“母螳螂和公螳螂交配后为啥要把公螳螂吃掉呢”……

我提醒一些朋友，此时是拉开与他人差距的最好时机。朋友反问我，怎么拉开？

我答，那就从育子开始吧，他说没有时间，转身对孩子说：“你给老子写作业去！”自己却在那里玩手机，从早到晚以至深夜。第二天醒来，手机竟然还在手上握着。

年轻时，我为了生存，在国内某培训学校扫过地。在那里，我有幸认识了一位兄长。有一次，兄长请我去他家做客。进了他的书房，我惊呆了。三面墙全是书架，从地面顶到天花板。一个半大孩子，就趴在书堆里，旁若无人地读着书。他爸提醒他叫叔叔好，他头也不抬，吐出了三个字，埋头继续看他的书。偷偷观察了很久，我忍不住问道：“哥，孩子这样看书，万一被书砸到怎么办。”“没事，他从小就这样，我看书，他看书，习惯了。”兄长回答道，嘴角带着自豪的笑。从兄长家回来，很多朋友都说：“少云，你变了。沉默，冷静，不爱和人出去吃饭了。”

第二年，兄长以第一名考取上海某大学的博士生。现在，他是大学外国语学院的院长，教授的课程涉及英语、法语、翻译、普通语言学、社会语言学等二十多门。

自律，是能影响身边人的。他的儿子十岁那年，到北京参加全国青少年英语演讲比赛，获得少年组冠军。

从兄长身上，我受益匪浅，收获良多。对我而言，他就像一座高高的灯塔。上面是灯，下面是矿。灯，照亮前面的路要靠自律去走；矿，时时提醒我只有读书学习，才能永远有富矿。取之不尽，用之不竭。我希望自己有一天也可以像兄长那般冷静、自律，真正受人尊重。

学问面前，如果兄长不自律，就不会取得令人仰慕的学术、科研成就；孩子面前，家长们如果自律，就能够成为孩子最好的榜样，引领他们更好地成长；疫情期间的律令面前，如果某些人能够自律，就不会受到法律制裁、为众人所指……

疫情再猛，在人类的共同努力下，终将过去。孩子终要上学，大人终要复工，一切终要回归正常状态。宅家期间，在阻隔病毒的同时，我们也应该努力培植自律，准备迎接即将回归的生活常态。

这里是空中花园，也是诺亚方舟

〔**口述人**〕何周，女，70后，湖北省鄂州市梁子湖区太和镇某村村民。

那段时间太难了，就像怀揣着一颗炸弹，动弹不得。不敢出去，外面有“新冠肺炎”；也不敢进屋，家里孩子正生着病。他总是不停打嗝，那嗝声，尖刀一样扎我的心。本该去武汉做手术的，可武汉封了城，鄂州也交通管制，最后，连村里的路也给堵上了，哪里都去不了，还怎么手术？

我绝望了。只好前院转到后院。

农家院子都是种个菜或瓜什么的。我家院子却被我种上了花。我还有一个空中花园，那是五年前，改造厨房屋顶建成的。很多人私底下嘲笑我烧包，玩洋味。毕竟，我家也不富裕，才刚刚温饱。要不是婆婆种了很多菜，够一家人吃，疫情期间，没有露怯，那些花儿怕是要被口水淹死。

因为疫情被关闭七十多个日夜，要不是有那些花儿陪伴、启发和鼓励，我们早就崩溃了。现在来看，我的空中花园就是诺亚方舟，引领一家人渡过劫难。

我这样说，也不知道你信不信。

孩子的病是压在胸口的一座山

我生的是龙凤胎，两个孩子今年17岁了。要说呢，我的家庭还是很幸福的。这些年政策好，农村人家都过好了。我老公虽然只是个小木匠，但人很勤快，每年都会有不错的收入。我呢，就近谋了份文职工作。两个孩子乖巧懂事，学习认真，一家四口，都向上进取，小日子欣欣向荣。

可是，去年 12 月 1 日，我带两个孩子跑了一场五公里微马，美好生活就被打破了。儿子到达终点后出现不适，脸色苍白，两眼发黑，还想呕吐。后来在志愿者的帮助下，很快有了好转。大家都说，孩子这种情况算正常，但我还是不放心，就带着他去做了体检。果然，害怕什么来什么，儿子被查出甲状腺有结节，体检报告建议进一步检查。

第二天，我带着孩子到鄂州市第一人民医院复查。结果出来后，拿给专家看。专家是从手术室里走出来的，他看了检查报告后，摘下口罩，露出一脸惊愕。他把我的孩子从头到脚打量一遍，然后叹了口气，说："可惜了，孩子这么年轻。"这句话，专家是当着我孩子的面说的。孩子后来告诉我，他当时差点就要昏过去，心里在默念："天，我得了绝症啊？"我当时也走不稳，要和孩子互相扶着才能下楼，后背一阵阵发凉，像是被浇了冰水。

当时，我整个人都是蒙的。医生说，先穿刺吧。我就交钱让孩子穿刺了。穿刺结果不明确，医生还是让住院做手术，我就催着老公送钱来。老公当时在江西。他连夜坐了动车往家里赶。

后来，亲戚提醒我，应该再去大医院复查，不能随便做手术。可跑去武汉协和医院，检查结果没有翻盘，彩超也还是没有定性，但恶性指征依然明显。大医院的教授人真好，问过我和孩子的意愿后，同意定期复查，然后给孩子开了胛氨肽，让孩子提高免疫力，一个月后去复查。

没想到，一个月后去复查，结节变大了。

我就急了。求教授救孩子的命。都说协和医院人满为患，一床难求。一般的手术都要等到两个月以后。但这次教授立马给开了住院证，定到下周一手术。复查那天是 1 月 14 日农历腊月二十了，腊月二十三入院，腊月二十六手术。手术后一周出院。

1月17日一大早，我们一家四口就到了医院。把姑娘带来，是想着有人跟儿子说话，也想到一家人能团个年，哪怕是在病房里。等到八点多，我犹豫了。我听到孩子在给同学打电话，他的眼里都是泪，声音很悲戚:“今年不能在家过年了。”

我知道孩子还没有准备好。于是我果断决定回家。他想在家里过年。其实，我也没有准备好。前面因为病急乱投医，选错了科室，选了耳鼻喉科，应该去两腺科的。我决定年后再来手术。

孩子的爷爷奶奶见我们回家了，埋怨我这样拖延会耽误孩子。我不好多解释，只好打马虎眼。我骗他们说，另一个更权威的教授说，孩子这病不碍事，可以继续观察。先好好过年，好好锻炼身体，年后说不定好了呢。

那许多的话只能对花儿说

我其实说了谎。去住院那天，我确实偷偷去找过另外的医生，是更权威的两腺科的医生。他看过孩子的检查报告后，断定是甲状腺结节，多半是恶性的，建议立即手术。只是春节将近，疫情又暴发了，他们科已停止安排手术，让我们年后再去。

这又是一次宣判。但那一天，我很冷静。因为我想守住秘密。我头顶的天早就被医生一次次的宣判炸裂了，但我还想一个人顶一阵子。我把孩子带回家去过年，告诉家人说医生让孩子再观察一段时间。我要一个人守住秘密，是不想他们有太大压力。我本计划着过了年，就带孩子去做手术的，可谁能想到，要命的疫情全面大暴发了。

那“新冠肺炎”真是厉害啊，想尽了办法让你感染，感染不了你，就恐吓你，以排山倒海的气势，从意志上一点点侵蚀你，瓦解你。都说女子本弱，为母则刚，我这个为孩子守着秘密的母亲，更是有着金刚不坏之身，可我还是差点被“新冠肺炎”击败。

1月25日，大年初一，鄂州“封城”。同一天，梁子湖区实行交通管制，各个村口设卡封锁，并开始全面排查武汉返回人员。我们一家四口属于有武汉旅居史人群，要重点监测。村干部每天都会来给我们量体温，还交代我们不要出门，有异常要及时报告。我们一直都没有异常症状，不发烧，也不咳嗽。但“新冠肺炎”有潜伏期，潜伏期也能传染人，从武汉回来的人必须居家隔离。我们就只好关了前门后院，不出去，也不让别人进来。当然，也没有人进来。实际上，从那时候开始，村子已经封了，各家各户都关了门不出来，就算偶尔有人去菜园摘菜也是戴着口罩，跟别人隔得远远的。彼此间像是有着三代恩怨的仇家。我们家和孩子奶奶家、孩子叔叔家并排着，只一墙之隔，也不来往，只有孩子奶奶每天隔着院墙递送青菜。

起初说隔离期是十四天。从 1 月 26 日开始隔离，那时候我们已经从武汉回来九天了，也就是说只需要隔离五天就可以解除关禁闭了。可是那五天真是难熬啊，简直就像过了五年。

我们从武汉回来的第十天，也是居家隔离第二天，问题来了。姑娘说喉咙痛。指南上说，喉痛也是“新冠肺炎”的症状之一。天哪，这怎么办啊？我暗暗祈祷。但愿只是上火了。为了让孩子稳住神，我故意吼她，骂她衣服穿少了感冒了，骂她吃多了辣椒、不喜欢喝开水上火了。然后，我给孩子找板蓝根，找牛黄解毒片，找蒲地蓝。姑娘从小就怕喝药，这次却配合得很，吞药丸的时候，有一种战场杀敌的狠劲。我还用鱼腥草泡水给她喝，满满一大杯，逼着她一天喝几次。这一招还很灵。第二天，她的喉痛就减轻了。

可是，我的症状来了。我开始四肢酸痛，单纯的四肢酸痛那种。我很慌。那几天，指南上说，有的人感染后也只是单纯四肢酸痛。难道我中招了？之前两次前往武汉医院，接触了那么多人……想想都冒冷汗。为了不让孩子恐慌，我稳住不作声，并努力劝慰自己，不会那么巧合，可能只是运动过量了。

疫情暴发后，专家们都出来支招，说“新冠肺炎”没有特效药，唯有提高免疫力，所以提倡居家多运动。于是，我带着孩子们把客厅的桌子椅子搬开，对着墙壁练习打乒乓球，每天一小时。打完球，我还跳绳，1000下；跳完绳，再楼上楼下走路，一万步。再然后，就拖地。拖了一遍又一遍，一天要拖七八次。有时候，一天下来，微信运动里能计步三万多。我承认这运动有点疯狂，后来的事实证明，我四肢酸痛的罪魁祸首就是这疯狂的运动。

正当我窃喜没被传染时，新的问题又来了：疫情期间，不规律的作息让生物钟完全乱了。白天睡多了觉，晚上就睡不着了。有关疫情的消息铺天盖地，半夜读来直让人打寒战。那样的寒夜真是漫长啊，仿佛末日来临，天总也亮不了。

都说好人也能睡病，这是真的。晨昏颠倒，噩梦连连；午夜梦回，一身冷汗。没有人关心不说，老公还要跟你吵。他天天刷抖音，笑声刺耳。这就不说了，他还时不时掐你一下，捏你一把，想霸王硬上弓。你说，孩子正病着，“新冠肺炎”又洪水倒灌一般汹涌而来，我会有心思做那个事？于是，我们就吵架。可是吵架还要压着声音，我怕孩子们听见。另外，跟老公吵，也不能有实质内容。要是让他知道孩子的真实病情，他承受不了，垮着脸，被孩子察觉了，前几天的努力不都白费了？

我就只好起床不睡了。他在的床，我就不睡；他在的房间，我就不进去。我害怕他刷抖音时笑，更害怕他不刷抖音时哭。

我们都本能地保持着距离。姑娘喜欢打王者荣耀，我就由着她，讲真话，玩玩游戏能冲淡对疫情的关注度和恐惧感，又何尝不是好事呢？我就尽量不靠近她，免得她感觉我在监督她。

儿子我就更不敢靠近了，我明显感觉到他的病情在加重。他总是打嗝，声音越来越大，越来越频繁。每次打完嗝，他就会唱几句，或者变着声调咿呀两句。我知道他是在故意遮掩，不想让我听到他在打嗝。

我还注意到，他的眼睛总是布满血丝，额头的青春痘则像小山丘一样一座座隆起。我心疼孩子啊，眼看着他一天天消瘦。我想去关心他，可我又不敢去触碰他。我害怕过分关心会引起他的怀疑。我不敢询问他晚上睡得好不好，心情好不好。因为如果他说不好，我也不知道应该怎么办。从医院带回来的脾氨肽早就喝完了，我却没有办法再去给他买些回来。虽然我知道那脾氨肽只是用来增强免疫力的，其实对他的病并没有什么用，但那是安慰剂，可以安抚心灵。我却连一点安慰都给不了他。

我的心苦啊，憋得难受。秘密谁也不能说，压力没有一个人可以分担，我只能偷偷出门去流泪。院门是紧锁着的，我们还没有解除隔离。我没有地方可以去。

我就只能在我的空中花园转。那是不到三十平方米的厨房屋顶，但被我安排得极为精致，有园中小径，有石桌石凳；有多肉长成的绿草坪，有红花檵木围成的树墙；蔷薇从高空垂下去，花开时节会引来“仰慕”；月季花沿着栅栏攀援，蕴藏的能量会长出爱情。这些花草都是我精心喂养的孩子，过去，它们的名字叫浪漫；而此时此刻，她们变成了小天使，接纳我的泪水，倾听我的刺痛，安抚我的恐慌，给我传递希望。腊梅、迎春花、金盏菊在迎着寒风绽放，使劲捧出藏在身体里的黄金，变成一个个小太阳。

默默地看着它们，我甩甩头，擦干眼泪。

我们的被救与自救

1 月 30 日，我们从武汉返回满十四天，可以解除隔离了。外面疫情形势越来越严峻，村子越封越紧，生活物资要请志愿者代购。我们还是出不去，只是可以证明，没有从武汉带回病毒。

这天是大晴天，我起得特别早。我里里外外、楼上楼下地打扫了一遍，然后去喊孩子们。

“快起床吧。你们来看，石竹开花了。”

去年村里修路，我家院墙要拆了往后退一米，为此，我园中很多正在开花的花苗不得不被挖掉，那时候，我的石竹还没有结籽。我们很伤心，养花的人最怕的就是失去种子。那是希望和春天。

但很快，我发现矮树丛中长着的一株石竹，这不是播种的，也不是扦插的。不知道它是从哪里来的。为此，我们还长时间讨论，每一次讨论都没有答案，但我们的惊喜与日俱增。有了这株石竹苗，来年，我的花园就会有一大片。石竹很神奇，是五彩的，真的只需要有一株苗，我们就有一个春天的姹紫嫣红。

现在疫情胶着，这株石竹却开花了，花瓣上还沾着前晚遗留的雨滴，像一个破涕而笑的孩子。它托举出一朵、两朵……九朵、十朵……整整十二朵小雨伞，粉红、深红、奶白。“哦，快来看啊，我的孩子们。”这真的太值得大惊小怪，大呼小叫了。

花开有一种神奇的力量，不但把孩子们从被窝里叫了起来，把他们从自闭的房间拉了出来，还安抚一家子在疫情中的恐慌。

那一整天，他们都在我的空中花园，从各个角度给各种花草拍照，然后发朋友圈；他们垫了布凳子，懒洋洋地在园中晒太阳、喝下午茶、吹葫芦丝；然后他们又摊开棋盘，摆开阵势，跳马、飞象、架炮、出车，霎时间战火弥漫，花草皆兵。

看见孩子们对弈时神情专注，我忽然感到一阵幸福的眩晕，像一艘小船穿越激流险滩终于平静下来，惊恐过后，我们终于体会到微波荡漾。

我在空中花园来回踱步。这园子真的就像诺亚方舟，楼下院外病毒肆虐，楼上园内，春意盎然，阖家平安。

2 月 1 日，年初八，儿子组建的学习小组开启读书计划。儿子起得很早，我们自然也不能晚起。他开始督促小组成员起床，群内打卡；我们则做早餐的做早餐，拖地的拖地。就这样，一家人意气风发起来。

钟南山院士说，宅家也是抗“疫”，每一个人都是战士。既然是战士，那就要拿出英雄气概来，颓废只会消磨人的意志，让病毒更猖狂，但如果我们提振精神，岿然不动，固若金汤，那病毒又怎能入侵？

从那天开始，儿子就忙碌起来了。早上，他在群里逐一把小组成员喊起来，未在群里打卡签到的，他就打电话过去催促。晚上，他要大家在群里晒任务完成情况，他在后台逐一登记。儿子从小学开始就是班长，一直到高二。他生病后准备辞去班长职务，却赶上了疫情，他说:“这次疫情延误了开学，我的班长暂时还没有辞去，我就有责任带着大家一起学习。”看他那么认真，那么负责，我高兴啊，我高兴得想哭。为此，我还发了个朋友圈，记录了我的喜悦。我的圈中有很多是孩子同学的家长，他们看见我的动态后，都纷纷要求自己的孩子加入那个读书小组。那天，我的电话、我儿子的电话总是响个不停，哈哈，那是有同学要加群。

儿子似乎忘记了自己的病。但他还是在不停打嗝，而且特别容易饿。晚上睡不好不说，还常常做噩梦。我偷偷翻他的手机，看见他对同学说:“我必须要好好学习，写点什么，不然哪天突然就走了……”儿子的语气中满是悲壮，有一种视死如归的淡定。

我却淡定不了，又开始偷偷流泪。我试图联系在武汉协和医院的医生熟人，想从中打听抗“疫”的进度，好把握时机，早点冲去武汉给孩子治病。但我发出去的消息都石沉大海，想必他正在抗“疫”一线，根本没有时间看手机。

我慌了。那个熟人是我的向导，失去联系，我就没有了方向。我就只好去各种网上问诊。我想突围出去，去外省就医。网上的医生都很和善，收费的、不收费的问诊，都给了详细的回答。有的医生还表示可以加急手术。但得知我是在重灾区湖北后，就表示爱莫能助了。异地医院根本不接收湖北的病人，就算是接收，人也出不去。

突围的事儿，就想都不要想了。我怎么办啊。眼看着孩子往下沉，我要救他啊!

后来，经病友介绍，我加了一个“假以时日，必是晴天”病友群，群里四百多人，都是患有甲状腺疾病的病友，他们在群里分享就医经历，引导群友科学就医。他们在群里聊疾病、也聊生活；聊恐慌、更聊治愈。慢慢地，我对这种疾病有了一些了解，心里的恐慌也慢慢消失了。原来，我孩子患的甲状腺结节，只是慢性病，可以养好，对生命没有威胁。只是疫情放大了恐惧，让我一度以为是绝症。群友们都安慰我，既然疫情期间不能就医，那就把心放下来去正常生活。他们说，好心态就是良药。

我也知道要有好的心态，但我还是不由自主地慌，哪怕能联系到医生找点药来缓解一下也好啊。后来，我去“微医”上找武汉协和医院的张波教授，这是要收费的，100 元图文问诊，24 小时不限次。那天，我问了张教授很多问题。她很随和，每个问题都会耐心回复，不但给我追加了三次问诊的机会，还让我加了她的微信。这样我就可以随时联系了。她总是在深夜回复我，我知道教授很忙，本不应该多打扰，但我还是控制不住，孩子一旦出现不适，我就问她。不管夜多深，教授都会给我回复，让我安心。

就这样，我只花了 100 元，请了个教授做私人医生。除了不断回复问诊，帮助我疏导心理压力，还用朋友圈点赞的方式关注我的生活，用她的能量引导我振作精神。

2 月 6 日，武汉返回后的第 21 日。我向单位申请复工，参加抗“疫”工作。我办理了车辆通行证，跟着同事去单位挂点村开展志愿服务，给村民量体温、代购，走访慰问孤寡老人、留守儿童。我还沿途帮别人送东西，有时带两条烟，有时带几袋青菜。

一旦忙碌起来，日子就很快。好消息纷纷传来，张教授说，医院已开始全面消杀，不日就可以收治病患了；4 月，我的孩子就可以入院手术了。

于是，我更忙碌了。一边忙抗“疫”，一边准备住院事宜。再坚持一下，就可以挺过黎明前的黑暗了，我好像已隐约看到东方已经发白。

我们都是战士，我们都是英雄

4 月 5 日，我带着孩子去武汉协和医院做了“新冠肺炎”筛查。张教授特别关照我这个乡下来的人，为了让孩子在复学前康复，不仅优先安排手术，还事无巨细全程指导。“检查单都已经开好，你在三号楼门口拿，然后去本部做检查。”“车子停新华路，交警不会贴罚单。”“拿到检查结果后，去六楼办理入院手续。”张教授总是及时回复信息，引导我接下来该怎么办。她说，让病患遭受波折，比疾病本身的危害还大。

就这样，我们顺利入院了，当看到整个病房只安排了儿子一个病人，我感动得流下了眼泪。这是 VIP 待遇啊！我何德何能？

4 月 9 日早上 8 点，孩子被推进手术室。我在手术室外，一个人瑟瑟发抖，泣不成声。教孩子数学的何老师找我聊天，她不停地安慰我，嘱咐我要坚强，要保重身体照顾好孩子。那几个小时，何老师一直陪着我，直到孩子从手术室出来。十六天后，儿子康复得差不多了，我们却听到噩耗：何老师的爱人因肺癌晚期去世了。后来我才知道，那天儿子手术时，她是在爱人的病床前陪我聊天、安慰我，给我打气的。而那时，她的爱人正生命垂危。她在安慰我的时候，眼角定是挂着泪的……

孩子手术后醒来，用微弱的声音请求我帮他交作业。早上进手术室前，他做了政治作业，但还没来得及提交。他这次入院治病，没有跟老师请假，没交作业会让老师担心。我用手机拍下选择题答案发给老师，并把回复消息给他看，他才眯上眼继续睡觉。

他再次醒来，又问琪琪的作业。琪琪是邻居家的小孩，爸爸妈妈在广东打工，琪琪和弟弟妹妹跟着爷爷奶奶留守在家。所有孩子都在上网课，但琪琪的爷爷奶奶不会弄手机，更不能辅导琪琪做作业。琪琪有不会做的题目，就跑来问儿子。几乎是每天都要来两趟，上午是语文作业，下午是数学作业。辅导一段时间后，儿子就把这当成一种责任。在病房里，他还惦记着琪琪的作业。他每天跟家里的姑娘视频时，总是交代她，辅导琪琪做作业时耐心点。

儿子不在家，姑娘主动辅导琪琪做作业。儿子得知后，感到很欣慰，心情状态好，伤口疼痛也减轻了很多。手术后，儿子忍着疼痛，重新学喝水、学起身、学走路、学说话，仿佛一次新生。而这期间，姑娘一个人在家，忍住悲伤，按时上网课，按时完成作业，按时作息，还耐心辅导琪琪功课，也完成了一次蜕变。

出院三天后，儿子就恢复了正常学习。他的伤口虽然还痛着，但他的心是快乐的。他每天胃口很好，睡觉很香，学习之余去花园里走走，看月季争艳斗芳，看葡萄藤下的蜗牛努力地往上爬。边走边看，嘴里还要哼几句小调。医生交代这段时间还不能吹乐器，不然，我家的园子会乐音缭绕。

5 月 6 日，高三将复学。之后，高二也要复学。老公已经在河南的工地为家庭打拼，我也满血复活回归工作岗位。

过去一百多天，真是水深火热啊。所幸，面对洪水猛兽一般的疫情，我们举全国之力，万众一心，人人都是战士。被病毒摧毁的一切都在重建，而这重建的一切将会成为骨头和脊梁。我们都是浴火英雄，包括我园子里的花和草。

英雄不问出处的
一百种可能

我们这座城市到处都是英雄

〔**口述人**〕余乐，女，1988 年生，湖北咸宁人，咸宁市公共检测中心工作人员，咸宁市阳光助困协会会员，咸安区志愿者协会秘书长。

“苟利国家生死以，岂因祸福避趋之。”这句林则徐的名言，是咸宁市阳光助困协会会长陈昌世挂在办公室的座右铭。“新冠肺炎”来了，没有一个“局外人”，更没有一个旁观者。除了尽锐出战，我们别无选择。

你们不要去了，我一个人去武汉

1 月 26 日，庚子年正月初二，陈会长在微信群发消息：

> 一线医院急缺医疗物资，经协会志愿者与武汉紫珈团队两天两夜对接，筹集到一批医疗物资，包括防护服、护目镜、N95 口罩、医用一次性口罩、酒精、84 消毒液……谁跟我一起去武汉拖回来？

此时，“新冠”疫情已全面暴发，武汉和咸宁全域“封城”，会员们在群里炸开了锅，却也只能干着急，有的没有通行证，有的不会开车，有的人在外地，虽然都想去，却心有余而力不足。

最后，因为种种因素，陈会长考虑再三，斩钉截铁地发语音：“你们都不要去了，就我一个人去武汉。如果我倒下了，副会长刘林、陆高明，秘书长邓珍琼顶上去……我们的事业要继续。”

这话说得，感觉会长在交代后事似的……我的心提到了嗓子眼。“新冠病毒”可不认人，不会因为你是大善人，你是阳光助困协会会长就放你一马。这个时候，所有人“谈汉色变”，会长居然还要独自逆行去武汉。但是，我们都知道，咸宁急需那些医疗物资。我们是阳光助困协会，作为志愿者的先锋队，要尽己所能为社会做贡献，在这特殊的疫情期间，更需要我们冲在前面。陈会长作为团队的精神领袖，十几年如一日地身体力行，早就让每一个会员心悦诚服，大家都想成长为像他那样的人。即便我们是一只只萤火虫，也该点亮咸宁的希望之光。

1 月 30 日一大早，陈会长仅戴一只口罩，驾着一辆橙色的皮卡（那是会员徐沁芳主动出借的），凭着市民政局协助开的通行证，从咸宁北高速口出发，向武汉天河机场进发。一路过五关闯六卡，来回奔走三四百公里，拖运回来 300 件防护服，200 个护目镜，医用口罩、N95 口罩 40000 只，84 消毒液 300 瓶，第一时间捐赠给咸宁市中心医院和咸宁市第一人民医院。

这就是我们可亲可敬的会长——陈昌世，咸宁市供电公司的一名普通员工，却是我们阳光助困协会的主心骨。十几年来，他把业余精力都放在公益活动上。他常说：“我们做义工的初心，就是要改善社会风气，这对自己是一场修行。”他还说：“当我老了，摔在地上，我希望有人敢扶我。”他以实际行动影响着身边的每一个人。疫情阻击战打响后，陈会长从 1 月 22 日起，带领阳光突击队员走上街头，通过各种渠道购买 20000 只口罩，免费发放给市民和环卫工人。陈会长身形高大，膀大腰圆，却也五十好几了，两个月连轴转，一天都没中断过，哪里需要志愿者，他就带领会员冲到哪里。他就是一面旗帜，每一个会员都在他的感召下生龙活虎，发愿要尽自己所能来守卫咸宁这座城。

兵马未动，粮草先行。疫情刚发生，咸宁还没“封城”，我们协会就率先行动起来，在会员群中发起募捐倡议，短短两天时间就募捐到 50000 余元。这为协会参与战“疫”打下了良好的基础。

有个会员叫镇丽，她爱人在爱科医疗公司工作，多次为协会低价购买一次性医用口罩。还有个会员叫袁继红，年前去了广州旅游，疫情发生后，她人回不来，便在网上配合会长积极对接武汉等外地医疗队伍，想方设法采购医院紧缺的医疗物资。另有一个会员叫朱博，是一名在读硕士研究生，他抢先加入阳光突击队，连续十几天参加消杀活动，70 斤重的弥雾机和药水背着就走，肩膀一直都是红肿的，烙着两条深深的红印。这种例子太多了，阳光助困协会就是好人好事集中营。随便一个女会员拉出来，就是红色娘子军；哪一个男会员拉出来，都是一把战“疫”尖刀。

我很庆幸尽了一份心

1 月 28 日，云南医疗队支援咸宁，第一批有 87 名医护人员来咸宁，住在银泉大道上的维也纳酒店。“封城”之后，酒店缺少服务员，我们协会两名女会员，刘耀先和陆高明两位女将，放着沙发不躺，丢下一家老小，火速报名入驻，跑去给医疗队搞后勤服务。

云南医疗队匆匆出征，千里奔赴战“疫”，队员们都来不及准备，再加上初来乍到，有点水土不服，不适应气候。电热毯、指甲剪、尿不湿、衣架……这些生活用品都没有，而这个时候全城管控，除了几家大型超市采取网上下单配送物资，其他大小店铺都是关门的，所以有钱也买不到东西。不过，这个问题难得住常人，又怎能难倒我们阳光助困协会呢？协会有一千多个会员，来自全市各行各业，都是热心肠。只要发个朋友圈，或者群里吱一声：“云南医疗队缺东少西，请大家帮忙买清单上的物品。”很快就应者如云。大家使出十八般武艺，找朋友、托熟人，从小店收购，找好心店主磨嘴皮……找各种渠道筹集。群众力量就是大，每个人都是闪着光的小点滴，汇入人民战“疫”的汪洋大海。没一天工夫，清单上所有物品都收齐了。白衣铠甲勇士在为我们这座城市拼命，能为他们做一点贴心的事情，协会每个人都感到由衷地高兴。

在酒店做志愿者的两个女会员说，2月下旬以前，市场上很难买到猪肉，更别说其他稀罕的东西了，不知道这位老板娘哪来的能量，每餐都让厨师变着花样做，总能保证两荤两素一汤，营养餐搭配得十分可口。头两天，她们将盒饭统一时间送到房间，之后担心影响医护人员休息，就约好在特定时间准时送到房间门口，既能让勇士们吃到热饭，又不打扰他们休息。

498名云南医疗队员，一共在咸宁鏖战了55个日夜。3月22日上午，咸宁人民以最高礼遇欢送，那天万人空巷，市民自发出门前往，夹道十里送恩人。刘耀先那天也去了，她一边激动地抹眼泪，一边感慨万千："这些医护人员太不容易了，我在维也纳酒店帮忙的时候，看着他们回房间时，身体疲倦得站不稳了，真恨不得去替他们一下！尤其是刚开始那几天，可能房间没协调过来，咸宁市第一人民医院有些医护人员都是四个人住一个标准间，有的人只好打地铺，看他们睡在地上，想想我都觉得心疼。我很庆幸尽了一份心，为这些白衣天使服务过，他们是当之无愧的英雄！"

其实，当时我也轻声说了一句："亲爱的，你也是英雄！"不过，她彼时正将目光投入前方车队，挥舞着小红旗，加入欢呼呐喊团队："咸宁人民，向你致敬！谢谢你们……"

冒再大的风险也值了

2月6日，我们协会通过儿童基金会等爱心团队，筹集到两台呼吸机，说好了捐给咸宁市第一人民医院。可是我们的私车不能上路，呼吸机远在随州，300多公里之外，怎么拖回来呢？真是个大难题。想来想去，让受捐方派了一台车，两边对接好，费尽千辛万苦，终于将两台机器拖了回来。

货物送达后，捐赠方才说，手续要齐全，要医院的收货单，还要呼吸机在医院现场的照片。收货单好说，补齐填好就是。可是，呼吸机已经放到医院仓库里，那里靠着重症监护室，一走廊之隔，说不定“新冠病毒”就会从哪个缝隙飘出来，当时疫情最是不可捉摸，普通人提到去门诊都怕，更何况挨着重症监护室。

这个时候，宋业亮主动站出来，虽然他也是有点害怕，但还是毅然去了。进仓库之前，带路的医生跟他说：“我尽量保护你，你去拍个照片就出来，不要碰什么东西。”只是去仓库拍一张照片，当然不可能浪费一套防护服，老宋就这样一只口罩杀进杀出。

手续总算齐全了，事情也办妥了。协会收到医院写给我们的感谢信、儿童基金会发过来的感谢信息。感谢信的图片和截图发至群里，点赞声一片又一片。

宋业亮早已年过花甲，是我们协会年龄最大的会员，从市供销社退休之后，坚持做公益三年了。他说：“只要能维护协会声誉，能为社会做一点事情，冒再大的风险也值了！”

老同志带好头，年轻人也不甘落后。就说黄俊吧，听说咸宁市第一人民医院有个医生，夫妻俩都在救治“新冠患者”，但小孩在乡下农村没奶粉了，他就开车送了一箱奶粉过去。黄俊一直在阳光突击队，参与物资搬运和消杀工作，每天累得像狗，却从没有缺席过。另外又有个医生被隔离在家，家里煤气灶坏了，发短信求助我们协会。阮国义、李应松和宋业亮三个人，去医生家把东西搬出来，在封路的情况下，兜了几大圈，硬是找到维修师傅，把煤气灶修好再送到医生家。医生远远地站在两米开外，对他们表示感谢。顾忠天天在外面奔忙，害怕自己沾染病毒，传染给老人和孩子，所以这些日子不敢回家，索性窝在政府应急车队的宿舍，把自己隔离起来……

宋业亮说，为了抗击疫情，不管是医生，还是义工志愿者，大家都是一条心。

红叶莴笋是最好的情人节礼物

2月14日，情人节，赶上协会成立阳光突击队协助市慈善会、市红十字会等机构搬运云南来的捐赠物资：20吨红叶莴笋、10吨甘蓝菜，先卸货，然后分发给各地。

货车停稳后，油布一打开，我惊呆了。爱心蔬菜太壮观了，一大包一大包的，一包有七八十斤重。由于不能大量人员聚集，我们报名接龙，只要20人过来，女同志还居多。报名参加战“疫”行动，全凭眼尖手快，通知一旦发出，迟了几分钟就没名额了。

疫情期间出来做义工，必须自己扫清一切障碍，想办法说服物业出小区，没有车辆接送就靠双腿走，来回十几公里不说，还要扛六七个小时大包。有的菜上有冰块，经过长途跋涉，有的冰化成了水，搬的时候一不小心就洒一身，和着搬运流下的汗水，衣服、鞋子、裤子都湿透了，苦不堪言，却没有人为此抱怨。

我在单位一般都不说这些，我怕说了也没人会信，世上竟然还有这样一群傻子，默默无闻地自掏腰包，争先恐后地做着又苦又累的粗活。我也没法解释每一个会员的具体动机，但有一点我知道，做好事是会上瘾的，我们抱团取暖，砥砺前行，抗起疫来都是逆行者。

陈会长其实腰椎有问题，时不时要做理疗，女同胞都怕他有个闪失，在搬菜时总想拦在前面，拉他下来休息。他却说：“别拦着我，我是会长，必须带头上，我要做表率。等我实在搞不动了，我就退位让贤，你们都有接力棒。”

我们都在做苦力，没有半点物质报酬，虽然四肢劳累，却又乐此不疲。大半天下来，蔬菜终于卸完，接着分装上车。这莴笋透着灵性，主干微皱，表皮浅青，略带紫红色斑块，还顶着紫红色叶片，我看着就觉得清爽，不禁大喊：“这莴笋，就是我们的鲜花。”是啊，这是一个特殊的情人节，我们买不到礼物，也买不到鲜花。但我们有云南人民的深情厚谊，这些红叶莴笋，就是最好的情人节礼物。

消杀一切病毒

3 月 3 日，武汉蓝天救援队捐来一批神器：10 台弥雾机、600 斤消杀药品，都是当前最先进的玩意儿。弥雾机金光闪闪，用柴油发动，水雾能打 6—10 米，烟雾 30—50 米。这药品叫二氧化氯，是目前最安全的绿色消杀用品，既消菌、杀虫，又低毒。

武汉方面只捐东西给我们协会，必须想办法自己拖回来。以往去武汉托运物资，都是给医院或某个单位，自有各家单位派车，可是这次怎么办呢？借车子不是难事，但跨区域通行手续却难办。陈会长说："无论我们提什么要求，市民政局都会满足，但我们一般不提。这次没办法了，只好求助我们的主管单位。"

不到一个小时，市民政局报请市指挥部，将通行路条开好，我们当天就运回了消杀机器。陈会长说："人与人之间的信任很重要，市民政局帮我们批条子，是冒了风险的，领导丝毫没有担心我们会利用通行证做别的事情。所以，一定要用好这批机器，不能糟蹋了！"

3 月 4 日，协会成立阳光消杀队，由汪昌伟担任队长，他做了 7 年多义工，算是老资格了。他每天在群里发公告接龙，由于疫情期间要控制人数，每次只要 20 人参加。但是，想参与抗"疫"活动的会员太多了，原来定时 6—7 点接龙，大家都提前等着，拼网速、抢位子，后来就不定时，抢不抢得到名额，都要随缘。这样也是为了保证公平，随时接龙，就谁都有可能接到龙。

汪昌伟说："疫情期间不适合太多人聚集。我身为消杀队长，要保证带出去，还要把人安全带回来。一旦我们协会有一个人感染了，一群人都要马上隔离。不仅如此，别人肯定还会说，'让你们闲得蛋疼，没事跑出去瞎晃！'"

3 月 5 日，阳光消杀队在岔路口社区开始"第一杀"。配好药，加满水，弥雾机满负荷约 70 斤。药箱像打农药的药壶，像老农民一样挂在背上，双手提着爆发管，只待开关一拉，机器发出轰鸣声，声音震耳欲聋，同时药液雾化，白雾从喷管中喷涌而出，一扫一大片，所到之处，药雾弥漫，非但是“新冠病毒”，别的病菌也会被消灭。

汪昌伟就像一台永动机，除了联系组织人员，开车接送人员外，每天都带头背着机器消杀，别的消杀队员都是轮流，他却从头干到尾。好在他身体壮得像一头牛，就像鲁提辖，或者武松，总有使不完的劲儿。很多社区住宅都是小高层，汪昌伟和消杀队员们背着 70 斤药水，一层层地消杀。一桶药只能消杀 9—10 层，而有些楼高达二三十层，药水用完了，还要中途坐电梯去配药、加水。工作量着实不小。

就这样，我们协会义工早出晚归，每天工作 7 个小时左右，最长一天 10 个小时，坚持 26 天不停歇，消杀的足迹踏遍咸宁中心城区各中小学、幼儿园、社区、火车站，还有大幕乡、双溪桥镇、高桥镇等，消杀面积达 700 多万平方米。楼梯间、走廊上、教室里、垃圾堆放点……不放过任何一个可疑的地方，甚至连居民丢弃在楼道里的口罩，也会顺手清理带走。

到处都有我们协会的人

3 月 15 日，阳光消杀队在福星城幼儿园完成消杀任务后，准备奔赴咸宁市青少年宫幼儿园。陈会长推却不过情面，接受了一个青年作家的采访，据说他还是个副处级干部，市民政局肖雪艳科长都成了他的临时助手。

我们就在车上进行采访，为避开弥雾机的轰鸣声，我把车停靠在三百米开外，华信农贸市场一块阴凉的空地。采访进行到一半，陈会长下车接个电话，上来后说：“旁边这个水果店的小夫妻，2 月份就在我们协会，做了 20 天义工，消杀、搬运物资，什么脏活累活抢着干。今天跟我告了假，因为是市内解封，可以开门做生意了。男的叫熊茂文，妻子叫冯兰。没想到在这里碰到了。”

我抬起头，“兰因果行”，绿底白字在阳春三月里，格外夺目。我们协会有1100余名会员，陈会长也不是每个都认识。而这一对普通夫妻，在“封城”无法开店期间，不甘窝在家里，而是冒着风险，双双成为义工，互为烛光，照亮彼此，温暖他人。在我们协会干活，不管吃，不管喝，一切都要自备，更没有工资，还要自掏腰包，捐款捐物，可是冥冥之中，大家都被一种无形的向心力凝聚在一起。其实，英雄又何止熊茂文、冯兰两个呢。疫情一开始，一般封闭小区是不让义工出门的。可是慢慢地，我们的义工证和志愿者衣服，就成了通行证。我们一直在行动，一起默默地付出，也被越来越多的人认可、理解和支持，越来越多不图名、不图利的人，加入义工行列，奉献精神正成为一种时尚，我们这座城市到处都是英雄，转角就能遇上一个平凡无奇却胸怀大爱的人。

看，打头是我家的车子

最后，我还要说说那辆皮卡车。这本是会员徐沁芳家一辆崭新的车子，说是借给协会用，其实差不多就是捐，被频繁用来托运消杀工具，已被磨损得不成样子。不仅如此，徐沁芳还自掏油费，一晃就是一个多月。这辆橙色的皮卡俨然成了阳光助困协会的标志。

徐沁芳在义工当中算是素人，2019年下半年才入会。她曾是电视台主持人，能说会写，内外兼修，正在经营一家企业。她的二宝才一岁多，说是要借做义工的机会给孩子断奶。当她听说搬运物资没有合适车辆，二话不说就带着上初中的女儿加入了义工队伍忙前忙后。

3月22日，咸宁已经连续30天零新增，云南援咸医疗队选在这个良辰吉日荣归。市电视台说要借用一辆皮卡车，结果就借了我们协会这辆车，橙色的，很好看、很喜庆。

在此之前，除了执勤人员，街头空无一人，寂寥冷清，让人发怵。疫霾渐渐散去，送别云南医疗队这一天，竟出现了比城市马拉松还热闹的场景。官方举行盛大欢送仪式，无人机在头顶盘旋，老百姓都跑出来欢送。大家都戴着口罩，激动却有秩序，手中挥舞着小国旗，感恩口号一浪盖过一浪，很多人喊着喊着就哭了，英雄们也跟着双眼噙满泪水。

“你们白衣执甲，逆行出征，为咸宁流过汗、拼过命，我们不会忘记！咸宁的山山水水不会忘记，咸宁的世世代代不会忘记！”

所有人都热泪盈眶，沉浸在感恩的海洋里。手机可以拍现场、发朋友圈，也可以看电视直播。送行盛况，现场每个人都在参与，每个人都可以传播。我们协会一伙人正在摇旗呐喊，徐沁芳指着手机的“云上咸宁”直播，在一旁激动得叫起来：“看，打头是我家的车子！赶紧拍，快截屏！”那辆橙色皮卡在车队中一马当先，顿时引起小伙伴们的小骚动，比我们协会组团上电视还要激动。

我默默拿起手机拍了一张照片，并不是为了发一条朋友圈，向全世界炫耀什么，而只是为了留作纪念。纪念有人为我们拼过命，我们也为别人拼过命。献给云南医疗队，也赋予我们阳光助困协会。

冬天没说完的话，我们春天慢慢说。地下埋着我们的祖先，地上活着爱我的人和我爱的人。聚散来去，生老病死，半点不由人，苍天饶过谁？我们断不了故去的，也舍不得鲜活的。这个叫咸宁的地方，这一片荆楚大地，我所站立的中国，疫后必将露出更可爱的脸庞。

爱心摆渡六十天

〔**口述人**〕夏丹，女，1982 年生，湖北通山人，咸宁市慈善会工作人员。

爱如潮水涌来

我父亲、弟弟、女儿的属相都是老鼠，而且都是春天生日。春节期间，家家户户都会准备吃不完的食物，所以老话说，这时候出生的人一生下来都有福气。

1 月 24 日，己亥猪年最后一个晚上，我正盘算如何给他们过生日："本命年一定要好好热闹热闹！" 正憧憬之时，分管领导何明贤打来了电话，她也没有多作寒暄，直截了当地说："明天一早我们去市指挥部报到。"

"我们要做什么？"

"是关于疫情防控的工作，具体事宜明天去了会知道的。"

"好的，服从领导安排。"

挂了电话，我才想起"明天"大年初一，咸宁的疫情这么严峻了吗？看来本命年的生日计划要泡汤了。

1 月 25 日早上八点，我们准时来到市防指，发现市领导在商量怎么办，也有的急得团团转。我猛然意识到疫情形势不是一般地紧张。第二天，市防指对外发布了官方捐赠渠道，市一级接收捐赠的主体仅有两家单位，也就市红十字会和市慈善会具有公开募捐资格。

为了确保爱心人士24小时能找到人，我作为市慈善会唯一的工作人员，手机号随之公布。我忙碌到抓狂的生活就此拉开序幕。

“账号是多少？”“在哪里操作汇款？”“手机银行怎样用？”“请帮我查一下到账了没？”“物资捐给谁接收？手续怎样办？”“请将每日捐赠数据填表报给我们。”……社会捐赠、咨询电话如水库刚开闸门后的洪水，汹涌地向我扑来，座机、手机一起响，即使回到家中“葛优躺”，耳边仍回荡着魔性的电话铃声。

起初我很有耐心，言谈注重礼仪和细节，尽量说得详尽：“喂，您好，请说。”随着疫情的发展，各类咨询电话越来越多，还要起草分配方案，送到指挥部给领导签字，公示文件，报统计数据，回复网上质疑，领导交办的其他任务，等等。起初一个人还能从容应对，没过两天，各种事务交织在一起，忙得人屁股冒烟，嗓子冒火，必须快刀斩乱麻。我实在没别的办法，接电话变得言简意赅：“您说！……请说重点……再见！”对方可能会觉得冷漠。我确实分身乏术，大脑反应必须快，语速必须加快，必须抢时间回答完手机那头的问题，因为座机还在响个不停……

于是，我把A4纸裁成四等份，加上硬纸壳，装订成一个小记事本，随身携带。慈善会的账号和开户行写在首页，随时随地可以报给别人。无法立刻回答对方的提问，就用记事本随时记录下来，忙完手头的事赶紧回复，完成一件勾一个，一个都不能遗漏。

一笔笔捐款，一批批物资，像潮水一样涌来。我之所以能支撑下去，就是不想辜负天下人。我耐心倾听每一位捐赠者的要求，解答他们的疑惑，要对得起每一笔资金背后那一颗颗滚烫的爱心。有位领导说，抗“疫”就像抗战，疫情阻击战打响之后，地无分南北，年无分老幼，无论何人何等身份，都有守土抗“疫”之责任，都应抱定牺牲一切之决心。

民政工作连民心，涉及养老机构、儿童福利机构、城乡困难群众、救助站、社区治理、殡葬管理等单位、人员和内容，“新冠”疫情之下，更是事事都要亲力亲为，容不得一丝大意。1月27日，领导怕我孤军奋战吃不消，抽调几个年轻干部来帮忙。规划财务科的魏心负责捐赠数据报送，抽调徐玉英、黎鹏、左长康临时接电话。由于交通管控，私车无法行驶，局里还安排专车接送，我享受到局长都没有的待遇。

如此厚爱三分，我还是忙得抽风，感觉大脑一片麻木，如同机器人一般，机械地对着记事本把账号报给别人，别人问什么我答什么。我只想着：“来吧，来吧，我这个人就在这里，管它多少事、多少问题，都来吧！”

逢山开路，遇水搭桥

1 月 29 日，一位咸宁籍女士来电，想要通过国外采购物资捐赠给咸宁市中心医院。虽然当时湖北省慈善总会、省红十字会已经对外公示了接收境外物资的渠道和联系方式，但并不是每个人都会去看，身处咸宁的捐赠者只知道咸宁市慈善会。境外物资进关这一块平时没接触过，对我来说是新业务。“我需要马上咨询省里，目前最大的问题是交通运输，要跟局领导和指挥部汇报，询问解决交通运输问题的方法。”

女士立刻就急了：“都这个时候了，你们还这样打官腔！”说罢气急败坏地挂了电话。

“我忙得跟狗一样，还说我打官腔。”压抑不住心中的憋屈，我对着办公室墙壁吼了一句，“见了鬼！这么忙的时候没个人帮忙，还要被不认识的人撑几句。”

大约过了半个小时，团市委一位同志来电，也是帮之前那位女士问境外物资入关的问题。我干脆向他们提供省慈善总会的联系电话，请她自己去询问政策。

第二天，市防指保障组电话告知，经多部门和华侨的协调，在加拿大找到了一批防护服货源，已与供应商沟通好，现急需市慈善会办理购买手续。境外采购物资这一块，我也是蒙的，从来没接触过，只好问省慈善总会。但省里工作人员由于疫情凶猛都是居家办公，两个联络人的手机号码打不通，连续几天都是无法接通。1月31日晚上十点多，市指挥部有人通知我去保障组，去了之后领导吩咐，让我到武汉去找省慈善总会问问具体情况。我说：“去了也找不到人，解决不了问题啊。”领导说：“那不行，你还是要去，试试才知道行不行！”

此时此刻，我能理解领导的迫切心情，但武汉的形势变幻莫测，进不进得去是一回事，去了找谁，去了干什么，又是一回事。这个时候去武汉……我突然有点害怕，从武汉回来后我肯定不能回家，不能把这该死的“新冠病毒”带回家里，老人小孩被传染了怎么办？

正在我恐慌之时，陈红卫局长来电告诉我，他已经打通了省慈善总会秘书长的电话，秘书长会马上派人跟我对接。暗自庆幸，这下不用去武汉了。之后，我又主动与省里具体负责境外物资工作的人员对接，成功从加拿大采购了医用防护服16800套，用于咸宁市中心医院的医疗救助。

接着，我们又协助白俄罗斯中国企业商会从境外打开捐赠通道，顺利将30000余件医疗物资快速捐至咸宁，我市医疗物资紧缺的现状得以稍稍缓解。

境外资金的捐进和拨付，需要一个境外账户，而市慈善会只有一个国内账户。得知该情况后，交通银行咸宁支行主动帮忙解决了这个问题，让我们可以直接接收国外资金。于是，我们很快就收到了两笔海外华侨的爱心捐赠。

一饭三吐哺

1月27日，省慈善总会拨来第一笔捐赠资金2500万元，加上之前本市接收的捐款，必须尽快拨付给县市区和一线医院。我和何书记赶紧按领导要求，起草分配方案，向市防指汇报请示。但这种分配方案不可能一次性定下来，市防指保障组领导要反复研究修改。1月31日夜里，我在市民政局和指挥部之间来回跑了三次。初步办妥之后，我看着夜色下的温泉城，有着没见过的寂静与温柔，默默祈祷疫情快点过去，早日恢复车水马龙的喧嚣与繁华。回到家已是十一点多，虽然肚子很饿，却不想吃晚饭了，真的吃不下去。电话依然时不时响起……

第二天，我早早来到市领导家门口，想抢在他出门前在分配方案上审定签字。在有关方面同志的协助下，我们终于把第一批资金顺利分配给市中心医院和六个县级慈善会。

文件签了，资金拨付了，就要对接收、拨付的所有资金进行公示。每一笔收入，每一批拨付，都要对日期、对资金、对名字、对文字表述……我和魏心忙得昏天黑地。疫情刚开始两天我还回家吃饭，后来嫌回家来去耽误时间，直接弄了三箱泡面放在办公室。

吃泡面也是没一刻清净的，还是要不停地接电话。有时候人说话说多了，或者心里有事，胃口就没那么好了。吃两口面，电话来了，接听完电话，回来时泡面已结成坨。连忙扒拉两口，电话又来了，等回来再来吃时面就冷成了糊糊，汤面上浮着一层凝固的红油，干脆不吃了，就盼着下一顿能有盒饭来。说到这里，我就想哭，这大过年的，几乎顿顿吃冷饭，而且没有一餐是吃饱了的。

2 月 8 日，局里终于派发盒饭了，我的三箱泡面也只剩两盒了。我把这两盒关进了柜子，这一辈子我都不想再看到泡面。败坏了胃口，也不是毫无收获，我半个月就瘦了七八斤，从前办过健身卡，买过游泳卡，都没有抗击疫情来得爽利，简单粗暴直接又有效。

与子偕行

1 月 29 日，规财科肖华从湖南赶回。2 月 7 日，社管与慈善社工科被隔离的肖雪艳、郑永红结束远程办公回来上班。市慈善会资金小组人员到齐，大家分工合作。那一瞬间，我觉得很幸福，有了强大后盾，有了得力帮手，也有了思考时间。

2 月 25 日，我照旧到财务科对账，看到肖华一手捂着左眼，一手用鼠标不停地点击电脑。这个小哥哥返咸第二天起，就在岔路口社区当起了志愿者，一干就是 12 天，之后抽调到我们捐赠组，和郑永红、魏心并肩作战，负责每天向省、市指挥部报送全市各级红十字会、慈善会的捐赠数据。为提高数据质量，他们设计了一套报表，指导县级红十字会编制报表填报说明，进行线上辅导、电话沟通。

因用眼过度，肖华左眼球出现红肿、疼痛、畏光等症状，他是部队转业干部，轻伤不下火线，仍然每天坚持奋战。他还要求资金使用异常、账户结余资金过多的单位提前写说明。由于工作具有预见性，多次受到省指挥部具体负责同志的表扬。

肖雪艳把我最头疼的文字材料包揽下来。捐赠资金分配使用办法、舆情说明、每天的资金使用情况说明、资金使用情况自查报告、资金使用总结，等等，每一份材料都让我脑仁疼，她却能应付自如，领导夸赞说，她会撒豆成兵，其实我晓得都是熬出来的，她眼中的血丝已织成慈善的花卉。

郑永红负责与受捐单位签订捐赠协议、逐笔核对捐赠资金，指导受捐单位开发票、正确履行捐赠手续和规范资金使用。166 笔拨付资金的台账资料，堆起来足足有一人多高，这些都是接下来应对各方审计的神器。她笑叹："这可是两个多亿人民币啊！"可是我们一分钱都没看到！我这一个月打的电话，比往常一年的电话都多。

风里雨里雪里，我们就在这里

资金对于我们来说，就是一笔笔看不到实物的数据；物资小组收到的，则是直观而又接地气的磅礴力量，无时无刻不催人去战斗。

2 月 9 日，市民政局副局长黄志敏带队的物资小组成立，市慈善会开始接收生活物资捐赠。捐赠物资潮水般来了，在仓库随时待命的石祥和周月明，要负责清点、分发、搬运物资，接待驱车几天几夜赶来的运货人员。

2 月 15 日傍晚时分，老北风刮得很大，天空中飘着鹅毛大雪，我蹭单位张师傅的车回家。要绕道先去工业园消防支队接一下石祥。到达之后，我就看到一个四面透风的大仓库，有一辆货车停在门口，里面摆放着一些物资。大大的卷闸门开着，门口摆着一张桌子、一把椅子，雪花悠悠扬扬地飘进仓库。

石祥跳上车，拂了拂头发上的雪花，紧了紧口罩说："风里雨里雪里，我们就在这里。明天我得带一个烤火器来，实在太冷了……我刚刚把一批苹果分发完毕。张师傅，麻烦把我送到华信农贸市场，我去陪一下周月明，他在那边守了一天蔬菜，肯定冻得受不了啦。"说会儿话就到了，远远看到老周拢着袖口，站在一堆蔬菜旁边，脸冻得通红通红的。

另一边是王芳和喻瑶，俩人化身物流人员、市场分析员，负责捐赠物资的收单、供需分析、起草分配方案、领导签字、通知发货方、物流方、仓库等。每一个流程环环相扣，从捐赠函、分配方案、领导签字，到受捐方物资确认函，从入库单到出库单，从仓库登记明细表到每个品种的明细账，从物资公示表到所有纸质资料，都必须完整无缺，有据可查、有源可溯。

她们在办公室放了一块手写黑板，密密麻麻地记下待办事项的细节。由于每个环节跟踪到位，市慈善会接收的所有物资都在第一时间发放到位，没有出现仓库积压、蔬菜坏掉的现象。喻瑶打趣道："我又掌握了一门新技能！现在微信好友里资源真多，做什么生意的都有，等疫情结束，我们可以去开店啦。"

3 月 29 日早上 8 点，气温只有 3℃，还下着阴冷的雨。一台考斯特后勤保障车引导 30 台大货车，整齐地停在马桥高速出口处，每台车前身贴着"咸宁会更好"的红色标语，车身两边是"滇鄂同心 云南人民心系湖北咸宁""彩云之南与荆楚大地心连心"字样。是的，这就是云南人民省吃俭用捐给咸宁的 30 车 1450 吨蔬菜，捐赠方为确保蔬菜新鲜日夜兼程，其中 15 台车 26 日晚上出发，15 台车 27 日上午出发途中无休息。他们冒着恶劣天气千里迢迢驱车送来的，是珍贵的物资，更是无价的爱心。这就是我昨晚 8 点偶然在湖南临湘服务区看到的车队，中途下车就餐简单到几分钟解决！这就是婉拒赤壁人民邀请去酒店住，而在赤壁服务区将就一晚的云南车队！这就是不愿意晚上打搅咸宁，而是每次都选择在第二天一早再送达，对咸宁贴心到无以复加的云南人民车队……

简单的捐赠仪式后，看着一辆辆远去的车，我内心久久不能平静。截至 4 月 20 日，市慈善会接收了 36 批价值 1751.505 万元的生活物资，其中来自云南的捐赠共 9 批，价值 204.394 万元。还有市红十字会接收的医疗物资、市政府接收的官方援助物资……对我们来说，只有将捐赠资金和物资以最快的速度安排好流向，使它们最大限度地发挥救急和帮扶作用，才是为这份源源不断的善良画上真正的、完美的句号。

人都需要被认可

3 月 4 日，同事跟我说，市直机关工委从党费中列支，拨来一笔专项慰问金，市民政局第一批 12 个名额，第二批 4 个名额。因为我不是市民政局的在编人员，所以没有我的份儿。我一时不知道该说什么好，我没看到文件，不知道什么样的人符合慰问条件，也不知道推荐标准是什么，甚至我们都是事情过去很多天才听说。

这段时间，我很少跟家人说话，他们吃什么东西，穿什么衣服，我一概不知。过年前，孩子生病感冒，我没时间关心和照顾，孩子的病一直没有完全好。不巧的是,2月 23 日晚上 8 点，小宝又不舒服，体温 37.3 度。全家人陷入恐慌……这个时候我才意识到，“新冠病毒”离我这么近，身体健康是多么重要。我没有照顾好小孩，每天在外面跑来跑去。“封城”一周后，我才跟家人隔离。看着孩子病恹恹的，我就问自己：“你怎么做母亲的，你到底在干吗？”我很愧疚，既害怕，又委屈，也后悔，内心五味杂陈，负面情绪快把我撕碎了。那一瞬间，我突然意识到，我身上还有一个母亲的责任，我还有一个家。

自我感觉已经拼了命在做事，甚至对孩子、家人都心怀愧疚。

但仍会对自己所做的工作产生怀疑：是不是我做得不够好？是不是我做的事在领导眼里不算什么？没错，我不是在编人员，只是市慈善会的聘用人员，工资比在编人员矮一大截，待遇没有在编人员好，这些我都认命。但是在人人谈“疫”色变之时，我丝毫没想到要退出，我顾不上家庭，管不了年幼的孩子，冒着被传染的风险，每天东奔西走。我不是贪图那一点恩惠，更不是为了虚名，可我的付出也需要被认可。

后来，市委组织部又给社会组织一笔特殊党费慰问经费，局党组会研究时主要领导特别强调：夏丹可按最高标准慰问。经局领导推荐，把我作为先进典型报给市防指，市妇联在“三八”节那天，让《香城都市报》和咸宁电视台同时采访我，全方位报道市慈善会的捐赠工作……我一下子成了小名人。

然而，当荣誉、光环纷至沓来，我又感觉受之有愧，自己不过是履行职责，做了每个人都该做的事情，对这些表扬和肯定，我诚惶诚恐，又心怀感激。先是有点失望，又走上人生巅峰，短短几日好像过山车，就这样充满了戏剧性。然而，我依然是我，在感恩之中继续着忙碌的工作。

目击“2020战疫”第一现场

〔**口述人**〕李小蝶，女，1996年生，湖北省建始县融媒体中心记者。疫情期间，在抗“疫”一线采访50天。

“狼”，真的来了

我不是一个乐观主义者，所以至今忧心忡忡，总是担心“新冠病毒”会卷土重来。事实上，境外尤其是欧美国家，到了4月份，已经完全沦陷，这让我们悬着的心，继续吊在嗓子眼上。病毒不认人，不会放过任何轻视它的人。

和一个闺蜜聊天，她说想想两个月前，西方世界某些民众、媒体，甚至政客嘲笑、歧视我们的丑态，真可气，现在他们遭到了报应。我说，其实应该换个角度看，他们正在遭受我们曾经的灾难，正在经受我们曾经的恐惧，只不过是我们有效控制了局面，而他们忘了关上阻隔病毒近身的那扇门，在全球公共卫生危机面前，人类命运共同体不再是一个抽象概念。

武汉解封，标志着我们举国打响的抗击“新冠”的阻击战，取得了重大阶段性成功。很多人都可能因此松了一口气，认为病毒已经消失。可我依旧放不下心中的忧虑，总觉得病毒就潜伏在某个地方，伺机回来。也许只有我们这些在抗“疫”一线踏着病毒走出来的人，才更能理解它有多么可怕。

大约是1月中旬，网上传出的许多消息指向武汉，说那里发生了不明原因肺炎，随后有消息说，可能是SARS病毒回来了。可是，没有人把这当回事。

我们恩施远离武汉，空气清新植被茂密，恩施人早已从心理上把茫茫大山当作天然屏障，并用来阻隔世间纷扰，潜意识里，它似乎也可以阻隔看不见摸不着的病毒。直到2020年1月21日，己亥年腊月二十七，恩施州和建始县先后召开“新冠”疫情防控紧急会议。然而，在传统春节来临之际，人们忙于过年的准备，几乎没有人愿意停下来思考一下关于“新冠病毒”的问题。

人们生活如常。大街上车水马龙，各个年货市场生意火爆，人们脸上写满了喜迎新春的幸福。当天下午下班过后，我跑了几家药店，想买一点口罩，竟然全都卖光了。此时，在建始这个拥有51万人口的山区县，疫情的阴霾其实已经笼罩下来。

1月22日，我要下乡做一个精准扶贫的新闻采访。完成这个采访任务，我就可以回乡下陪父母过年了。请朋友帮我弄点口罩以备不时之需，朋友最终给了我五个一次性的，说医院的口罩已经严禁外流，实在没有办法搞到更多。

紧张的情绪开始在县城渐渐蔓延，虽然我们看到的菜场、超市，依旧人头攒动、熙熙攘攘，但是已经有不少人戴上了口罩。各大酒店也纷纷取消团年饭业务。

当天深夜，习惯于关注互联网新闻的人们被一条关于武汉的消息打蒙了头——武汉将于23日上午10时“封城”！这条消息把人们的恐慌带到第一个顶点，虽然到处都是买不到口罩的消息，但是大街上，目之所及，所有人都戴上了口罩，这是一件很神奇的事情。

单位成立了“新冠”疫情报道专班，通知家在县城的同事留守待命，需要回老家过年的，可以按计划回家。我于1月22日晚回到花坪镇。左邻右舍都向我打听“新冠病毒”的事情，他们大概以为，我是记者，消息灵通，应该可以解答他们的诸多疑问。殊不知，我之前所了解到的信息，不会多于任何人，也只是来自网络。

其实，心中充满疑虑的，不仅是我老家的族人。

我想，多数群众应该都会有疑问，“新冠病毒”到底是个什么东西？真的会传染到自己吗？许多人心里也会生出答案：防护归防护，其实病毒离我们还很远。

可是，“狼”真的来了。

1 月 24 日，大年三十，建始查出首例感染者，一名自武汉返乡过年的女青年因身体不适而被确诊。

我正在吃年夜饭，接到单位通知，所有记者停止休假，紧急返岗。

看不见的病毒，不请自来，建始如临大敌。

走吧，去战斗

我参加工作仅仅三个年头，只能算新闻战线的一名新人。

作为一名县级媒体记者，平时所能采访和报道的，无非是一些县域经济社会发展的个体事件，特定的社会背景和经济社会环境，已经为我们确定好新闻报道的方向。遇见“新冠肺炎”这样的公共危机，不仅对我来说是第一次，对我的绝大多数同事而言也是第一次。2019 年 3 月，建始县融媒体中心才成立，对所有新闻采编人员来说，“新冠”疫情报道，是我们经历的第一次大考。

面对这场突如其来的疫情，到底应该怎么报道，我们都没有一个明确思路。县委宣传部对我们提出六个字的要求：及时、全面、准确。这六个字便成了我们在疫情宣传报道中一直恪守的原则。

网上负面信息和谣言铺天盖地，我们作为基层媒体人，所能做的就是在地方主流媒体上抢占舆论滩头阵地。

1 月 24 日晚，全县所有县、乡、村、组的道路都设置了卡口，且有专人值守，阻止人车随意通行。医护人员、警察、各级各部门的干部进入防控一线，各有各的岗位。

融媒体中心为了及时向社会发布全县抗“疫”情况，编辑和技术人员没有人回家吃年夜饭，全部通宵加班。正月初一凌晨，我们集中推出“疫情信息直通车”“党旗在一线飘扬”“众志成城战疫情”“抗‘疫’故事”等二十余个专题栏目，记者在一线采写到的新闻稿件得以第一时间在门户站、微信公众号、电视台、抖音号等平台发布，让群众了解到全县抗“疫”的实际情况，让流言和谣言失去生存的空间。我们每天发布稿件近五十条，涵盖了疫情新闻、防控动态、防疫知识、政府公告和抗“疫”先进典型人物等，这样大的发布量，对于一个县级融媒体单位来说，已完全是在超负荷运行。

1月25日，庚子年正月初一，我和同事吴浩奔赴抗“疫”一线，进行现场采访报道。吴浩负责采写视频新闻，我负责文字和图片的新闻报道。

在这里我得特别说说我的搭档吴浩。他是一名党员，日常工作中总会耐心细致地与采访对象进行交流，认真拍好每一个镜头，用心做好每一条新闻。在疫情期间，他冲锋在前、不畏艰险，同时也非常关照我，如果没有他，我一个人很难独立完成抗“疫”一线的采访任务。我真的非常幸运，能和他分到一个采访组。

在一线工作的头几天，我一直很紧张。除了单位发的几个一次性口罩，没有其他任何防护用品。我戴着两层口罩，总觉得病毒就在身边萦绕，怀疑每一个与我擦身而过的陌生人都是感染者，甚至觉得自己呼吸的每一口气都是危险的。

几天之后，我们得到一些社会爱心人士的捐助，防护物资渐渐有了保障。单位给我们分发了酒精和消毒水，前往特殊区域采访的，还可以领到N95口罩和防护衣、护目镜等。

对病毒的恐惧渐渐消失，取而代之的是被人民抗“疫”的精神所震撼。也许参与疫情防控的绝大多数医护人员、警察、各级干部、志愿者，都不曾经历过这样全民动员、全力以赴、连续奋战的大行动，从来没经历过这样严防死守控制流动、掘地三尺排查病毒的大事件。除了少数医护人员有一定的传染病防控经验，绝大多数人都不知道该怎么办。

在经历了最初的忙乱无措和各行其是之后，人们逐步缓过神来，在统一部署下根据接收到的具体工作要求和短时间内掌握的有限的防控知识开展工作，且不断有防控人员加入，壮大整个防控队伍和力量。

防控“新冠病毒”真是一场不折不扣的战斗，虽然看不见硝烟，但无形的病毒无处不在，这就要求一线防控人员步调统一、目标明确，要有勇往直前的战斗精神。就连我们每次出发前往一线现场采访，搭档吴浩也总是说：“走吧，我们去战斗！”

1月27日，正月初三，在最偏远的高寒乡镇花坪镇，寒风凛冽，大雪纷飞，室外温度降至冰点。因为临时有安排，搭档被抽走，我一个人背着沉重的采访器材，踏着厚厚的积雪，穿行在花坪镇街头和乡村，记录下花坪医护人员、镇村干部宣传疫情防控政策、摸排返乡村民的真实场景，记录下数十个卡口值守人员顶风冒雪坚守岗位的感人画面。为了抢占时间，让全县人民第一时间了解到基层疫情防控的最新动态，我下午四点多整理完成所采写的稿件，传给了县融媒体中心的值班编辑后，才有时间吃到了当天的第一顿饭——一桶老坛酸菜方便面。

除去回到单位休整和整理稿件6天，我自1月25日起，至3月21日结束，共在一线工作50天。平均每天工作10小时以上，平均每天完成新闻稿件2.5条。

2月17日那天，是我工作时间最长的一天，达到了16个小时。头天晚上接到单位指令，要求17日早上七点下乡，去距离县城近百公里的偏远乡镇龙坪乡采访。先是采访该乡小垭子村纪检委员王莉，接着又到龙坪派出所，采访返乡过年、就近在恩施开展疫情的甘肃民警杨俊，这两个采访对象在基层抗“疫”工作中成绩突出，有一定的典型意义。他们与我年龄相仿，聊得投机，采访比较深入，一直马不停蹄地忙碌到晚上十一点多，才回到县城的宿舍。

春花渐次开放

疫情阻击战打得艰苦卓绝。人们的目光很容易聚焦到李兰娟、钟南山等专家身上，聚焦到武汉及周边城市的重疫区上，聚焦到不断增加的确诊和死亡病例数据上。而处于抗“疫”基层的人和事，往往能左右抗“疫”大局，却容易被忽视。

所以，建始疫情阻击战打响后，我立即申请到一线，采访抗“疫”前线那些平凡的勇士，包括社区志愿者、乡村干部、一线警察和医务人员，等等。我记录的是一个个一线鲜活的故事，也是自己心中一次次真实的感动。

官店镇离建始县城 130 公里，海拔平均 1400 米，我去该镇采访镇纪委书记董波及其家属。那天，正下着大雪，采访车走得小心翼翼，仍然出现几次打滑，险象环生。我脑子里甚至闪过几次打道回府的念头，但内心深处又不时有另一个声音鼓励我继续前行。

大年初一，凌晨六点，董波在睡梦中被电话铃声惊醒，他被要求立即返岗参与疫情防控工作。匆忙收拾一番，回头看一眼还在熟睡的双胞胎女儿，随即踏上战“疫”征途。这一去就是 40 多天。董波的妻子李冰洁是县公安局国保大队副教导员，因平常工作都很忙，想去丈夫工作的地方看看，却一直没能如愿。就在董波走后不久，她主动向组织提出申请，到官店镇东坪村参加疫情防控。夫妻俩都在一线，双胞胎女儿刚满一岁，只能让爷爷奶奶带。他们是亲密爱人，又主动成为战友。这对战“疫”鸳鸯打动了我，也鼓舞着我，即便面对千难万阻，也要按计划采访到他们。

高坪镇青花村女子民兵连的抗“疫”事迹，同样令人难忘。

女子民兵连连长黄美清把二十多位女民兵组织起来，成立了一支志愿者队伍到卡口值守，还背着几十公斤重的消毒设备，到本村及周边几个村和镇上，挨家挨户义务消毒。同时她们还点对点帮助困难群众，为他们送防护物资，代为采购生活物资并送货上门……

3 月 7 日，我们去采访女子民兵连，中午没顾得上吃饭，一天之内跑了高坪好几个村，一直采访到晚上 9 点多才返回。为了赶在“三八”妇女节发布稿件，我们忍受饥饿与寒冷连轴转，晚上回单位后匆匆吃了一碗泡面继续战斗，一直加班到第二天凌晨 5 点钟，才把稿件和视频整理出来。

我们采写的黄美清和女子民兵连的故事，分别在央视、湖北卫视、湖北日报等各大媒体播放与发布。为身处抗“疫”一线的干部群众鼓与呼，为他们加持光环和荣誉，以激励更多的人，点燃好好活着的希望。虽然采访、整理稿件很辛苦，我却也从中深深体会到了来自职业的成就感。于我而言，没有比这更值得去做的事情了。

抗“疫”是一场战争，宣传战“疫”也是一场战争。在采访中，我深切地感受到，取得抗“疫”胜利靠的不仅是众志成城，还有为民服务的点点滴滴。

一个两岁的孩子感染了“新冠肺炎”，年龄那么小就进了隔离病区，自然不懂得配合治疗，孩子在隔离病区哭闹不止，让所有人焦虑揪心不已。于是医院专门从恩施州城请来育婴专家和心理医生，对小孩的母亲和医护人员进行辅导，终于解决了难题。

在这场战役中无私奉献的，不仅有党员干部，还有无数普通老百姓。冯和平，官店镇大庄坪村人，今年 45 岁，妻子两年前被确诊为尿毒症，每年都需要大笔医疗费，自身生活已经很窘迫，但他将大病医疗保险报销的 5000 元钱捐出来抗“疫”，工作人员几番退还，都被他拒绝了。

2 月 13 日，天津医疗队驰援建始。我主动请缨，跟踪采访天津医疗队。从这一天开始，我深入隔离病房，到确诊患者治疗的第一现场，报道天津医疗队员支援建始抗击疫情的动人场景。队长宋艳丽和蔼可亲，队员都叫她“宋姨”。队员一个个都很棒，高丽活泼可爱，杜君声音很好听长得也帅，赵光义为人爽朗热情，虽然他 50 多岁了，还要我们叫他“赵哥”……我和他们结下了深情厚谊。

天津医疗队带来了大批医疗物资，救建始于危难之中。他们深入一线治疗、会诊、消杀、流调，每天超负荷运转，为我们打赢这场疫情防控阻击战增加了信心，也增添了关键性力量。很荣幸，我亲眼见证、亲手记录了他们的大爱无疆和感人点滴。

3 月 6 日，建始最后 3 例“新冠肺炎”患者治愈出院。至此，在隔离病区治疗的确诊“新冠肺炎”患者共 42 人全部治愈出院。

3 月 21 日上午 10 点，这 3 名“新冠肺炎”康复患者走出建始县集中隔离医学观察点大门，结束了他们为期 14 天的集中隔离医学观察。

我在现场发回一线抗“疫”宣传的最后一篇新闻稿。回到宿舍，感到轻松又疲惫。突然惊喜地发现，阳台上的一盆茶花已经盛开，一盆杜鹃正含苞待放。猛然发现，天气在回暖，花渐次开放，春天真的来了，空气中弥漫的是春意，更是希望。

他们是微光，也是火把

〔**口述人**〕王恬，女，1987年生，湖北宜昌人，《咸宁日报》记者，在抗“疫”一线采访50天。

戴着口罩的会议

腊月二十八，在朋友圈看到洪山区卫健局的文件，说是有一种肺炎传播很快，好恐怖的，已经开始死人了。我本来准备回婆家过年，临时改变行程，决定留在咸宁。

腊月二十九下午，我来到湖北科技学院对面的老地税局开会。出发前，老公叮嘱我戴上口罩。一到会场，发现所有的人都戴着口罩。气氛很紧张。

会议中途，会场里有个同志在咳嗽。大家都皱着眉头看过去，并下意识地把椅子往旁边挪动。他身边的同志纷纷另选其他座位。

会议一直持续到晚上10点多。走出会场，寒风凛冽，冬雨直往衣领和袖口里灌，浑身打了个哆嗦。我知道，战斗打响了。

回到家，把情况和家人简单说了一下。我在家里又重新翻了一遍，把散在各处的口罩集中一起。妈妈把纱布口罩都塞给了我，有总比没有强。吃的东西也没有了，冰箱里就只一点速冻饺子。“我下午和爸爸去超市拖了一些米、面、油和肉，你明天再去买点青菜和干菜，就当是备年货。”老公说完就去陪孩子了，留我一人在房间里发愁。

咸宁“封城”了

1月24日凌晨，咸宁全境“封城”。我接到市防指宣传组的命令，到城区现场采访。

8点左右，我来到温泉客运中心。现场看到市民仍能进站乘车，但乘客很少，且需要测体温。随后，又驱车来到温泉路、淦河大道、马柏大道、银泉大道、咸宁大道、金桂路、青龙路、长安大道等城区主干道，均未发现公交车辆。市区公交等已全部暂停运营。

公交暂停令发布后一些市民感到出行不便，公交停运后只能靠出租车出行。

上午10点，随着温泉客运中心去往通山的最后一趟车的发出，全市客运站只出不进。人员离开后，铁闸缓缓关闭，站内安检仪、测温仪全部关闭。

一些计划返乡过年的市民选择私家车出行。24日上午，在咸宁北的各大高速公路收费站，等待出城的车辆排成长队。

中午，在中百仓储温泉店、沃尔玛超市、家联超市等多家商超，出现了排队集中购物的情况。新鲜蔬菜基本销售一空，但超市负责人告诉我，蔬菜和肉类价格平稳，并未出现涨价情况。

随后，我来到国药控股、民联医药、康华大药房等城区多家药房，发现客流量明显比往常多。大家集中购买预防药物、口罩、感冒药及体温计等。我顺手买了几大包口罩屯在家里。

一线天使的镜头

赤壁市人民医院是“新冠肺炎”定点救治医院。2月7日，我走进那里记录医护人员的工作镜头。

镜头一：穿着尿不湿坚守在隔离病房

上午10点半，我戴着双层口罩，进入赤壁市人民医院办公大楼。

这时，感染科主任张芳清刚值完夜班下班。头发已被汗水湿透，脸颊上有几道被口罩和护目镜压出的痕迹，双手也捂得泛白。

他看上去很疲惫，说起话来还有些气喘吁吁。“这么大年纪，还值夜班，累不累？”我问。“当然累，但这是我应该做的啊。”张芳清说。20多天来，他和他的团队全力奋战，7点上班，凌晨两三点还在会诊病例。进入隔离病房，需要穿着10斤重的专业防护服。为了节省珍贵的防护服，大家尽量少喝水。为了不上厕所，有人甚至穿上了尿不湿。

张芳清经历过“非典”，是赤壁市感染病学科带头人。

赤壁市出现首例家庭聚集性发病，夫妻、儿子、女儿四人先后发病，他们的CT均呈病毒性肺炎表现。家人中只有儿子去过武汉，然而父子二人核酸检测的结果却显示父亲为阳性，儿子为阴性。“难道是我们搞错了？”他非常疑惑。

根据临床经验，张芳清判断儿子也是“新冠肺炎”，立即进行第二次核酸检测，结果仍然是阴性。按照上级规定，只需进行核酸检测就可做出诊断，但张芳清强烈要求该患者进行第三次核酸检测，结果患者第三次核酸检测为阳性，证实了张芳清的诊断。如果让这位患者出院观察，指不定会传染多少人。

为了降低风险，感染科22名医护人员都不回家，轮班在隔离宾馆休息。

自1月18日开始，张芳清就没回过家。家里87岁的老母亲，托付给弟弟照顾。昨天弟弟电话告诉他，母亲应该猜到了。一个人坐在阳台，望着医院的方向，一坐就是一整天。

他现在最大的心愿，就是疫情结束后能回家陪母亲说说话。

镜头二：靠着安眠药勉强睡几个小时

透过玻璃窗，我看到隔离区的医护人员身着防护服、鞋套，戴着手套、口罩等忙碌着。清洁区，也一样忙碌。

检验科的工作职责是采集疑似患者咽喉深部分泌物标本，并送咸宁市疾控中心进行检测。采集样本是最易导致医护人员感染的，检验科主任黄华泥主动请缨。

见到黄华泥时，他刚采集完疑似患者咽喉深部分泌物，从隔离病区出来。

我问他害怕吗，黄华泥说：“当然害怕被感染。可我是党员，又是主任，肯定是我上啊。”

黄华泥告诉我，采集工作非常危险，又很繁忙，拖班是常事。等回住处已经深夜了，饭菜早已冰凉。他睡眠不好，靠着安眠药才能勉强睡几个小时。

为了家人安全，黄华泥从腊月二十九开始就将自己隔离，除夕的团圆饭是一桶泡面。可是女儿却为他骄傲。

我不能病倒，还想救更多的人

1月29日，大年初五。云南援咸医疗队的医护人员们组成小分队，来不及打点行装就来到赤壁。

2月7日，我见到了云南昆明医科大学第三附属医院副主任医师陈琬玲。

陈琬玲今年48岁，在医疗队中年龄最大，2003年曾参加过“非典”救治。“我是退伍军人，所以主动报名来支援。”陈琬玲的丈夫和儿子都是学医的，家人对她非常支持。

这支援助队伍中，有几位“90后”。家长眼中她们还只是孩子，但她们已肩扛为国救民的重任。

护士孙倩，本该在1月29日举行婚礼，可接到疫情通知后，立马请战来到咸宁。她在日记里写道：

> 大年初五，本该是我俩举办婚礼的日子！但在重大疫情面前，我们的婚事先放一放！就像你说的有国才有家，

所以我选择来湖北，来到咸宁赤壁，无怨亦无悔！

护士戴莲美，之前有一头令人羡慕的长发，乌黑又顺滑。可是到咸宁的那天晚上，她决然地拿起剪刀，剪断了一头青丝。戴莲美笑着说："头发太长，不好打理，也不容易干。而且万一头发粘着病毒戳到眼睛，很容易造成感染。我不能病倒，还想救更多的人。"

口罩一定要卖给我们医院

采访中，有一个人让我很钦佩。

"两万个口罩明天一定要卖给我们医院，我替咸宁人民感谢你！"14 日上午 9 点，我在市医保局见到上官征，他刚刚放下电话就如释重负地说："心里悬着的一颗大石头，终于可以落地了。"

我还没开口，他的电话又响起，"黄院长好，你们在九州通买的酒精到货了吗？……"在上官征的办公室，我等了半个多小时，他的电话铃声此起彼伏，从未断过。

上官征主要负责我市医疗物资货源的调配，我在办公室见到的，是他日常工作的场景之一。连日来，饿了，一碗泡面，一根火腿肠；困了，沙发里一蜷，外套一卷，足见工作繁忙紧张的程度。

上官征满月的儿子刚做完手术，每晚疼痛哭闹。家里长辈又都在一线帮不上忙。他白天工作，晚上带娃，接连几天只能睡三四个小时。

上官征的父母，都是通山县人民医院的医生。疫情暴发以来，早早就投入一线，真可谓满门英豪。

让医护人员吃得舒心

葛旺祥年近六旬，是凯悦大酒店的董事长，一名浙江客商。从

1 月 23 日开始，他便响应政府号召，“封城”之后酒店关门歇业。所有员工都放了假，自己独自一人坚守酒店。他想，如果政府有需要，也好作安排。

2 月 11 日，咸安区防指决定：咸安区中医医院、咸安区妇幼保健院、社区卫生院等 70 名一线医护人员入驻咸宁凯悦大酒店。

葛总腾出酒店，供政府使用，全力配合抗“疫”。他在公司微信群发出一条特殊的“招募”消息，得到员工们的积极响应和大力支持。虽然都是女同志，却一个不落地报名。

2 月 15 日，我在办公室见到葛总时，他正一边吃着饼干，一边在电话里叮嘱酒店员工：“菜要荤素搭配，一定要保证安全，让医护人员吃得舒心。”

旁边的几大箱方便面、饼干，几大桶水，就是他储备的“年饭”。

保洁员曾金安已 50 多岁，是酒店的老员工，家住泉塘六组，家里有两个儿子，还有一个孙子、一个孙女，本可以在家含饴弄孙，但她还是决定每天步行半个多小时上班。她家里人非常支持，儿子专门给她准备口罩，让她做好防护。

由于公司管理层都回外地过年，不能及时到岗，葛总就临时当起了“大管家”，大包大揽，事无巨细。他每天都会专门打电话给酒店厨房大师傅，一日三餐的菜谱都要亲自过目。有时候厨师忙不过来，他就撸起袖子上前帮忙。每晚，他都要把酒店里里外外检查一遍才放心休息。

凯悦酒店共有 150 个房间，其中 100 个房间被用于隔离，还有 50 个房间正在改造升级。房间条件全部为四星级标准，每人一套，卫生间、休息区、用餐区都按照标准配置，以确保医护人员能够得到最好的休息。酒店还特意建立了相应的管理、防控制度，个人防护设施也有齐全的准备。

葛旺祥说：“我会坚守下去，直到疫情解除。不仅如此，等疫情结束后，我还要介绍更多浙江朋友来咸宁投资发展，和我一起坚守咸宁，建设咸宁。”

盼着疫情结束后能早日回家

疫情暴发后，除了隔离病房的医护人员，还有一群人与病毒距离最近，他们就是市急救中心 120 救护车队队员，专门负责确诊患者、疑似患者的转运工作。

2 月 14 日傍晚，我来到市中心医院 120 急救站，工作人员正在对刚回来的救护车内部进行消杀。

除了车辆要消杀，出车的医生和司机也需要更换新的全套防护装备。

“太乙方向有一确诊病例需要送医。”晚上 10 点多，市中心医院急救站 120 急救医生雷梦娇接到出车指令后，利索地穿戴好手套、口罩、防护服、护目镜、鞋套等防护设备。

整套防护服，从头到脚共有 10 件，要按顺序穿戴，每穿一件，都要检查好密封效果。如果转运的患者是确诊病人，按照要求队员需要做二级防护。转运完成后，要全身清洗和消毒。

“这段时间大家都居家隔离，外面人少车少路况好，路上时间会短很多。”救护车司机杨劲淇说。

约 30 多分钟后，120 急救车抵达市中心医院，雷梦娇将患者交给住院部感染科，简单交代情况后进入消杀间。在这里，她必须用消毒水对防护服、手套进行消毒。

为了节约医疗物资，他们实行 24 小时轮班制，从早上 8 点一直到次日早上 8 点，这期间都不敢喝水、吃稀饭等。怕上厕所，晚上也不能躺在床上睡觉，只能在躺椅上休息一下，生怕耽误了出诊时间。一个班次轮值下来，人已累瘫，躺在床上动都不想动。

急救站护士长万晓玲，家里老二才满两岁，疫情暴发后，只能送到保姆阿姨家。老公一直在高速路口执勤，20 多天未归家。家里老大在市中心医院 CT 室发热诊室上班，下班后也在酒店隔离。一家四口就这样分散各处，很多天没有见过面了。

“前几天我和老二视频，她都不认识我了，保姆阿姨的孩子叫妈妈，她也跟着人家叫……”话未说完，万晓玲立马别过头去，肩膀不停地颤抖。

“只盼疫情早日结束，我们能早点回家。”一旁的司机杨劲淇说。

黑着眼圈工作

3月2日，我来到市公安局。在政治部见到了张恒，他正在处理刚刚街拍的图片。

墙角摞着三四个方便面箱。沙发的一头，放着折叠好的被子。无人机箱、三脚架等安静地靠着办公桌，办公桌上整齐地放着相机、摄像机、录音笔等采访设备……他把办公室当成了家。

防疫期间，张恒每天扛着摄像机、背着相机、拿着录音笔，跑基层、奔一线，到各个治安卡点采访拍摄。白天跑素材，晚上写稿件。他每晚坐在电脑前，一写就是好几个小时，不知不觉就到了凌晨。有时半夜灵感袭来，又披着警衣接着战斗，第二天则黑着眼圈继续工作。

2月27日，咸宁公安演绎的MV作品《战“疫”版咸宁》刷爆朋友圈，《人民日报》、学习强国、中国警察网、荆楚网、《咸宁日报》《香城都市报》等中央省市媒体集中转发报道，仅1小时全网点击量就突破10万。

这首歌源于一天夜里，张恒在睡前信手弹着吉他，舒缓连日疲惫。琴弦激发了灵感，他用手机录下30秒的旋律，发在微信群里，同事们纷纷点赞。有同事说，何不以此创作一首咸宁的战“疫”之歌。

于是张恒连夜写出歌词，然后找到录音棚的朋友，和小伙伴用零碎时间断断续续地录完了这首歌曲。

警务保障部的大管家

3月2日下午，我来到市公安局，见到警务保障部民警阮青松，他正忙着对接防疫物资。

55岁的阮青松既张罗着全局人员的“吃”，又保管着全局人员的“穿”，俨然是个“大管家”。

1月24日咸宁“封城”，市公安局民警全员上阵，在定点医院、集中隔离点、交通要道等地24小时值守。

接到防疫准备工作指令后，阮青松首先想到防疫物资，警保部全体人员主动出击，多方筹措，第一时间把防护用品采购到手并送到战“疫”最前沿。

1月25日，阮青松打听到外地一家医疗器械企业正在生产医用口罩，他立马与对方取得联系，并和同事驱车前往。一路上软泡硬磨，不停地介绍基层民警执行防控任务的艰难和危险，动用一切资源帮助协调，最终成功打动厂家负责人，匀出医用口罩1000个，总算解了燃眉之急。

“封城”后，酒精成了稀缺物资。一天中午，阮青松听说通山县酒精厂有一批酒精刚刚生产下线，他放下碗筷，立即赶到通山酒精厂，买回了20桶酒精。

2月10日，流调工作组即将出征，阮青松连夜筹集一批个人防护物资。凌晨，他又接到流调组同事的求助电话。原来流调组缺乏车载高音喇叭，可这玩意儿当时全省都断货了。第二天一早，流调组就要前往各县市，时间紧任务重。阮青松来不及休息，翻开通讯录，一个个号码打去咨询，不停地沟通求人，终于得知河南信阳某企业还有高音喇叭库存。他连夜奔袭七百公里，赶在流调组出发前购回了30个高音喇叭。

来不及喘口气，他又视频连线高音喇叭工程师，一步步完成喇叭安装。看着流调车疾驰而去，听着高音喇叭播放的政策，阮青松这才泡杯浓茶，继续日常战斗。

为了降低交叉感染风险，阮青松将民警食堂就餐方式调整为分餐模式。鉴于一线民警、辅警在执勤卡点上 24 小时值守，他积极协调相关部门解决各执勤卡点就餐、用电、休息等问题。为了确保民警吃上热饭菜、住得安心，还购买矿泉水、饼干、面包、行军床和取暖设备送到各执勤卡点，最大限度地保障执勤需要。

白衣天使的保护神

疫情期间，咸宁市消防救援支队成立了“119 党员突击队”，其中的一群队员主动请战守护白衣天使。

“体温 36.5℃，请从这边走。”在凯悦大酒店门口，金桂路特勤消防站站长巩龙龙已经值守 23 天，他正和志愿者一起，为出入酒店的人员测量体温、做好信息登记。

年前刚回陕西丹凤老家，还未来得及尽孝道，巩龙龙就接到防疫指令。他与家人说明情况后，即刻确定返岗方案。1 月 28 日，巩龙龙从丹凤返回咸宁。归队后，他首先自我隔离 14 天。第 15 天，他就向组织递交请战书，加入了“119 党员突击队”。

“凯悦酒店住着 108 名医务工作人员，现在酒店值守人员不足，你去不去？”领导询问巩龙龙的意见。

“去。去。我必须去！”巩龙龙斩钉截铁地回答。

到医护人员定点酒店值守，意味着感染风险更高，巩龙龙没有丝毫犹豫。

到岗第一天，巩龙龙主动延长值守时间，等着医护人员全部回到酒店，已是凌晨三点多了，早上 8 点又起来站岗，休息时间不足 5 个小时，但他依然精神抖擞，不敢有丝毫懈怠。

除了值守，巩龙龙还得开展消防检查，每日在酒店上下巡查很多遍。

维也纳酒店是云南援咸医疗队的休息地，住着 77 名医护人员。

正值“倒春寒”时节，气温骤降。由于疫情防控需要，酒店中央空调设备均停止使用，只能靠电烤火取暖，诱发电器线路火灾的因素猛然增加。王少平的当务之急是消除酒店火灾隐患，开展消防安全知识培训。可在疫情期间，无法开展“面对面”消防培训，怎么办？

他日思夜想，积极寻找解决办法，后来决定用网课形式。于是，王少平连夜编制不同的消防安全知识提示宣传语，通过刘培万队长，每天把提前做好的消防安全提示语发到云南医疗队微信群。在王少平的手机里，“取暖设备使用注意事项”“酒精着火受伤应该如何自救”，以及“消防器材的使用技巧”“入住酒店消防安全知识手册”等内容应有尽有。

另一家瑶池酒店，住的也是云南援咸医护人员。2 月 10 日，完成城区医院、超市、各个隔离点的消防巡查后，特勤站副站长赵琪主动申请到瑶池隔离点值守。

疫情暴发后，赵琪和妻子毅然写下了请战书，按下了红手印。赵琪的妻子施梦梅是浮山社区卫生服务中心的全科医生，一直奋战在“疫”线。夫妻二人都在外忙碌，家中不到两岁的女儿无人照看，他就把孩子送回了孝感安陆老家，让父母帮忙照看。一家三口一个多月没见过面。

截至 3 月 15 日，赵琪和队友已经对瑶池酒店进行 10 次全面检查，帮助酒店更换干粉灭火器 18 具，应急照明灯 3 盏，消防水带 4 盘，修订应急预案 3 次，联合酒店微型消防站人员组织疏散演练 12 次。

年轻记者显担当

在记者同行里，我一直佩服一个人，她叫周萱。疫情暴发初期，她第一时间进入咸宁市中心医院 ICU，与“新冠肺炎”重症患者面对面，用镜头和文字，记录下生与死的较量，血与火的洗礼。说实话，疫情刚发生时，因为对“新冠病毒”所知甚少，大家都处于一种过度恐惧的状态，可以说“谈毒色变”。但是，她作为一名年轻记者，毅然前往一线采访，深入到病毒旋涡之眼，我想这不仅源于其性格的勇敢，更有来自职业的责任感、使命感，“无冕之王”大约就是她。

还有一名同事叫程昌宗，其敬业精神也不能不提。疫情暴发以来，他就开启了通宵达旦的工作模式，白天采访晚上写稿，晚上采访深夜写稿，深夜采访清晨写稿……第一时间刊发出来的一篇篇鲜热新闻，一次次成为读者心目中的“爆款”。后来，他的居住地——福星城小区被全封闭，他索性自我安置到定点快捷酒店，更加“方便”工作，彻底不见老婆，不见孩子。

吾道不孤。还有许多优秀的记者同行，有时采访也会碰面，一个个行色匆匆，尽管大家一脸疲态，但为了记录这场特殊的人民战“疫”，都在咬牙坚持。

抗“疫”战场上平凡的勇士和感人的故事不胜枚举，如果上天真能听见祈祷，唯愿疫情快快结束，在一线抗“疫”的勇士们，都被岁月温柔以待。

尽一份力，良心不亏

〔**口述人**〕释能诚，男，1980年生，咸宁市佛教协会新闻发言人、咸安区佛教协会会长。

很多人想知道，在“新冠”疫情下，出家人都在想什么，做什么。其实，出家人也是人，也是爹娘生的肉胎。我们也吃五谷，也有未完成的心愿，至少在还没有完成使命时，出家人也惜命。但只要国家需要我们，人民需要我们，我们可以用自身性命换取众生平安。但凡这个世上还有苦难的众生，我们都不会放弃，一生一世，生生世世，反反复复，无有疲倦。

穿上袈裟事更多

1月23日下午五点，潜山寺果浩法师打来电话，要求我参加咸宁市佛教协会会长紧急会议。咸安区佛教协会因经费问题，一直没落实好办公场所。而我偏居一隅，住在双溪桥镇无相寺，一个小时车程才能赶到。一路上，电话催促个不停。佛菩萨啊，要知道，我已开出路段70码的最高速度，再快就要收到罚单了。一个会议为什么那么急？我意识到可能与“新冠肺炎”有关。此前一天，我师父——无相寺住持悟证法师已经要求，取消寺院春节期间一切接待和法会安排。

按市民宗委的要求，会上讨论疫情防控和教职人员的安全问题。

会议一直开到晚上九点多，最后达成一致意见：全市佛教场所立即停止一切宗教活动。所有教职人员禁止请假外出，做好场所卫生安全工作。对来自疑似疫区人员，要劝返并做好登记排查工作。当晚，会议精神传达到每个场所负责人。

佛协会议过后，来自政府的各类通知和学习材料接踵而至，疫情防控工作大幕正式拉开。第二天中午，全区所有寺院都已经按要求贴出公告，停止香客接待和人员进出。

但这只是工作第一步，市佛协与区民宗局要求，区佛协每日上报疫情防控工作数据，上报内容包括有无外来人员、发烧人员情况、暂住人员管理等。总的来说，区内佛教寺院人员比较稳定，早晚课诵、寺院日常劳作没有受到影响，数据填报也不是什么大难题。但我们的防疫物资没有补给和保障是个问题。1 月下旬，市佛协为武汉疫区多方联系各类物资，直接捐给湖北省慈善总会、省红十字会和武汉市慈善总会，还有无锡灵山慈善基金会捐助武汉防疫项目。等到 2 月初疫情向全省蔓延时，我们才突然发现，咸宁本地的防疫物资也非常短缺，特别是口罩和消毒水。

市佛协班子成员微信群里，就疫情问题经常讨论到凌晨，民宗局领导也经常在群里过问各县市区场所在安全、疫情变化和生活等方面的情况，不停地给全会人员鼓励与支持。线下，各位会长各显身手，为湖北、为武汉、为咸宁到处寻找防疫物资，物资联系点从省内一直延伸到境外。包括加拿大、我国台湾等国家和地区的抗“疫”物资在我们的努力下，源源不断地发到咸宁。大家一致认同：只要是有，无论多大的代价都要买回来；只要是疫情需要，尽最大的努力争取。

市佛协班子会议定下基调：所有寺院严防死守，谁开门追究谁的责任；全市佛教教职人员要做到零感染。市佛协常务驻会副会长心平法师为这场看不见敌人的战“疫”，用毛笔写下八个字：尽一份力，良心不亏。身处疫中，不忘众生，是我们的使命所在，正如湖北省佛协正慈会长所言：穿上袈裟事更多，山居未敢忘忧国，因为你就是我。

1月25日，大年初一零点三十七分，凤凰网佛教频道（简称“凤凰佛教”）的张科老师给我发了条信息：“师父，安好。你们那边寺院现在如何？需要什么协助吗？”我与“凤凰佛教”总监崔明晨老师是旧识，也知道有慧海公益这样的慈善组织在关心武汉疫情、咸宁疫情。“慧海公益”全称是灵山慈善基金会慧海公益基金，是“凤凰佛教”与灵山慈善基金会共同成立的，其宗旨就是帮助佛教各地区的寺院及教职人员，负责人是“凤凰佛教”的崔明晨、张科、李保华等。心平法师让我与凤凰佛教频道先联系，看是否能从外围获得更多帮助。我如实向“凤凰佛教”介绍了咸宁疫情，虽然目前确诊数据不算多，但在地缘上与武汉市接壤，疫情非常严峻。张科老师当即表示要想办法援助我们。

我立刻用短信向心平法师汇报情况。当了解到物资已运送到咸宁，需要本地指挥部与湖北省红十字会等相关手续才能通行时，心平会长回复：无论需要什么手续，我市佛协务必全力配合，力争将这条捐助生命线打通。副会长悟证法师欲向医院捐赠医用防护服，已经寻求到购买渠道，我得知这一情况后迅速与悟证法师联系，因为区佛协正想为咸宁的医院捐赠一批防护服。心平法师听闻这一消息，表示他个人也要捐助一批防护服到医院去，要保住那些白衣天使的生命。在当时，防护服已经非常紧缺。正当我们庆幸能找到一批医疗物资时，悟证法师却传来信息，这批防护服是欧标的，不是国标，医院不能够接收。至此，只能作罢。心平法师黯然失望，对着窗外沉思良久。我做心平法师的助手已经七八年，第一次看到他这么失落。

大年初一的清晨，天空下着小雨，天气寒凉。在区民宗局领导带领下，区三大宗教团体负责人一起到各个宗教场所检查院落关闭和人员生活情况。看到每个寺院大门紧闭，心情分外复杂：关闭了大门，便是将病毒拒之门外，但没有了香火，寺院里的法师们又该怎么生活？在每个场所，我们与寺院的法师们隔着大门交流问好。回到各自寺院，也开始用酒精为自己全身喷洒消毒。

很快，市佛教协会就与“凤凰佛教”、慧海公益实现援助对接，并建立好几个不同的捐赠群，讨论购买、运输等细节问题，进入实质性捐赠过程。最后，这些群都归口成统一的“湖北援助——佛教冲锋队”微信群，慢慢扩大范围，成了湖北省佛协、咸宁市佛协与“凤凰佛教”的对接捐赠信息群。

当时我们找物资已经到了疯魔的地步，心平法师和“凤凰佛教”的老师们每日讨论，如何找到口罩和消毒水等医疗物资。后来，群里陆续加入几批不同的供应商，但问题诸多，要不就是没批文，要不就是没有生产厂家，还有的不愿意给票据。

几个群里，听到最暖心的话就是“凤凰佛教”张科老师说的:“有多少货，我们要多少。”听到的最扎心的话是:“对不起，货刚刚全出完了。”听到的最正义的话是心平法师说的:“这都什么时候了，你们还发这种昧良心的财！”听到的最负责任的话还是心平法师说的:“需要我做什么，我全力协调。”在全省封锁时期，救援物资能够进入湖北，辗转到咸宁都很不容易。

生命是一朵需要合力浇灌的小花

这段时间，我的手机 24 小时不离身，随时查看各类信息。心平法师问我:“微信群里的信息，你怎么总是第一时间回复呀？”我回答说:“我不敢睡，怕错过信息，物资来不了咸宁。能早一分钟到咸宁，交到医院和一线抗‘疫’工作者手中，他们就少一分危险。”

心平法师说:“面对疫情，我们绝对不能坐以待毙，更不能在芸芸众生受苦楚之时，麻木不仁。我们是出家人，平时宣之于口的慈悲为怀、普度众生、救苦救难，现在应该体现在实际行动中，我们应积极参与到这场战‘疫’中去，更好地彰显佛教的‘无缘大慈，同体大悲’的实质精神。”在咸安区委统战部号召下，全区佛教界短时间内筹集到 12 万元善款，第一时间捐赠到咸安区慈善会。这中间，经历了太多不可思议的事。崔明晨、张科、李保华三位老师，凌晨两点还在讨论找哪个厂家能买到物资，用什么途径能送到咸宁来，甚至还和二道贩子斗智斗勇。

我们寺院的能贺居士，是个毛头小伙子，他在网上发起一个爱心捐助的微信群，在全国各地寻找物资，然后再捐赠给需要的医院。有一天，他们收到某医院寻找防疫物资的图片，是一个叫“接受爱心捐助”的人发来的，上面罗列了急缺的各项医疗物资和联系方式。能贺居士就按电话联系了求助之人，并约定好在医院门口交接爱心物资。在交接之前，能贺居士突然觉得有点奇怪，为什么微信号要标注“接受爱心捐助”，而不是医院名称呢？心存疑惑的他在交接物资之前赶到医院，找到相关人员了解情况，这才发现，所谓“接受爱心捐助”是个骗子，他在医院求助图片上 PS 了自己的信息，企图通过这种方式，冒领捐赠给医院的医疗物资。能贺居士一直默默奉献，在针对火神山、雷神山和武汉各大医院的医疗、生活物资捐助的义工活动中，都有他的身影。半个月前，他给我打电话问安。我说：“你们在做着师父们做不到的事情，师父们为你们点赞！”

在各方努力下，我市佛教界代社会接收第一批救援物资：北京李先生的加州牛肉面大王有限公司捐赠价值 18 万元的方便面。负责运送这批方便面的大货车司机，明知湖北是重灾区，仍坚持逆行 16 小时，返京后又自行隔离 14 天，在第一时间将爱心传递到一线抗“疫”战士手中。

果浩法师带领潜山寺的师父和义工们，只戴了一层薄薄的口罩，完成了一项又一项危险又特别需要体力的物资搬运、管理工作。我因为卡口封闭，被限制出行，只能在工作群给大家打气加油，看他们以单薄的肉身搬运重物，真恨不得前去帮忙尽尽心。区佛协的副会长心亮法师和秘书长胡俊、副秘书长李天虹等，都在第一时间给各场所发放防疫物资和生活物资。清云法师、永心法师因为封路无法出寺庙，但是一直挂念抗击疫情，多次开展募捐和组织自救。

在“凤凰佛教”与灵山慈善基金会的帮助下，市佛协又争取到一车消毒液，还有 10 万只一次性医用口罩。这批物资原本是保障教职人员的，但市佛协考虑到寺院处于关闭状态，相对一线而言口罩的需求不大，最后全部捐献给市防指。就连市佛协向无锡灵山慈善基金会申请的6万只口罩，也因邻地黄梅地区疫情告急，全部转送给黄梅疫区了。

据不完全统计，全市佛教界发动、联系募捐价值超过470万元的钱物，其中有鲜拌面、消毒液、医用口罩和空气净化器等，都及时捐赠给了医院、武警和社区等单位及组织。

“无缘大慈，同体大悲”

前面说过，我住在无相寺，在双溪桥镇最东边，穷乡僻壤，交通困难，平时采买物资都不太方便。还好，年前悟证法师和居士菩萨们送了些大米。另外，寺院自留地种了几片菜地，生存不是问题。但是后来，也渐渐物资紧缺了。双溪桥镇党委政府了解情况后，给无相寺发放了救灾粮食和蔬菜，有西兰花和小番茄等反季节果蔬，听说来自七彩云南。李容村支书让人送了几次豆腐、青菜。收到这些菜时，师父们感慨道：“对不住了，拖了国家的后腿，我们也吃上了救灾物资。”

疫情期间，不少寺院特别是乡下小寺院，生活都很窘迫，伴着青灯古佛，祈愿众生离苦灭障，胜愿成就，福智俱足，早证佛果。一年到头，就指着当地外出打工、经商的村民春节回家，到寺院上一炷香，往功德箱里投点钱，维持一年开支。但因为疫情，直接关门，他们没了香火，度日便成了问题。鉴于这个情况，心平法师与咸安区佛教协会、灵山慈善基金会开展第三轮爱心接力，募集了12余万元的生活物资，发动咸安区“守望相助、携手抗‘疫’”活动，专项帮扶咸安少数民族同胞与佛教、基督教、道教教众及寺院。这批物资签定捐赠意向，定向捐赠咸安佛教界、道教界、基督教界与伊斯兰民众。心平法师说，宗教有界别，人心无界别，爱无界别。

疫情期间，一开始就要求场所关闭，不能对外开放，但场所内部没有硬性规定。因此，晨钟暮鼓，课诵念经，一切照常。湖北省佛教协会正慈会长倡议，全省佛教教职人员为国家、为人民、为患者同诵《药师经》，祈请佛陀慈悲加持众生，让灾难早日退散。起初，寺院上殿过堂如往常一样，都是列队上殿，依次坐席过堂，没有什么变化。后来，省佛协要求取消聚众。所以到了斋饭时间，大家错峰取食，回到自己住所用餐。而早晚功课也改成在自己房间内自修。

此外，农禅并重是佛教场所的优良传统。每个寺院至少有一片菜地，平时能种植一些青菜，有土地的寺院还会种植些粮食，如大米、玉米等作物。这些蔬菜和粮食可以节约开支，有效补给寺院人员的常住生活。我所在的无相寺有三个菜园子，今年种了菜薹、萝卜等蔬菜。在蔬菜紧缺时，自己有一块菜地，是多么幸福和满足。寺院还有一块白菜和油菜地，往年吃不完的话，基本上制作成腌菜保存起来。今年种的小白菜和菜薹原本是等着春节法会期间有居士回寺，可以用自产的青菜节约生活开支的，但这一交通管制，居士们也回不了寺院，菜又疯长，寺院就几个人，基本上吃不完，于是都做成了腌菜。其中有两块菜地离寺院较远，又在大路旁，也没有隔挡，而青菜长势好，每天总有一些“美食家”帮我们采去，为了不让其背负恶果，也为让他们吃得开心，寺院的师父们就在菜园边上竖一块牌子，上面写道：“请摘菜的朋友，念一句阿弥陀佛”，表示我们欢迎“偷菜”，这也算疫情期间大家的互助吧。后来，封闭时间过于漫长，寺院菜园的菜要么老了，要么过季了不再有了，只好把地都翻了，等节令到了再种新品种。

武汉的居士问我们，大家都在楼房里关得太久，快要疯了，怎么办啊？每逢大难，就是考验我们的时候。我们学的佛陀的智慧，不正是要用在这时候吗？我说，修学戒、定、慧。如今，戒是依政府的要求居家隔离，定是心态放轻松，慧是要甄别各种信息的真伪，不要被谣言迷惑，用正知正见的修学正确面对疫情。不管是湖北人，还是武汉人，不管是北京，还是上海，抗击疫情，不要有地域歧视。不要分男女老幼、尊卑贵贱，要平等对待，不要分别，不要执著。他人的身体就是我的身体，他人的苦难就是我的苦难，他受苦就等于我受苦，他快乐等于我快乐。

我忘不了，一个女居士在电话那头，用几近绝望的声音颤抖地问我：“师父，我会不会得了‘新冠肺炎’？”这个女居士，正是青壮年纪，在疫情大暴发前一个多月就咳嗽了，吃了药没有多久就止住了。不知道是病情有反复，还是心理原因，武汉宣布“封城”后又开始咳嗽。因为害怕被交叉感染，不敢去医院检查，居家隔离大半个月，咳嗽变得越来越重。按她的话说，整个世界都是灰暗的。我了解这个情况后，及时询问她的相关情况，安慰她不要害怕，并想办法联系志愿者，通过无接触方式，帮忙购买消炎药和治疗咳嗽的药物。通过近一周的服药，她的咳嗽症状慢慢消失，心理压力也得到了释放。

尽管我还没有开天眼，但凭着我的肉眼看来，咸宁佛教界的大德们，都是菩萨，所有的法师，坚守大门紧闭，祈愿众生平安，就是菩萨。而共产党和政府的官员们也和百姓一样经历着生死，但是他们比百姓承受得更多，每天都要面临未知的危险，翻过这个坎，还有那个坑，前方有更多高能的考验。双溪桥镇书记几次查访疫情时，路过无相寺都要问大家：“师父们生活上有什么困难没有？”临走时还交代说：“佛教的法师们，你们平常课诵时，要多帮百姓祈福，让大家都能平安！”是啊，让大家都能平安，这是每一个中国人的心声！

心平法师在《2020抗“疫”札记》中写道：“我们是佛教徒，应该信仰佛菩萨力量和因缘不可思议殊胜！乐善有恒，唯爱无疆。我们用汗水和疲惫，行动和慈悲，耐心等待着日出。这一天，应该快了。”

说到这里，武汉“封城”已经整整两个月啦。今天，也是武汉“零”增长第四天。我们离战胜“新冠病毒”又近了一步。愿祖国强大，人民安居，六时恒吉祥！阿弥陀佛！

让信仰大江奔流

为企业复工复产保驾护航

〔**口述人**〕张歌，女，1986 年生，土家族，湖北恩施人，咸宁高新区高新技术产业发展促进中心主任，高新区复工组一组组长。

2 月 12 日，我在横沟桥镇孙田村入户排查。接到政务服务局局长朱明凤的电话，让我第二天去复工组，为企业复工做准备工作。

我是复工一组组长，还有三个组员，分别是高投集团的李鹏飞、黄健，规划分局的吉伟。我们负责包保旗鼓大道以西、永安东路以南范围内的企业，还包括马柏大道上的湖北恒丰纸业有限责任公司、咸宁南站边上的湖北华特电缆有限公司、咸宁润雅毛巾有限公司。我们每个人各自包保一块区域，并因此荣膺一个既接地气又显得洋气的称号——网格员。也有人叫我们“特派员”。

啃下的都是硬骨头

李鹏飞包保的企业都是大咖：红牛、奥瑞金、今麦郎、真好吃、明联医药等。一开始，考虑到大企业管理规范，工作难度小，就让年轻人包保。没想到都是难啃的硬骨头，反而难为了他。

“真好吃”品牌的老板张毅，是高新区的老企业家，还是我局一个同事的公公。他的公司为各超市提供食用油和大米，因而被列入高新区第一批拟复工企业。既然复工政策允许，他的复工复产之路理应一路平坦，却成了最让人头疼的复工企业之一。

“真好吃”是家族企业，实行家族式管理，内部管理松散。张毅已年过半百，虽贵为董事长，却事事亲力亲为。然而复工工作千头万绪，没有一个得力团队，肯定没法高效运转。疫情凶猛，准备公司的运营，哪是一个人忙得过来的。

为了让“真好吃”顺利复工，我特意去找那个同事，建议她帮公公办一下手续。毕竟是高新区内部职工，熟悉工作流程，办起来也快些。但她手头上也有一摊子事，又怕有以权谋私之嫌，便以不熟悉为由推辞了。

后来才知道，张毅只想办通行证不想复工。办了通行证，就可以运货到超市。向领导汇报这一情况后，决定给他办理少量通行证使用。但是张毅一门心思要多办几张通行证，对复工准备工作有点含糊。

2 月 25 日，收到咸宁市防指复工组下达的督办函。要求高新区复工组针对问题尽快整改，其中问题之一就是“真好吃”投诉不给他们办理复工手续。我们一组被气得哭笑不得，李鹏飞作为包保人更是头大，只能如实拟好整改回复。

2 月 27 日，朱明凤局长带队去“真好吃”现场审核，指出防疫工作的漏洞，责令其整改。大家心里非常不踏实。

3 月 6 日，我被调整去统筹健康码方面的工作，组织安排李鹏飞为一组副组长，主持一组工作。

下午李鹏飞打电话给我，说督查组去“真好吃”督查，大门卡口形同虚设，不测体温登记就放外人入厂区，被严肃问责。李鹏飞接受约谈，被要求督促“真好吃”整改到位。

我心里很不是滋味。“真好吃”防疫工作不到位被督查，也在情理之中，所幸没有人员感染。我叮嘱李鹏飞，盯紧这家企业，务必整改到位。

3 月 3 日晚上，李鹏飞告诉我，红牛、奥瑞金都急着复工复产，这两家企业第一批申请复工的有 522 人。要整理核对员工的隔离证明和工作证，并对复工员工的健康信息一一核实。这两天，他不是帮企业办通行证，就是见缝插针地打电话。我责怪他：“办公室烟雾毒死人，你怎么抽这么多烟？”他说：“我压力太大了。连老婆都被拉过来帮忙打电话了。”

我理解他的压力山大。红牛、奥瑞金一向享受贵宾服务，相关事宜格外挑剔。一下子让他面对两个 VIP，着实有点难为他。

刚开始对接，奥瑞金的经办人向我投诉，说李鹏飞做事拖延，不灵光，业务不熟悉。我很气愤，因为本来就知道有的企业负责人不太配合，我们发下去要填的表，他们经常不按要求及时填好。我直接开撑了：“听说你们的资料不符合要求，被退回去整改了，是吗？”对方不服气。我接着说：“我会去核查到底什么情况，但请您配合相关人员的工作。”他们可能极少碰钉子，有点不爽地挂了电话。

过后，我还是交代李鹏飞，一定要注意工作方法。后来，再也没有电话投诉他不灵光。

当晚十一点，李鹏飞说有些不舒服，好像是阑尾炎犯了。但因为担心今麦郎的员工没有按要求封闭管理，有员工擅自回家，非要和我一起驱车前往，一探究竟。结果，今麦郎的人不肯配合，我们被堵在厂门外，很是无奈。

第二天，李鹏飞没法来上班。说在家吃点消炎药，居家办公。

他解放了我这个“表姐”

2 月 25 日，咸宁市连续六天新增确诊疑似病例为零。市复工组副指挥长、高新区管委会书记杨良锋同志作出批示：要快审快批快办支持企业复工复产。

第二天，复工组按下快进键。起初，我们每天除了去企业，就是泡在表格里。

最开始，面对组员的抱怨，我还耐心安抚。后来，表格多到连我都快疯掉了。有时候刚把表发下去，又接到群里通知：表修改了，需要重新填写。信息群里每天不是骂声一片，就是哀声连连，领导安抚一句后，又是一片死寂。

每天一上班，就把当天需要交的表发下去填写，不然等到下午都不一定能收齐。

一遇到新下发的表，我就忍不住开骂。这一骂，企业负责人反来劝我。我心里更加愧疚，每天让人家填表，又不让人家复工，通行证也办不了……满满的挫败感。

我大致数了一下，前前后后需要填的表格竟有 22 种之多。居然还有人打电话过来："为什么其他企业收到填表通知，而我这里没有啊，你们是不是把我漏了？"有点哭笑不得，也许有表填就意味着复工复产的日子更近吧。

黄健是抽调人员，学工程出身，去年考上一级造价师，做得一手好表格。于是，我把信息员的差事交给他。这项工作明轻暗重，也是个细致活，经常要加班。幸亏黄健守住了大后方，我们才能安心在前方打仗。

为了让其他网格员腾出空来，赴现场指导复工前的防疫工作。黄健主动提出建个信息报送群，由他自己一一与企业对接。小伙子超赞，让我这"表姐"解脱了。

红牛的防疫牛得让人惊叹

红牛是高新区的"企业老大哥"，奥瑞金是红牛的配套企业。"老大哥"的牛不是吹出来的，他们防疫做得比我们想象中还要好。

2 月 13 日，复工组成立第一天。李鹏飞作为包保人，联系经办人徐建喜，介绍了复工流程。徐建喜回复说："我们不复工。"李鹏飞蒙了："别的企业都要求复工，你们不复工吗？"徐建喜说："现在疫情这么严重，我们觉得复工风险太大。而且物流不通，货也运不出去。"作为职业经理人，他很清楚怎样才能将利益最大化。

红牛不着急复工，杨良锋同志坐不住了。得知仓库里还有 4500 万元货物没有运出去，他连忙亲自协调物流公司。

杨良锋同志的主动服务打动了红牛。徐建喜打电话给李鹏飞，让帮忙联系市疾控中心。他们要自费给员工做核酸检测，并且要上门做，不去医院，否则太危险了。红牛如此不惜工本，李鹏飞又一次被惊呆。竟多方努力，终于联系上咸宁美连大健康体检中心，上门给红牛员工做核酸检测。

2 月 28 日，红牛和奥瑞金的复工纸质材料准备得差不多了，我提出想去现场看看。徐建喜一口回绝："准备好了你再来。"

2 月 29 日，我还是不放心，便和李鹏飞去了红牛现场。还没进门，就被堵在门外。徐建喜尴尬地表示，每进出一人都必须向总经理葛海一汇报。

终于进了大门。测温、登记，消毒双手，还有鞋底。

红牛厂区现在恐怕是咸宁市最安全的地方之一了。他们留出整整一栋小洋楼做留观室，够豪横的！红牛的食堂很气派，比一般大学食堂还要大。我有些震惊，却故意不露声色，进一步提高要求，说食堂要有消杀记录，就像商场做卫生的执勤表一样，挂在墙上。上下午各一次，标注好人员、时间、签名。徐建喜点点头，当场就叫人过来落实。

说到他们的宿舍管理，更让人欢欣鼓舞。徐建喜指了一下不远处的六栋宿舍楼，说："我们红牛第一批申请 271 人复工，奥瑞金申请 251 人，都住在厂里。进厂后就不出去了，要做核酸检测才能返岗。"我心里又咯噔一下，第一批就要申请 522 人返岗？初期复工，企业都比较谨慎，一般都是 100 人左右，红牛是别人的五倍。

3 月 1 日，朱明凤局长带队去红牛现场验收。同样，被拦在门外。保安打电话，葛总同意后，才放我们进去。走到食堂，领导们觉得不用检查了。红牛这防疫工作，做得让我们无可挑剔。

当天，红牛、奥瑞金都收到了《同意复工通知书》。

三环公司撤掉了门卫室

2 月 29 日，我跟吉伟去"三环"（湖北三环汽车方向机有限公司）现场指导。门卫是个老大爷，看了工作证就放行。既没有量体温，也没有登记。我严厉批评吉伟，马上联系三环副总徐前华。

我对徐总说："第一个卡口很重要，门卫一定要培训好。外来人员和企业内部员工都要测温、登记，还要消杀。"

徐总说："你的意见很对，我马上把门卫撤掉。"

我很惊讶："我不是要撤掉门卫，是要你们做好防疫工作。"

徐总斩钉截铁地说："不要门卫了。员工返岗后就不准出去，把门封死。"

我问："那你们有车进入怎么办？我们过来检查怎么办？门卫不能撤。"

徐总说："要撤，我们不要车进入。这段时间交通管制，车也送不了货。你们来就打电话，我派人过来开门。"

三环的防疫实行坚壁清野的策略，我不好再说什么。

我让吉伟配合三环进行复工准备。吉伟说，三环申请 64 个通行证。我认为太多了。吉伟很为难，三环一直坚持，说什么都听不进去。考虑到三环总人数近千人，复工准备工作确实繁杂，为了企业尽快复工，能满足的要求就尽量满足吧。

奕宏成为一道特殊风景

奕宏是我包保的，一直是复工企业的防疫标杆。截至 3 月 10 日，已审批 395 人，已到岗 386 人，复工率已经达到 80%，还在继续做资料准备，第四批有 271 人要返岗。经办人吴虹云说，没有什么能阻挡员工返岗之心。有的小区不放行，就从院墙翻下来，把腿都摔伤了；有位员工打出租车从长沙返岗，到咸宁高速卡口被劝返，又只好原路返回。员工群里吵翻天，等待的人都说："我们不怕感染风险，不让返岗就是歧视我们。"

奕宏再三宣传教育，提醒员工安心在家等待，服从政府通行安排，耐心等待复工审批，接到公司电话后再返岗。但在复工审批上，还是有小插曲。江夏法泗有四个村民，趁夜色躲过防线，划着一条破渔船，横渡偌大梁子湖，却被咸安区管理人员截获。调查时，这些人出示了奕宏开具的接收函。“真相只有一个”，接收函是真的，一张纸共列出了10个复工人员的姓名，有了接收函，村（社区）才会开隔离证明，但仅有此材料而无健康证明并不代表可以返工，所以相关人员还要在家中等复工通知。而员工唐细早迫不及待，又居住在无物业管理的郊区，便带着自家三口人自行其是，躲过江夏区重重封锁，结果一登岸就被咸安区管理人员劝返了。这是唐细早误解了复工审批流程，不是组织员工偷偷复工的公司行为。

奕宏复工第一天，我和一组组员守在厂区门口。一边核实员工信息，一边发工作证。每位员工都迫不及待地排队领工作证，排队的时候还不忘间隔一米五。“你住哪里？”“有没有武汉接触史？”“家里有没有从疫区回来的人？”虽然我们已经电话核实过，但还是挨个再问一遍。

奕宏大门口设有一个被消毒水浸泡过的地垫，每个人入厂时都要踩一下，对鞋底进行消毒。人员在每个卡口都要进行登记、体温测量、手部喷洒酒精。大门旁放置了废弃口罩投放处。“所有外来车辆不准入内”的指示牌赫然醒目。

公司派专人上午下午两次对办公区、厂区、宿舍、食堂区域进行消杀。厂区里，充满了84消毒液的味道。不是很好闻，却让人很是心安。奕宏的职业经理人杨继军说，公司买了10万只口罩，储备了足量的防疫物资，会让员工更加有安全感。

奕宏把宿舍楼的整个二层单人宿舍区全空出来作为留观室。为避免交叉感染，每个留观室都有独立洗手间，还放置了消毒水。

车间里每个工位原来可以坐两个人，现在疫情来了，每个工位都是一人作业，并且戴有手套。

从车间到食堂，还有一个卡口，每个员工就餐前都要相隔一米五排队测量体温，测完正常才能进入食堂。就餐时间到了，卡口处排起长队。员工人数多，但是工作人员仍然十分认真，给每位员工测量体温后才放行。

一进食堂就有一股浓浓的消毒水味儿，头顶上的紫外线灯分时段亮着。按照防疫要求，食堂贴着醒目的就餐提示：“取餐请相隔 1.5 米以上”。地上有提示的地标线，员工都自觉遵守排队距离。每个餐桌本来可以坐四个人，但现在按照防疫要求，每桌只坐一人，而且座位朝同一方向。

食堂实行分批就餐，并鼓励员工在室外吃饭。天晴时，员工们拿着碗蹲在草地旁，一边吃饭，一边晒太阳。除了戴口罩，在草地上蹲着吃饭，已成为又一特殊风景。

开始发放健康码了

3 月 2 日，接到咸宁市防指通知，全省开始推行湖北健康码。高新区决定成立工作专班，由易靖主任分管，我负责牵头执行。对于复工组来说，这算是一个好消息。有了健康码，员工返岗就不用开健康证明，也不用开通行证明了，这将极大提高工作效率。

3 月 6 日，咸宁市防指发出指令，要求推进健康码前期准备工作。

健康码分为红、黄、绿三种颜色，前两种表示存在感染的风险，绿色表示身体健康，起初的发码流程相当复杂。首先要用人单位填写《省内必须返岗人员需求申请及县（市、区）审核表》。然后通过县、市层层上报到省里审核，再由省指挥部将信息层层反馈，各地工作人员进入电子政务外网，查询是否属于“四类人员”。如果不是就开《健康证明》，然后再层层上报至省政务办，审核后发放“绿色健康码”——也就是“绿码”，企业员工凭“绿码”在“湖北交警”平台上申请办理电子通行证。

这个流程在操作上有很多问题。首先，按照常理，“四类人员”以外的就应该是健康人员，但采取“一人一审核”的方法，增加了不必要的工作量。其次，查询“四类人员”信息，任何人不需要任何授权，直接上电子政务外网查询出结果，根本不需要层层上报与审批。再次，健康码应是全民所需，工作生活都涉及通行问题，让用人单位填写“省内必须返岗人员”申请，如何区分是否为“必须返岗人员”呢？看似把裁量权下放，实则风险更大，让基层无所适从。

虽然健康码工作程序烦琐，但为了辖区居民、企业员工能早日取得绿码，我们不能讨价还价，也没法讨论合不合理，只能坚决执行。在实际操作中，我们又发现别的问题。

3 月 7 日晚，看到“湖北宜昌首个健康绿码获得者返岗”的新闻，我心里一紧，我市大数据局还没通知交表，怎么宜昌的居民就已经获得绿码了？

果不其然，3 月 8 日一大早就接到市防指复工组电话，让我们赶快上报数据。拿不到全省第一，我也要让高新区居民成为咸宁市首批拿到绿码的人。这天本是“三八”妇女节，领导体察下情，特准女性干部职工休息一天。可是健康码工作十万火急，这个专班都是女同志，我和 90 后的魏佳、龙舟艺都自觉跑来加班。男同事看到我们仨都很关切，我们哈哈一笑，说我们几个不是女子，是女汉子。女同志工作起来，个个都顶半边天。

当天晚上，我们上报了 38 家企业的审核表。共计 1251 人次，114 份健康证明，据说上报健康码数据到省里，我们是全市第一家。

大家都有绿码了

3 月 9 日收到消息，赤壁、通城等几个低风险区域的居民，不用上报资料就可获得绿码。也就是说，这两天白忙活了。顿时，我像一只泄气的皮球，瘫在椅子上。本来觉得自己很拼，做的事特别有意义，现在却变成了无用功，心里有很强的失落感。分管领导指示，在没有收到具体通知之前，继续坚持上报数据。

直至 3 月 10 日，我们连续上报 3 天数据，共涉及 1605 人，46 个企业，248 个健康证明。所有数据都泥牛入海，而咸宁除了咸安区，其他县市都已获得绿码。易靖主任坐不住了，担心高新区健康码工作是不是走了弯路，或者方向不对？难道是上报数据不规范，导致到现在没有审批?

不能再等了，我马上和市大数据局对接。具体负责的陈威说，我们市本级属于咸安辖区，估计在全市最后一批获得绿码。因为省里先给低风险区赋绿码，再给中风险区赋绿码，而咸安区现在属于中风险区。为了“清零”，其他县市把危重病人送到咸宁市中心医院来了。市本级勇于担当，只会最后一个“清零”，最后一个被赋码。好吧，我们除了等待，什么也做不了。

当天晚上 11 点左右，朋友圈被绿码刷屏。大家发现健康码都由灰变绿了，然后互相传授获取绿码的法门。我的心情很复杂。深夜零点，我发出一条微信:“易主任，大家都有绿码了。”

健康码执行起来很不容易

3 月 11 日，湖北发布最新通告，要有序推进企业复工复产，规定中风险、低风险地区人员可凭绿码在省内安全有序流动。大家都以为，可以凭绿码通行了。事实证明，我们高兴得太早。咸宁中心城区各小区还是继续封锁，绿码也只是电子凭证而已。

之后三天，咸宁市、咸安区，以及各县市陆续发布通告，解释凭绿码通行的具体政策。我内心又激动了一下，这是不是意味着，大家真的可以凭绿码通行了呢？事实上，尽管可以凭绿码离开咸宁，去往省内其他地方，但各村、社区的卡口还是封闭。直到 3 月 14 日，咸安区防指发布指令，凡是有“四类人员”的小区，必须凭“居民小区出入通行证”才能出入；如果小区没有“四类人员”，居民可凭绿码进出，业主车辆可出入。

3 月 16 日，各小区都取消了卡口。防疫工作证都不用了，当然更没绿码什么事了。咸宁市内居民开始自由通行，这又和绿码没有半毛钱关系。

但对于复工返岗人员，还是很不一样。复工组要求复工员工必须提供社区的“健康证明”才能返岗通行。如果“绿码”真的能发挥效力，代替“健康证明”等一系列证明，不仅解放了社区压力，也节省了复工审批的手续。

可是，执行起来还是很难，全国各地对“绿码”的信任度比较低。有的领导反映，“健康码”更新不及时，有的“四类人员”仍可以取得“绿码”。还得以“健康证明”为准，但有的社区为了规避风险，不得已拒绝开“健康证明”，各地各层级实际操作困难重重。

3 月 17 日，湖北省防指下发指令，再次强调对于省内低、中风险地区人员流动，小区（村组）、防疫卡点查验“绿码”、测温正常后即予放行，不得要求另行提供健康证明、流动证明、流入地申请审批表或接收证明、车辆通行证等。对不执行“一码通行”规定、影响企业复工复产和群众正常出行的，发现一起，查处一起，严肃追责问责。之后，为了绿码通行、各地互认，省里又发布最新通告，还召开了新闻发布会，《人民日报》也发布中央通告，低风险地区必要的健康证明要全国互认。

推动务工人员“流得动”，复工复产才能“行得通”。但是如果各地互设栅栏，“绿码”就成了“废码”。新生事物有一个被认可被修正的过程，但是抗“疫”特殊时期，有多少时间可以去等待？

我不是明星

进入复工组以来，我每天都快转钟才回家。小区门卫都睡了，只能被我吵醒，测温、登记后才放行。没几天，不用报我名字，门卫都记住了我的登记编号。

3 月 1 日，杨继军转给我三篇文章。分别来自《湖北日报》《咸宁日报》和“学习强国”，都是关于包保企业复工的，还配有我的工作照。他调侃我：“你出名了，整个咸宁都知道了，你穿的那件浅色大衣，一不小心要上热搜。”我还没反应过来怎么回复，“北辰”（湖北北辰汽车转向系统有限公司）的行政部经理龚勋也转发过来。然后，市发改委曹文也发来微信：“你上咸宁新闻了。这段时间每天看你很晚才回家，脸色憔悴得很，保重身体啊！”

然后，就是各种报道、霸屏。我的名字又出现在“今日头条”“云上咸宁”等，大伙封我为“高新区复工复产代言人”。3月4日，我的工作镜头登上湖北经视新闻。群里又是一阵炸锅。

我以为该消停了。没想到,3月13日，同事、同学纷纷私信:“张歌，你上央视新闻了。”这实在难以置信。打开截图一看，真是自己戴着口罩下沉企业车间，在央视新闻频道向全国人民汇报，为咸宁高新区企业复工复产保驾护航。

我有些不知所措。一时间，同学群、家族群、工作群都爆了。领导同事见面都打趣我:“这不是上了央视的那位同志吗？”我自知，这些新闻虽然看似与我有关，但真正的明星并不是我，荣誉属于咸宁高新区复工组。这要归功于咸宁市早部署早安排复工复产，我只是无意中成了时代热点。

复工复产工作在有条不紊地进行着，一个生机勃勃的高新区要回来了。

莫让“新冠”遮望眼，“出清”之后有乾坤

〔**口述人**〕杨文斌，男，1975 年生，湖北安陆人，黄冈市某机关干部，因疑似“新冠肺炎”病例而被隔离留观。

引　子

“冠疫”欺民苦，解封幸已安。离时风正急，归日色将阑。回首犹言塞，相逢欲泪弹。历经如噩梦，万象且新看。

黄冈解封之日，我激动地写下了这首诗。

庚子春节前，我从黄冈自驾回到老家安陆过年。2 月 3 日晚上，我和女儿同时发烧，随后几天一直间歇性发热，体温徘徊在 37.5℃左右……从 2 月 10 日至 3 月 4 日，我和女儿一起，转移安陆市内四地进行检查、治疗、隔离、留观，共计 24 天，其间父母家人被强制隔离 14 天。留观期间，为了打发突然多出来的时间，我记录了疫情下的原生态生活，正是同学故友一路接力相助、医护人员的科学施治和专业护理，领导、同事和朋友们的关爱支持，家人不离不弃地鼓劲加油，让我和女儿战胜了“新冠”病毒。

那些日子被惶恐、忧虑、焦灼、孤独、无助等坏情绪所困扰，虽然不时有濒临绝境的感觉，但心中始终燃烧着希望的火苗，这既是对自己和女儿以及家人的自信，更是对我们国家，对党和政府的一种不容置疑的信任。我始终坚信，黑暗终将过去，光明总会到来，

抗“疫”必将获得全胜，在这种坚定的期盼与信仰下，最终，家人解除了隔离，我和女儿得以康复，也没有后遗症，生活恢复原样，何其幸哉！

珍惜日常，平安康福，感恩一切，好好活吧，好好爱吧！

住进了镇卫生院

2 月 10 日

今天，天气阴沉。早饭后量体温，37.4℃，女儿冰冰 37.5℃。自 2 月 3 日以来，持续间歇性低烧，难道中招了吗？

1 月 3 日，爸爸从老家安陆来黄冈。3 日、4 日去黄冈市中心医院 ICU 病房，探视奄奄一息的舅爹，事后得知，当时有两个“新冠病人”就躺在里面，现已不幸去世。进去时被要求换外套、戴口罩，但呼出的水汽把眼镜片给蒙着了，我曾取下过好几次。1 月 5 日，带爸爸去做白内障手术，随后六天陪同复查，没人告诉我们要戴口罩。另外，年前我因腰椎间盘突出去中医院扎针理疗，共去了八次，一次也没戴口罩。

不能抱着侥幸拖下去了，今天就去巡镇卫生院检查。

为免左邻右舍围观，也因为情况紧急，我直接打了浿城市防疫专线。接听电话的是个女士，她问清基本信息和发烧情况，安排车子来接我们。不到五分钟，来了一辆咖啡色小面包，就出发去镇里。疫情凶险诡异，冰冰没心没肺的，在车里对着手机上网课，似乎一点也不担心，我却感到紧张。

中午到镇上，一路上四五个关卡，面包车上有标识，所以畅通无阻。镇上几乎不见人，想我去年腊月二十九回来，主街车流拥挤，人群熙熙攘攘，堵了半个多小时。几乎没人戴口罩，我们也没戴，不过关紧了车窗。

镇中心卫生院到了。门诊楼进门靠左设有预诊点。男医生问诊，我讲了情况：我和女儿间歇性低烧四天，无任何症状和不适，找村医看了，拿感冒药吃了，还是不退烧……医生递给我们一人一支温度计量体温，并做好姓名、身份证、电话等记录。他问："你发烧好几天了，怎么不早点来检查？"我说自己上午不烧，只是下午和晚上偶尔烧一下，没有其他症状，也没有感到不适，以为是受凉感冒，就拖了几天。

五分钟后看温度计，冰冰37.5℃，我37.3℃。医生看后，立即开了住院手续单。他说："还在烧啊！按要求，你们要住院隔离治疗。"住院单里，有三项检查，即血象、胸片和咽拭子。

回到大厅，初中同学习文进来了，他是镇卫生院副院长，戴着医用口罩，我一下没认出来。我下意识伸出手，他也伸了一下，忽然想到不能握手，便各自收回。习文安慰我："这个病虽然厉害，但也没那么可怕，就是一场流感，莫紧张，按照流程一项项地来……"

一个医生带我们去发热门诊登记。他看了检查结果说："血象检查没有大问题，但有炎症。胸片结果是你和女儿有支气管炎。"难以置信，她放寒假后，从没听见她咳嗽啊！还不知道咽拭子检查结果如何，据说要送到市里去。有了初步结果，连日来的焦灼、烦躁、恐惧、绝望等恶劣情绪似乎减轻了许多。

说话之间，另一个穿防护服的女医生进来，叫我跟家里联系，马上送两床被子和日用生活品到医院来。稍后，卫生院将把我们和生活用品一起送到隔离点。

焦急等待时，一只棕色小胖狗忽然跑来，一唤，它就摇头摆尾地往我身上凑。我摸摸它的脑袋，遗憾没东西给它吃。狗狗不嫌弃我，不怕我身上可能有致命病毒，绕着不走。很感动，也羡慕它，它只是一只小狗，应该不会被病毒传染，它很安全！

生活物品送来，我们坐急救车到镇福利院隔离。福利院是新建成的，还没投入使用。在一栋楼院前，我向医生请求："能否让我和女儿同住一间以便照顾？""不行！为防止交叉感染，隔离要求是一人一间，不能住一起。"

我和冰冰被分到二楼两个房间。床就是学生宿舍那种高低两层铁架床，桌椅也是学生用的那种。这说明形势紧迫，福利院是紧急征用、临时安排和布置的。

18 点半，医生来锁门，再也出不去了，我们的隔离生活正式开始了。睡前跟冰冰 QQ 聊天，一个人睡在这陌生的地方，如果害怕了，半夜打我电话。今后，这一段灰色的日子，对我们都是一次历练和成长！

我是危险的怪物吗？

2 月 11 日

留观第一晚没睡好。好多年没睡木板铁架床了。床板有点短，脚一伸就碰到钢筋横挡头；床板太窄，一动，被子就掉地上去了，只好把被子两边折一下压在胳膊和腿下；床板太硬，一床垫絮也太薄。最麻烦的是床架子松了，一翻身就吱嘎吱嘎响，夜深人静听来，有点瘆人。

一早就听见楼下有人大声说话，原来是两个护士到每间隔离室来，喊名字、测体温。她们远远站着说话，我自觉从包里掏出温度计夹在腋窝下。不一会儿，掏出来一看，大声报“36.2”。过了一会儿，听见冰冰答“36.8”。

戴上口罩，套上手套，坐等护士送餐。8 点 10 分，先送一袋中药，随即送来一份蛋炒饭，搁在窗台上叫我自己去取。早上吃饭，干而难以下咽，但我吃得一粒不剩。给冰冰发消息：“一定要吃饭，再难吃也要吃，当药吃！”

经过昨天的慌乱惊恐，今天心情好了很多，也增强了与病毒斗争的信心。前几天，低烧不退，网上看帖子，自己吓自己，连写遗书的心都有了。我本来也没有什么症状，不痛不痒不咳嗽不发烧，哪像个病人？只是在这封闭的房间关起来，自我感觉很糟，好像成了一个人见人怕、避之不及的危险怪物，唉！

这两天，医生、护士、工作人员，都对我退避三步敬而远之，好像我确诊似的。不知疫情之后，人们之间是会更加亲密，还是更加疏离?

甩掉这座泡沫山

2 月 12 日

今天是隔离第三天。

早餐是青菜蛋花面条。卫生间窗口钉牢，只有一掌宽，餐盒要侧着才能拿进来，汤汁都快溢出来了。面条偏咸，兑了开水，还是咸，咸也得吃下去。不知冰冰吃得下去不?

打完针，刷手机。日本为中国捐献了不少物品，这些捐赠物资上贴了不少很有品格的诗句，如“青山一道同云雨，明月何曾是两乡”“山川异域，风月同天”，等等。再看看我们的有些媒体，除了说“武汉挺住，武汉加油”，还会说什么?

刚吃完午饭，就听护士忽然喊:“快把洗漱用品收好，马上转到市里去。”时间很紧，车子已在楼下等。想去帮冰冰收拾，护士不让，只好先下楼等着。人到齐，分乘两辆车去往涢城市内。六个人挤在救护车里，如此小的封闭空间里，均感到压抑紧张。冰冰坐在车中间的垫子上，我让她面朝我坐，把口罩掖严实些，不要靠近旁边那个婆婆。车轮飞转，车内安静。忽然，那个婆婆“阿嚏”打了一个喷嚏，吓了我们一大跳。我想携冰冰跳车的心都有了。婆婆倒镇定自若，顺便用口罩一角擦擦嘴……老人家的惊天一嚏，如晴天霹雳，把救护车都吓了个颠簸。

很快到达涢城城区，进到城北一个酒店，这是新的隔离点。我叫冰冰靠边站，离所有人远点，才稍有安全感。那个炸雷喷嚏还响在耳边，心有余悸啊。

跟前天在镇卫生院一样，登录个人信息后，三人一组，由一个女医生领我们坐电梯上楼。电梯有两个轿厢，分别写着“病人专用”和“医生专用”。女医生和我们分开乘坐。

进到房间，拉开窗帘，对面小区高楼林立，下面好大一片造景花园，这里是涢城的植物园。但见树木浓密，步道曲折，亭台楼阁，靠近楼下还有一条河，水色深碧，荷梗参差。整个园区不见人车通行，显得空旷寥落。

有医护人员来打药消毒。空气中顿时弥漫着呛鼻的消毒水气味，跟医院的气氛一样。消毒水提醒我，酒店条件再好，终归不能居家，更不是度假，只是医院的外延。

一支中性笔

2 月 13 日

今天没出太阳，植物园笼罩在灰色的晨霭之中。

打开电视看新闻，烧水、洗漱、整理房间、俯卧撑。等送餐，迟迟不来，我们好像被遗忘了一样，快十点才送到。早餐很简单，半碗稀饭、两个熟毛鸡蛋。稀饭尚有余温，鸡蛋已经冷了，放进水煲煮一下，掏出来细细剥壳吃了。我胆固醇偏高，一般不吃鸡蛋，何况是两个，但为了保证营养，必须吃，据说蛋白质能增强细胞免疫力。

餐后应有医生来查体温。我有温度计，随时都在量，就直接报了数字。一个许姓医生让我扫码，加到“留观群”里去。医生说：“这里不是医院，只是医学观察场所，酒店没有医疗设施，如果发烧或身体不适，请及时提出来上报，再酌情处理。”我和冰冰要是再发烧怎么办？在这里又不用药，那前几天的针岂不是白打了？

一个“留友”说，他还在咳嗽、发烧，需要止咳药和退烧药。一个女士说需要治疗甲亢的“优甲乐”，还有一个婆婆说她需要降压药。医生说，她会往上反映的，可能难以及时满足个性要求，最好是请家属买了送来。但“封城”封路之际，家属即便敢冒险出来买药，也送不过来啊。

我也有个性问题。冰冰说，她上网课做作业的笔和作业本快用完了。许医生表示有困难，她们也住酒店里，在此日夜值守，上哪儿去弄？好在一个曹姓“留友”说，他有两支中性笔，可以捐献一支。别小看一支中性笔，非常时期可是雪中送炭！

你就住在隔壁，但我却不能触及

2 月 14 日

下午起风降温，半夜大风呼啸，门外寒风凛冽，室内安宁平静，有点冷，但不敢开空调，幸好是标间，还另有一床被子，睡前加盖，很是暖和。

饭后，医生来送中药，小可乐瓶大小，嘱今晚喝一半、明早喝一半。药很苦，不知是什么药材，担心冰冰喝不下去。在留观群聊天，得知一些事项：一、这个酒店用的是中央空调，各房间是连通的，为防止交叉感染，不要开空调，且最好盖上马桶盖。我已经用了一天半，立即照办。二、全市留观人数，今天统计是五百多人，我和冰冰就属其二。

拉开窗帘，哇，下雪了。放眼望去，整个植物园弥漫在热闹与寂静之中。雪不算大，纷纷扬扬，而又慢慢悠悠。打开窗户，有几片飘进室内来，“若道春风不解意，何因吹送落花来”。这是要跟我做伴吗？

冰冰就住在我隔壁，但我却不能触及，连见面都不能。人隔离，爱不断，这隔离的爱，是意外，是无奈——就像那飘落在掌心的雪，怎不叫人无端伤怀。

2 月 15 日

今天阳光明媚，植物园雪地晶亮，树林静默，银装素裹。隐约看见风吹树摇，定睛一看，是环卫工人在清扫垃圾。这个面目不清性别莫辨的人，普通如一棵草芥，渺小如一个逗点，这个无名劳动者，也是抗“疫”英雄。

一晃天就黑了，寒气随时袭来，雪还没化完。忽听门铃响，开门一看，是一个穿着防护服的男医生。那人自我介绍姓鲍，是这里的负责人，来通知我和冰冰，今晚转到涢城二医院去做检查，看能不能尽快排除早点回家。一说去医院检查，难免又紧张。

一直等到转点，接我们的车子才来。进入二医院住院部大厅五楼，护士已铺好床铺，房间已消毒，但一进去，还是有一种强烈的不洁感和恐惧感。凳子不敢坐，床不敢躺，柜子不敢开，门把手不敢碰，马桶不敢按，背包和购物袋不知放哪里好，仿佛到处都有“新冠病毒”在飞、在爬、在狞笑……

凌晨一点半才躺下，护士交代说，睡觉最好戴上口罩。可是，那样呼吸不畅，空气污浊，头脑昏沉，自己都闻到翻涌而上的胃气，一种强烈的自我嫌恶感，无法排遣的忧伤。

爸妈也到镇上隔离去了

2 月 17 日

凌晨两点，睡意蒙眬中感觉有人推门进来，是护士来查体温。迷糊着接过温度计夹着，不知过了多久，护士来查看，她说了声“正常”，就出去了。七点刚到，护士又进来抽血采样，我搂起右臂袖子，抽了四管。

八点，带冰冰去做 CT。检查结果显示仍是支气管炎，后面又加有一句：建议随诊复查。万幸的是，没有出现那恐怖的“毛玻璃”！

一天接到三个电话。一个是涢城卫生防疫站打来的，我把标准答案复述了一遍。没过一会儿，市公安局打来电话，又流利地背了一遍。半小时后，巡镇镇政府又来电，我又得从头说起。我有点不耐烦了，前前后后，反反复复，接到十几次电话问询，问的都是同样的问题。每回答一次，就要被迫把伤口重新撕开，还要把家庭成员信息三番五次供出来。后来一想，他们也不容易，工作细致到讨人厌。

爸爸忽然在家族群里说，他和妈妈，还有外甥福星，已被专车接着，正在去往巡镇隔离的路上。看来涢城抗“疫”已经白热化。

我父母都已年过七旬，爸爸有高血压，妈妈有糖尿病。巡镇福利院条件有限，万一有个三长两短，如何是好？特别是我妈妈，饭前都要打胰岛素，对饮食要求高。关键是她不会玩手机，福利院又没有电视信号，一个农村老太太，一天到晚，叫她干坐在屋里，怎么过？打电话问，她说菜太咸了，吃不进，其他的都还好，这才稍微放下心来。

在二医院隔离，好像比酒店宽松一些，可以到护士站去倒开水，也可以顺便去冰冰房里看看，督促她上网课。护士知道冰冰是我女儿，也不说什么。冰冰也很辛苦，隔离治疗期间，打针吃药之时，还得兼顾功课。

天空蔚蓝，而室内阴冷，门外温煦，好想晒晒太阳，刚迈出脚在门口站了一会儿，护士就阻止“不要出门”。我说就站在门口晒一下不行吗？护士说：“不行！不能到门外去，领导看到要批评我们的。”晒个太阳都变得如此奢侈。

睡前，护士进来让我用盐水漱口，再做一次咽拭子。上床两脚冰凉，从酒店带来的热水袋，此刻派上了用场。窗外夜空漆黑，不知道爸妈会不会冷，可睡得好？

达摩克利斯之剑掉下来了

2 月 19 日

上午，大哥忽然在群里发来一份名为《巡镇各村确诊和疑似人员情况通报》的 Word 文档，上面赫然写着沙村“确诊人员”和“疑似人员”，分别是冰冰和我。这一瞬间，如五雷轰顶。

好像楼上有只鞋子咚地落地，头上达摩克利斯之剑嗖地掉下，直接刺穿我一家人的心脏。我和冰冰在外面折腾这么久，竟得到这个让人难以接受的结果。

自发烧以来，迄今十九天，虽极力往好处想，其实心底也做了最坏打算，只不过，一直到今天，老天爷才把底牌亮了出来。

既来之，则安之。这十几天的留观生涯，流浪一样，那么多焦虑、恐惧、愤怒、绝望的情绪，我都默默承受过来了，最后引颈就戮，来一次痛快的又如何？

晚上彻夜难眠，宝贝女儿，可恨的“新冠病毒”怎么缠上了你呢！

把女儿一个人留在医院

2 月 20 日

今天又是晴好天气。太阳照射进来，地板瓷砖刚刚擦过，光洁如镜，反射壁上，洞照光明。然而，我不能出门，这个春天，仿佛被诅咒一样，注定会被辜负。

起床在室内活动活动，听见冰冰在上早自习，喃喃读着什么。又见斜对面七室的中年女人是昨天转进来的，此刻靠在床头，戴着口罩，一脸愁苦。昨晚她开着灯睡觉，照到我床上，半晚睡不着。同她一起来的还有几个病人，他们与我前晚初来一样，不能适应环境，神情忧郁，郁郁寡欢，也许过几天就好了。

今天管床医生来了，问我感觉怎么样。我答：“好得很。”“没感觉不舒服？”“没有。”我忍不住问：“我们还要待多久？什么时候出院？”他答：“那要等上面通知，你的核酸检测结果没到院里来，但你放心，来这里有几天了，你还没被转走，就说明问题不大，安心治疗就是。”说完，给我做血氧饱和度检查，很正常。

晚上脱了衣裤上床，忽然接到巡镇镇政府的电话，说我可以出院了，接着去巡镇进行 14 天的医学留观。但冰冰还要继续住院治疗——我走了冰冰怎么办？能否申请留下来陪她？去护士站问，值班护士说：“你不可能继续住院的，你女儿在这里有我们照顾呢。”

我跟冰冰讲，爸爸先出院去巡镇，跟爷爷奶奶一起隔离，她还要在医院多待几天。“宝贝你要听话，配合医生积极治疗，很快就会出院的。”她有点惊讶，放下笔说：“好，你走吧，我还要做作业呢。”看我着急心疼得要命，她倒风轻云淡无所谓。

夜色寂静，汽车一路疾驰，往巡镇而去。市内街道空空，几个路口有人穿着大衣在值守。去城里留观路上的情景又浮现，那个爆炸性的大喷嚏，忽又响彻耳畔。现在，车上只有我一个“病人”，宝贝女儿没能与我同去同回，一个小女孩，要独自待在医院……

深夜，到达巡镇福利院。爸妈和福星的脑袋从窗户里伸出来看我，已经有 11 天没见到他们了。从爸爸那里抱来两床垫絮，从妈妈那里抱来一床厚盖被，回房安顿下来。室内的灯灭了，路灯照进来，一半幽暗，一半明亮。

裸呼吸

2 月 21 日

今天是出院后在福利院留观的第一天。这里比二医院真是好太多了。心理压力小，气氛也宽松，隔壁住的都是家人，不像医院病房，都是可疑可怕的“新冠病例”。当然，在别人心中，自己其实也是可疑可怕的。

阳台对面是县际公路，半天也不见一辆车驶过，更没有一个人影。这里太安静了，只听得见鸟叫和自己的心跳。公路两边，一边是集镇，一边是开阔的田野，从高大的杨树树杈间望去，几个村湾匍匐在田埂曲线之中，一团团的树木像一坨坨的墨水，在天地间洇化，颇有几分田园气息。从田野吹来的风是通透的、健康的，也是明亮的、安静的。在室内，也无须整天戴口罩，不像在医院，连睡觉都要戴着，一天到晚闻着一次性口罩的布质气味混杂着自己呼出的浊气。在这里，除了和工作人员面对面接饭、查体温等需戴口罩，其他时间都可以“裸呼吸”。

通过蛟同学介绍，联系上二医院的肖院长和胡医生，本来不想麻烦他们，但现在我出院了，冰冰一个人还在医院，总是不放心，有同学关照关照总是好的。向肖院长询问冰冰的病情，并拜托胡医生送点她爱吃的东西去。胡医生很热情，但说她一直吃住在医院，回不了家，现在超市也买不到东西。不过，她那里有医院受捐赠后分配的食品，她拿了几桶方便面和牛奶给冰冰送去了。

黄昏时，站在窗前看落日，又吟一首诗：

困居斗室望春风，厌食累眠意兴空。
镇日留观何所遣，临窗看尽晚天红。

一家人留观“小团圆”

2月25日

早餐后，工作人员忽然送来橙子，一人两个，据说这是四川奉节捐赠给镇里的脐橙，是从捐给医生的份额中调剂出来给留观人员的。

下午工作人员来打药。消毒水有气味，须打开门窗透气，留观人员也须出门避避。趁此机会，可在走廊上“放风”十分钟。在镇福利院留观的基本上是一家一家的，即所谓的“四类人员”和他们的家属。平时是一人一间，只有在打药时间，大家才能出门，隔老远相互见见面，说说话。

我去跟爸妈见面，这也算“小团圆”吧，顺便跟隔离点的管理员聂婆婆和荣嫂子聊聊天，日常主要靠她们操持，几个戴红袖标的男同志管进出，几个年轻护士也就查查体温。聂婆婆嗓门大，爱说笑。荣嫂子是湖南人，总是笑脸相迎，叫我爸妈言必称“老人家”，从不像小护士那样直呼其名。聂荣二位人都很好，比如为爸妈送指甲剪，为我们送饭食等。我家几口人都在此隔离，却只有妈妈房里一个水煲烧开水，她们每天都要为我们提空瓶送开水，随叫随到，不厌其烦。

说话间，冰冰忽然给我发来一张图片，原来是她的出院通知。

千盼万盼，冰冰总算出院了。晚上六点半，冰冰被送来隔离。虽还不能说完全无忧，但已迈出了大大的一步，最危难最痛苦的阶段过去了。

天青色等烟雨，而我在打卡

2 月 26 日

有留友在群里吐槽伙食太差，说炒的菜无色无味，一点油花也没有。来这隔离 10 天，瘦了我七八斤，不要叫福利院了，直接叫减肥中心算了。群主是留观点负责人，回复道："我们工作人员跟你们吃的一模一样。"大家就再不做声了。

天阴风冷，一会儿就下雨了。到阳台上去，透过杂乱的树枝张望远方，一片迷蒙的灰赭之中，忽然显出几抹淡青色，好像是麦田——这更加深了我的怅惘，那青色也是忧郁的，跟灰蒙蒙的天空和淅沥的冷雨一样。

打药时间又到了，聂婆婆刚打开门，妈妈端着水煲进来续水。我上午没怎么喝，还有一大半呢。聂婆婆笑道："世上只有瓜念籽，哪有籽念瓜啊。"妈妈每天一大早就打电话问开水够不够。我还烦她吵我睡觉呢，其实心里知道那是一种幸福。老太太总是担心这担心那，殊不知，她才是让我们担心的重点对象。

大哥在群里提醒我，要及时安装健康卡，便下载安装。这卡，要连续 14 天打卡，变绿了才让走。我预计回程时间是 3 月 15 日，那么从今天开始，要天天打卡了。

爸妈解除隔离了

3 月 1 日

午饭送来，聂婆婆说："你爸妈和外甥今天可以回去了。太好了！”细数一下，爸妈2月17日来留观，今天正好14天，爸妈和福星早点回去，我精神压力也减轻一大半。

爸妈和福星着手清理东西，妈妈问我需要留下什么？我需要枕头、水煲、杯子，爸爸用的中性笔。妈妈又问我要带走什么？我已清好了，就带走一个塑料桶，里面有我二十多天没洗的外套、羽绒裤、内衣等衣物。妈妈托聂婆婆把我需要的留下、不需要的带走。她还要留下其他东西，我拒绝了。生活物品是越少越好，日常家居也是一样，其实不需要那么多累赘。断舍离，谁说的？

下午打药，我也懒得出去。爸妈都回去了，周围的“留友”我一个也不认得。出去见谁？跟谁说话？坐在阳台上晒太阳，作了一首诗：

好梦侵啼鸟，拥衾意渐消。
愁听一夜雨，欣看半垄苗。
沃野铺春色，东风荡绿条。
萌芽蛙蚓动，瑞气上青霄。

闹铃把我救回来了

3月3日

“山中无甲子，寒尽不知年。”隔离留观以来，同样的日子一天天复制粘贴，今天几号、星期几？知不知道有何差别？反正同质化的生活一天又一天。眼下，只关心还有几天，我和冰冰可以解除留观回家。

做了一个梦，醒来还记得。梦中我认识的某单位领导，不幸得“新冠肺炎”死了。我坐在一个医院，又像电影院走廊的排椅上，无限悲伤与恐惧，因为我也被传染了……幸而闹铃把我叫醒，睁眼一看，原来我还活着，也没什么病症，太好了！顿时有死里逃生的幸福感。

早餐后开始画速写画，一直到下午两点半。颈椎不适，同时脚冷，天气降温了。画完躺了一会儿，打药的来了。手剥三个橙子给冰冰送去。她偎在床上，扒拉着手机上网课，见有已剥好的橙子，拿起来就吃。她不知道的是，为剥橙子，我把左手拇指指甲都快剥翻了。

文艺男无可救药

3 月 4 日

隔离二十四天，我每天写几千字日记，在网上浏览新闻信息，与少数友人聊天。另外还读书、作画、观影、运动、吟诗等，把时间和脑袋填满。文友留言："文艺男无治，管它啥状况，必须文艺！"

"文艺"是我困境中的一根拐杖，它可以让我变得充实强大。

坐在空荡的室内，忽然收到浩镇长短信："你们可以回家了！请遵守相关规定，做好居家隔离工作。"

算来今天是出院后隔离第 14 天，也该解放了！冰冰跟我一起解除隔离、一起回去。这段时间在外辗转奔波，经历了梦魇一样的 24 天。我们之所以能平安归来，除了药物治疗，还有人间值得的爱！

车子抵达洪街，我家门口还围着铁丝网，打开一角钻进去，先把行李堆放在家门口，爸爸用喷壶对行李进行酒精消毒，把我们身上也喷了，才得以进屋。这过程中，街坊邻居纷纷张望相看，隔空打招呼，我和女儿已平安归来！

疫情终将过去，春天会再次到来。无论是怎样的黑暗、怎样的季节，都不会是永远。常言道，大难不死，必有后福。我想，所谓的"后福"，就是那种日复一日地好好活着，就是那种身在其中而不自觉、时时需要提醒的日子，就是那种经常感觉厌倦想要逃离的庸常。

防疫阻击战中的“双面典型”

〔**口述人**〕刘志敏，男，1977 年生，湖北咸安人，因疫情防控被问责后，仍奋战在战“疫”一线的乡镇长。

刻骨铭心的教训

元月 25 日，也就是大年初一晚上 11 点，镇办公室接到咸安区防指的紧急通知，决定在 107 国道和 319 省道咸安区段设立两个卡点，由我汀泗桥镇负责值守，主要任务是做好车辆和人员的管控，封住咸安区的大门。

接到通知后，镇党委书记雷玲与我商定，由我侧重抓好这两个卡点的管理。在镇党委书记碰头会上，又进一步细化了分工。考虑到 107 国道卡点上车辆和人员流动更大，所以由分管交通运输的副书记贺国华负责，319 省道卡点设置和防控工作，则由另一名副书记钟高峰负责。同时明确要求，107 国道卡点还安排 1 名党委委员轮流带班值守。防疫任务执行战时纪律，两位副书记欣然接受任务。

第二天一大早，按照区防指要求和镇党委商量的意见，我八点前赶到 107 国道汀泗段与赤壁交会处的卡点，时间太紧，又是大年初二，直到下午，抽调的值守人员才全员到位。另一个卡点也是如此，都是仓促上马。卡点是设立了，但怎么运行、通行标准是什么、如何应急等，市、区两级指挥部也没有明确指令和要求，只能靠我们自己把握。两个卡点在试运行中摸索，初步建立了防控流程。我们反复学习市、区两级指挥部关于交通运输管控的文件，在文件中领会和理解上级的意图，对通过卡点的车辆和人员进行登记后耐心劝返，对应急车辆和公务车辆测温、登记、消毒后放行。一天试运行下来，我和贺国华心里大致有了数，明确了各个岗位人员的工作职责、工作流程。

元月28日，107国道卡口值守人员对几辆公务车辆例行查验，被车内人员训斥，因而对卡口查验的流程产生了疑问，公务车辆到底应不应该严格执行查验？谁也不知道，上面没有明确规定。为了避免再次挨训，那索性就简单点，只要有上级指挥部的通行证，一律直接放行。值守人员在没有向上报告的情况下，武断地对卡口工作流程的标准进行调整。这其实不仅是因为有了“前车之鉴”而图省事，更多还是自我防护，登记和查验也算是近距离接触，有可能增加感染风险。

下午16时30分左右，镇党委召开疫情防控研判分析会，我们几个带班领导匆忙赶回镇政府参加会议。也就是在这个当口，一辆“鄂LW0”开头的公务车缓缓驶向107国道卡口，值守人员没有登记检查，直接对该辆公车予以放行。晚上18时左右，还是这辆公车从赤壁方向返回，值守人员同样没查验就放行。18时30分，区纪委监委来电，指出107国道卡口管控存在漏洞。我们迅速赶到卡口，针对纪委监委指出的问题，立即整改。之后，我和贺国华前往赤壁市官塘驿镇的卡口，现场观摩学习卡口设置的系列举措。随后，区纪委书记刘合权等领导也赶到卡口，连夜指挥调整值守点部署。区交通运输部门调来了水马围挡，进一步规范卡点设置。镇党委从镇直部门重新抽调精干人员，加入值守队伍。

后来才得知，那辆公务车上坐的是市委书记孟祥伟，他对我们卡点没有查验他的公务车十分忧心，特别是在107国道赤壁市官塘驿卡点受到严格查验后，两边形成鲜明对比，认为我们的卡点值守形同虚设，并指示纪委介入，对我们作渎职调查。

随后，市纪委调查组连夜进驻泗桥镇，对相关人员做了调查笔录。我们抗“疫”工作出现重大纰漏，为形成强有力震慑，最后不得不对我们下了“狠手”：镇委书记雷玲和我作为主要负责人，都被给予党内严重警告处分，具体负责卡点工作的贺国华和当班的孙鹏分别被给予党内严重警告；另外，我和孙鹏都被免职。

2月2日宣布处理决定。随后，对我们这类因防控不力人员的处理决定在电视台滚动播出，还被制成“抖音”在新媒体上转发。那段时间，我痛苦彷徨，食不知味，夜不能寐。怪谁？组织上错怪了我吗？工作这么多年，为这个事被免了职，今后我该怎么办？我反复地思考，开始自省。组织上如此处理是为了惩前毖后，杀一儆百。归根结蒂，错在自己麻痹大意，错在自己疏于管理，没有真正把疫情防控这根安全弦绷紧……反省过后，我告诫自己，千万不要悲观沉沦，作为一名党员，镇长职务不在了，但党员的责任还在。想通这一点，我重新调整状态，再次全身心投入战“疫”。

《咸宁日报》等媒体专门对我及4位免职的乡镇党政主职一事进行了报道，还特别把我的工作拍成了视频在新媒体广为传播。我一位同学的父亲发来一条短信：“在疫情特殊时期，你把哭脸变笑脸对待工作和老百姓，作为双面典型，说明组织上对你的德才、工作和能力是肯定的。”我深受鼓舞，百感交集。老百姓需要的是干实事的干部，个人荣辱算什么呢？无非是时代潮流的一朵浪花罢了。

戳到心坎的质疑

每个人都需要被肯定，我虽是党员领导干部，同样也有作为人的需求。我被免职后，流言蜚语就是软刀子。更何况我还上了咸宁电视台的“黑榜”，警示消息在媒体上滚动播放，这让我一度成为老百姓唾弃的对象。亲朋好友看到新闻报道，不了解我当时处于什么状态，大都不敢打电话给我。为了缓和尴尬局面，我主动将负面消息转发亲友群，并尽量以一种调侃的方式表明自己的状态。我甚至在大学同学群里说，我相信组织上不会这么简单地对待一个努力工作的干部，肯定会对我们被免职的干部有一个妥善安排。

如果内心不强大，在这种境况之下，真的无法进村入户，继续开展抗“疫”工作。因此，我始终戴着口罩，甚至还要严实地裹上帽子，有意遮掩真实身份。但有一次在垅下村，为群众分发口罩和宣传防疫知识，还是被一个群众一眼认了出来。他把我拦下质问：“你好像是那个被免职的刘镇长吧，要是早点这样认真工作，怎么可能被免职？”老百姓随口一句话，像一把犀利的尖刀，直戳进我的心窝子，脸上火辣辣的。群众不理解，我能怎么办？详细解释？那只会更尴尬，我只能选择沉默。

还有一次更尴尬。在镇区蔬菜临时代购点，一个居民没有按规定采购物资，我对其进行劝导。这位居民盯了我半天，说道：“你是刘志敏吧？还真是你，我们都看新闻了，不是说你早就被免职了吗，怎么现在还在这里？”当时，周围有好几个群众，纷纷转过头来看热闹。我只能讪笑着回答：“虽然组织对我进行处分，但我还是一名党员，还要服从工作安排，仍然要坚守在这里，为大家搞好服务，请予理解。”我努力挂着温和的笑容，心里却像针扎一样。我们基层干部抗“疫”，仅有一只口罩防护，不知道还有多少未知的危险，但为了老百姓的安全，我们都在默默地承受。

与此同时，各种表格像雪片一样飞来，各类督查像冰雹一样砸来，各种指令像箭头一样射来，基层干部每天应接不暇。咸宁市防指对咸安区的人口摸排工作很不满意，要进行全面剖析，并形成作风不实的反面教材，以便下一步开展干部作风教育。平心而论，我镇在 1 月 23 日就部署了人口摸排工作，应该先于上级具体安排。接到命令后，各村都按要求在大年三十开展入户摸排。然而，由于返乡人员特别是武汉返乡人员害怕被隔离管理，存有很大思想顾虑，在登记测温时故意隐瞒信息，导致前期人口数据不准。为了迅速掌握返乡人员的具体情况，我要求各村按各户的人口数发放口罩和各类捐赠物资，要求把摸排情况在各组公示栏进行公示。针对之前漏登的人口信息，每“举报”补充一条就给予 50 元的奖励。到 1 月 28 日，我镇人口摸排数据就很准确了。

市里派出 13 个调查组，全面调查咸安区 13 个乡镇办场的数据排查工作。3 月 1 日至 3 月 9 日，调查组一行 5 人来到汀泗桥镇，面对面质询 16 个村（社区）的每一位支部书记和数据统计员，还采取进村入户的形式进行抽查。同时，将数据摸排工作中的作风问题作为案件进行调查。摸着良心说，我自从调任汀泗桥镇以来，全年合计只休息过 3 天，春节、端午和中秋分别各抽出 1 天时间，看望年迈的父母和岳父母。和我一样，基层干部没有周末，休年假也无法真正落实。这次既要应对防疫工作，还要面对检查组的质疑，工作不能有失误，更不能犯错误，这种压力真的让人喘不过气来。

雪中送炭的关心

锦上添花容易，雪中送炭却难得。在我情绪最为低落时，很多领导、同事和朋友没有抛弃我，一直在给我打气，给我以关心和鼓励。

2 月 12 日上午，市委常委、组织部部长徐小兵专程赶到 107 国道卡口，看望值守人员。徐部长详细询问了汀泗桥镇的防疫情况，并了解我近来的思想状态、工作情况和生活状况，希望我振作精神，重整旗鼓再出发。交谈过程中，徐部长一直面带微笑，言辞关切。组织和领导一直在关心我，并没有放弃我，反而为我加油鼓劲，我还有什么理由不努力？

镇党委在战“疫”之初就遇到重大挫折，汀泗桥镇 16 个村支部书记也不是滋味，大家心里都憋了一股劲，总是和镇防指想在一起，干在一处。他们连续奋战近两个月，日夜坚守在工作岗位上。白天分片包保，前往各片区摸排人员，测量体温，代购物资，送货上门；晚上召开碰头会，研判分析疫情形势，将各项防控工作落实到位。

赤岗村党总支书记黄冬平的家离村委会不远，可他就在办公室搭起铺盖，晚上开完会直接和衣而睡。马鞍村党总支书记胡克贵对群众要求来者不拒，每次有人要去城区看病找到他，他立马拿上通行证，开着私家车就直奔医院。黄荆塘村党总支书记陈学友、程益桥村党总支书记余娟等，哪一个不是经常工作到凌晨。洪口村党总支书记贺锋是个“90后”，两个月从未回过家，白天忙防控工作，晚上主动去卡口值守。这样的例子还有很多，镇村干部唇齿相依，互相心疼不已。在我们党委几位领导被处分后，村干部经常安慰我们，为我们加油鼓劲。古塘村的吴安意是年龄最大、资格最老的支部书记，经常在支书微信群喊话：“我们工作没做好，让镇党委受连累，造成全镇防疫工作被动，现在要化压力为动力，要加倍努力，全力打好这场疫情防控硬仗，要用扎实的工作为汀泗守住‘无疫’。”

妻子也在背后默默地支持着我。没有责备和抱怨，她反而给我以微笑、鼓励和拥抱，让我甩掉包袱，轻装上阵。

始终扛起的责任

抗“疫”工作开始后，比照省、市、区委的指挥架构，我镇成立疫情防控指挥部，下设综合防控组、应急保障组等5个工作专班，以15个村和1个社区为作战片区，安排镇村干部、驻村工作队、村医分片包保，各片区协同作战、同步发力，实行战时机制。从1月25日到4月初，镇防指的灯就没有熄过。

在镇党委的带动下，40名镇干部、13名镇直部门负责人、80名村“两委”干部日夜坚守战“疫”阵地，全镇上下群策群力，织牢防控网络。200多名党员、小组长主动参与防控，协助村干部逐户测体温、摸排人员信息。近千名党员、群众志愿者，参与村组巡逻、宣传、劝导工作。我们实行立体宣传策略，利用“村村响”、巡回宣传车、森林防火应急小喇叭等，每天播放《致全区人民的一封信》、区防指通告等内容。与此同时，我们还向全镇群众推送防疫政策和相关知识短信，制作推送相应抖音短视频，张贴、印发了一批区防指通告、“汀泗加油”居家爱心小贴士等。

把每个人都困在家里也不是长久之计。到了3月底，疫情进入扫尾阶段，我们一边继续搞好疫情防控工作，一边组织复工复产复市。当然，并不是所有人都愿意外出务工。前期组织干部下村摸排，及时登记有外出务工意愿人员的相关信息，掌握他们的特长和务工经验，积极联系对接企业，力争就近就业，协调就地复工。同时，走访对接镇域内企业负责人，实行领导联系项目“四包”责任制，实行“一企一策”“私人订制”帮扶，上门协调处理各类难题。

老话说，一年之计在于春。春耕生产耽误不得。首先，我们开展多轮农业经营主体摸底核查工作，帮助全镇农业企业、专业合作社、家庭农场、养殖场、种植大户有序复工复产。镇驻村干部、驻村工作队队员、村干部、志愿者逐户上门，宣传动员大户逐步做好相应准备，指导做好日常消毒和登记，为恢复农业生产做好服务工作，联系对接城区单位、小区、电商平台，帮助种养大户打开销售渠道。

在大灾大难面前，镇党委一班人背负着纪律处分，扛起肩头沉甸甸的责任，全镇经济秩序逐步回到正轨，受到省、市两级领导的肯定，也为咸安区复工复产提供了汀泗经验。3 月 31 日，中共中央政治局委员、国务院副总理、中央指导组组长孙春兰同志率中央指导组，到我镇黄荆塘村春茶种植基地实地调研，她嘱咐大家：要加强田间管理，为农民提供精细化技术指导，为农资运输、劳动力流动开辟“绿色通道”，确保涉农生产资料供应充足。

永远铭记的褒奖

金杯银杯不如群众的口碑。我被免职之后，即便有个别群众不理解，甚至不经意间言语伤害，但是绝大部分人对我的工作还是认可的，这就是一种莫大的褒奖。

我每天坚持徒步到各个卡点和劝返点检查值守情况。从 107 国道的双港桥绕着赤岗村的边界线，再走回到那一头的赤岗村舒阚湾，一边走一边看，发现问题立刻提出整改要求，每天行走近 20 公里。赤岗村双港桥位于咸安、赤壁交界处，这块是我最担忧的薄弱地带之一，值守扎不扎实，有没有漏洞和隐患，自己必须走一遍才知道。

没想到的是，这种笨功夫被群众记在心里。3 月 8 日一大早，赤岗村 2 组村民谭松柏老人，悄悄来到赤岗村双港桥劝返点，在告示牌上用红纸写上“镇长您辛苦了，向您学习”。镇组织委员张亮发现后，将这张“大字报”拍下来，然后发到党委微信工作群。还有一个万万没想到，“三八”妇女节这天，我这个被免职的“男镇长”也收到了一份节日礼物。党员干部只要干一点实事，都会被老百姓记住并传颂。也许，这就是我们努力到拼命的意义，这也是我党能够长期执政的原因之一。

4 月 8 日，市纪委下发咸纪〔2020〕50 号文，将我的处分由“党内严重警告”改为“党内警告”。看到这份红头文件，我心中感慨万分。很多人为抗击疫情付出了血汗和泪水，只是所处位置不同，付出的方式不同而已。乡镇、社区和广大农村的基层干部都是“裸奔”在一线，没有谁有时间写请战书，谁也来不及考虑个人安危。好在是，最难的时候挺过去了，无论今后调整到哪个岗位，我依然会选择奋战下去。

身怀六甲请长缨

〔**口述人**〕王宇明，女，四川乐山人，1987 年生，湖北省荆州市荆州区马山镇镇长。

才学“剃头”，就碰上个“癞痢”

1 月 21 日，跑了 7 个村、3 家单位，累得够呛。

本想休息休息，但转念一想，来马山才 3 个月，还是算了吧。下午四点时，手机响了。一则通知，让我五点到区委大会议室参加全市“新冠肺炎”防控工作紧急电视电话会议，不准请假。直觉告诉我，情况不太乐观。马山镇距荆州城区 32 公里，开车最快也得 40 分钟，容不得我多想。

我参加工作 7 年，一直在区直机关工作，且都是副职，负责工作单一，也没有经历过大事。2019 年 10 月，我被提任为马山镇镇长。不到 4 个月，就要面对“新冠肺炎”这场硬仗，正应了一句俗话：才学“剃头”，就碰上个“癞痢”。

1 月 23 日早上，镇里开防控会议。气氛和以往任何一次都不同。前一夜，大家一直在紧张地商议。走进会议室时，他们都戴着口罩坐在那里看着我。我讲了防控的重要性和要做的各项准备工作，内心却忐忑不安。这是我第一次主事。我知道，话好说，事难做。况且我已有四个月身孕，能否坚持下去，要靠自己的毅力，还要看肚子里的宝宝争不争气。

1月24日，大年三十，七点便起床了。下了一夜雨，仍没停。简单收拾了两件衣物，独自开车从家里往镇上赶。路上，行人稀疏。一边开车，一边思考。人员、车辆如何管控？封闭后，群众生活怎么办？满脑子都是这些问题。但我告诉自己，千万不能乱。回到镇上，立马向党委书记汇报。进一步研讨细化防控方案，增加8个防控工作专班人员，立即摸排武汉返乡人员，并提前下达在村组实施道路封闭的通知。

这个大年夜，团圆饭没能吃上，只来了一碗方便面，权当年夜饭。

率先蹲点守卡

1月27日十时起，镇与镇、村与村之间的交通全部隔断，只保留一个应急通道。镇、村统一组织实施，最大限度减少人员流动。好在，我们提前两天阻断了村内的外出通道，只预留应急通道管控卡点。从开始简陋的一张凳子、一根绳子、一个额温枪，到后来的一顶帐篷、一排路锥、一套防护用品，没有因物资紧缺而疏于防控。

只要有时间，我总喜欢往镇、村交通管控卡口点上跑。一来，可以多了解一些真实情况，改进方法。二来，还可以替换值守同志休息一下，让他们吃口盒饭。戴着口罩，拿着测温仪，拦下车辆，询问情况，查看证照，劝返人员。时间一长，便口干舌燥了。也正是这种亲身体验，让我真正体会到一线人员的艰辛和不易，不至于做出拍脑袋的决策。

三入民房劝周郎

1月31日晚上十一点半，防控组报告："居委会确诊病例汤某某的密切接触者周某不愿意居家隔离，非要去邻镇走亲戚，我们已上门三次做工作，就是劝不住……”我一听就急了，赶紧挂断电话，准备亲自上门。

拉上马山派出所周洋所长，进了周某的门。“这个病毒很狡猾，潜伏期大约 14 天，目前你们没有症状不代表没有感染，要对自己的亲人负责，还是居家隔离观察比较保险呐……”

此时，午夜十二点已过。我挺着肚子，苦口婆心地开导周某及其家属。站了近一个小时，腿脚都有些麻木了。对方一句话不说，就是不理。第二天上午再去，道理讲了一箩筐，好话说了一大堆，临了，周末才丢给我们一句话：“我考虑考虑！”下午又去，嘴皮子都快磨破，周某才终于松口：“看你这个样子也不容易，不难为你了，听你的，我们接受隔离。”跨过他家门前的隔离带，我长舒了一口气，随口念出两句：“昔有刘备三顾茅庐请诸葛，今有宇明三入民房劝周郎。”心里五味杂陈。

我走路都有些打晃了

2 月 1 日晚上六点钟，刚说服隔离观察的周某一家五口，又接到有发热症状者需转送市级医院进一步检查的报告。跑了一天，累得不得了。双腿如灌了铅似的，却还得到居委会安排人员全程护送、跟踪。等到检查结果出来并安顿好病人，已是第二天凌晨三点钟。

眼皮直打架了，正准备眯一会儿，手机上又接到郝程委员的报告：因周某一家被隔离，社区居民议论纷纷，谣言四起，急需处置。马山的百姓有一句口头禅——针尖大的眼，簸箕大的风，以此来形容流言蜚语的危害。我被迫强打精神，逐个请舆情管控组的同志和居委会黄书记马上到镇防控指挥部集体会商，研究舆情处置方案，审核辟谣公告内容、措辞，赶在天亮之前发出去，把漏风的针眼堵上。忙完这些，实在是撑不住了，走路都有些打晃。

一下子又确诊两例

乡镇防控最难的工作，不是病人的排查、转运、收治，而是确诊病例密切接触者的集中隔离观察。

2月10日晚上十一点半，马南村二组从武汉返乡的樊姓父女两人同时确诊，一纸交办令摆到我面前。十多天来，我们才排查锁定一名确诊病例，这天却一下子冒出两个。拿交办令时，我的手都有些抖。"请通知督导组、防控组、保障组、舆情组负责人十分钟内赶到镇防指。"不能慌，我在心里告诫自己。"请马南村书记、派出所所长、卫生院院长同时赶到。"还要请谁参加呢，我问我自己。"请政委刘书记也参加。"末了我又补充道："全域封闭马南村二组。连夜用大车将唯一出口封死，封闭区生活物资日常供应，由王芬书记负责。滞留在组内的村副书记付家权全权负责封闭区内日常巡查管控。患者家房前屋后连夜设置警戒线，由周洋所长组织实施。对其室内室外全面喷洒消毒液，由刘诗东院长组织实施。及时发布舆情公告，严防风言风语，由郝程委员负责。防疫物资由纪伟委员负责。邹贵华书记负责督导落实。"我一口气安排了七件事，心里才稍微踏实一点。

又是一个不眠之夜。凌晨两点，各项工作全部到位。我诗兴大发，提笔写下一首打油诗："东方鱼肚破，假寐小斟酌。今日如何过，还需您配合。"

从1月21日到3月17日，前后56天的防控集中攻坚战，全镇早就锁定了3个武汉返乡确诊病例,9个疑似病例。但围绕他们排查，要形成完整的数据链，最多时追踪到密切接触者285人，筛选出来要隔离观察的人员32人。全镇征用了两个集中隔离观察点，劝他们去观察点容易，管好这一批人员的吃喝拉撒与医疗监测还真有点麻烦。

2月15日，那天格外阴冷，还飘着小雨。在马山宾馆集中隔离观察点门前值守的辅警胡万兵一直不停地向我招手，好像有什么事要说。过去后，才知道是被隔离的小学生王铭奥缺少网络上课用的

iPad，闹着要出去买。陪护的家长也是满腹怨气，牢骚不断。我走进隔离区，问清情况。为了安抚他，答应把他的课本彩打出来，又单独给他送了几盒牛奶，最后请周洋所长出面解决买 iPad。周所长多方打听找到货源，亲自驾车到沙市一家数码店买到合适的 iPad，赶在网络授课前送到了小朋友手里。

给未来的宝宝写封信

1 月 30 日晚上七点，忙完手头的事，第一次和家人视频。不到 3 岁的女儿第一句话就是："妈妈，你什么时候打完大灰狼回家呀？"稚嫩的声音刺痛了我，记得大年三十早上走的时候，孩子问我："妈妈，过年你也不在家吗？"我骗她说："妈妈去打大灰狼，打完就回家。"与家人视频，嘴上说："我很好，我没事，不用担心我……"但疲惫的面容无法掩饰，沙哑的声音也骗不了他们。家人都替我担心。有同事关切地问我："你是个大肚子，还非要亲力亲为吗？"我何尝不想坐在办公室，可我不身先士卒，怎么指挥？我不冲锋陷阵，大家怎么看？

2 月 3 日下午，爱人到江陵换流站交通管制卡口给我送衣物和药品。他给我发微信说："你能来卡口取吗？我还能看看你。"当时正在集镇街道挨家挨户巡查，脱不开身。我说："我正忙呢，你联系我们卡口的同事，请他们带给我就行。"

最亏欠的是我肚子里四个月的宝宝，他（她）的到来真不是时候。1 月 8 日，孕检提示毒物代谢中高风险，医生让我安心养胎。我却让还在肚子里的宝宝随我一同上了一线，共同抗击未知的病毒。家人说，我是冒着两个人的生命危险在工作，责令我必须每天向家里报告健康状况。可一忙起来，又常常忘记。爱人的抱怨还好说，最不好交代的是盼孙心切的爷爷奶奶。好歹宝宝给力，时至今日，安然无恙。

我曾给他（她）写过一封短信：

亲爱的小乐乐，这是你陪妈妈奋战在抗击疫情一线的第 53 天。很抱歉！这段时间让你跟着妈妈受苦了，你现在还只是妈妈肚子里的小人儿，什么都不懂。但当你能读懂这封信的时候，你一定会为还在妈妈肚子里就有这样不凡的经历、见证了人间大爱、祖国的强大而倍感自豪……

不要急，我来想办法

我统计了一下，自 1 月 24 日起，一个 131 平方公里、2.6 万多人的马山镇设置交通管制卡点 63 个，先后有干部、滞留家乡的公职人员、志愿者 315 人投入到疫情防控一线。每天消耗的防疫物资数量以吨计，需求量很大。我给镇党委提出“仗打到哪里，保障就送到哪里”的建议，我在办公室的时间都花在上报物资消耗、联系领取防疫物资、多渠道寻找防护用品上了。

2 月 5 日中午，“马山镇液化气站液化气要断供了！”双杨村支部书记肖学顺在电话里焦急地向我反映。“液化气绝对不能断，不要急，我来想办法！”我挂断电话，立即向过去工作过的区市场监督局求助，“娘家人”李军通过多方联系，得知荆门歆旺燃气有限公司储气充足，但送气要经过两个市级交通管控卡点、两个镇级卡点。区市场监督局向荆州市指挥部请求援助，并派王昌辉第一时间赶到高速路口接车，并一路全程护送。直到晚七点，看见运送 13 吨液化气的车打着双闪，在江陵换流站交通管控卡点从我面前通过，我悬着的心才放了下来。我无法当面致谢，只能给他们发微信：“谢谢支持，马山人民永远记得你们的恩情！”

在返回机关的路上，“云谷农业”（湖北云谷农业发展股份有限公司）负责人又打电话向我反映稻壳运不出去，厂区快堆不下了，要我们协调解决。云谷公司是区级保供大米加工企业，生产一刻也不能停，我只能调转车头赶到企业，当场解决运输受阻难题，企业现场负责人李金新没有想到我会来得这么快，激动得连声说：“谢谢镇长！谢谢镇长！”我很愧疚地说：“你们是保供企业，我们作为政府没有服务好，应该道歉。”

请全镇人民放心

2 月 17 日，全镇对 3 个集镇、13 个村实行全封闭管理。我事先为集镇代购居民生活物资的服务拟好了“三到”方案，并建议村级参照执行：一是号码到户，责成镇防指宣传组将每一个片区管控人员的电话号码批量印刷，发到每家每户。二是责任到人，要求所有参与巡查管控的人员，对居民诉求实行首问负责制。本着谁接警，谁落实的原则，不让居民多跑路。三是保障到位，米、面、油、盐、气和药品、婴幼儿用品 6 小时到户，其他物资代购 24 小时到户，这是底线，否则追责。

2 月 19 日中午 12 点，我收到医疗救治组转来的信息：“我是陈玉兵，住城河村八组，女儿陈语馨，三岁零六个月，患有再生障碍性贫血，服用药：还尔金槐杞黄颗粒，现已断药三天了，此药只有武汉协和医院才有，如果不服药血小板低于 32，随时有生命危险，希望领导帮一下忙。”人命关天，我不敢有丝毫马虎，立即启动药品代购方案。马山派出所迅速与荆州分局指挥中心联系，请求上级援助。湖北警官学院支援马山派出所的学警熊正辉闻听此事，迅速与在武汉的同学黎李取得联系，请他帮忙购买药品，黎李立即联系协和医院医生，立马安排药品出库。我反复叮嘱周洋所长：“今天一定要把药送到孩子手中，这是我们答应了的事情。”为保障药品顺利运达，区公安分局指挥中心联系省公安厅，协调武汉市公安局和武汉铁路公安处，安排药品通过 16 时那趟动车送往荆州。15 时 45 分，黎李从协和医院取到药品，此时距发车时间只有 15 分钟。黎李顾不上许多，10 分钟骑自行车疾行 4.5 公里，将药品送到汉口火车站，铁路公安的同志将药品送上了开往荆州的最后一趟动车。17 时 30 分，动车到达荆州站。周洋和熊正辉在荆州站派出所同志的帮助下取到药品。18 时整，药品准时送到城河村。那一刻，孩子家人无言以谢，唯有一一碰肘每一位参与接力的干警，以示感激。

我想对父老乡亲们说一句："请全镇人民放心，在疫情面前，我们党员干部绝不食言！"

我是个爱唠叨的人

我不知道，爱唠叨是不是女人的专利。反正，我就爱唠叨。

1 月 27 日，区里通知所有乡镇机关干部返岗。一想到那么多人要在食堂吃饭，我的第一反应就是必须做盒饭，实行分餐制，各自分开吃。我把想法告诉管生活的纪伟，他也很支持。就这样，分餐制流行开了。居委会的黄书记看我怀孕不容易，就让家里人做了包子给我送来，我全交给了负责后勤的袁江，对他说："谁都不容易，还是给大家改善下伙食吧。"并一再请他替我保密。

同志们出门工作，我交代最多的往往不是工作内容，而是叮嘱大家做好自我防护。每天都念同样的"紧箍咒"，有时连我自己都怀疑是不是管得太多了。我的车里放得最多的是用小喷壶分装好的酒精，一般都在 20 瓶左右，以备不时之需。每到一处，我总爱查验防护装备是否完整。大到帐篷，小到酒精喷壶、额温枪。到企业如此，到村组和社区也是如此。到交通管控值守点更是看了又看，摸了又摸，我时时告诫自己，保护好他们，就是保护好我自己。

隔三岔五，我就到居委会去。路上碰见次数最多的是镇福利院的孙顺元，他是阴湘城村送来的五保户，聋哑人。50 多岁，身体很壮实。嘴上虽不会说，但肢体语言丰富。看见我总是笑，见面就"呀呀"地比划着跟我打招呼。而我，劝导最勤的人也是他。福利院平时都是封闭管理，也不知道他从哪儿溜出来的，王志华院长在我面前没少挨批。后来才发现，他是仗着自己身体好，翻院墙偷跑出来的。每每看见他在街上溜达，老远我就向他招手，朝他掏掏口袋，捂捂脸。他反应很快，一溜烟就跑了。我怕他出事，给他单独送去20个口罩。

最具戏剧性的一幕，发生在马南路和丁字街交会路口的马南村便利店。3月15日18时30分，便利店的门半掩着，老板在门前来回散步。看见我走近，还是个孕妇，以为我是出来买吃的。瞧了瞧四周无人，就悄悄对我说："想买东西吧？我们家就有，要什么我给你拿。"我说："我只是看看。"面对他一番好意，虽然心里很内疚，回头还是给市管所张鹰所长打了电话，请他们出面劝其不再对外营业。后来张所长告诉我，店家刚开始还否认自己开门卖东西了，市管所的通知说："人家王镇长都到你门口来了，你自己还说没卖。"吓得店老板一个劲说："真不知道是镇长，真的……"

解除封闭不等于全面放开

3月16日17：00，这是一个值得所有荆州人铭记的时间。《荆州市新型冠状病毒感染的肺炎疫情防控指挥部通告（第18号）》发布：自3月17日00：00起，中心城区范围现有内设交通卡口全部撤除，恢复正常交通秩序，小区有序解封。一时间，万民欢呼。通过56天的艰苦努力，真的是该解封了。"禁足"太久的马山人太渴望温暖的阳光，自由的空气。持久奋战的防疫人员都很激动，我却一点也高兴不起来。路通了，车动了，这意味着人员出入管控任务将更加繁重。

3月18日早上五点半，天刚蒙蒙亮，一位老同志给我发来微信："家里两个孩子因疫情被隔在外已经50多天了，现在放开了，能否开具接收证让他们回家？"在没有全面解禁之前，我怎么回复呢？纠结了一会儿，最后决定不能开这个头，只能答复他："解除封闭不等于全面放开，请耐心等候。"

天已渐亮。太阳从地平线冉冉升起，弥漫原野的雾霾慢慢散去。天晴了，地醒了。这疫情，也要渐渐结束了吧。

战“疫”，她们卸下红妆爱“武装”

〔**口述人**〕叶柳，女，1988年生，湖北嘉鱼人，咸宁市交通运输局行政审批科科长。

“新冠肺炎”来了，这个春节不太平了。1月21日晚上，咸宁市交通局召开紧急会议，宣布各项工作按战时状态动员起来，成立交通运输系统工作专班，所有人原地待命，没有离开温泉城区的，一律不准走了！下边一阵哀嚎，继而陷入死寂。

这个年过得简单起来

年前，小舅两口子到四川自驾游，转了一圈见疫情紧张，快马加鞭赶回鄂州，原打算从咸宁高速口下，到我家吃个晚饭，竟走错路进了武汉。然后，武汉“封城”，进去了哪还出得来！全家都急了，一想，负责武汉高速卡口的，不是公安就是交通，能不能托人通融一下？开玩笑，这种非常时期，谁敢开这个口子？确实爱莫能助。费尽周折，小舅妈找到娘家一位远房亲戚，暂住下来，以为最多一两个星期的事儿，结果住到两家人几近崩溃……

姨妈姨父年前就去了北京的儿子家，疫情初期忍不住有些嘚瑟，感慨自己早做决断的英明。可谁知北京50平方米的小房子一住就是两个月，还因为来自湖北，被要求居家隔离不准出门。在此期间，他们实时关注防疫政策，期待能早日从北京返回湖北，因得不到隔离期满的证明而作罢。“唉，自个儿180平方米的房子放着不住，跑这鸽子笼受罪来了。”姨妈在皇城根儿唉声叹气。

每年春节，我们这个大家族都会张罗几桌年夜饭，平日各自忙碌的亲人，会借此欢聚一堂。今年是别想了，在我的竭力劝阻下，年夜饭取消。年三十晚上，我把父母接到家中，八口人一起守岁，简单而满足。老人说，希望每年都能这样，一家人整整齐齐的，朋友圈好友留言说，希望今年都能像我家这般欢乐美好。我觉得很幸运，却又无法开怀，多少人在煎熬之中，又有多少家庭此刻正面临生死离别……

大年初一，我家“警察叔叔”被安排去咸宁南站值守，他简单交代几句便上了一线。我暂时在家待命，开始四处联系亲人朋友，给两边家里备上口罩、酒精、洗手液。

我们被要求居家隔离

1月26日，不好的消息传来，一对夫妻是我朋友，因肺部感染住院，疑似“新冠肺炎”，可能和18日去了趟武汉有关。要命的是，19日晚我们几家人一块儿吃过饭。群里炸开了锅，要不要去检查？要不要向领导报告？要不要和家人隔离？对朋友的担忧和未知的焦虑一齐在心里烧，不敢想象，如果我们都被感染，老人和小孩怎么办！

27日一早，科比坠机去世、朋友夫妻确诊，两枚消息如同惊雷，这令人绝望的庚子年啊！我掰着手指头，潜伏期14天，还有6天……马上全家喝板蓝根，全屋酒精消毒，给有点咳嗽的小宝整上雾化机，千万不能有事啊！万一……不仅全家受牵连，单位接触过的同事也有风险。我先生所在支队要求他居家隔离，我向领导汇报后，也按指示在家观察。平日都是我俩轮流带俩娃睡，婆婆这回不放心了，“你俩都在楼下睡，我带他们！”婆婆身体不大好，带他们睡觉又得头晕，可我妈妈糖尿病还在打针吃药，也不能往那边送，眼下也没别的法子了。

这些日子难得同床，可特殊时期不敢乱来，还是分了房稳妥，晚上梦见怀上三胎，一夜纠结要不要打掉，醒来一身冷汗。

2月6日，我隔离期满返岗。一到单位，发现大厅自动门锁了，全部从小区的门进出，完成测温、信息登记。进入办公大楼，84消毒水的味儿扑面而来，大理石地面尤其湿滑。没等坐下来，电话响起，分管机关的领导连珠炮似的："马上集合六名同志去青龙社区帮忙，今天要完成150户住户的信息登记，那边人手不够，你是机关纪委书记，你来组织。"事不宜迟，我迅速召集大伙儿赶往青龙社区。这天是近段时间来最冷的一天，简陋的帐篷在凄风冷雨中显得弱不禁风。而张玉叶、王海平带领十名志愿者队伍，已经在这里驻守了四天。

我们就是来当保姆的

1月31日，单位志愿服务队开始组建，公路科张玉叶第一个报了名。而由她率领的党员志愿者小组，是一支清一色的"娘子军"。

2月2日，她接到紧急通知要马上走，两岁多的小儿子哭得抓耳挠心，上初三的大儿子质问："不是说了不能出门吗，为什么偏要出门？""我们的城市病了，妈妈是党员干部，不能干看着。疫情早点结束，你才能早点返校。"她说罢，就狠狠心转身走了。

当天，张玉叶带领十名党员志愿者到青龙社区上岗。去了才发现，除了口罩啥也没有，就这样上门排查，万一谁感染了，后果不堪设想。购置防护物资是当务之急，一定要尽最大可能保护好队员！带领这支队伍的心理压力无疑超过身体的疲惫。中午，张玉叶不敢回家，叫大儿子送点饭菜到楼下车库，简单扒拉几口就开始筹备防护物资。跑了四个超市，问了三条大街，敲了十几家小店门，终于凑到20套雨衣、11包一次性手套和5个酒精小喷瓶。第二天，开始在居民小区门口值守，搬来一张桌子、三把椅子，拼起一顶帐篷，"这就是咱姑娘们临时的家了。"

每晚回家，都得轻手轻脚地全身消杀，小儿子对妈妈的声音太敏感，黏上来推都推不开。张玉叶把自己关在客房睡。可哪里睡得着？不知道这样的日子会持续多久，更忧心的是半夜接到社区电话，说是明天又要摸排。香料厂和俞家巷地形复杂，住户分散，很多没有门牌号，摸排困难十分大。还有一些武汉返乡人员，有的敲不开门，有的可能有意不报告，志愿者们反复上门才排查出来，发现许多是 1 月 23 日左右才返回的，均未过 14 天隔离期，存在较大风险。她们心里头打着鼓，脚下的步子却不敢停，挨家挨户地跑：敲门，记录，贴单子。排查中怎样让效率更高？怎样不打乱仗？怎样不漏一户、不落一人？张玉叶跟队员们一商量，将社区分成六块片区，把志愿者分为六个小组，每个小组负责一个片区，这样统一排查更便于汇总。上门次数多了，居民们从最开始的戒备和冷漠，到后来的熟悉热情，好多居民还帮忙带路，到了饭点看她们还在外面冒雨排查，会探出头来喊："你们辛苦了，快回去吃饭吧。"这些可爱的人！

2 月中旬，管控越来越严，小区不能随意出入了。超市药店只认采购证，居民开始抱怨连连，人不能出去，可吃喝拉撒一样不能少呀！这么多"三无"小区，又分散，怎么集中起来采购物资呢？这让张玉叶费了好一阵功夫。她和志愿者一户户上门，一个个加微信，建起 4 个小区居民群，在群里发起购买物品清单接龙，整理好后发给定点超市整体配送。过了一周，大超市愿意接单了，为了让居民吃上既平价又有质量保障的菜，志愿者比价格、拼质量、查种类，俏姑娘家都提前当了管家婆。

那阵子，张玉叶所在的小区也全封闭起来，禁止居民进出了，可每日去社区上班不能迟到，没办法，早上只能翻隔离板，挡板顶部不规整，没有着力点，硬撑上去，手指被划出一道长口子。这也就罢了，晚上回来再翻隔离板，不小心裤子还被划破了。走在小区外空无一人的深巷里，几只野狗在旁边狂吠不停。好不容易硬着头皮走进小区，门卫量体温时离得远远的，还嘀咕着说："莫把病毒带给我了。"她委屈得掉眼泪，这一天，女子的斯文全无！

有些独居老人玩不转手机，黄珊珊就专门为他们服务："您老身体好不好？要不要买什么呀？"有些老人的药得去定点药房买，她都一一照料好。时间久了，那些老人对她很亲热，见着了都要说上好久的话。黄珊珊一度被我们奉为"女神"，齐腰的长发、精致的妆容、高挑的身材，而现在口罩蒙住大半张脸，一双老北京布鞋成了标配，时常忙得披头散发……

加入志愿者队伍后，黄珊珊就把一年级的女儿送到父母家，已有一个多月未见过面。每天中午视频成了最大念想，女儿刚开始每天说："妈妈，我想你了，你什么时候来接我回家？"后来嘟着小嘴巴说："我再不相信妈妈了。"孩子，你怎能知道，爸爸妈妈所做的每一件事，都是为了早日接你回家！

下沉 42 天，服务工作圆满画上了句号，居民群里写满了祝福："保姆服务队"的姑娘们，你们辛苦啦！张玉叶写下日记，这点点滴滴，从恐慌到舒心，从照顾到被照顾，都是独一无二的生命体验。大儿子看了后傻笑起来："妈妈，你是我们的好妈妈！"

"这里是 12328，请问有什么可以帮到您？"

2 月 9 日，天突然放晴了，阳光让人感到异常温暖。办公室主任跑来问："电话可以征用吗？"这会儿审批科的业务还没启动。"拿去吧，做什么用？""12328 那边电话量暴涨，两部电话不够用，人手也不够，要加 6 部电话。"与此同时，市交通实验幼儿园工作群里发起了接龙："紧急征集 16 名志愿者，参加 12328 交通热线接线工作，下午 4 点进行集中培训，请大家自愿报名。"当天下午，16 名幼儿园老师齐刷刷到了，这群以往热热闹闹的小姑娘，全都安静严肃起来，这可是完全陌生的领域和政策呀，解释不好或不准确可是要误事的！不仅误事，可能还要担责！园长潘蕾说："这次任务艰巨，要拿出咱们的看家本领！"一群 24 小时在岗的姑娘，开始与时间赛跑。

熊俊梅业务最熟，声音也甜美。当话务员片刻不得闲，每天要接上百个电话。每天下午五点半之前，要将当天详细工单数据上报给省厅。很不凑巧，电脑驱动坏了，找不到人来维修，“封城”之后，各家公司都没人上班。几百条数据和咨询内容，靠她一条条手动敲进内网，竟然连续坚持了15天。熊俊梅说自己夜里做梦都在接电话，做梦都在敲键盘。

如果不是这次疫情，沈艳可能这辈子都不会有接线员的经历，以前每天面对的是孩子，现在每天面对的是陌生人的咨询和求助来电、需要迅速熟悉又不断更新的政策,8小时不停重复“接起—答复—挂掉—填单”的操作。

一次接到电话，一位剖腹产妇人出院，申请用车回通城。当时去县城的车已全部安排出去了，沈艳一面与产妇再三确认证件是否齐全，不然司机就算接了，到卡口处也会被拦，一面向派车的同事说明该情况，如有车请优先考虑产妇。下午3点，负责协调出租车的同志打电话来抱怨，产妇没有任何手续，司机师傅与他们沟通许久无效，负责同志出面交涉也行不通。委屈、生气，因为12328只管接电话、派单，手续是否齐全根本无从查起，全凭个人自觉。

2月13日，交通局临时增开咸宁至岳阳点对点汽车运输专线，接咸宁老乡回家。新的政策出来，大家既期待又害怕。果然，这天电话量暴增，有来确认的，有咨询如何网上报名的，有确认所需证件手续的……其实公告中都写得很清楚，可能是幸福来得太突然，也可能大家如同惊弓之鸟，要谨慎面对每一条信息，迫切需要更多的感官参与进来。有时连着几十个来电询问同样的问题，大家打趣说可以开启智能客服模式，可转念一想，别人要的就是一句“不着急，您慢慢讲”，简单却温馨的话语会令人安心。

真是有人欢喜有人愁，没坐上车或者不符合要求的，一通骂骂咧咧哭爹喊娘，解释多了自己也烦躁起来，想反驳几句，可万一“有心人”录个音放网上，或是某位领导故意暗访……只好默念“忍忍忍”。没有一个电话是表示感谢的，却有无数个电话是来抱怨的。局长啊局长，为啥非要给自个儿揽个吃亏不讨好的事儿？本是“迷妹”

的小姐姐们，此刻都想脱粉了。

2月24日，咸宁“0”新增第一天，本值得开心，偏不巧武汉防指发布第17号令，“滞留在汉外地人员可以出城”，仅仅三个小时后，18号令宣布17号令无效。可是这带来了蝴蝶效应，我们的电话铃声此起彼伏，一刻不停。黄女士离汉进京事件，就发生在那三个小时。对沈艳而言，那三个小时是人生中最难熬的，来电中，有的人哭诉，有的人谩骂，有的人上来就说：“是不是让湖北省的人死光了，让我们滞留的外省人员顶上去？！”滞留湖北的外省人出不去，政府命令又发生乌龙事件，于是有民众打电话来发泄情绪。有位女士本来情绪稳定，可说着说着就哭起来，只是回来探亲，带着两个小孩，奶粉也没了，婆婆身体也不好……除了让他们发泄，除了不断地安抚，别无他法，一种深深的无力感袭来。

3月5日，市民王某打电话来反映，他在广州办了一个小企业，本来回来过年，不知道什么时候能返岗复工，每个月要还几十万贷款，再等下去就要破产了。每天都有人打电话过来“诉苦”，有的一打就是半个多小时，好在沈艳比常人多了一份耐心和热情，自修的心理学知识此时也派上了用场。政策解决不了的事，更需要做好沟通疏导工作。疫情如此凶残，公司可能面临倒闭、工人可能会失业、个体户还不了车贷房贷、老弱病残的吃穿住都会成问题……沈艳感到一股悲哀，无论是否患上“新冠肺炎”，每个人都置身在这场灾难里！

还有各种用奇葩理由申请用车的来电：孩子在家闷得受不了，要到另一个住处，要回家给21岁“宝宝”做饭，假冒医务人员一天多次叫车，出院要求派车队的……这种电话真叫人心累甚至气愤！就算免费，也是提供应急服务，不带这样占用公共资源的啊！

也有不少善良的人：李先生是中风患者，家住青龙山高中旁，每天需要去北门中医院做康复，体谅我们用车紧张，每天8点叫我们的车去，下午1点做完康复后自己步行回家，有时候两三点才能到家吃中饭。很多医务人员主动拼车，以便更有效地利用有限的车辆。有几个需要透析的病人住同一个小区，医生专门把就诊时间进行调整，为派车节省了时间。

除了起早贪黑的劳累，最大的问题就是嗓子疼，这可比给孩子们上课辛苦多了。大家轮流快速吃饭，不敢喝水，也没时间喝，更没时间上厕所，要尽可能地受理更多来电。

守护最需要守护的人

1 月 22 日，雷锋车队微信群响了，要成立应急爱心车队，给市民免费提供出行服务。韩艳一向闲不住，跟家人商量后，赶紧报了名。和她同时报名的，还有百余名司机。

1 月 25 日一大早，她把三个孩子送回横沟桥镇老家，交给老人照看，掉头就去了公司。

1 月 27 日，韩艳接到任务，市交通组要把滞留咸宁的武汉旅客，从各大酒店转运到指定地点。她没多想，直接将 6 名旅客转运到如家酒店。

1 月 31 日这天，从武汉回咸宁过年的医护人员张俊、金依要紧急返汉支援前线，韩艳主动请缨，护送二人前往武汉。一路上，除了两辆运送医疗器材的车子外，看不到一辆车。明知道武汉是风暴之眼，两位白衣天使却义无反顾地奔赴一线，这种担当深深打动着韩艳，在与他们挥手作别时，泪水忍不住夺眶而出。

2 月 3 日，我们开启“12328 服务热线 + 应急出租车”免费服务模式，从居民拨打热线求助到居民上车，要求不超过 10 分钟。最忙的时候来了！韩艳每天从早上 7 点到晚上 12 点，随时接受派遣，不是在去接人的路上，就是在送人的路上。她总是主动接最远行程的单，从中心城区到咸安区、崇阳县、通城县、通山县，都跑遍了。

初次见到韩艳时，她刚把一位去中心医院检查的老人送到。韩艳个头小巧玲珑，不知是疲惫还是因为曝晒，蜡黄的脸上点着小雀斑。一个黑色的书包鼓鼓囊囊地放在副驾驶座位上。打开来，一个便携开水壶、一瓶酒精喷雾、一把体温枪、一个蓝色文件夹，夹着通行证和乘客信息登记表，还有两小盒泡面。“这就是我现在的全部家当。”韩艳笑起来，眼睛弯成好看的月牙。我注意到她手上缠着一条毛巾。这么冷的天，毛巾做啥用？

原来，3 月 7 日上午 9 点，韩艳到学府社区接一位脑梗患者，万某，63 岁，体形较胖，从腰到脚都无法动弹。韩艳就主动上前跟患者丈夫一起，把她从轮椅上抬下来送上车。到市中医院门口后，又帮忙抬下车，一直送到医院里。一趟下来，韩艳的秋衣都汗透了，恨不得把外套脱下来，可是一冷一热很容易伤风感冒。“不管了，捂久了总会干的。我就带一条毛巾在身边，汗湿了赶紧擦干。”韩艳说。

辛苦，真的很辛苦，睡不好觉，吃不好饭，听到电话响耳朵都刺痛，但一想到人家有急难，马上又有干劲了。

3 月 8 日下午，大雨下得像盆子泼的一样，韩艳到市中心医院，接一位尿毒症患者石某回崇阳县朱家村。路上接到婆婆的微信视频，她在那头要哭了：“艳啊，娃好像不行了，肚子疼三天没吃东西了，到横沟桥卫生院不肯收，要我们去市中心医院检查，你赶紧回来一趟！”韩艳脑袋一轰：“咋了啊？给我看看！”小宝倒头趴在床上，身子一动不动，轻轻叫了声“妈妈”，就再也叫不应了。韩艳从后视镜看了看那个患者，把心中那块石头压了又压，跟婆婆说：“妈，你马上给 12328 打电话叫车，比我这快！我跑完这趟过去！”

开了近两个小时，车子才到朱家村。下车时，韩艳的鞋子都湿透了。跺了跺脚，还是水泡着。石某女儿看到非常感动，千恩万谢，把一个红包塞给她，韩艳却摆摆手走了。一上车马上给婆婆打电话，婆婆说 12328 安排了车，送到中心医院检查了，没什么大问题，开了消炎药回家吃。韩艳这才放下心来，娃要有个什么事，她一辈子不会原谅自己。

从 1 月 25 日到 3 月 14 日，整整 50 天，韩艳没有回去看过一眼孩子，一直在抗“疫”一线奋战，在城乡之间往来穿行。

她跟我说，开了七年出租车，这些天是最累的，但也是最值得的。凡是接送的人，都是最需要守护的人。

带着姑娘们冲到了一线

以前在办公室工作，我最喜欢熊建坤，总是亲热地叫她建坤姐。她就是雅典娜的存在，任何棘手的事情到她手上，就像一匹捋顺了毛的烈马，她都能驾驭自如。

春节被疫情打乱了节奏。建坤姐每天睁开眼睛第一件事，就是查看最新疫情数据。她说："不能在家吃干饭，让别人负重前行，自己也得做点什么。"

1 月 26 日，物流局要组建一支防疫物资运输应急车队。建坤姐是物流局副局长，主动要求挑大梁，当了这个队长。

1 月 28 日，物流局与港航局轮流负责咸通高速马桥收费站检测点执勤工作，对过往车辆及人员进行体温检测、查验、登记和放行。这里是连接湘鄂赣及咸宁市南三县的主要出口，加之国、省干线全面封闭，这里便成了城南唯一的出入门户，人车流量很大，工作负荷重。考虑到站点接触人员多，感染风险很大，局长王武元安排单位所有男同志上岗，女同志负责做好后勤保障。

卡点工作非常忙。一天 24 小时三班倒，一个班要连续工作 8 小时，单位人员本就不多，加上女同志不安排，有些男同志下了夜班，睡上几个小时又得接着上。建坤姐看在眼里急在心上，便带着姑娘们也冲到一线执勤。

卡点值守工作，有艰辛，有温暖，也有委屈。

进出城的人，一般都有不得已的原因。有的急于外出务工挣钱，有的临时来咸急于回家，有的滞留在外，家中老人和孩子无人照顾，有的亲人病逝要赶去送行……如果在平时，这些都是非走不可的理由。但是疫情管控期间，多一个流动人员就多一份风险，漏掉一个传染源就可能让大家的努力前功尽弃。他们不得不狠下心来，尽干得罪人的事儿。

1 月 30 日晚上 6 点左右，天已黑下来。大家都在忙碌着，不知什么时候身边的桌子上多了两箱水果。原来是两个女孩送来的，说了句“你们辛苦了”，放下水果就害羞地跑了，在场几个人有些感动。

不记得那是第几天执勤，建坤姐从早上6：50出门，一直到22点才回家。有些办理手续的人，一开口就拉下口罩，生怕她听不清。第二天一早醒来，她右眼又痛又痒，想起武汉一名医生通过角膜感染，不由得忐忑起来：不会这么不凑巧吧！儿子正上高三,万一把他感染……在家翻了个遍，没有眼药水，药店也不开门。联系上一个药店老板，说好只买眼药膏，不需要处方药，老板出不来，只能晚上找机会去药店。中午吃饭，建坤姐想提出跟家人分餐，又怕会引起儿子担忧，只好默不作声。煎熬到晚上，终于买回了罗红霉素眼膏，立刻在眼周厚厚地涂了一层就早早睡下。第二天眼睛不疼不痒了，应该就是普通的角膜发炎，心情瞬间爽朗。

强迫自己放下悲伤

办公室有个90后姑娘叫骆晓丽，来自嘉鱼县委组织部。战“疫”期间被各项繁忙的工作折磨得不轻，因为信任我便向我吐槽。

“叶科长，我要疯了。我已经很努力了，还是经常挨批。”骆晓丽哭丧着脸，跑到我这里诉完苦，又匆匆赶出去采访。局机关负责宣传工作的就她一个人，不是在采访，就是在写稿，不是在单位值班，就是在家里加班。建立交通公众号后，我没做到每天一期，这丫头片子做到了。宣传工作不好做，稿子不好写。写大了，怕不到位；写小了，怕没说透。要练脚力、听力、脑力和定力。就一个人，还能跟上节点、节拍、节奏。我在心里给她点了个赞。

骆晓丽年前回嘉鱼，单位发出召集令后，想方设法赶了回来，把四岁的小孩留给了“后方”两个老人。

2月15日晚上9点，下着鹅毛大雪。晓丽还在马桥高速口采集新闻素材，她接到父亲的电话：“丽，你妈发烧去医院了。”父亲在她面前从来都是一副男子汉气概，但当时在电话那头哭了。

她脑袋一下子蒙了。父母从武汉回大悟老家，已经 22 天没出过家门，按理说不会出现感染病毒的问题。

她定了定神，觉得母亲肯定是急火攻心。原来，几天前在武汉舅舅家过年的外公突然中风进了医院。母亲却不能赶到外公身边照料，急得两个晚上没睡着，体温升高了，血压也骤升了。

大雪纷纷扬扬，骆晓丽站在路口，既无助又自责。亲人最需要她的时候，却没有办法陪在身边。几个晚上，她睡不着就起来写稿子。总想打电话给母亲和外公，又害怕电话铃响。只好祈求上天垂怜，通过工作来忘记烦恼。

2 月 18 日下午 5 点，骆晓丽从咸宁北防控点拍照回来，发现手机上有一条母亲下午 2 点发来的消息："丽，你外公走了。"骆晓丽泪如雨下，跑出办公大楼，给舅舅打电话，电话一直占线。打了十几遍，终于通了。舅舅强忍着悲痛说："手机快没电了，你快点说吧。"骆晓丽说："我想看外公最后一眼。"可这时，舅舅手机"熄火"了，两个小时后，才传来外公骨灰盒的照片。舅舅说，外公走之前，已不清醒了，把表妹当成了她。外公临终前说，晓丽好久没去看他了。

晓丽再也忍不住了，号啕大哭，久久不能平复。

第二天一早，晓丽强迫自己放下悲伤。她只想多跑一些地方，多拍一些照片，多记录一些战"疫"现场的故事。这些日子，她每天只能睡四个小时，人都不是铁打的。觉得快感冒了，半夜回家吞两粒感康，蒙头睡一觉，第二天又是一条女汉子。发现感冒不可避免，又是半夜回到家，便再用开水送服两粒感康。

抗"疫"两个月，她仿佛换了一个人，成为一名坚强的战士。

3 月 15 日，咸宁中心城区公交、出租和班线客运车辆恢复运营。

3 月 19 日晚，最后九辆大巴安全停靠咸安区客运站。至此，5 天内、47 辆大巴共接回 1648 名滞留省外的咸宁返乡返岗人员。

3 月 20 日，赤壁、嘉鱼、通城、通山"点对点"长途客运服务陆续开通。

病毒的阴霾带不走希望，黎明的号角已经吹响！

“风雨送春归，飞雪迎春到。已是悬崖百丈冰，犹有花枝俏。俏也不争春，只把春来报。待到山花烂漫时，她在丛中笑。”我们都是战士，一群交通姐妹花，在逆行铁军中，向着春的更深处，再进发！

在堵与疏之间彰显大爱

〔**口述人**〕梁冕，男，1985年生，湖北咸安人，咸宁市交通运输局公路科科长，咸宁市“新冠肺炎”防控指挥部交通保障组组员。

紧接着，咸宁也“封城”了

元月23日凌晨，武汉市发布了上午十点“封城”的通告。凌晨四点左右，身在湖南的大学同学张文斌打来电话问我：“武汉要‘封城’了，你们咸宁离武汉近，什么情况啊？”我笑着回答：“你放心好了，咸宁没有武汉那么严重。”听到我的笑声，张文斌放心了，说：“那你自已要注意防护，这个病要是染上了可不得了。”虽被搅了好梦，但放下电话，当时心里还是暖暖的，睡意也消散了。随后，大学同学微信群里消息声叮叮咚咚，大家都被叫醒，开始讨论疫情，纷纷劝在武汉工作生活的同学出城。这个建议我是赞成的，并放出豪言：“长这么大都没见过千万人口的城市‘封城’，说明疫情形势已非常严峻，能出城的最好出来，咸宁形势还好，到咸宁来，我负责全程招待。”只是没想到，紧接着，咸宁也“封城”了。

元月24日，咸宁正式“封城”。当日零时，城际铁路暂停营运；当日晚八时，高铁、普铁车站出入通道暂时关闭；25日下午六时，高速公路、普通公路实行物理隔离封闭管理。咸宁与武汉一样，几乎变成了孤岛。

如果“新冠肺炎”疫情防控是一场战役，那么防控指挥部就是这场战役的最高司令部，每个工作组就是基本作战单元。市防疫指挥部最初的构架是一办十二组。一办是指办公室，组是指综合组、防控组、医疗组、交通组、保障组、宣传组等。后来因工作需要又增加了地区组、复工组、特殊群体组等，扩展为一办十九组，越来越多的单位进驻抗“疫”战线。

市防疫指挥部设在市卫健委旁的老地税局大楼，与空旷的街道形成鲜明对比的是，指挥部楼下车水马龙、人来人往，楼下广场上停满了汽车，电话、手机铃声此起彼伏，进出的工作人员都裹得严严实实，步履匆匆。人员虽多，但因领导们眉头紧皱，大家大气都不敢喘，办公大楼内的气氛显得格外庄严肃穆，甚至有些悲壮。

防疫先从指挥部自身做起。所有工作人员进入大楼前先得测体温、消毒，进出大楼、前往食堂吃饭都要出示工作证。

我所在的交通保障组开始只有七八个人，后来增加到二十多人。主要工作任务有两项：一是堵，二是疏。所谓堵，是通过封锁交通阻断病毒传播途径；所谓疏，是解决必要的物资运输和人员运输。在堵和疏之间寻找平衡，就如同在钢丝绳上跳舞，这种工作性质决定我们交通组始终处于两难之境。

“新冠病毒”防控工作没有多少经验可以借鉴，因疫情形势不断发生变化，每天都有新问题要面对和处理。书记、市长坚持每天坐镇指挥，不断召开各种会议，了解情况、安排部署工作。开会时间一般从下午五点到晚上九点，市领导甚至比我们一般工作人员还辛苦，基本上每天都得饿着肚子开会，散会后才可能去吃盒饭。

而我们各组的相应工作，往往要等到指挥部的会议结束之后，根据当天会议的部署，迅速落实。我的任务主要是根据会议精神草拟关于交通工作的文件，反复修改多遍，领导敲定后，凌晨印发各地各部门。每天如此，循环往复。

整个指挥部大楼每晚灯火通明，各办公室热线电话不断，大家都在忙着处理各自的事情，只有在凌晨两点之后，指挥部才能安静下来。“封城”的具体工作我们理当冲锋在前，每天到指挥部的人，找得最多的就是交通保障组，电话投诉最多的也是交通保障组，扯皮吵架最多的还是交通保障组，工作压力很大。只有到晚上，才能安静下来，而晚上又正是我们最重要工作的开始。困了，浓茶、红牛一起喝，一箱泡面一天吃完，一包A4纸两天用完。组里都是男同志，也不注意什么形象，抽烟也是你一根我一根。有时工作太晚，人太疲惫不想回家，直接在指挥部裹衣睡觉，能多睡半个小时都是一种奢侈。这种高强度的工作状态连续持续了大半个月，直至疫情控制得好一些时，才能半夜回家睡在自己的床上，莫大的满足感油然而生。

没有车辆通行证我们不来了

“封城”，意味着原有的社会秩序戛然而止。刚开始，运输秩序一度陷入混乱，到处都不让走，因为谁也不敢随便放行。结果医疗物资被堵在高速公路上，生活物资进不了咸宁城，总之，各种交通问题纷至沓来。为尽快重新建立一套有序的运输秩序，交通保障组连续五天下发五份文件，从绿色通道的建立到查验规则的制定，从哪些车辆可以通行到凭什么证明通行，甚至把道路从土沙石硬隔离改为移动装置隔离，并预留应急通道等，都作了统一规定。由此，全市通行模式和规则逐步统一，进入了新的正常轨道。

疫情特殊时期，伴随着不同的出行需求，各种通行证应运而生，有关于车辆的，有关于人员的。这当中，最为重要的当属车辆通行证，A4纸大小，印有编号，分应急指挥、疫情防控、物资保障三类，可以全市范围内通行。正是因为这一特殊属性，“通行证”虽只是一张加盖了印章的纸，却变成了当时最为紧俏的通行凭证。随着2月3日14时中心城区实行交通管制，城区各大路口也开始设卡，防疫人员光有工作证只能步行，来办理车辆通行证的就更多了，有超市送物资的，有要去运口罩的，有单位到社区包保的，有下县里办事的，但多发一张证，就意味着多一辆车和多几个人在外面流动，因此，交通保障组核发车辆通行证自始至终是审慎的，做到尽量压缩证件的发放量，非必要情况不予发证。

来办证的，不管拿不拿得到证，都要骂上几句。拿到证的，嫌我们太麻烦，又是公函又是签字的，是在耍特权；没拿到证的，说我们牛上天，拿着鸡毛当令箭；申请 20 张只拿到 3 张的，说我们不给面子，不够意思，以后交通运输局总有需要求助他们的时候，骑驴看唱本——走着瞧……有一次，有个紧急公务需要某部门配合，办事的人直接来了一句："没有车辆通行证我们不来了，当时找你要证你不给，现在求我办事了，没门！"可以说，交通保障组陷入两难境地，受到不少冷嘲热讽和诟骂，连我们也自嘲：交通部门修路架桥，本就是个"全求人"部门，这次更要把人得罪光了。

与车辆通行证"同行"的，还有各类人员的通行证件，各小区、物业、环卫、商超等自己印发的工作证明。县市区里的证件就更多了，出入小区证、农资运输证，等等。各种通行证件种类繁多，五花八门，效力不一，有的能开车，有的只能骑电动车，有的仅限于出入小区使用。有证的人，认为有通行证可以横着走，因此滥用乱用通行证的现象也十分突出：有彩色复印通行证的，有涂改车辆号牌的，有用通行证带人的，有用通行证办私事的……给通行证管理带来很大困难，我们只得不断调整通行证的使用政策。

很多人不理解，通行证怎么今天有用，明天就没用了。把政策的多变和出行的不便都归罪于交通保障组，觉得是我们在耍特权，其实我们那样做也是无奈之举。后来，我们痛下决心，规范用证和打击非法用证，明确通行证的使用权限和范围，通行证的使用才彻底规范。

咸宁老乡，接您回家

湖北此次疫情，让过年之前出省的湖北人在外地遭遇了各种不便，甚至不合理的对待。很多地方都规定，只要是湖北来的人，一律定点隔离，除定点酒店外其他酒店一律不接纳湖北人入住。一旦隔离 14 天期满且无症状，被要求立即离开当地返回湖北。

因为运载交通工具停运，很多前往省外过年或者旅游的咸宁市民无法直接返回，他们大都会选择先到岳阳，再找机会回到咸宁。岳阳市把滞留的湖北人，统一安排在泰和酒店和维也纳酒店隔离居住，因为人数较多，一床难求，每天都会接到大量求助电话，询问有什么方法和途径能回家。

2 月 6 日晚上，我向交通组提出到岳阳接滞留人员回咸宁的想法。当时正值疫情飞速上升的严峻时刻，接回来的风险是极大的，一旦接回来的人确诊了，我们要承担全部责任，但是不接回来，很多咸宁市民漂泊在外十几天了，在恶劣的天气下连个住宿的地方都找不到，十分可怜。另外，2 月 6 日距离 1 月 23 日武汉“封城”刚好 14 天，省外回来人员只要无症状，相对于湖北省内人员而言就是安全的。

领导当即拍板：“接，交通铁军不能孬！大难之下彰显政府大爱，现在正是百姓需要我们的时候，我们应该接他们回家，哪怕错了，哪怕有问题，只要是扎扎实实为百姓做好事，错了也不怕，不能因怕犯错而不为百姓着想。”

2 月 9 日，咸宁—岳阳点对点汽车运输专线正式开通，只接不送，咸宁成为全省首家从外省接回市民的市州，当天“咸宁老乡，接您回家”的新闻点击量达 230 万次，获赞无数，很多回家的市民流下了激动的泪水。2 月 9 日至 13 日，5 天时间，免费接回省外滞留咸宁老乡 444 人。3 月 15 日至 19 日，再次开通运输专线，免费接回 1648 人，两次前后共接回咸宁老乡 2092 人，被央视新闻、湖北卫视等多家媒体报道，获得全社会的一致好评。

交通管制，也让很多人困在路上不能回家，上演了一幕幕现实版的《人在囧途》。3 月 15 日，家住在大楚城的阮英典先生，发来求助信息，他从荆门市京山县返回咸宁，途经汉川，再去应城，又到仙桃，多处碰壁，都被各地卡口劝返，两天一夜困在路上，却又无路可走，滞留在仙桃高速出入口也已经一天一夜了。当时省里规定，省内中、低风险区凭绿码可以人员流动，但是全省各市州都面临同样的问题：高速公路作为唯一离鄂离汉通道要严控，因此荆门、宜昌等地一律要求出市车辆走普通国道、省道，但是各地对市际普通国道、省道的管控力度不一,一般只让本地车、本地人进入。武汉市也处于严控状态，走普通国道、省道是无法穿越武汉回到咸宁的，仙桃市无法辨别外地车辆的去向，也不愿承担车辆出省的风险，于是“一刀切”，不让外地车辆走高速，导致大量汽车积压在仙桃，阮英典先生就这样被滞留在那里。

与阮英典先生一起的还有同样返回咸宁的 11 辆车 41 人，10 辆是鄂 L 牌照，1 辆是粤 S 牌照。老乡见老乡，两眼泪汪汪，熟悉的车牌，同样的目的地，自然拉近了彼此的距离，他们自动组团守望相助。一行人吃的是随身携带的食物，彼此互相照顾老人小孩，最后不得已在车上睡了一晚。收到求助信息后，交通组给仙桃市交通运输局对接，要求我们派人前往仙桃“点对点”接回，有问题我们负责。领导安排我联系局总工程师廖承武，要他带着公路局的同志前往仙桃接回滞留老乡，廖总工携带着面包、自热饭盒等迅速赶往仙桃，到仙桃已经是中午了，见面后为老乡发放食物，一一登记信息，返回咸宁已是傍晚。

回到家的阮英典先生有感而发，写了 4000 多字“人在囧途”的感悟：

本来两三个小时能够回家，却前前后后折腾了两天一夜。变换了三条路线，在车上窝了一夜，最终回到咸宁的家了。两天内整整接打了 147 个相关电话，包括几个县级、市级、省级政府值班电话、各级防疫指挥部电话、交通组电话、报社电话、114、12345、酒店电话、向朋友咨询电话……看到了各种嘴脸，听到了各种推脱、敷衍、忽悠，尝到了人情冷暖，认识到什么叫各自为政，悟到了什么是责任和担当！感谢党和政府特意派车去仙桃高速路口，接回滞留了一天一夜的一行41人，让我们回到阔别50多天的咸宁家中。

类似的“人在囧途”，还有很多很多。3月3日晚，中心医院新生儿重症急需转到武汉市医院，交通保障组紧急开通绿色通道顺利转院。3月6日，滞留在通山服务区南区13天的通山男子陈新，经交通保障组与通山县指挥部协商，顺利安全回家……

咸宁的城门，终于打开了

解封，其实是大家期盼已久的事情。3月10日，习近平总书记到武汉视察，提出要在做好健康管理、落实防控措施的前提下，采取“点对点、一站式”的办法，集中精准输送务工人员安全返岗，意味着出省通道重新打开。这一天，湖北省复工复产工作开始启动。3月12日，我市撤除了乡镇、村之间的卡口，县市区开始安全有序地办理人员出省事宜。3月15日，4条主要公交线路、5条县际班车、中心城区562辆出租车安全有序地恢复运营。3月17日，省内低、中风险区实行绿码通行，不得要求其他证件。3月19日，外省来湖北人员，实行“亮码通行”，不得要求另行提供证明。3月24日，省防指发出通告：从3月25日零时起，武汉市以外地区解除离鄂通道管控，有序恢复对外交通，离鄂人员凭湖北健康码“绿码”安全有序流动。3月25日起高铁、普铁恢复运营。

3月26日下午，省里下文明确，坚守了66天的各个高速卡口，省际、市际卡口终于可以撤除了。3月27日零时，京珠高速咸宁北、咸通高速马桥准时撤除，面对着这两个高速收费站，我的内心是无比激动的，由董事长张杰强带领的交投集团200余名同志，在现场热泪盈眶，所有的辛苦、无奈、委屈都在那一刻转化为自豪，交通保障组圆满完成了疫情守卡任务。

咸宁的城门，终于打开了。凛冬已然过去，天气正在回暖，马路上洒满春日赠予人间的吻。

戴着党徽就必须冲在前面

〔**口述人**〕金虎雄，男，1974年生，咸宁市道路运输管理处工作人员，疫情期间与“黄金搭档”市道路运输管理处主任科员富亚洲出生入死。

疫情版“人在囧途”

1月30日中午12点，我和老富接到市防指交通保障组的紧急命令，前往安徽省滁州市来安县运回一批捐赠医疗物资——60吨双氧水。拿上调令函，带着几桶泡面和几袋饼干，我俩驾着标有“中国公路”的交通执法车，带领市恒昌运输公司和汇宁物流公司的4名司机，开着两辆东风大货车（这种车4轴、16轮、载重40吨的，够庞然大物的）风风火火地出发了。

沿途的省际道路封锁，高速服务区也关闭了，我们一路狂奔，一心想快点到目的地，拉回救命的双氧水。

31日凌晨2点，我们和第一辆货车到达滁州北收费站，看见两名穿着防护服的医务人员、一名警察、一名交通执法人员值守。

进入卡点时，听见警察说:“快看，来了两辆车。”他们一行四个人向我们走来。

他们一看到带“鄂”字打头的车子，像看到新大陆，哦不，像看到瘟神一样，“呦！呦！呦！是湖北的，停下！停下！”他们下意识地往后退。

我们把车子停下来，摇下车窗玻璃，他们异口同声地说："哎！哎！哎！你们不要下来，不要下来！"

"我知道，我们不下来。"

"你们等着，等着。"两个医护人员全副武装，穿着珍贵的防护服，还戴着防护面具，向我们慢步拢来，拿着额温枪，伸长手臂，跟射击一样的，给我们量了体温，都在正常范围之内。

那名警察站得远远地喊着问："你们是干吗的？"

"我们是来运物资的。"我拿出调车令，举起来给他们看。他们不敢拿着看，没有接，也不知道看清楚没。我们自我感觉很牛，大摇大摆地走了。

那个警察远远地说："你们走哈，注意呀，注意呀！"

我们不知道怎么注意，要注意什么？

凌晨 2 点半，我们一行人抵达来安县。找地儿落脚，择一处不如撞一处，就近有家宾馆，打算休息一下。走到宾馆前台，一个 20 多岁的丫头，看到我们来了，马上笑脸相迎。

"住宿有吗？"

"有房间呀。"

"我们是湖北的。"

"你们别开玩笑了。"

"我们真是湖北的。"我们把身份证给她一看。

"哎哟！真是湖北的！"她一个激灵。

"对不起，你们不能住。"

"谁说的？"

"我们经理说的。"服务台丫头还是很不错的，给我们作了登记后再次请示领导，她领导仍不同意。

"把你们经理找来。"我那个时候什么也不怕。

老富已经 55 岁了，这么大年纪还在危难时刻挺身而出，一路上帮我轮流开车（我一个人开不了），一路下来很是劳累。老富是我领导，却一直把我当兄弟，我打心里敬佩他。

"我在这登记办手续，老富，你先上楼休息。"

过了一会儿，宾馆经理来了。

"你是经理吧。"

"是的，对不起，你们不能住。"

"你们来安县政府是不是下了文，湖北的人不能住？如果有文件，把文件拿出来，我去找县政府。如果没有文件，对不起，我们今晚必须住。"我跟他讲狠话。

"那倒没有。但是你们还是不能住。"

我立即打 114 查询来安县政府办值班室电话，一名男性工作人员接的，我当场反映问题，他说马上进行协调。

我跟经理扯了半天，还是不让住，我就报了警。

"老富，下来，搞不成，这里不让住。"两手准备，我又给老富打了电话。

老富一颠一颠地把东西都拿下来了。

过了一会儿，当地派出所一个民警赶来了，我们把情况向他介绍了，又把证件给他看了。

民警把经理拉到一边单独协商，然后就跟我说："我跟经理协商了，他答应你们可以住下，但是有两个条件：第一，你们必须跟我到医院去测个体温，做完检查才可以住。"

"这个可以，没问题，我们配合。"

"第二，你们车子是湖北牌照，不能停在宾馆里面。"

"为什么？"

"宾馆里住的客人、准备在这里住的客人，一看到湖北的车子都走了，还有个鬼生意！"

"好。这个也可以，但是我们的车停在哪里呢？"

民警跟我说："你们把车停到派出所去，等一下我用警车把你们送回来住，但是明天早上你们就辛苦一点，走过去开车子。"

"也没问题。"我们发现，他们对湖北当时的情况不了解，只晓得说"湖北死了好多人"，对湖北人有一种本能的恐慌，看到我们就像看到瘟神一样，我们也能理解。

我们在民警的陪同下，去来安县人民医院测量了体温，又把交通执法车和一辆大货车停到派出所的院子里。

警察开车把我们送到宾馆，我在前台登记，老富再次准备上楼安心睡觉。结果刚一上去不到五分钟，我不得不再次电话骚扰他：“老富，下来。”

“又不让住了？”老富问。

“不是，我们第二台车子在高速公路被卡了，过不来，我们要去协调。”

此时已快到凌晨2点了，我的包都还放在服务台，没提上楼，就紧赶着跑到派出所开车子，颠儿了30多公里到高速路口，找交警、交通工作人员协调。

他们说：“我们刚接到相关命令，没有这边的通行证，不能通过。”

“我们有疫情防控指挥部的通行证。”我出示了证件和信函。

“那是你们湖北的，只能在你那里用，在我们安徽没用。”

我说：“大家一个共同目标，都是为了防疫，我们湖北咸宁消毒水匮乏，急需这个东西，而且时间紧、任务也重，你就让我们通行吧。”

交警是个小年轻，他说：“对不起，我今天放了你，明天我就下课。万一有个什么事，也不好向来安人民交代。”

我又拨通了县政府办值班室的电话，这是当天第8次打电话了，那位同志很无奈地说：“住宿的事情已经帮你解决了，车子卡到路口怎么又给我打电话？你能让我睡个觉吗？你让我休息一下行不行？”到处求助协调，一晃凌晨4点了，他确实有些累。

经过反复沟通，交警说：“实在不行。就把车子停在这里，司机回宾馆里休息，第二天早上，你们办完手续再来取车。”于是，我们把货车停在高速路口开阔地，不挡道且安全的地方。

本来计划着当天晚上到达来安县内，第二天早上7点就可以把消毒水全部装上，能早点往家里赶，我们最少可以提前10个小时把这60吨双氧水运回咸宁。

我们回到宾馆大概4点半，从出发到此时，已经16个小时没吃东西了。虽然我们带了方便面，但一路上所有高速全部关闭，没有热开水，现在终于有开水了，可以吃点东西填填肚子了。折腾了这么久，累不说，心里还憋闷："把湖北人当什么了？我们都是洪水猛兽呀！"拿起电话打给老富，他也没睡着，我们便商量第二天怎么办，怎么把这批物资尽快运回去。

一晚上花了 300 多元的房费，只躺了 3 个小时，大家基本都没睡。

1 月 31 日早上 7 点，我联系好物资捐赠方——安徽金禾实业股份有限公司，让第一辆大货车先去装货。

接着，我和老富通过导航找到来安县交通运输局，出示我们的工作证、身份证和相关资料，他们把我们带到了县卫计委。工作人员非常热情，直接问："好，你们需要什么？"

"我们车子在高速上下不来，说没有什么通行证，您帮忙开一个吧。"

他很快就给我们开出来了。

我们拿着卫计委的证明到高速卡口。当时正好碰上安徽省、市、县三级领导在高速路口检查工作，我们俩一想，这正是好机会。

我马上锁定一个交警，他可能是个领导，看了我们的证明说："你这个没问题，我等一下给你处理。你把车子先开走，证件等你走的时候到我这里来拿。"于是，我们顺利把车开走了，一点都不麻烦。

我们一合计，可能有几个原因：第一，我们昨晚反映问题，县政府有记录；第二，县卫计委的证明是有效的；第三，正好领导也在检查疫情工作。

我们到了安徽金禾实业股份有限公司，公司管理比较严格，我们到货场后，他们用一个很高的喷雾器，装着医用酒精，像洗澡一样把我们喷了一遍。

进了货场，我简直惊呆了，几十台大货车排得整整齐齐，等待装货，公司的刘经理告诉我们，这些大货车都是要运双氧水去湖北孝感、黄冈、荆州、潜江、十堰等地的。

"先给你们装，路那么远，装好了你们好先走。"刘经理说。

只有我们是千里迢迢开车去运双氧水，向湖北其他地区捐赠的双氧水，都是他们自己物业的车辆。

第一辆大货车之前已经装满了，公司的职工在用叉车一箱箱地往第二辆大货车上搬。一直忙活到 12 点多，60 吨双氧水终于都装好了。

这时，刘经理问："你们一共有几个人？"

"我们一共六个人。"

"本来你们是远道来的客人，我们应该请你们吃饭的，可现在是非常时期，只好委屈一下，我们准备了 7 份盒饭。"

打开盒饭，里面有青椒炒肉、番茄鸡蛋、烧茄子、炒青菜，当然还有白米饭。我顿时感觉鼻子发酸，眼泪在眼眶里打转，并不是说自己怎么饿，只是两天来，各种心酸和着急，没有时间，也没有心情吃饭。这是我们出发后吃的唯一一餐饭，他怕我们吃不饱，还多准备了一份。别人躲都躲不急，刘经理还亲自送过来，当时的感动真的难以言表。

这个时候，高速卡口的交警也专门把我们的证件和安徽省交通运输厅开具的通行证，送到安徽金禾实业股份有限公司，祝我们一路顺风。

饭后，我们准备出发时富主任说："一来不能握手拥抱，二来感谢的话很苍白，无言以表，约大家一起拍个照，留个纪念吧。这些大货车上都写着'支援湖北'，都是支援我们湖北的啊。"

这些安徽人与我们素不相识，要不是他们的恩情和帮助，我们哪能这么顺利装好双氧水。

我和老富在前面开道，两辆货车跟在后面，一路归心似箭，一下子就上了高速。在高速路口等了半天，不见第二辆车上来，那是年纪大的司机开的，就打电话问："王师傅，你们到哪里了？"

"金科长，我们走错路了，你们在哪里？"

走之前我们把导航给他设置好了，一上高速本来是往左手边走的，他往右手边走，起码差了几十公里。

我们问他："你有导航都走错了啊，怎么回事？"

“我没看导航。”

“为什么不看？”

“我身上痛，帮忙装货的时候，我不小心向后摔了一跤。”

“那你赶快进入下一个高速服务区等我们。”

我们在服务区接上头后，让他们跟着我们的车走。可没走几公里，电话又来了：“这车子坏了，走不了啦。”

我们听了头都大了：“怎么坏了？”

“后桥坏了，漏油很厉害。”原来那辆车后桥的油两三年都没换，后来修的时候换出来，只剩下一点点黄泥巴。

由大货车打头，我们一起开到一个高速服务区。老富亲自爬到车底下去修车，我先联系货车的公司，又向市防指汇报情况，联系金禾公司做好换车的备选方案。

受工具的限制，坏零件拆不下来，自己没办法修，这种时候别说找人来修车，就是零配件都买不到。

我又让司机联系他们东风汽车公司。

老富当时有点生气，就把司机臭骂了一顿：“我早就跟你说过，要你开到厂里去，你不到厂里去，非要开到服务区里，现在怎么办？你生怕给公司惹麻烦，现在我们麻烦更大了吧！”

一车的双氧水都是危化品，真的比较危险，也没有叉车把双氧水卸下来，没有别的办法，只能修车。

老富说：“以前要这样，是要被判刑的。”

司机一走一跛，也发脾气了：“我还不搞了呢。”

“你现在不搞，我们就报警把你抓起来。”

司机为什么生气呢？一路上他都不顺，高速上被卡、搬东西摔伤了、走错路、现在车子又坏了。后来了解到，其实这个车子一直不是他开的，他是临时被公司派出来的。是厂家经理要求司机开到服务区，怕我们到了厂里直接要求换车，不用这辆车了，也不能怪司机，司机也受了委屈。

我们又联系东风公司，联系到附近有一家售后服务点，但是隔着我们有五六十公里。

我跟那个修理厂经理说："我们拖的是双氧水，是湖北抗'疫'物资，请您帮忙想想办法，把人聚拢来，帮我们把车子修好。"听到我们这种情况，他说："好，我们来想办法。"当时，这位经理真的很大爱。

大概半个小时后，经理说："这样你们可以过来了，我的人已经找到了。"

我们很高兴，但旋即又急了起来，几十公里路，也不知道这个车子到不到得了修理厂，如果在路上再出状况怎么办？后桥烧死了，温度又高，上面又是双氧水，很容易产生不可预估的危险，但是不去也不行。

我们导航从高速到国道，从国道又转到县乡道，抄近路，换了五六条高速，50 多公里路，只能以二三十码的速度慢慢走，生怕走快了油甩起来洒光了，那就真完蛋了，整个过程非常谨慎、紧张，走了将近三个小时，才到东风汽车维修服务站。

后来修理厂经理说："你以为真找到了修理工人呀，这都是我几个部门经理、车间主任，已经四五年没修车了，好在原来都是从一线干起来的。"

幸运的是，修车厂有相应配件，他们把车上坏的东西都拆了下来。

我们问："问题大不大？"

"不大。"

"好，给我们换最好的，不然路上再坏了，那就完了。"

修车的时候，我们要看着，毕竟车上都是双氧水呀。我跟老富两个人一心挂两头，又担心另一台车子，是否安全，是否会在路上受阻，跟他们随时保持微信联系。他们当晚 10 点多进了咸宁，一下马桥高速，就给我们打电话了。

有富主任照看修车，我就去给公务车加油。用手机导航，三公里左右处有个加油站，一溜烟就到了。

加油的是个女孩子，她一看车就说："赶快走，我们这儿不给湖北的车子加油。"

“凭什么湖北的车子不让加油？”

“没有为什么，就是不给加。”

“今天不加油，我就不走了。”

她进去了，我也跟着进去。“哎，你别进来！”说着，她把玻璃门砰地一关。

“凭什么不让进？你不给我加，我就要进。”我当时穿着制服，我特意把警灯也打开，我是执行公务，怕什么呢？

“你是湖北哪里的？”

“湖北咸宁的。”

“听说武汉因为疫情死了好多人。湖北的咸宁离武汉有多远？”

“远得很，咸宁离武汉有 200 多公里。”其实武咸两地接壤，距离近到不能再近。为了让她给我加油，我只好说谎，当然也有和武汉撇清关系的想法，这确实有些不地道、有私心。没办法呀，当时外省人因为信息不对称，对湖北疫情无限放大了想象和恐慌。

“你必须得给我加油。”小姑娘被我逼得没办法，给我加了油，之后要付钱，我说：“第一，我要发票；第二，我要刷公务卡，我们有规定的。”

“我这刷不了卡。我们只能收现金。”其实她有刷卡机，她就是不让我进去刷卡。

“那我给你现金。”

“现金你放到前面桌子上，等你走了，我来拿。”

“帮忙开个发票，这是我们的开票信息。”

“你把信息给我。哪要这么多，就直接给你打个车号。”

“那也行吧。”我想回去后，再跟财务科解释一下，毕竟是特殊情况。

她说：“你就在外面等。”她把发票从门缝下面塞给我，我上车后，看到她用夹子把桌上的钱夹进去了。

毕竟她也给我加油了，但是她当时那种态度，真有点草木皆兵。转念一想，小丫头片子厉害，自我保护意识强，对我也不算过分，祝她好人一生平安。

晚上11点，车修好了，我跟老富两个人换着开车。因为小车跟大车还是有一定的速度差距，我们走一下就要等他们一下。

2月1日凌晨4点，路过江西九江，我们选择在最后一个高速服务区歇歇脚。主要是考虑两个师傅都50多岁了，拖的又是防疫物资，很辛苦。再就是到了下半夜，高速公路上出现一团一团的黑雾，一坨一坨，非常浓，很不安全。

大概上午9点多，我们抵达通山县，我给黎处长打电话，他就到马桥高速路口接我们，一起直接把货物送到市防指临时仓库。其实，我和老富回到咸宁是可以回家休息的，但我们没有，一直把叉车都搞好了，看着货物安全卸在仓库里，我们才放下心来。

我们六个人一起出去，都安全归来，物资一点也没少，总算不辱使命。

在别人眼里，我们成了“危险人物”

2月5日上午，我们接到市防指交通组的通知，云南援咸医疗队应急医疗物资抵达武汉协和医院，需要车辆前往运回。

黎凌辉处长联系了几家运输公司，都说找不到合适的驾驶员，要么是运输应急物资尚未返回，要么是加班加点长途跋涉累病了，还有的听说要到武汉协和医院运输物资，坦言不愿去、不敢去，怎么办呢？

当时是疫情最严重的时候，武汉等同于龙潭虎穴，武汉协和医院更是黑暗中心的暴风之眼。黎处长考虑到人员安全，无奈地说：“太危险了，干脆我们不要这批物资了。”

领导说：“必须要，必须去！云南医疗队知道我们物资紧缺，好不容易从国家医疗队争取来的，这不仅是一批防疫物资，它代表云南医疗队的心意。”

这一镖，我和老富又接了。

黎处长叮嘱我们：“提前跟协和医院那边的人对接好，车不要开进去，会有人给你送出来，你们坐在车子上不动，把后门一打开，他们把东西放到车子里，物资拿到就直接走。”

“领导，能到市防指保障组给我们申请两套防护服吗？”

“对不起，市指挥部没有防护服。”

半个小时前，我明明看见领导发了一件防护服，给物流公司的一个司机。但是我们讨，就没有！睁着眼睛说瞎话，我内心有点恨他。

我觉得必须掰扯清楚，便又去找交通组说这事。领导说：“防护服非常紧缺，一般只给一线医护人员用，之前极少量给了物流司机，他们出去运货次数比较多，比你们更需要防护，他们都是普通群众，而你们是公职人员，还是共产党员，我们的境界必须高一点。”听了这话，我们像打了一针鸡血，心里顿时没有恨了。

没有防护服，没有护目镜，没有 N95 口罩，我和老富仅戴着一次性医用口罩，穿着深蓝色的交通执法制服，就驾着交通执法车前往武汉重灾区了，还是协和医院重疫区。风萧萧兮淦水寒，壮士一去兮得复还。这一次，我们又豁出去了。

进入武汉，原来多么热闹、喧嚣的大都市，此时街上却空无一人，看不到一台行驶的车辆，就只有我们两个人、一辆车。为了壮胆，我打开执法车警灯，“呜呜呜”的警笛声，更凸显了这座城市的悲情。

到了武汉协和医院，我跟发货人取得联系，得知一共九箱防疫物资。

我在电话里问他：“物资在哪里？”

“在 013 号仓库。”

到了协和医院门口，我们准备进去，却被两个人拦着不许进。

他们说：“你们来干吗的？”

“我们是咸宁来的，执行公务，来拿防疫物资。”

他们通过对讲机协调之后，给了一张单子，才让我们进去。“你们去找 013 号仓库，上面写着咸宁，你们对着名字去找，再来找我验收、交接。”

013 号仓库，我们怎么知道在哪里？协和医院那么大，我们又怕空气中的病毒。怎么办？可那个时候哪有退路，必须完成任务！

这么大的仓库，9 箱货物，我们怎么找？到哪里去找？连个引导的人都没有。

我们一进去就感觉不对，为什么呢？

其他兄弟市州来的都是救护车、穿着防护服，而我和老富就一次性口罩，横冲直撞包打天下。我们内心是很害怕的，没有人指引，不知道哪里危险、哪里触碰不得。从我们身边经过的人，一个个都被防护装备裹得严严实实，每个人经过我们身边，都是走了几步又回头看两眼，在他们看来我们是另类，说我们是“危险人物”“不要命的人”。别人都怕离我们近了，仿佛我们就是行走的病毒器皿。但我们没有退路，只能硬着头皮继续往前走。

我们用了起码两个小时，转了三圈，终于摸到位置——013 号仓库。里面的物资堆积成山，要一件件地找出来，又一件一件地核对，核好后和发货人员做好交接，从仓库搬上车，车不能进去，只能停在几百米开外。

虽然只有几百米，但对我们来说实在漫长，每走一步心里都在打鼓。因为所碰见的每一个人，都不知道是不是危险的，对我们有没有影响。其实，别人对我们更是敬而远之。毕竟，他们有防护服，而我们在“裸奔”。我们回去之后，对指挥部领导，包括我们的家庭，以及其他人群有没有影响？可当时容不得多想了，也不可能退却。

一直搞到下午 3 点多钟，连午饭都没得吃。又是一路狂奔，大马路上全速飙车，下午 4 点多，将这一批防疫物资运回咸宁。

我和老富有家不能回

疫情突如其来，让各方措手不及，有些时候也无可奈何。特殊“战时状态”下，也唯有服从安排听指挥，一切顾全大局。从武汉回来后，我和老富给黎处长打电话：“我们要不要隔离？”

“你们还想隔离？”领导一句话，在我听来有三种意思：第一，你们从武汉回来，如果都要隔离的话，会产生大面积恐惧，对大家都不好；第二，说明我们两个还有点用，还有点存在价值；第三，领导对我们还是认可的。

我们把车停在交通路的路口，想就近找个宾馆住下。附近有个如家酒店，我们就开车过去了，酒店门是开的，有一个人在里面，他说：“上面要求关门大吉，我们这里不能住。”

我们又想办法，给管机关的左处长打电话：“左处长，单位有被子和床吗？”

他说：“干吗？”

我说：“今天被派到武汉去了，还是协和医院，我们不能回家，要睡到单位去。”

“单位没有。以前有一个铺盖卷，那个被子肯定睡不得了，都是两三年前值班用的。”

当时，我们真的很无助，又跟黎处长打电话。我说：“领导，我们怎么办？不能回去，要找个地方住。公家出不了钱不要紧。我们自己出钱，只要有地方住。”

他说：“你们找到地方了吗？”

“没有！现在都没有酒店营业，都不许住。”

电话里一阵沉默后，黎处长说：“放宽心，应该不要紧，那你们就回家去吧。”他也无计可施，又说了些安慰我们不要多虑的话。毕竟，没有酒店住，也不能找市领导协调，然后安置到隔离点去……况且我们又没有发热症状，也算不得密切接触者。

老富家一家五口人住在一起，我家有儿女和老婆。我们都怕自己一旦染上病毒后连累到家人。

晚上 8 点多，我和老富把城区又逛了一遍，这么大一座城市竟没有能去的地方。越想越难过，我们把车窗一关，在车内号啕大哭，释放内心积攒已久的压力、紧张和恐惧。可几分钟后又觉得自己堂堂男儿，哭得有些可笑。就这样，一会儿哭，一会儿笑，我们自然地聊起天来。

老富说：“在我心里，孙子是最大的牵挂。儿子都没有孙子重要，说实话，儿子怎么长大的，当年忙于工作，我一点都不记得了，现在孙子每长一岁，我那是清清楚楚的。我一回去，他就喜欢缠着我，家里其他人统统靠边站。儿子和媳妇乐得清闲，又可以抱着手机开始玩了。”

而我老母亲还健在，80多岁了，瘫痪在床。作为交通人，越是逢年过节，我们越忙，从来没着过家。我本来打算今年春节回去陪我妈过年的，因为她在世的日子真的不多了，可谁知这疫情突如其来，让人猝不及防。

元月21日晚上，我接到黎处长电话，第二天早上到马桥站守点，我第一个赶到。从22日早上7点守到23日上午的9点半，26个多小时，直到任务交给海事局了，我们才撤下来。

元月23日下午5点多，我偷空开车颠到通城老家。第二天除夕，我看到疫情消息说，高速公路马上要封了。我在家待不住了，单位肯定有事需要用人。我跟老婆说，马上要赶回温泉。她反问我：“怎么跟你妈去说？”

我一下被点了穴，真的不知道如何开口。她老人家从生病到现在，靠插胃管和尿管活着，好多东西不能吃，也不能说话，吃喝拉撒都在床上，但她的脑子是清醒的。

我走到床边说：“妈，疫情很严重，我们要回单位，不能在家里陪你。”

她一听，马上眼泪就涌出来了。

我把儿子、丫头都带到她床边，她的手已瘦得不成形，本来很难移动的，但她使出全身力气，一把拉着我丫头的手，嘴里发出“呃呃呃呃”的声音，一个劲儿流眼泪。

我说什么话都很苍白，也就什么话都没说，拉着我儿子、丫头就往外走。我既心痛又愧疚，眼泪止不住往外流。

我老婆后来批评我：“你就再多站一会儿不行吗？你就这么急吗？”

我没说话，因为我知道，如果我多站一分钟，大家都受不了。

下午 1 点多，我们回到温泉，本来是大年三十，我们就下点面条打发一下。打算晚上好好弄一桌团圆饭。可 2 点多，电话来了：“金虎雄，赶快到单位去，把车子开着，吴局长打电话要我们到贺胜桥去。”

我起身换衣服走。丫头说：“你就不知道说句假话，说你没回来吗？刚才妈妈说了，大过年的，中午就吃点面条，晚上好好搞一顿饭。妈妈的腰，老毛病已经犯了。你就不能帮一下她，一年到头就你忙！就你忙！”

儿子说了句比较生硬的话：“就你积极，单位又不缺你一个人，你出去了，就别回来了。”

我还是出门了。首先，我没有领导的境界、那样的大局观，说是为了咸宁人民，我没有。但我是咸宁一分子，咸宁有了疫情，我逃不了，我的家人逃不了，我的亲戚逃不了，我的同事也逃不了。其次，既然我是党员，紧急关头不体现出来，还要你这样的党员干吗？

我们火速赶到贺胜桥，在咸宁与武汉交界处，有几个人正着急赶回咸宁过年，但因为实行道路管制，便采取非法接驳的方式。也就是武汉的车把人送到交界处，武汉的车不过来，咸宁的车把人接回去。交界处成了换乘点，如果听任下去，那么“封城”就失去了意义。

黎处长带着我立即劝返那些人，对留在交界处的可疑车辆，进行疏散、劝离。市防指交通组立即增派人员力量，并与武汉方面对接，加强对横沟治超站的管控力度。

晚上 8 点，路灯早已亮起，夜空中不时绽放出烟花。我们在卡点找了点开水，一人冲了一碗泡面，蹲在路边吃，和着北风吹起的冷雨。分不清掉在碗里的是泪水，还是雨水。

没想到，起初守卡还不算惨，疫情来了，没有最惨，只有更惨。

……

我和老富相互诉说一番后情绪好多了，看来还是得回家。

我给老婆打电话：“我今天去武汉协和医院了。”

“什么？你不顾自己就算了，也不想想我们……”一顿责备，电话那头沉默一会儿：“你回来吧，我给你消毒。”

听了这句话，我又忍不住落泪。这些日子，泪腺也越来越发达，真是见了鬼。

后来，我又和老富侃大山。老富说，去安徽拖双氧水是人累，去武汉协和医院拉物资那是心累。非常自责，非常煎熬，他从武汉回来，没敢跟家人说，消个毒就回家了，内心觉得对不起家人，天天扳着指头数，一天、两天、三天、五天、十天……一直到十四天，他头发都白了不少，不是怕自己染了病毒，最怕的是传染给孙子。他给孙子用耳温枪测体温，每天早晚都要测。真煎熬呀！有时候吃饭都想吐，生怕对不起可爱的孙子。

“如果再让我来一次，我真怕了，老富，我真怕了。”

老富说：“如果把后顾之忧解决了，我还是会选择上！”

多次奔赴岳阳接回咸宁老乡

疫情暴发后，很多咸宁人滞留在湖南岳阳。市防指交通组开通“岳阳—咸宁”的临时爱心专线，分两个阶段、11个批次接咸宁老乡回家。这样重大的任务，怎么能少得了我和老富。老富负责和岳阳交通部门沟通协调，我们再去岳阳查验、甄别返乡人员。

我们一次去十来个人，要管几百号人。人们渴望回家，非常配合甄别工作。没有哪个找我们扯皮。一说要什么证明，大家都积极提供，让他们排队，他们就排队，从来没哪个苛责我们。按要求，必须提供健康证明、接收证明和14天行程轨迹。哪怕是老年人，他们也会想方设法照做，生怕我们不带他们回家。有些人没有智能手机，甚至把卡卸下来，插到我手机上，再用其他同事的手机打过去，以便获取验证码查询行程轨迹，这一切工作都很配合。根本不会有人质疑说我们是要盗取他个人信息之类的话，非常信任我们，相信党和政府。我们也深感欣慰。

3月18日下午，我和老富在岳阳东站广场负责登记返咸人员。大概4点多，一对70多岁的老年夫妇来登记，说他们从海南回来。

“您有社区的接收证明和健康证明吗？”

“没有。”

“您老人家有手机吗？把手机给我，我查一下您的行程轨迹。”

她一拿出来，是老人机。

“什么都没有，你们就回不去啊……”

老太太一听当场就哭了起来。

我也是通城人，他们跟我是老乡，又这么大年纪，丢下他们真的于心不忍。

“您家儿子是干什么的？”

“我家一个儿子在通城北门中学教书。”

“打你儿子的电话，我来跟他讲。”

电话通了，我直接用通城话跟他儿子讲：“你怎么回事，两个70多岁的老人家放在外面没人管，你赶紧想办法办手续，在半个小时之内，到社区去开一个接收证明，同意接收二位老人回去。”

过了半个小时没音信，老人又急了。

我说：“大巴车一小时后要走了，到时候相关资料搞不好，您就不能回去，怎么办？”

他们打电话催，儿子说：“社区的人不在，出去抗‘疫’了。”

“社区的人不在，你学校的校长在不在？校长接收也是一样的，反正他们也是学校老师的家属，怕什么？对不对？”他们儿子便又去找校领导。

我问老婆婆：“你在海南那边有没有亲戚？”

“我有个儿子在那里。”

我又拨通电话，跟海南那边说：“你爸妈在你家里居住的证明资料，有没有？”

“有，当时社区就登记了。”

“社区登记有没有原始东西，拍照发过来。”

“我妈妈走的时候还开了证明的。”

"为什么你不给他们带着？"

"我以为你们政府不要这些东西的。"

"这些资料有用的，赶快拍照发过来。"

我打了海南那边电话，又接着打通城这边电话，因为时间不等人了，到点就要发车，不能一车人等他们两个人。

老实说，我还是有点私心的，我是通城人，看着两个老乡，巴不得把他们带回去，但是我又不能违规，这可不是开玩笑的事。只好两边不停地催，终于在发车之前五分钟，相关证明材料都齐了。最后，把老人机的卡放到我的手机上，一查行程轨迹对上了，这就可以回家了。

这对老人在通城下车时，不停地感谢："今天要不是你的话，我们两个人根本回不来。"

3 月 19 日，是我们第 10 次前往岳阳接咸宁老乡回家。到了岳阳东站广场，大约有 500 多人等着回家。

组织乡亲们排队测体温、登记、查行程轨迹，点名、排队、测体温、消毒、上车。从下午 2 点一直忙到晚上 7 点，眼看最后几个老乡都要上车了，马上准备返程了。

一对年轻夫妇带着一个三岁多的女娃，正在测体温，准备上车。

"这个小孩体温 37.8℃。"市卫计委的小黄马上向市运管处处长何汉春汇报情况。

我们只好让那一家子在一边休息一下，过一会儿再测，还是 37.8℃。我们建议，先到医院去做检查，不要耽误小孩病情。

我们不能因为一个人，带着其他 500 多人冒险，只能狠下心肠，让他们去岳阳的医院。

晚上 10 点半，我们载着 504 名老乡回到咸宁，但心里还是牵挂着那个小女孩。

老富打电话过去询问小孩的情况，第二天又打电话问他们的情况，好在小孩退烧了，并不是什么肺炎症状，最后他们一家人也安全回到了咸宁。

近百天来，伴随着疫情的起伏变化，有太多的经历和感触，所谓“纸短情长”，难以尽书。到了4月份，疫情防控常态化，老交通局小区成立了党支部，我被大家推选为党支部书记，希望能继续为疫情防控和小区治理贡献绵薄之力。

我有一个习惯，胸前总戴着党徽，这不仅仅是亮身份，也是对自己的一种警示、鞭策和激励。对此，有人说我积极，有人说我傻。对我来说，这些无关紧要，对得起胸前的党徽和当年的铿锵的誓言，对得起这一身引以为豪的制服，才是最重要的。